外国文学学术史研究

主编

陈众议

左拉研究文集

Anthologie des Etudes d'Emile Zola

吴岳添 编选

译林出版社

图书在版编目(CIP)数据

左拉研究文集／吴岳添编选．—南京：译林出版社，2014.9
(外国文学学术史研究／陈众议主编)
ISBN 978-7-5447-4935-0

Ⅰ.①左… Ⅱ.①吴… Ⅲ.①左拉，E.(1840～1902)-人物研究 ②左拉，E.(1840～1902)-文学研究 Ⅳ.①K835.655.6 ②I565.074

中国版本图书馆 CIP 数据核字（2014）第 205511 号

书　　名　左拉研究文集
编 选 者　吴岳添
责任编辑　张媛媛
出版发行　凤凰出版传媒股份有限公司
　　　　　译林出版社
出版社地址　南京市湖南路 1 号 A 楼，邮编：210009
电子邮箱　yilin@ yilin. com
出版社网址　http://www. yilin. com
经　　销　凤凰出版传媒股份有限公司
印　　刷　江苏凤凰扬州鑫华印刷有限公司
开　　本　718 毫米×1000 毫米　1/16
印　　张　18.25
插　　页　4
字　　数　251 千
版　　次　2014 年 9 月第 1 版　2014 年 9 月第 1 次印刷
书　　号　ISBN 978-7-5447-4935-0
定　　价　58.00 元

总序

在众多现代学科中，有一门过程学。在各种过程研究中，有一种新兴技术叫生物过程技术，它的任务是用自然科学的最新成就，对生物有机体进行不同层次的定向研究，以求人工控制和操作生命过程，兼而塑造新的物种、新的生命。文学研究很大程度上也是一种过程研究，从作家的创作过程到读者的接受过程，而作品则是其最为重要的介质或对象。问题是，生物有机体虽活犹死，盖因细胞的每一次裂变即意味着一次死亡；而文学作品却往往虽死犹活，因为莎士比亚是"说不尽"的，"一百个读者就有一百个哈姆雷特"。

换言之，文学经典的产生往往建立在对以往经典的传承、翻新乃至反动（或几者兼有之）的基础之上。传承和翻新不必说，即使反动，也每每无损以往作品的生命力，反而能使它们获得某种新生。这就使得文学不仅迥异于科学，而且迥异于它的近亲——历史。套用阿瑞提的话说，如果没有哥伦布，迟早会有人发现美洲；如果伽利略没有发现太阳黑子，也总会有人发现。同样，历史可以重写，也不断地在重写，用克罗齐的话说，"一切历史都是当代史"。但是，如果没有莎士比亚，又会有谁来创作《哈姆雷特》呢？有了《哈姆雷特》，又会有谁来重写它呢？即使有人重写，他们缘何不仅无损于莎士比亚的光辉，反而能使他获得新生，甚至更加辉煌灿烂呢？

这自然是由文学的特殊性所决定的，盖因文学是加法，是并存，是无数"这一个"之和。鲁迅谓文学最不势利，马克思关于古希腊神话的"童年说"和"武库说"更是众所周知。同时，文学是各民族的认知、价值、情感、审美和语言等诸多因素的综合体现。因此，文学既是民族文化及民族向心力、认同感的重要基础，也是使之立于世界之林而不轻易被同化的鲜活基因。也就是说，大到世界观，小到生活习俗，文学在各民族文化中起到了染色体的功用。独特的染色体保证了各民族在共通或相似的物质文明进程中保持着不断变化却又不可淹没的个性。惟其如此，世界文学和文化生态才丰富多彩，也才需要东西南北的相互交流和借鉴。同时，古今中外，文学终究是一时一地人心的艺术呈现，建立在无数个人基础之上，并潜移默化、润物无声地表达与传递、塑造与擢升着各民族活的灵魂。这正是文学不可或缺、无可取代的永久价值与恒久魅力之所在。

于是，文学犹如生活本身，是一篇亘古而来、今犹未竟的大文章。

此外，较之于创作，文学研究则更具有意识形态和上层建筑属性，因而更取决于生产力和社会形态、社会发展水平。这也是马克思主义的基本观点之一。如是，我国现代意义上的文学研究起步较晚，外国文学研究更是如此。虽然以鲁迅为旗手的新文学运动十分重视外国文学，但从实际成果看，1949 年前的外国文学研究却基本上属于旁批眉注、前言后记式的简单介绍，既不系统，也不深入。因此，我国的外国文学研究几乎可以说是在新中国成立以后全面展开的，而系统的外国文学学术史研究，这还是第一次。

一

学术史研究也是一种过程学，而且是一种相对纯粹的过程学。不具备一定的学术史视野，哪怕是潜在的学术史视野，任何经典作家作品研究几乎都是不能想象的。

然而，后现代主义解构的结果是绝对的相对性取代了相对的绝对性。于是，许多人不屑于相对客观的学术史研究而热衷于空洞的理论了。在一些人眼里，甚至连相对客观的真理观也消释殆尽了。于是，过去的“一里不同俗，十里言语殊”，成了如今的言人人殊。于是，众声喧哗，且言必称狂欢，言必称多元，言必称虚拟和不确定。这对谁最有利呢？也许是跨国资本吧。无论解构主义者初衷如何，解构风潮的实际效果是：不仅相当程度上消解了真善美与假恶丑的界限，甚至对国家意识形态，至少是某些国家的意识形态和民族凝聚力都构成了威胁。然而，所谓的“文明冲突”归根结底是利益冲突，而“人权高于主权”这样的时鲜谬论也只有在跨国公司时代才可能产生。

且说经典在后现代语境中首当其冲，成为解构对象，它们不是被迫

“淡出”，便是横遭肢解。所谓的文学终结论也正是在这样的背景下提出来的。它与其说指向创作实际，毋宁说是指向传统认知、价值和审美取向的全方位的颠覆。因此，经典的重构多少具有拨乱反正的意义。

正是基于上述原由，中国社会科学院外国文学研究所于2004年着手设计“外国文学学术史研究工程”计划，并于翌年将该计划列入中国社会科学院“十一五规划”。这是一项向着重构的整合工程，它的应运而生，标志着外文所在原有的“三套丛书”(即20世纪60至90年代——“文革”时期中断——的“外国文学名著丛书”、“外国古典文艺理论丛书”和“马克思主义文艺理论丛书”）等工作的基础上又迈出了新的一步，也意味着我国的外国文学研究已开始对解构风潮之后的学术相对化、碎片化和虚无化进行较为系统的清算。

于是，关乎经典的一系列问题将在这一系统工程中被重新提出。比如，何为经典？经典是必然的还是偶然的？经典重在表现人类的永恒矛盾（用钱锺书的话说是“两足动物的基本根性”）呢，还是主要指向时代社会的现实矛盾？它们在认知方式、价值判断、审美取向方面有何特征？经典及经典批评与时代社会的生产力和生产关系、经济基础和上层建筑等关系何如？批评及批评家的作用（包括其立场、观点、方法及其与时代社会的一般和特殊关系）又如何？此外，经典作家的遭际与性情、阅历与禀赋，经典的内容与形式、继承与创新，以及文学的一般规律和文学经典的特殊性等诸如此类的问题，都将是本工程需要展示并探讨的。

且说世界文学一路走来，其规律并非羚羊挂角，无迹可寻。童年的神话、少年的史诗、青年的戏剧、中年的小说、老年的传记是一种概括。由高向低、由外而内、由强至弱、由大到小等等，也不失为一种轨辙。如是，文学从摹仿到独白、从反映到窥隐、从典型到畸形、从审美到审丑、从载道到自慰、从崇高到渺小、从庄严到调笑……终于一头扎进了个人主义和主观主义的死胡同。小我取代了大我，观念取代了情节；“阿基琉斯的愤怒”变成了麦田里的脏话；“路漫漫其修远兮，吾将上下而求索”变成了“我做的馅饼是世界上最好吃的”；诸如此类，不一而足。是谓下现实主义。当然，这不能涵盖文学的复杂性和丰富性。事实上，认知与价值、审美与方法等等的背反或迎合、持守或规避所在皆是。况且，无论“六经注我”还是“我注六经”，经典是说不尽的，这也是由时代社会及经典本身的复杂性和丰富性所生发的。

二

众所周知，文学是人类文明的重要组成部分。马克思主义的经典作家向来重视文学，尤其是经典作家在反映和揭示社会本质方面的作用。马克思在分析英国社会时就曾指出，英国现实主义作家“向世界揭示的政治和社会真理，比一切职业政客和道德家加在一起所揭示的还要多”。恩格斯也说，他从巴尔扎克那里学到的东西，要比从“当时所有职业的历史学家、经济学家和统计学家那里学到的全部东西还要多”。列宁则干脆地称托尔斯泰是俄国革命的一面镜子。这并不是说只有文学才能揭示真理，而是说伟大作家所描绘的生活、所表现的情感、所刻画的人物往往不同于一般抽象的概括、数据的统计。文学更加具体、更加逼真，因而也更加感人、更加传神。其潜移默化、润物无声的载道与传道功能更不待言。站在世纪的高度和民族立场上重新审视外国文学，梳理其经典，展开研究之研究，将不仅有助于我们把握世界文明的律动和了解不同民族的个性，而且有利于深化中外文化交流，从而为我们借鉴和吸收优秀文明成果、为中国文学及文化的发展提供有益的“他山之石”。胡锦涛前不久说过，“我们必须准确把握当代世界和中国发展变化的大势，坚持立足国情，同时又吸收世界文化的优秀成果；坚持立足当代，同时又大力弘扬中华民族优秀文化传统”。这和“洋为中用”、“古为今用”思想一脉相承。

“观乎天文以察时变，观乎人文以化成天下”；文学作为人文精神的重要基础和介质，既是人类文明的重要见证，同时也是一时一地人心、民心的最深刻、最具体的体现，而外国文学则是建立在外国各民族无数作家基础上的不同时代、不同民族的认识观、价值观和审美观的形象反映。研究人心自然不能停留在简单抽象的理念上，因此，走进经典永远是了解此时此地、彼时彼地人心、民心的最佳途径。换言之，文学创作及其研究指向各民族变化着的活的灵魂，而其中的经典（包括其经典化或非经典化过程）恰恰是这些变化着的活的灵魂的集中体现。

如是，“外国文学学术史研究”立足国情，立足当代，从我出发，以我为主，瞄准外国文学经典作家作品和思潮流派，进行历时和共时的梳理。其中第一、第二系列由十六部学术史研究专著、十六部配套译著组成：第一系列涉及塞万提斯、歌德、雨果、左拉、庞德、高尔基、肖洛霍夫和海明威；第二系列包括普希金、茨维塔耶娃、康拉德、狄更斯、哈代、菲茨杰拉德、索尔·贝娄和芥川龙之介。

三

格物致知，信而有证；厘清源流，以利甄别。"外国文学学术史研究"中的经典作家作品学术史研究系列，顾名思义都是学术史研究（或谓研究之研究）。学术史研究既是对一般博士论文的基本要求，也是一种行之有效的文学研究方法，更是一种切实可行的文化积累工程，同时还可以杜绝有关领域的低水平重复。每一部学术史研究著作通过尽可能抽丝剥茧式的梳理，即使不能见人所未见、言人所未言，至少也能老老实实地将有关作家作品的研究成果（包括有关研究家的立场、观点和方法）公之于众，以裨来者考。如能温故知新，有所创建，则读者幸甚，学界幸甚。相配套的经典论文翻译，则遴选有关作家作品研究的阶段性和标志性成果，其形式类似于外文所先前出版的"外国文学研究资料丛书"。

此次面世的"外国文学学术史研究"中的每一部学术史研究著作将由三部分组成。第一部分为经典作家（作品）的学术史梳理。这是相对客观的，但其中的艰难也不可小觑。首先，学术史梳理既不像平素泛舟书海，拾贝书海，尽意兴而为之的俯拾由己和随心所欲；其次，牵涉语种繁多，而且经过20世纪的形形色色的方法论和批评思潮的浸染，用汗牛充栋来形容经典作家作品研究成果已不为过。因此，要在浩如烟海的研究史料中攫取最有代表性的观点和方法，实在是件考验耐心和毅力的事情。战战兢兢，生怕挂一漏万，自不待言，且挂一漏万在所难免。因此，我们只能择要概述，甚至把侧重点放在经典作家的代表作上。不然纵使篇幅再大，也难以涵括浩瀚的文献资料。换言之，去芜杂的枝蔓和重复的敷衍，留精粹要义和真知灼见是必然的，但也是不容易做到的。它考验我们涉猎的深度和广度，而且也是检验我们学术水准和价值判断的重要环节。

第二部分研究之研究何啻是一大考验。都说20世纪是批评的世纪，在经历了现代主义的标新立异和后现代主义的解构风潮之后，在各种思潮、各种方法杂然纷呈的情况下，如何言之有物、言之成理、不炒冷饭，殊是不易；如何在前人的基础上有所发现、有所前进，就更是难上加难。反过来看，正因为文化相对主义的盛行和批评的多元，也才有了我们展示立场、发表见解的特殊理由和广阔余地。举个简单的例子，解构主义针对二元论的颠覆虽然是形而上学的，却不可谓不彻底。其结果是相当一部分学者怀疑甚至放弃了二元思维，但事实上，二元思维不仅难以消解，而且在可以想见的未来仍将是人类思维的主要方法。真假、善恶、美丑、你我、男女、东方和西方等等实际存在，并将继续存在。与此同时，作为中国学者，面对西方话语，我们并非无话可说。总之，从文学出发，关心小我与大我、外力与内因、形式与内容、反映与想象、情节与观念，以至于物质与精神、肉体与灵魂、西方与东方等诸如此类的二元问题，以及经典在民族和人类文明进程中的地位和作用，依然可以是我们的着力点。当然，二元论决不是排中律，而是在辩证法的基础上融会二元关系及二元之间所蕴藏的丰富内涵和无限可能性。毋庸讳言，改革开放以来，学术界解放思想，广开言路，但日新月异中不乏矫枉过正、时髦是趋。比如大到存在与意识、物质与精神的辩证关系，小到客观与主观、客体与主体等等，都大有乾坤倒转、黑洞化吸之势。至于意识形态"淡化"之后，跨国资本主义的一元化意识形态更是有增无已；真假不辨、善恶不论、美丑混淆的现象所在皆是；个人主义大行其道，从而使抽象的人性淹没了社会性；普世主义势不可挡，以致文化相对主义甚嚣尘上。文学从大我到小我，从外向到内倾，从摹仿到虚拟，从代言到众声喧哗；真实给虚幻让步，艺术向资本低头；对妖魔鬼怪和封建迷信津津乐道，任帝王将相和无厘头充斥视阈，能不发人深省？然而，经典作家是说不尽的，以上的任何一位作家都是无法穷尽的。用巴尔加斯·略萨的话说，伟大的经典具有"自我翻新"的本领。至于何为经典，虽然也是个说不尽的话题，但用简单的方式综观前人的观点，也许可以用两句话来概括：一是它们必须体现时代社会（及民族）的最高认知和一般价值（包括人类永恒的主题、永恒的矛盾）；二是其方法的魅力及审美的高度不会随着岁月的更迭而褪色或销蚀。当然这是将复杂问题简单化的一种说法。而本课题便是关乎经典其所以成为经典的一种较为复杂的论证方式。需要说明的是，经典不等于市场。用桑塔亚那的话说，经典不在于一时一地喜欢者的多寡，而在于喜欢者的喜欢程度。如果在此基础上再加上一个历史的维度，那么这话也就更加全面了。

学术史研究的最后部分为文献目录。它在尽可能详尽的基础上，还要有所选择。不然，展示一个经典作家的学术史，光文献目录就可以编辑厚厚的几大本。因此，去粗存精，是为重要或主要文献目录。

最后需要说明的是,"外国文学学术史研究"的中长期目标是在作家作品和流派思潮研究的同时,进行更具问题意识的学术史乃至学科史研究,以期点面结合,庶乎"既见树木,又见森林";若能密切联系实际,促进中华学术的繁荣、发展和创新,则读者幸甚,我等幸甚。无疑,此工程面向全国高校及科研机构,希望有志于外国文学学术史研究的同仁踊跃加盟、不吝赐教。

陈众议

目录

编选者序

在法国乃至世界文学史上，埃米尔·左拉也许是争议最多的作家之一。从勒梅特尔、布吕纳介、朗松等法国学院派批评大师，到拉法格、阿拉贡、弗雷维勒等法国马克思主义批评家，从匈牙利的卢卡契、苏联的卢那察尔斯基到中国的茅盾，各国评论界对左拉的作品及其倡导的自然主义文学理论都格外关注，予以褒贬不一的评论。从左拉生前到身后，各种关于左拉的专著和评论不可胜数，因此择其要者，编选一本既内容全面又突出重点的《左拉研究文集》，对于回顾左拉的学术史和进行相关的研究是极为必要的。

关于左拉以及自然主义文学的评论，不少学者做了大量的翻译和编选工作。除了编译《阿拉贡文艺论文选集》、《拉法格文论集》、《卢卡契文学论文集》、《梅林论文学》和《法国作家论文学》等包括左拉评论在内的评论集之外，以自然主义和左拉为主题的评论集主要有柳鸣九主编的《自然主义》和朱雯等编选的《文学中的自然主义》等，特别是谭立德编选的《法国作家·批评家论左拉》，基本上反映了法国左拉学术史的全貌，为本书的编译创造了有利的条件。

在前人译介的基础上，笔者重译或新译了法国评论中的某些篇章。对于译文中涉及的人名、地名和作品名等专有名词，除了由于时代原因而需要保持原貌之外，均采用现在的通用译法，以保持全书的统一和规范，同时纠正了这些译文和引文中的明显笔误，删除了一些不必要的或重复的注释。

在本书出版之际，我要向各位前辈学者、我的同事谭立德女士、友人邱雅芬女士和译林出版社表示衷心的感谢。

第一辑

法国左拉研究

左拉先生搅乱了小说的家常事（1878）

作者［法国］于勒·瓦莱斯

译者 余中先

这些小说家，他们着实害怕别人掂量他们！ 他们企图将批评阻挡于国门之外。

他们大叫大嚷，因为左拉先生在俄罗斯给了他们几鞭子。

假如系铃人[①]是那些曾经为文人协会开除四人而欢呼的人之一，我不会感到惊奇。那四人的罪名只是敢于在枪口底下说出自己的思想[②]。不论其天资才华多高，这四个人必须打入另册，在文学的共和国中占据一个冷落的、却又受到尊重的位置，而这个共和国的使命就是保护那些遭政治共和国迫害的英雄，因为他们敢于举笔与刺刀相搏：信仰的证明。

但我们不要坚持了吧！ 我想说，在彼得堡遭鞭笞的小说家的气愤与被除名的失败者的狂怒颇有几分相似之处。不在场的人的观点自有分量。旁观者清，站得高看得远。无用的细节消失在地平线深处。

我承认，我感到吃惊。

如果敌人的报纸谩骂左拉先生，我能理解所有那些将在战场上带来一种体现人民意志并能感动郊区工人的理论的人。他们也将令狂怒的保守派惊恐不安，至少也让他们张皇失措。然而一张共和派的报纸[③]，一张

① 法文中指敢于为某项困难事业充当先锋的人。

② 瓦莱斯在这儿忆及了文人协会于 1874 年对他的开除。《街道报》1867 年时的合作者埃米尔·布拉韦发起了非难。帕斯夏尔·戈鲁塞和费里马斯·皮亚成功地保住席位，拉祖阿和瓦莱斯则由于巴黎公社社员的身份被注销会籍：对于像布拉韦这样所谓的捍卫者来说，面对政治是没有文学的独立可言的。——法文版编者注

③ 应该是指《法兰西共和国报》。

由被压迫者唤醒并在上面写文章的报纸居然也对左拉落井下石，真使我诧异，使我忧郁。

那么，照你们的说法，一个决心捍卫自己信念的人，一个像妇女腹中怀有婴儿那样在头脑中具有思想的人，他在每次写作之前都必须像一个小孩或一个神甫那样自问是否有权在莫斯科，或在北京，或在蓬图瓦兹，或在伦敦发表他的纲领吗？因为人们将用外国语来发表和印刷他的思想，因为他的小说家兄弟（他们也许因通晓拉丁文与希腊文而自豪——可怜的傻瓜！）不懂俄文或英文，出于这些社团的或说是协会的理由，作家难道不是会听任自己激奋不已或者狂怒不休吗？左拉先生在俄罗斯评判法兰西的文学似乎很不知趣。

我看透了问题的症结。左拉先生扰乱了人们的家常事。他是个可怕的亲戚，像是一群杂货商中的一个爱冒险的、胆大包天的兄弟，他在1848年成了共和主义者，他在12月主张抵抗，他在1871年反对杀害伤员，一个红色分子。别人都静等爱尔弥妮姑姑或阿黛拉表姐的遗产，而他，这个兄弟，这个狂热的探险者，他阅读社会主义者的著作！——外省的仇恨！

左拉是一个文学上的红色分子，一个握笔的公社战士。苍白无力的人向他开枪，这符合逻辑。

人们禁止五月流血周的战败者在法国报纸上发表文章。对一个小说家，人们将禁止他在一家彼得堡的杂志上谈论小说家。一切都互相支撑，文学上的礼仪的专制暴政是立法上礼仪的姐妹！当然，法律是由习俗制定的。所以，一旦出现机会表明习俗的软弱，我们就必须死命地抓住这个机会，哪怕惹得老顽固们不满意，甚至不怕朋友们动怒。

我把左拉谈论过的人们也算入我的朋友。我说他们什么了？我不得而知。感谢上帝，我在伦敦，而不在洛桑。我没有读《瑞士丛书》[①]。但是，不论左拉的文章写得如何，我都举手站在他一边。

首先让我们把人品问题搁在一边。左拉是条好汉。他绝非因为害怕才在彼得堡写文章论及巴黎人。《伏尔泰报》的专栏可资证明。但是谁又指责他的虚伪？据说费·夏勒斯也是透过一家俄罗斯杂志的枪眼向法国作家开火的，他是在两个地方讲两种话。他有一副面具作冷笑，又有一

① 应为《世界丛书和瑞士杂志》，该刊的一个编辑第一个简述并稍稍曲解了左拉的文章，由此酿成《费加罗报》上的一番论战。——法文版编者注

张脸孔装微笑。而左拉先生，他没有一句谎言。我甚至可以打赌：他恐怕还保留着业已译成俄文的那几页文章的法文原稿。总有一天可以见到它们扎成捆。无疑，将会有小说家遭到轻微擦伤，那时，有人会把牙齿咬得格格响。

“他不会把寄给一家外国报刊的东西也寄给巴黎的报刊吗？”人们印出了这句话！

但我们有什么权利琢磨他的意图，窥探他的盘算，掂量他的信念，给他以告诫？难道我们是在警察局、在中学、在修道院？

……

此外，比起你们的愚蠢来，问题显得过于高深，痛苦显得过于巨大。我不知道你们说的是否正确。我根本就不相信报纸会给左拉先生大胆的散文保留大量版面。

那些苦苦抱怨的人通过指出他们的弱点将法国报界的疮疤揭了出来，甚至那些为《小酒店》叫好的报纸也不喜欢让他们的人受打击。对鼓声和警钟声的恐惧笼罩着法兰西文学界和报界的和平园地。

有些令人不快的例子。

我认识龚古尔兄弟——尽管他们是正统主义者，禀性仍爱造反——我知道他们遭受的是什么命运。幸亏有圣伯夫在那儿充作钟声，可幸运的是，他针对作家的直率竖起了二十多倍的障碍物：职业或友谊的理由、金钱或名誉的纠缠、商品或旗帜的问题……

枪打出头鸟，人们从四面八方围剿出格的观点，我无法证实左拉先生像在俄罗斯找到一家杂志那样也在巴黎找到了一家报刊准备刊登他的全部想法。我替我的国家和我的职业脸红，然而这是铁的事实。

人们将会说，至少不应该将出版业与出版业对立起来，不该大鱼吃小鱼，不该披露报界的内幕。

我反对搞任何内幕秘密。我认为将事实公开化不会损害任何东西，掩饰真相也同样无济于事。早已被称作起义者的龚古尔兄弟曾毫不脸红地告诉我，他们的书一开始卖不到两千册，而《热尔米妮·拉瑟特》给他们带来的收益还不到六百埃居！

然而左拉先生是他们的崇拜者。你们读过他在此所说的话吧。在俄国杂志上，他根本没有以书籍的销售量为标准，滞销就辱骂，畅销就赞赏。

通过将保尔·佩雷[①]先生和其他一些作家的读者与《小酒店》、《娜娜》或《少女艾尔莎》[②]的读者的排队比较，他观察到了一种现代倾向。这根本不是罪过。

若能成为大众的拥戴者，那是值得骄傲的，大众若能和你们一起冲锋陷阵，那是值得广为宣传的。这时，人们看到的将不是几个铜板，而是成群的士兵……

这是正义之战。人们高呼："我们原只有二十！我们现在有十万！前进！愚人小说将走向死亡！"

但是，它并不因左拉先生想让它死就自己去死！文学的审判官扼杀不了拥有真理和生动活泼的作品——左……大师没有必要在我们这儿收拾无辜者的鲜血。如果一部书真具有价值，那么批评从来都阻挡不了，也永远阻挡不住它获得成功。

批评不是武器——相反，有时倒是一面旗帜，例如左拉先生这种情况。每当批评借题发挥，拿别人的书来阐发一种思想，让它像一面呢制的或丝制的旗帜那样在风中猎猎作响，只有在这种光荣的条件下，批评才具有威力。

有人以为来自报纸或杂志的讽刺会有损于他作品的销路和他威望的增长，这种人实在是太年轻幼稚了。

真正有损害的，是好意的赞美，是同伴的怜悯。有那么两三个小伙子——就是那家俄罗斯杂志曾谈到过的那些人中的两三个——两三个滥造文章的人，其精神的平庸与拍马屁的习惯决定了他们专事纵容和平庸的吹嘘……这种吹嘘正好具有施舍的价值，公众看得很清楚。

傲者和强者都知道，天才来自生活经验，无论甜蜜的或是苦涩的墨汁都改变不了脉管中鲜血的颜色，问题的关键是攒积，哪怕牺牲自己的休息和面包，而不是摘取桂冠或是畏惧戒尺。

一本书不会因遭辱骂而被扼杀。举例说，我不知道左拉先生对赫克

① 保尔·佩雷：《两世界评论》记者，甜言蜜语的小说家，左拉称他在"谢尔布利耶之下"，而谢尔布利耶是一个末流小说家。佩雷把左拉称为"白铁匠"，这对于古波的塑造者本来也算不上不光彩！但佩雷的用意是带有贬义的。——法文版编者注

谢尔布利耶（1829—1899），瑞士法语作家。

② 《少女艾尔莎》：埃德蒙·德·龚古尔的小说，1877年出版，讲一个少女因家庭环境影响沦为妓女，最后在监牢中致疯的故事。——法文版编者注

托·马洛[1]说过什么话[2]。他可能攻击过某几部照自然主义理论来衡量显得过于平淡的作品，他可能与马洛的倾向作过殊死斗争，但他无法阻止《一件美事》和《朱丽耶特的婚事》成为佳作。

一旦人们从广场、报馆或阁楼来到书店，就由不得批评界的怒吼声来阻止书籍的销售与成功了！反倒是它的沉默管点用。记恨者和懦弱者总有他们的阴谋诡计。但是，尽管左拉先生如此强有力，如果他所喜欢的那些人并不具有获胜的手段，他是绝不会给他们一丁半点的荣誉的。如果他们有权、有势、有名气，他也绝不会不向他们声明他蔑视名望和权势。

若是可能的话，就让那些被别人在俄罗斯谈论的人努力用法文写作吧，让他们去探寻独创性和激情！——这就是一切。但是，愿他们不要发火，也不要折磨自己！自我折磨的人是天真无知的，爱发火的人也许只能当个滑稽演员。他们像杜谢纳老爹[3]一样，表面上怒气冲冲，心底里却对那些广告般的鼓吹洋洋自得：为了不让人们去谈那些众人不谈论的人，内行人往往盯住开仗的人骂个不停。

不管这样做是天真还是无能，是无知还是狡猾，都没有关系！被劝服者与被感动者，那些不像人们制造绳索那样制造书籍的人，有权也有义务在任何地方驱散那些可能堵塞勇敢者前进道路的墨守成规的人群。

他们仍然将通过，这些勇敢者，但是，应该通过的首先是思想，就像炮弹通过崭新的炮口那样。

这不只是一场骚乱，这是一次革命。它要消灭虚假而软弱的俗套文学这个早已断头的君主专制制度的女儿。从四面八方开火吧！——通过俄罗斯杂志或法兰西报刊的窗口！开火！好让我们以最快的速度抬起一具尸体来！

1878 年 12 月

---

① 赫克托·马洛（1830—1907），法国小说家，著有《苦儿流浪记》。

② 左拉曾满怀同情地谈过他，并把他和费迪南·法布尔、尚弗勒里、杜朗蒂一起归入“巴尔扎克的后继者”。——法文版编者注

③ 一个深受大众喜爱的性格暴烈的人物形象，在法国大革命时期，埃贝尔创办了一家以《杜谢纳》为名的报纸，以后 1848 年革命和 1871 年巴黎公社期间，这个报纸名称又两度再现。——法文版编者注

编后记

于勒·瓦莱斯(1832—1885)是法国进步作家和巴黎公社重要的社会活动家,他在流亡伦敦期间与左拉保持通信联系,对左拉予以坚定的支持和高度的评价。

这篇文章发表在1878年12月22日的《伏尔泰报》上,题为《一个旁观者的意见》,署名为"逃避兵役者"。瓦莱斯当时仍流亡英国。左拉于1878年9月1日在彼得堡《欧洲信使》上发表一篇论当代小说家的论文,结果遭到猛烈的、带歪曲意图的攻击,《费加罗报》批评得尤为起劲,瓦莱斯坚决地为左拉辩护。

本文选自瓦莱斯:《左拉先生搅乱了小说的家常事》,余中先译,载谭立德编选:《法国作家·批评家论左拉》,安徽文艺出版社,1994年,第22—28页。

埃米尔·左拉(节译,1883)

作者[法国]居易·德·莫泊桑

译者 若谷,宋国枢

一

世界上有些名字似乎注定是要出名的,这些名字铿锵响亮,能永远留在人们的记忆中。像巴尔扎克、缪塞、雨果等尖端、悦耳的名字,一旦听到之后难道还能忘掉?不过,在所有文学奖的名字中,恐怕没有一个名字比左拉这个名字更惹人注目和更令人牢记不忘的了。左拉这两个字,像喇叭里吹出来的两个音符,激越、喧腾,到了人的耳朵里,耳中就会突然充满爽朗的欢乐。左拉这两个字,对民众是多么有力的召唤!是多么有力的觉醒的呼声!一个天才作家生来就姓这个姓氏,是何等幸运啊!

难道还有人比他更合适这个名字吗?左拉这个名字似乎是挑战的标志,是进攻的恫吓,是胜利的凯歌。当代作家中,有谁为自己的思想如此勇猛地战斗过?有谁如此狂暴地攻击过他认为不义和虚伪的东西?有谁起初对广大公众的冷淡、然后对他们的犹豫的反抗取得了如此显著的胜利?

但是在成名之前,总得经过长期的奋斗。正如他的许多前辈一样,这位青年作家经历了不少艰苦的时刻……

《贪欲的角逐》,这是左拉打响的第一炮;而后来的长篇小说《小酒店》可比之为一次猛烈的爆炸,是对这第一炮必然会有的响应。《贪欲的角逐》是自然主义艺术大师最出色的小说之一,这部辉煌而精炼、动人而真实的作品,写得热情洋溢,语言很有色彩,很有力量。虽则有些比喻一再重复，略嫌累赘，但这种语言的优美和遒劲是无可争辩的。这是一幅生气勃勃的图画，描绘第二帝国的恶习，从奴仆直到贵妇人，从社会的最底层直到社会的最上层。

继之出版的是《巴黎之腹》，这是一幅不可思议的静物写生，我们在这本书里能找到——借沿用的说法——著名的“奶酪交响曲”。《巴黎之腹》，这是对市场、蔬菜、鱼肉的礼赞。在这本书里人们可以嗅到渔船返航时的那种海潮味，可以嗅到蔬菜的泥土气息和田野的清香。写到鲜货仓库的地窖时，书页中好像腾起一股令人呕吐的腐肉臭味，堆积如山的野味的腥气和奶酪的酸气，所有这些气味混合在一起就像现实生活中的一样。我们读的时候，得到的感觉就像经过了这座巨大的食物储藏库——“真正的巴黎之腹”。

接着发表的是《普拉桑的征服》。这部小说要更为质朴严谨，是对一个外省小城市的精确、真实而完美的描述，并且写出了一个有野心的神父怎样逐渐地成为这个小城的主宰。

以后又出版了《穆雷教士的过失》。这是一本分上中下三部分的诗体散文小说，其中第一、第三部分，根据许多评论家的看法，是左拉所写的作品中最优秀的篇章。

现在该轮到谈谈《卢贡大人》了，在这本书里，你可以看到对皇子举行洗礼的精美绝伦的描写。

这时《公益报》开始连载左拉的新小说《小酒店》。这一下真闹得满城风雨。这是可以想见的，作者大胆地使用了语言里最粗俗的词汇，并且毫不退让，因为主人公都是平民阶层出身的，因此他就用老百姓的语言，用俚语来写作……

立刻出现了一个声名远扬的巨大的成功。在很短的时间里，《小酒店》打破销售纪录，从来还没有一部作品在同样短时间内达到过这样高的销量。

在这部轰动一时的著作之后，作者又出版了一部较为温情的作品：《爱的一页》，讲的是资产阶级社会中的一个爱情故事。

以后，《娜娜》问世，是另一部引起争论的杰作，它的销售量甚至超过《小酒店》。

作者最近的一本作品是《家常事》，刚刚出版。

二

左拉是一位文学中的革命者，即一切陈旧事物的不可调和的敌人。

谁具有敏捷的思考力，并且热烈地向往一切新事物，谁具有思想活跃的特点，他就不可避免地会由于对熟知事物的厌恶而成为一个革命者。

我们是在浪漫主义的熏陶下成长起来的，深受这一派优秀作品的影响，被抒情的热情深深感动过，我们首先经过这个激动的时期，而开始献身于艺术。但是一种艺术形式无论多么美好，它最终必然会变得单调乏味，尤其是对于那些专门从事文学工作、从早到晚埋头于文学、与文学相依为命的人们。于是，我们心中产生了要求“变”这种奇怪的需要，连我们曾经叹为精品的杰作，我们也放弃了，因为我们太清楚这些作品是怎样创作出来的，因为像大家所说的，我们都是精通此道的内行。于是，我们开始探索另一种东西，或者宁可说，在恢复另一种东西，但这“另一种东西”，我们拿过来之后，改头换面，略事补充，便成为我们自己的了；而我们常常出于真心地认为这是我们发明的。

文学就是这样不断地从革命走向革命、从这个阶段走向那个阶段、从这种表现方法到那种表现方法的，因为现在已经没有新东西可言了。维克多·雨果和埃米尔·左拉两位先生并没有发现什么东西……

左拉是一个革命者；然而这个革命者是在崇拜他所想破坏的东西的环境下成长起来的，就像一个离开经堂还在传教的牧师，就像兰纳先生那样骨子里仍旧是宗教的支持者，虽然许多人把他看作是宗教的死敌。

因此，自命为自然主义的小说家，在激烈地攻击浪漫派的时候，使用了同样的夸张手段，只不过用法不同罢了……

所以，对于左拉来说，唯有真实才能产生艺术作品。因此，不应该凭想象来写作，必须仔细地观察和描绘所看到的东西。

补充一点：艺术家独特的气质，会使他描绘的事物带上某种符合于他的思想本质的特殊色彩和独特风格，左拉给自然主义所下的定义是“通过艺术家的气质看到的自然”。这是能够给一般的文学所下的最清楚、最确切的定义。气质就是商标；艺术家有多少才能，就能对他描绘的景象赋予多少独特性。

须知绝对的真实、不掺水分的真实是不存在的，因为谁也不能认为自己就是一面完美无缺的镜子。我们每个人都有一种思想倾向，教我们这样或那样去看待事物；同一桩事，这个人觉得是正确的，另一个就可能觉得是错误的。想描写得真实，绝对真实，是一种不能实现的妄想。人们至多只能根据各自的观察能力和感受能力，确切地再现所观察到的东西，按照我们所见过的样子描绘出来；至多只能根据大自然赋予我们的形象记忆力，把我们获得的印象写下来。

所有文学上的争论主要是关于气质的争论；而人们通常把各种不同的思想倾向看成是流派问题和学说问题。

竭力主张观察真实的左拉，自己却过着十足的隐士生活，他足不出户，不了解社会的情况。那么他是怎样写作的呢？靠笔记本里的两三则札记，东零西碎地收集若干资料，他便创造人物、刻画性格，创作他的小说。结果他不得不虚构，不过，尽可能地遵循在他看来是合乎逻辑的发展线索，并且尽可能不脱离真实情况。

但是，作为浪漫派的儿子，并且在写作手法上也是个浪漫派的左拉，在内心上是倾向于诗的，他有一种需要，要夸大、要扩张、要把人物变成种种象征。他自己十分清楚这种倾向；他不断地跟这种倾向斗争，然而总是以退让告终。他的理论和他的作品永远是不一致的。

只要有作品能留下来，学说又有什么重要呢！这位小说家创作了许多杰出的作品，这些作品，与他的意愿相反，保留着史诗的特色。这些散文体长诗，毫无应有的诗意，没有前辈们所遵循的章法，没有诗的俗套，也没有一家之见。无论什么事物，在这些长诗里都跟现实中一样地予以表现，只是通过作家的这面永远忠实、纯正的扩大镜，给反映得比原来的面目大了，但从来不会受到歪曲，它们或是讨人厌恶或是讨人喜欢，或是难看或是好看，各个不同。

《巴黎之腹》难道不是食品的诗吗？《小酒店》难道不是饮酒和酗酒的诗吗？

《娜娜》难道不是淫荡和邪恶的诗吗？……

左拉以他粗犷大胆的风格激怒了所有仇视革新者的人们起来反对他。他撕毁和破坏了文学中的一切“循规蹈矩的”惯例，根本不去理会这一套，就像一个强壮的小丑穿过纸圈冲出来一样。他大胆使用真能表达原意的字眼，粗俚不雅的字眼，在这方面恢复了16世纪强有力的文学的某些传统……

他爱表现赤裸裸的真实，有时甚至做到挑战的地步；他喜欢描写一些明知会激怒读者的事情，并且把粗鲁的字眼硬塞给读者，使他们学会消化这些字眼，并且不再感到恶心。

他的风格，是开阔的、充满形象的，既不像福楼拜的简练、精确，也不像泰奥菲尔·戈蒂耶的雕琢、雅致，更不像龚古尔兄弟的细致、复杂、新奇惑人；他的语言丰富而激越，好像泛滥的江河要冲决一切似的……

埃米尔·左拉的写作始终是为公众、为大众、为全体人民的，而不是为少数几个雅人。他丝毫不需要那些纤巧细腻的笔致；他写得明白清楚，文笔优美，读来朗朗上口。这就够了……

在文学界里结仇之多，恐怕没有人超过左拉了。他还以拥有这些凶恶的顽敌而自豪：这些敌人不放过一切机会，像疯子似的使用各种武器来对付他，而他用野猪般的体贴去回敬他们，他的大张挞伐，也是出名的。

有时候，攻击多少有些伤害到他，他有什么足以自慰的呢？没有一个作家像他那样出名，没有一个作家的作品像他的作品那样广泛地传布到世界各地。在外国最小的城镇的书店和阅览室里，都能够找到他的作品。他的最激烈的敌人也不能否认他有才华；他当年甚感缺少的金钱，如今像潮水一样涌来了。

因此，左拉获得了罕有的幸运：他在世的时候，就获得了很少人能够获得的两样东西——名和利。交上这种好运的艺术家是屈指可数的；而不可胜数的艺术家都是死后才出名的，他们的著作只是在他们的后代手里才被人用重金购买。

三

戏剧也是他致力的一个方面。跟大家一样，他觉得原先的技巧、原先的剧本、原先的扮法都已经过时了。似乎还没有，照他喜欢用的说法，推演出新的形式来，他的尝试直到今天也还没有取得胜利，尽管围绕着他的剧本《泰莱丝·拉甘》曾经有过一种运动。

这个惊人的剧本开头一部分很吸引人，但也许是过分激动的情绪，妨碍了剧本最后的成功。后来，他曾经多次试图重整旗鼓，但都没有取得完全的成功。

左拉的第二个剧本,《拉布丹家的继承人》已在克吕尼剧院演出,导演是加米尔·温斯钦柯先生,这是近年巴黎舞台上最大胆、最聪明的人物之一。剧本受到了欢迎,但演出很不理想,以后,就很少再上演了。

最后,在王宫大剧院上演的《玫瑰花蕊》遭到了彻底的失败。

此外,左拉刚完成了一个由《贪欲的角逐》改编而成的剧本,据说另外还有一个剧本。萨拉哈·贝尔纳小姐[①]可能担任第一个剧本的主角。

无论这些剧作日后的成就如何,现在似乎已经证明,这位杰出的作家,他的才能,主要是在小说方面,只有小说这种形式在各方面都可以完全发挥他健旺的才力。

编后记

居易·德·莫泊桑(1850—1893)的《埃米尔·左拉研究》(1883),对左拉从中学到19世纪80年代初的思想、写作和生活等各个方面进行了全面的评述。莫泊桑是左拉的朋友,也是梅塘集团的主要成员,他的评论具有独特的史料价值。莫泊桑不仅对左拉的作品进行了简明扼要的评析,而且就文学的演变等问题提出了自己的真知灼见。

本文选自莫泊桑:《埃米尔·左拉》,若谷译,宋国枢校,载谭立德编选:《法国作家·批评家论左拉》,安徽文艺出版社,1994年,第50—66页。

① 萨拉哈·贝尔纳(1844—1923),法国著名悲剧女演员。

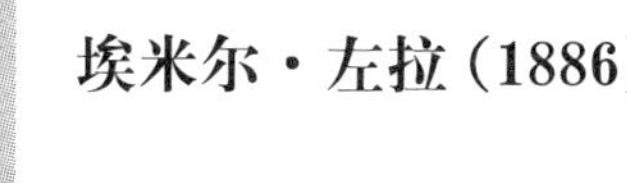

埃米尔·左拉(1886)

作者 [法国] 于勒·勒梅特尔

译者 胡宗泰

世上有些作家和艺术家,他们那种内在的、细腻的和沁人心脾的魅力,是难以捉摸的,是难以用一种模式固定下来的。还有一些作家和艺术家,他们的才华是成分非常丰富的复合体,是不同品质的四平八稳的均衡:要恰如其分地指出这些人的特点,也不是件容易的事情。除此之外,世上还有一些作家和艺术家,他们与上述两类人完全不同,在他们身上,才能、情趣和癖性都以一种狂暴和过分的方式,突出地表现出来。这些人是怪物,力量强大,心地单纯而坦率。用粗线条来勾勒出他们引人注目的面貌,真是件有趣的事情。我们乐意对他们那些表现一代生活的鸿篇巨制进行一番评论。

左拉先生当然处在这些强有力的“过激派”行列之中,特别是自他出版了《小酒店》以后。可是,由于他对自己好像并不怎么了解,缺乏自知之明;由于他干一切他能干的事情,仅仅为了使读者大众对他的才能和著作产生一种完全不符合实际的印象;因此,在研究左拉先生是怎么样的一个人之前,也许最好先说一下他不是怎么样的一个人。

一

左拉先生并不是一位批评家,虽然他写了“实验小说”,或者说因为他写了这些小说;左拉先生压根儿也不是一位描写真情实况的小说家,尽管这是他平生最大的抱负。

“实验小说”内容的基本特征是模棱两可，不可能再找到较之更加令人惊奇、更加一贯鲜明的并有所发展的模棱两可了。人们对用类似做化学实验的方法来创作小说是嗤之以鼻的，这种创作方法实在是不足取的。不管怎样，对于左拉先生而言，小说必须尽可能地紧紧扣住现实。如果说这是一项忠告，那是好的，可也是泛泛而谈；如果这是一条教理，人们就会群起而攻之，并要呼吁艺术的自由了。而如果左拉先生认为自己在这一点上是身体力行的话，那他就错了。

照左拉先生的观点，我们就得准备充分认识到，浪漫主义中的许多东西都已经过时，显得迂腐可笑；今天使我们最感兴趣的，是那些根据对现实中活生生的人类进行观察而写成的作品。这些人拖着沉重的肉身，生活在给他们以一定影响的条件下和“社会环境”中。但是，左拉先生也完全明白，要将典型写入小说或者搬上舞台，艺术家就不得不从现实生活中选取富有表现力的事件来进行刻画，以烘托出某一环境或某个人物的主要特性。事情就是这样的。应该取怎样的典型？要在怎样的范围里进行选择，然后加以剪裁？这些问题与作者的情趣和气质有关。此处绝无什么规定可言：定出种种规范的人，是个不符合实际的蹩脚预言家。艺术，即使是自然主义的艺术，必须由现实转化而来：你有什么权利去设置一点也不可逾越的界限呢？告诉我，为什么我必须一般地欣赏《安蒂亚娜》，或者甚至《朱莉娅·德·特雷科尔》和《奥尔德妮》呢？这种奇怪的、学究式的清规戒律，居然想要任意支配我的欢乐，它究竟是什么呢？将我们的欣赏范围扩大一些吧。（左拉先生自己也将从中得到益处。）除了那些令人厌烦和平淡庸俗的东西外，允许作家们去撰写任何题材。我甚至认为，他们可以根据想象，去塑造一些现实生活并没有提供原型的人物，只要这些人物具有统一性，只要他们模仿血肉之躯的行动是符合逻辑的。我毫无羞惭之意地承认：我至今还喜欢读《莱莉娅》，酷爱《康素爱萝》[①]，我甚至觉得乔治·桑笔下的那些工人也写得不错，他们有一种真实感，表达了他们所处时代的一部分思想感情。

左拉先生在文学批评的借口下，一直将他个人的情趣视为写作原则。这样一来，他就既不是一个自由主义者，也显得不甚公正。不幸的是，他

① 乔治·桑的小说。

是一本正经地这样干的，神情冷漠，态度执著，还摆出一副训谕法国青年的架势。左拉先生就这样激怒了许多善良的人们，亲自向他们提供了充分的不要理解自己的理由。他们运用这些理由，完全是情有可原的。因为这就是所发生的事情：这些善良的人们一方面认为左拉先生的理论是荒谬绝伦的，一方面又装出研究过这些理论的样子，抓住个别章节便高兴地指出：左拉先生没有应用这些理论来创作小说。接着，他们就反过来指责这些小说违背了他们曾经批评过的规则。举个例子说，他们说娜娜一点也不像他们所认识的那些青楼女子，《家常事》中的资产阶级更不像生活中的资产阶级；此外，左拉的书中充斥着下流的内容，其无耻淫荡的程度远远超过现实生活；因此这些书是毫无价值可言的。简单地说，人们是用左拉先生自己提供的武器来反对他的，人们要用左拉先生使我们听得耳朵都起了老茧的理论来惩罚他。

这也许是一场名副其实的争论，但却不是公正的批评。因为左拉先生的小说可能与他的理论背道而驰，但并不因此就不是成功的作品。为此，我愿卫护左拉先生（并没有去征求他的同意），去反对他那些"诽谤者"和他本人的错觉。人们对他大声叫嚷："这是不真实的，再说，这更是不道德的。"我要坦率地指出，如果左拉先生作了过分的、露骨的描写，那是要引起世人的注目；如果说这些描写经常使人恶心，使人坐卧不宁的话，也许这里面就含有几分力量，几分威严，几分诗意。

左拉先生压根儿不是一位批评家，一点儿也不是他所说的"自然主义"小说家。左拉先生只是一位史诗诗人，一位悲观主义的史诗诗人。他最近写的几部小说，特别明显地证实这种说法的正确性。

一位作家根据一种思想，或者为了一种思想，去努力地改造现实并使经过改造后的现实存在下去，我认为这样的作家就是诗人。按照这种观点，许多小说家和剧作家都是诗人；但有趣的是，左拉先生否认自己是诗人，然而他比任何人都更是诗人。

如果我们将都德先生和左拉先生进行一番比较，我们就会觉得，都德先生是位自然主义小说家，而左拉先生则不是。《富豪》的作者是以观察现实为出发点的，萦绕在他脑际的只有现实；而《小酒店》的作者却只是在主意已经打定后，简言之，就是带着成见去求助现实的。都德抓住几乎总具有某些特性的现实人物，然后再去寻找将他们联系在一起的行动，这种行动同时也是主要角色性格或者感情的自然发展；左拉却要描写他大体上知道一些情况的一个阶级、一个群体；在进行具体研究之前，他先以一定的方法来介绍它们；接着他就虚构出一部极其简单但意义重大的戏剧，里面出现形形色色的典型人物，活动着各种各样的群体。因此，左拉先生笔下的芸芸众生，创造出来的要比观察得到的多。如果按词源来解释诗人这个字眼的话，左拉先生确确实实是一位诗人，稍有些粗俗；如果从这个字眼通常词义的反面来理解的话，他则是一位理想诗人。现在我们来看看这位诗人是用哪一类大胆的简化来描写人类、事物和环境的，这样，我们离全面理解他也就不远了。

二

还在年轻的时候，左拉先生在《给妮侬的故事》中就显出不太爱好"真正的真实"，他往往将一种枯燥乏味的诗意赋予天真无邪的短暂爱情。当然，那时他还丝毫没有"实验者"的味儿。可是这已经表明，他缺乏风趣和欢乐；他处处显示出是一个不知疲惫地收集详情细节、着力描绘具体事物的作家。

现在他找到了自己的道路和题材。我们看到，他越来越像一位悲伤而粗暴的诗人：他讴歌盲目的本能、肉欲之美、狂暴的激情，以及人类天性中卑鄙而可憎的那些东西。他对人类身上所具有的兽性最感兴趣。左拉先生与正统的理想主义小说家完全相反，他喜欢描绘的就是这些兽性，而将其余的东西都丢弃了。大画家欧仁·德拉克罗瓦说过，倘若大胆地简化任何一张人类的脸部，夸大某些部分或减缩另外一些部分，最终都会使这张脸变成兽类的脸。左拉先生正是用这种方法来简化灵魂的。

娜娜就是这种简化最明显的例子。对这位青楼女子最有代表性的、因而是不甚令人感兴趣的先验性的构思，是怎样的呢？娜娜完全不是曼侬·莱斯戈，不是玛格丽特·戈蒂埃，更一点不是玛尔奈夫太太或某个奥琳柏·塔尔维妮。娜娜是个天生尤物，肉体漂亮，足以戕害异性；她愚蠢，毫无雅致，全无心肝，既无恶意也无善心；她使人难以抗御，仅由于她是个女性。这是"尘世上的维纳斯"，长着"巴黎郊区巨大的肢体"。这个女人被简化到最简单、最粗俗的程度。我们来看看作者是怎样由这里避开故意诲淫的谴责的。这样构思好女主人公后，他必定要按事物的逻辑性来创作他已经在写的这本书：要将娜娜写得心灵既不美、但也不是怀有恶意的，她不是富于感情的，娜娜彻头彻尾只能是她……这个样子。为了将这个人物塑造得栩栩如生，为了说明她诱惑男人们的手段，忠实的作者不得不着力描写我们所读到的那些细节。还要说一下，作者露骨地描写这些肉欲，一点也没有取得激动人心的效果，也没有起到展开故事的作用。是的，他这样恣意描写肉欲丝毫没有显示出情节展开或内心活动的阶段。娜娜是淫荡的、永恒的形象，就像某段时期巴比伦少女们所崇拜的石像一样。如同这尊石像比实物更高大一般，娜娜时时具有某些象征性的和抽象性的意义；作者用一种我无以名之的神化来消除他构思的无耻行为，并使非人格化的娜娜翱翔在整个巴黎的上空，用其良知洗涤其耻辱，并赋予她强大的自然力量和命运力量。当左拉先生用具体的形式表达这种思想时——在规模浩大的赛马场上，整个巴黎在娜娜周围叫嚷，好像将她尊奉为猥亵皇后而加以膜拜，竟然不再知道他们热烈欢迎的是位少女还是匹牝马——这才真正是理想的艺术，完美的诗篇。

对于这种构思和塑造人物的方法，你是否要看一些乍看上去并不惊人，但意味却更深长的例子吗？在《妇女乐园》和《生之欢乐》中，你就能找到这些例子。请注意，这是两本"道德的"小说，换句话说，左拉先生在小说里描写了德行，最后德行还获得了胜利。可是，这是什么样的德行呢？德尼丝的故事，这个贫穷而规矩的少女，最后和老板结了婚。这是那种枯燥无味的作品常用的题材。来看看这部味同嚼蜡的小说是什么样子的吧：如果说娜娜像畜生那样淫荡，那么德尼丝就像一头畜生那样有德行，因为她性格十分沉着，身体又极为壮健。作者一心想要我们不误解这一点，要我们不只是偶尔地把她当作一位女英雄，也不要认为她是佯装规矩的女人；他不知多少次地谈到过这些问题。人们实在不会像这样大胆描写一位处女了。波利娜也是同样地善良忠诚。如果说她曾经斗争过一段时期，那是在与生理影响相抗衡；并且，取得胜利的并不是她的意志，而是她的身体。凡此种种，都是着重描写的。这样一来，摈弃了自由意志，取消了主要存在于意志和感情斗争之中的通常心理分析的陈旧内容，左拉先生就能成功地塑造出具有威严、粗犷之美的人物，塑造出具有基本力量的伟大而粗野的形象——他们或者像瘟疫一样凶恶可怕，能造成大量死亡；或者像阳光和春天一样善良仁慈，能带来一片生机。

只是比较细腻的心理分析没有了。左拉先生竭尽全力，只是给我们描绘一种固定观念、一种癖性或一种罪恶的未经斗争的进展。持久不变，或者总是与此差不多，这就是左拉先生笔下人物的特点。即使当他向我们讲述一个极其特殊、极其现代化的故事，看来特别是心理分析性质的故事时，譬如《生之欢乐》中拉扎尔的故事，他也有办法在同样的意义上进行简化。哦！他马上就去抹掉感情或思想的极其细微的差别，去摆脱精神疾病的复杂性，在这儿还是要到人类身上找寻兽性！毫无疑问，拉扎尔这个人物代表了青年一代的一部分。这部分青年人需要刺激，厌恶行动，意志堕落，神经紧张，怀有学究式的、可能也是真诚的悲观主义：凡此种种，都是十分有趣的。然而，拉扎尔全部的悲观主义最终被归结为对死亡的不由自主的恐惧；既然波利娜像一条温驯的母狗那样忠诚，那么悲观主义者的拉扎尔便像一条胆怯的狗。

三

左拉先生建构整体时，采用的同样是大胆的简化方法，以《家常事》为例。我们举此为例，倒不是因为这是他写得最好的一部小说，而是由于这是最能忠实地体现他写作风格的小说之一。简化现实的放大式写作方法，过分地突出其某些特征，每隔十页就重复出现。——这是一幢大楼，内院发出恶臭，诲淫的玩笑撕裂了帷幔，来挨家挨户地谈谈资产阶级住户们的事吧。这儿用端庄凝重的大楼梯和发生在华丽的桃花心木门背后的风流韵事，进行讽刺性的对照：每当特别卑鄙无耻的场面出现之后，这种对照就来了，就像诗歌的每节结尾的副歌一样。而正如房屋装备着宽阔的楼梯和桃花心木门一样，巴歇拉尔大叔总是红鼻子，迪韦里埃长着血管痣，若斯朗太太胸脯丰满，奥古斯特·瓦伯尔由于偏头痛眯起左眼，小老头若斯朗缠着绷带，老瓦伯尔拿着筹码，克洛蒂尔德在弹钢琴——总是这样！左拉先生使用的是“特殊征貌”的方法，而且使用得有些过度。我们处处都看见他在选择“特殊征貌”，并使之抽象化，进行夸大。如果他从整个法官群中选取某个迪韦里埃（其实他怎么说都不是法官，而是公证人或江湖郎中），从整个巴黎的资产阶级妇女中选取某个若斯朗太太，那么，这确实像奥克塔夫·弗耶先生从圣日耳曼区选取妇女同样地大胆、果断。还要添上一句话，同样的方法还有另一种应用，左拉先生通过这种应用，能将许许多多可鄙的人物聚集在同一幢房子里，并且是从巴黎所有的资产阶级住宅中选取这样一幢房子的。

这样一来，就可以描写形形色色的人物和事件。在描写一个人物的丑行或庸俗时，没有不夸张的；这些人集中在一起，本身就是一件特殊的事情。显而易见，他是根据一种与众不同的、根深蒂固的思想去择取鸡毛蒜皮的细节，这种思想要贬低人类的价值，使已经显得丑陋的下意识和卑劣的不道德的行为更加不堪入目。以致经过一段时期之后，某些虚假的细节，不再引起公众的非议，激起义愤，甚至在通常的夸大时不再使用谎言了。在我们面前，展现出一幅描绘资产阶级的卑劣手段、淫荡生活和愚昧无知的图画。这幅画生气勃勃，色彩强烈，比现实更生动，但是颇为和谐，甚至有些单调。一言以蔽之，这幅画更为理想，由于特殊的、几乎是充满隐喻的强烈笔法，也就更为晦涩。资产阶级在这里被绘成“兽类”。舒瓦瑟尔街上的这幢房子是“教堂”，许多卑鄙下流的秘密交易都在这儿暗中完成。守门人古尔德先生是“教堂执事”。满怀忧郁而彬彬有礼的莫迪神甫则是“司仪”，其职责是“用宗教的外衣来掩盖这个腐朽世界的伤口”和“妥善处理愚蠢和罪过”。有段时期——显然是由于狂热信仰而随心所欲产生的幻象——流血的基督突然降临在这肮脏的地方。瓦伯尔的大楼成了我们叫不出名堂的巨大而有象征意义的东西。作者最后只得使他笔下的人物像他那样仔细观察世事。房主将阁楼租赁给一个怀孕的女郎，于是这个女人的肚子就一直困扰着古尔德先生。这个肚子“在他看来，将它的影子投掷在宁静而洁净的院子里……用一种不体面的东西布满整个大楼，墙壁上都留下令人难堪的痕迹。”——“一开始，”他解释道，“这不大看得出来，这是可能的，我没有说一点都看不出来。总之，我希望她在这件事上要慎重一些。哦，真是这样。我留心这件事，我瞧着肚子渐渐大起来了；它大得这么迅速，实在使我大吃一惊。你看啊，今天竟大成这个样子！她一点也不想办法遮掩一下，而听任它挺出来……这样的肚子使我们这座规矩的房子多么招摇啊！”守门人文明的语言和所描述出来的形象，真是出乎我们意料。这真是奇怪的世界，守门人的谈吐像诗人，而其余的人讲起话来像守门人一样！

浏览一下《卢贡-马卡尔家族》，在左拉先生几乎所有的小说中（当然在最近出版的一些小说中更是这样），你都能找到与舒瓦瑟尔街上这幢奇异的大楼相类似的东西：一些无生命的东西，如森林、海洋、酒店、商场等，它们或者作为事件发生的场所，或者作为戏剧发生的中心；它们以一种超人的、顽强的生命存在于世，将某些凌驾于个体之上的自然力量或社会力量拟人化，最后它们又以凶恶的兽类——灵魂和人类吞噬者的面目出现。《娜娜》一书中的兽类，就是娜娜自己。在《穆雷教士的过失》中，兽类就是巴拉都公园，这是鲜花怒放的神奇树林，这里洋溢着各种气味，集聚着西贝尔女神所有的爱情的力量。这座园林宛如一个神奇的、不可抗拒的掮客，将塞尔日和阿尔比纳相互投入对方的怀抱，然后用它那致人死命的香味使小女农牧神安然长眠。在《巴黎之腹》中，兽类就是规模巨大的中央菜市场，它使得它周围的畜生的生活丰富多彩，繁荣昌盛，同时又使瘦骨嶙峋的空想家弗洛朗惊愕万分，最后将他吞噬掉。在《小酒店》中，兽类就是高隆巴老爹的小酒店，锡制的柜台和铜制的酒壶。这酒壶像一头神秘而作恶多端的野兽的颈子，将使人变得愚蠢、懒惰、愤怒、淫荡和下意识犯罪的酒精，倾注到工人们的身体中去。在《妇女乐园》中，兽类就是穆莱开设的商场，一座现代化的商业大厦；在那里，职员们道德败坏，女顾客们神魂颠倒；商场是一架巨大的活机器，它用齿轮机构将小店老板们碾得粉碎，吞入腹中。在《生之欢乐》中，兽类是海洋，它最初是拉扎尔的雄心壮志和爱情的朋友，后来成了他的敌人，最后损坏了德国哲学家叔本华这名信徒脆弱的头脑，取得了胜利。左拉先生擅于使他笔下的事物具有灵魂的战栗，他是从人类那儿取来这一部分的；而当他使一座森林、一家菜市场、一张酒店的柜台、一家新型的商场几乎像人类那样有生命的时候，他就要使处在这些环境中的愁惨或下贱的人们过着几乎是畜生一般的生活。

然而，不管过的是什么样的生活，哪怕是残缺的、备受蹂躏的生活，他也会将这些人塑造得栩栩如生，他就是有这份才气，在这方面，作家中他是首屈一指的。不仅主要人物是这样，就连最不显眼的次要人物，在这位兽类制作者的大笔一挥之下，也是很有生气的。毫无疑问，塑造这些人物并不要费多大笔墨，常用的方法是根据大体上的但非常独特的特征来进行塑造；但是这些人物就如此写活了，每个人都写活了，合起来的整个也写活了。因为他还知道要赋予群体以生命，使群众活动起来。几乎在左拉先生的所有小说中，主要角色周围都有相当数量的次要角色，servum pocus[①]，他们经常联袂而来，构成故事的内容，突出地展现在那儿，不时地发生议论，就像以往的唱诗班那样。在《穆雷教士的过失》中，可怕的农民们在齐声嚷嚷；在《小酒店》中，古波的亲戚朋友在齐声嚷嚷；在《家常事》中，仆役们在齐声嚷嚷；在《妇女乐园》中，职员们在嚷嚷，小店老板们在嚷嚷；在《生之欢乐》中，渔夫们在嚷嚷，乞丐们在嚷嚷。通过这些次要人物，主要角色便与人性中最大一部分结合起来了；而正如我们所看见的那样，这种人性本身是和事物的生命混在一起的，因此，从这些整体就能获得一种几乎只是兽性的、物质的，但却是杂沓的、深沉的、广阔的和无限的生活的印象。

四

印象是可悲的，左拉先生正希望这样。也许，悲观的偏见永远不会发展到如此过分的程度。自从创作了最初几部小说以来，他精神上的痛苦有增无减。至少，我们在他描写污泥浊水的史诗的初期篇章里，还能看到某些如同以往自然主义的狂热的东西（当然，从基督教的犯罪观念和从现代化的“神经质”来进行夸大，确实如此）。在米埃特和西勒维尔热情洋溢的田园生活中（见《卢贡家族的发迹》），在穆雷教士和阿尔比娜天堂般的婚礼中，甚至在菜市场堆积如山的蔬菜中发生的嘉蒂纳和玛若兰牲畜一般的爱恋中，左拉先生至少是颂扬性爱及其成品的。但是，看得出他现在对一切纠缠着他的肉欲，好像只有憎恨和害怕了。他千方百计要贬低肉欲；他久久留在人类兽性的底层，注视着最能损伤人类自尊的血统和神经力量的作用。他寻找肉欲的秘而不宣的丑行及其坏影响，并且将它们揭露出来。他多次叙述通奸行为，为的是要贬低它，使它成为俗不可耐的、令人恶心的东西（《爱的一页》和《家常事》）。他对爱情大喝倒彩，将爱说成仅仅是一种难以抑制的需要，一种淫秽的功能（《家常事》）。左拉先生小说中最好的部分是对 Surgit amari aliquid[②] 所作的狂热评论——在女人身上，他只看到她性别的神秘的肮脏地方（《家常事》和《生之欢乐》）。他怀着一种苦行僧般阴沉的欲望，无情诅咒才开始的生命；人类自

① 拉丁文，意为“应声附和的一群人”。
② 拉丁文，意为“出现的一些刺激的东西”。

诞生在母腹中,就遭到他的谩骂。在人的身上,他看到未经加工的浑噩状态;在爱恋中,他看到交媾;在母性中,他看到分娩,他忧郁地、详细地提到粘液、体液和人体所有的下部。"这邋遢鬼阿黛尔"夜间的床铺是怎样的一幅可憎而可悲的图画啊!而《生之欢乐》中的路易丝那次令人难以卒读的分娩,是怎样的病理细节,是怎样的阴郁的医科学生的梦想啊!

尽管从马克西莫到莱昂·若斯朗德的性关系,其中还有巴蒂斯特、萨蒂纳、小安吉尔和瘦莉莎的艳事,都收集得齐齐全全的,但无论是临床的惨状,还是道德上的腐败,对他来说都是不够的。他需要的是生理的好奇,如泰奥菲尔·瓦伯尔的故事或康巴尔东太太的故事那样。源泉是用之不竭的,如果他现在将愚蠢和淫荡揉入残缺的身体中,那么卢贡-马卡尔家族的故事将会有更精彩的篇章呢!

因此,在左拉先生看来,人的本质就是兽性和愚蠢。他的作品向我们介绍的,是一大堆的白痴,或者是受到他所说的"第六感官"折磨的人物——散发出一股腐败的气味,肥料堆的气味,大多数读者对此深为恶心,另外一些读者则感到巨大的、无法忍受的悲痛。对《家常事》的作者这种奇怪的偏见,我们将进行解释吗?我们是否将这样说:这是因为他感受到超越一切事物之上的力量,领会到没有什么比缺乏理智更糟糕的了,没有什么比兽性的本能、薄弱的意志和萎靡不振更强烈的了(因此,他笔下的粗汉要比无赖之辈多得多),而从永恒性、普遍性和下意识等方面来说,没有什么比愚蠢更为持久不变、更为可怕的了。我们将这样说吗?或者更确切地说,是不是左拉先生确实见到了他所描述的那个世界?是的,左拉先生身上有一种想做苦行僧的悲观主义,在肉欲及其艳遇面前,有一种忧郁的醉意侵袭他的全身,他想摆脱却摆脱不掉。今天的人类是过去几世纪人物的重现,只是更为复杂些,如果真是这样的话,那么左拉先生肯定是中世纪时期一位极为严肃的、品行端正的僧侣,他身强力壮,想象过于丰富,到处看见魔鬼,便用诲淫而夸张的语言来咒骂他那个时代的腐败堕落。

因此,指责左拉先生是位不道德的作家,认为他是在迎合读者大众本性中坏的一面进行创作,都是冤枉他,是非常不公正的。在描写下流淫荡的场面时,在描写妓院和医院的某些情况时,他的态度始终是严肃的。如果说他收集某些不堪入目的细节,我们得相信,对他来讲,这是个职责问题。因为他一心要描述现实,并且坚持认为现实是丑恶的,他就要以细心人一丝不苟的认真态度，尽量向我们展示现实本来的样子；他不愿欺骗我们。有时他也会忘却这一点：他描绘出宽阔的画面，那里并没有肉欲的丑行；但他会突然感到悔恨；他会想起到处都有兽类，于是，为了不违背他的职责，当我们极少想到这一点的时候，他就悄悄地写一些猥亵的细节，仿佛作为普遍存在的肮脏行为的备忘录一样。在德尼丝和波利娜这样的角色中，随着情节的展开，这种类型的悔恨显得特别厉害（《妇女乐园》和《生之欢乐》）。而正如我们前面所说的那样，从这样被激起的生理状态中，产生了一种可怕的忧郁。

五

如果印象是可悲的，也是强烈的。我得好好称赞这些精明的、爱挑剔的先生，他们认为才能、稳重和语言规范是作家最重要的东西；即使在《普拉桑的征服》、《穆雷教士的过失》、《小酒店》和《生之欢乐》相继出版之后，他们还是认为左拉先生造诣不高，要回到学校里进行补课，因为他没有学好人文学科，也许他遣词造句也不总是正确的。我实在没有水平作出如此高明的评判。人们可以不承认左拉先生别的一切，但难道能够否认他那种强大的创造力吗？不管人们怎样贬低这种创造力，这股创造力在它表现的领域里，总是令人惊叹的。我卫护这一点，固然是白费精力。人们也用同样的粗暴行为、同样程度的卑劣行为来对待敝人，我并不知道他们为什么要这样做。左拉先生像陷入河流中的赫拉克勒斯[①]那样经常竭力打扫，将奥吉亚斯牛圈中的垃圾扫成一堆（甚至有人说这些垃圾是他带来的）。人们怀着恐惧的心理看着有多少堆垃圾，将费多大的精力才能将它们堆成像山一样的一大堆。精力充沛和异常耐心是左拉先生的美德。他非常仔细地观察具体的东西、生命体的全部外表；他具有一种特殊的才能，要将耳闻目睹的一切事物描绘出来就得有这种特殊的才能：冷静、不动声色、毫无倦怠并不厌其烦，同时对一切事物都具有敏感和同样的热忱，他就这样收集一些生活中的细枝末节。左拉先生所记住和收集的细枝末节，其数量之盛，是任何一个自然主义学派的作家都不能比拟的。因此，他的每一幅画的统一性，不再像古典主义作家的作品那样，在

① 希腊神话中的大力士。

于细节（细节总是较少的）隶属于整体，而是在于它永无休止的单色调之中，如果我可以这样说的话。是的，这位作家具有出奇的堆砌能力，这是在与泥水工的堆砌相同的意义上说的。我完全相信有关他的一些传闻：他总是以同样的速度来写作，每一天都要写相等数量的页数。他写小说就像泥水工砌墙一样，把一块石块砌在另一块石块上面，从容不迫地干着，好像工作是没有期限似的。像他这种类型的作家，采用这种写作方法确实是适宜的。这或许正是布丰先生所说的，是长期耐心的一种表现形式，是富有才气的。这种才能和其他一些才能结合起来，便造就了左拉先生作品的十足的独创性。

然而却有许多人坚持否认据称是使他著作得以流传的东西：风格。不过在这儿，首先应该将他那些评论性著作或论文和他的小说区分开来。那些表达他抽象思想的书确实不总是写得非常出色的，或者由于思想的困惑和彷徨影响了风格，或者因为左拉先生天生就不能十分准确地表达自己的思想。比较起来，他那些小说的形式倒是更经得起指责。可是也不能将这些小说相提并论，也得区别对待。左拉先生从来不是一位完美无缺的作家，他对自己的写作也不是极有把握的；但是从左拉先生最初写的小说看（依我看，可以算到《娜娜》为止），他是勤奋的，全力以赴的；他的风格是着意雕琢的，色彩丰富的。即使单从形式来看，《卢贡家族的发迹》和《穆雷教士的过失》中的一些篇章确实写得很美，光彩照人，语言纯正。自从写了《娜娜》以后，同时在描写真实的借口下，他越来越不稳健了；可以说他借口简化和出于对浪漫主义的憎恨（他既师承它，又将它视作眼中钉），开始轻视文风了。他大量地写，也写得快多了，他粗糙为文，不再注意句子正确与否。用这两种文笔写出来的作品，尤其是用第二种文笔匆匆写成的作品，都是授人口实的。那些习惯于阅读古典作品的读者，那些受过良好的高等教育的人，那些具有很高文学语言修养的老教授，在左拉先生的这些作品中，是不难指出一些相当令其反感的、在他们看来是特别严重的错误，诸如：用词不当，极端不相称，如前人所说的“诗意”而造作的词语和粗俗下流的短语奇异地混在一起，某些怪诞的文笔，语言有时错用，尤其是常用的夸张，从来不细腻，一点不优美……唉，是这样的！所有这些指摘都是有根有据的，我对此只能感到非常遗憾。但是，我还得说上几句。首先，左拉先生的作品不是每部都存在上述这种或那种错误和缺点的，远远不是这样。其次，这些小说都是用大架子构成的，要从整体、从大处来阅读它们,不应该去挑剔那些词句,接受已经写成的东西吧;要从整段整段的篇章,从整个结构上来评价这种风格对画幅所造成的总体效果。总而言之,我们将会认识到,通过这些并非无可指摘的成堆句子,我们才看到波澜壮阔和动人心弦的场面;这种粗糙的、从来不是细腻的、有时还欠正确的文笔,通过反复使用单调的夸张和强调再三的方法,用来真实地再现具体事件的全貌,是最最适宜的了。

六

最近出版的一部小说《萌芽》,强有力地进一步证实了我尝试着给左拉先生作品所下的定义。我觉得,我在他以前发表的小说中所见到的一切东西,在《萌芽》中俯拾即是。我们可以说,无论是左拉先生的忧愁和他创作史诗的才能,还是他所运用的各种艺术手法,都从来没有像在这部规模宏伟但调子低沉的小说中表现得这样淋漓尽致。

题材是很简单的:这是一次罢工的故事,或者确切地说,这是罢工的诗篇。由于公司采取了对矿工们极不公正的措施,他们拒绝再下矿井。饥饿将他们逼迫到抢劫和杀戮的地步。出动了军队,才恢复秩序。矿工们重下矿井采煤的那一天,矿井被淹没了。几个主要人物留在了矿井底层。一个信无政府主义的工人制造的这次大灾难,是这次罢工与其他许多罢工不同的唯一特点。

因此,这个故事不是一个人或几个人的故事,而是一大群人的故事。我不知道,是否还有什么别的小说描写过这么多人的生活和行动。他们一会儿混乱地集在一起,一会儿受盲目本能驱使,干出骇人听闻的事情来。诗人以其非凡的耐心、阴沉的粗暴和丰富的想象,描绘出一系列壮阔而悲惨的图画。这些图画是由单色的细部构成的:矿井里的一天,矿工住宅区的一天,造反者夜晚在林中空地举行的会议,三千名贫苦矿工在平坦的原野上狂奔乱跑,他们和士兵们发生的冲突,在被淹没的矿井里垂危的十天……这些细部堆积着,堆积着,就像潮汐一样升起和展开。

在这样的一部小说中,左拉先生将那些不可避免的、盲目的、非人性的、难以抗拒的东西,集聚起来的愤怒的感染力,人群的激烈而怒不可遏的集体精神,全都绘声绘色地表现出来了。他经常将散沙一般的人们聚集成令人望而生畏的群体，下面就是他描写这一群体的例子：

……妇女们出现了，大约有一千人，散开的头发，由于奔跑而更加蓬乱；衣衫褴褛，赤裸的皮肉都露了出来，仿佛一群生下饿死鬼而筋疲力尽的裸体雌性动物。她们之中有些人将抱着的孩子举在空中，不断地摇动着，好像一面哀悼和复仇的旗帜。另外一些比较年轻的女人，挺着女兵似的丰满胸脯，挥动着棍棒；而那些丑陋的年老女人，拼命吼叫，她们干瘪颈项的青筋好像都要挣断了。接着，男人们冲过来了，两千个狂怒的人，有童工、采煤工和修理工。他们组成一个结实的群体，一齐向前冲过来，混乱不堪地挤在一起，以致都分不清褪了色的短裤和破旧不堪的羊毛衫了，随后又一齐消失在灰暗的统一体中。他们的眼睛里燃烧着怒火；只看见他们张着黑嘴高唱《马赛曲》，歌声和乱糟糟的吼声混在一起，其中还夹杂着木底鞋踏在坚硬的土地上发出的吧哒声。在举起来的铁棒中，有一把斧头，它的刃面像断头机的铡刀一样锋利，它在人们头上竖得笔直地走过去了。在明亮的天空下，这唯一的一把斧头仿佛就是这支队伍的旗帜……

愤怒、饥饿、两个月以来的苦难，以及穿过一些矿区的狂奔乱跑，将梦苏矿工们安详的面孔拉长了，使之变成凶猛野兽的嘴脸。这是，正在落山的太阳，用它那暗紫色的余晖，将平原染成一片血红。这样一来，道路上好像流淌着鲜血；女人们、男人们继续在疯狂地奔跑，好像正在屠宰牲口的屠夫一样浑身血污……

然而，小说必须重点描写某些人物；因此，诗人在工人这一方面给我们写了马赫一家和他家的房客艾蒂安，在公司方面写了埃纳博一家。在这两大阵营中，有四十余个次要人物，而在这些人物周围，总蚁聚着一群人，他们低声嘟哝，牢骚满腹。罢工的头儿艾蒂安本人，一旦激动起来，比谁都要厉害。

这些人物中，比较突出的有：马赫，他善良正直，遇事深思熟虑，为人通情达理，生活中逆来顺受，渐渐地狂怒暴躁起来；马赫老婆和总是吊在她没有血色的乳房上的最小的女儿艾斯黛，饥饿、士兵们的子弹和矿井，夺走了她的丈夫和孩子们的生命，最后她成了一位苦难的圣母，一个惊呆了的可怕的尼俄帕；卡特琳，这部悲剧史诗中的质朴少女，她总是穿着推车工的裤子，具有一种她所能具有的美丽、羞怯和魅力；沙瓦尔，总是在“大喊大叫”的“叛徒”；艾蒂安，工人，社会主义者，他思想混乱，头脑里满是幻想，天性比他的伙伴们敏感一些，由于从母亲绮尔维丝·古波那里遗传到的酒精中毒，会突然大发雷霆；阿尔奇，小驼背，总是温顺地操持家务，像一个小妇人那样；只讲过一次话的穆克老爹和总是吐出黑痰的长命佬；拉赛纳，过去的矿工，现今当了小酒店的老板，一个肥胖、热情、谨慎小心的革命者；普鲁沙，到处鼓吹社会主义的演说家，总是嗓子嘶哑和行色匆匆；梅格拉，杂货铺老板，专占矿工妻子和女儿们便宜的色鬼；穆凯特，善良的少女，天真的风流女郎；皮埃隆老婆，小算盘打得精透的女人，将家里打扫得干干净净的荡妇；让兰，瘦小的偷儿，脚被压断，满脸雀斑，两只耳朵分得很开，一双绿眼睛，不为什么，只是出于本能和取乐，他杀死了一名小兵；总是害怕让兰的丽迪和贝伯；黑炭老大娘，她的丈夫被矿井杀害了，她挥动着巫婆似的手臂，总是在吼叫；埃纳博，公司经理，严格冷静的职员，他心头有创伤，是一个受到只拒绝与他同床的梅萨琳[①]式女人折磨的丈夫；内格雷尔，工程师，身材矮小，皮肤褐色，是个怀疑论者，勇敢，也是他舅妈的情人；德内兰，精力充沛，具有冒险精神的企业家；格雷古瓦一家，肥胖善良的公司股东；还有赛西尔、让娜、露西、勒瓦克、布特卢、康迪厄老爹和小兵于勒等人；还有老马巴达依，“肥壮，油光闪亮，一副老好人的样子”；年轻的马，特隆佩特，它在矿井底部一心思念着青草和阳光（因为左拉先生喜欢牲畜，给予它们至少与人类相似的心肠，我们由此想起《生之欢乐》中名叫马蒂厄的狗和名叫米鲁西的猫来）。除了上述这些人物外，还有长着金黄色头发和少女般容貌的俄国工人苏瓦林，他总是安安静静的，性情温和而又漠视一切。所有这些人物都具有一种鲜明的“特殊征貌”，并重复出现；我们不知道为什么，几乎只要这样重复提起这些特征就能产生奇异的功效，使这些人物活灵活现起来。

左拉先生只是从外部来描写他们；他所构思的小说正是不要再进行心理的分析，他已不能这样做了。极其简单的本能，就是这些群众的内心思想。处在第一线的下层人物，他们要活下去，他们是通过要温饱的生之需求和极为朦胧的想法来进行活动的。这些想法构成了种种图景，久而久之，使人们心醉神迷，促使他们去付诸行动。“……一切不幸都消

① 梅萨琳（15—48），罗马公主，克洛德一世的第三位妻子，以淫荡著称。

失了，被猛烈的太阳一扫而光；而在仙境耀眼的光芒照耀下，公理自天而降……一个新社会在一天之内就成长起来，就像在梦中一样；这是一座大都市，具有海市蜃楼的壮丽。在这座城市里，每个公民都依靠自己的工作来养活自己，并从共同的幸福中取得属于他的那一份……”艾蒂安这个人物的内心生活应该降低到微不足道的程度，因为他仅仅比他的同伴们稍微站得高一些而已：他憧憬绝对的公正，但在采取什么样的方法去获取它上却思想纷乱；有时因为比别人想得多而感到骄傲，有时又几乎承认自己没有能力而觉得懊丧；他是个读过几本书的工人，不免卖弄起学问来，但在热情之后又缺乏勇气；在他卫道者的热忱之中混杂着资产阶级的情调和知识分子的傲气……他就是这个样子的，够了，不去谈他了。至于苏瓦林，这是左拉先生有意塑造的一个谜一样的神秘人物，他只向我们介绍了这个人物的一些表面情况：左拉先生在这里描写他是个无政府主义者，只是为了与法国工人的感情用事和模模糊糊的社会主义形成强烈的对照，只是为了安排最后灾难性的结局。人们说，也许真是这样的，从高度来说，左拉先生并没有这样的才能：深入人类的内心，去对灵魂进行分析，去记录下思想和感情的起始和发展或受外界千万种影响而产生的反应。这种说法也许是对的。为此，左拉先生在这本书中不愿叙述一个灵魂的故事，他要讲的，是一群灵魂的故事。

此外，他愿写的也不是一部描述感情的小说，而只是描述感觉的小说，完全是具体事件的小说。感情既然已降低成本能，或者说接近于本能，痛苦也就成了完全是身体的痛苦。例如，当让兰脚被压断的时候，当小阿尔齐尔死于饥饿的时候，当卡特琳用“绳梯”登上七百公尺高度的时候，或者当她在矿井深处，紧挨着沙瓦尔的尸体、在艾蒂安的怀抱中濒临死亡的时候，他们所有的痛苦都只是身体上的痛苦。人们将会批评说，用这种代价去揪住读者大众的心灵，或者更确切地说，去夹紧他们的神经，是极容易的事情；这是些最粗俗的情节剧。你相信吗？但是，这些死亡，这些痛苦，本身就是戏剧：左拉先生不想写一部心理分析的悲剧。在这部书中，除了所描述的残酷场面外，还有一些别的东西：小说家忧郁的怜悯，只是悲观主义哲学的偏见将他这种同情变成了冷冰冰的无动于衷——对我们、对他自己都是这样。有些人认为，精神上的痛苦要比身体上的痛苦高尚得多，不过左拉先生不是这种人。既然我们的感情也和我们的感觉一样，都是不由自主的，那么哪方面更高尚呢？再说得坦率一些吧，难道身体上的痛苦不是最可怕的吗？难道不正是主要因为身体上的痛苦，人类才变坏的吗？

在这儿，对这些肉体的祭品来说，刽子手和神是两只“兽”。刽子手是矿井，吃人的野兽。神是不可思议的人物，矿井是属于他的，他使矿工们忍饥挨饿而养肥了自己。这是恶魔似的看不见面目的偶像，不知道蹲在什么角落里，就像是神龛中的密特拉神[①]。两只兽类轮流地定期出现。一只兽类执行杀戮，另一只兽类执掌生杀大权，在那里发号施令。我们时时听见执行杀戮的兽类“缓慢而粗厉的喘息”（这是指排水泵的声音）。这兽活着，活得这么好，但最后还是一命呜呼了。

> ……于是人们看到骇人的景象，人们看到机器已经和台基脱节，肢体裂开了，还在与死亡抗争；机器向前挪动它那巨人似的膝部，好像还要站起来，可是传动杆已经松开了。它没有气了，被压碎了，被淹没了。只有那根三十米高的烟囱还依然直立着，但是已经摇摇晃晃的，如同暴风中的一根桅杆。人们认为它将裂成细块，像粉末一样随风而去；但是，它突然在一刹那之间整个儿地陷落下去，被大地吞没掉了，就像一支巨大的蜡烛消融了，它一点儿东西都没有留在地面上，连避雷针的顶尖都沉入地下了。一切都完了，蹲伏在这片洼地里的这条吃人的凶残的野兽，再也发不出缓慢而粗厉的气息了，一股脑儿地沉没在深渊里面了。

还有多少象征性的东西啊！女人们从梅格拉尸体上撕下来的那块鲜血淋漓的男根肉块，也是一个凶恶的野兽，最后被扯碎，人们踩在它上面，吐着唾沫。痴呆的、脸部变形的、丑陋的长命佬，扼死了肥胖的、金黄头发的、温顺的赛西尔·格雷古瓦，这是不承担责任的饥馑以致命的一击扑在不承担责任的无所事事身上。诗人常用明快的写实手法，将愁惨的自然景色绘进他的图画中，以充实这些图画的内容，并使之具有“恐怖的意味”；我们明知如此，还是相信他的。矿工们在惨白的月色下举行的会议，三千名绝望者在夕阳西下时血也似的光亮中狂奔乱跑，均是例证。就连书的结尾也是具有象征意义的：主人公艾蒂安在一个春天的早晨离开

① 古波斯的太阳神。

了矿区：这一天早晨，嫩芽"爆裂成绿叶"，田野"由于草的茁壮生长而战栗不已"；同时，他也听到脚下响起沉重的敲击声，那是同伴们在矿井里敲打："伙伴们在不断地挖掘，那声音听得越来越清楚了，好像他们已挖近地面。新春的早晨，太阳的光辉，像燃烧的火一样，喧闹的田野孕育着世间万物。人们在继续行进：这是一支浑身黑色的复仇大军，他们在田野之内慢慢萌芽，他们为了收割未来世纪的庄稼在茁壮地成长，他们的萌芽行将冲破压在身上的土地。"这部小说取名"萌芽"，出典就在这里。

你认为这谜一样的结尾怎么样？未来的革命究竟是什么样子的呢？贫苦的人们是等待美好日子的降临，还是去摧毁旧世界？是正义主宰一切，还是有更多的人进行角逐格斗？真是令人莫解！或者，这只是单纯的文字游戏！因为这部小说除结尾外，丝毫没有道及一点希冀或幻想。我知道左拉先生的态度是绝对不偏不倚的，我们没有见到巨大贪婪的食人者，矿工们也没有看见，我们见到的，只是格雷古瓦一家，一些慈善为怀、循规蹈矩的小股东罢了，而他家的独生女儿却被受人宰割的人杀死了。至于总经理埃纳博，他和这些饥寒交迫的人们一样，都是值得同情的。书中有这样一段：

> 窗户下面，爆发出更加猛烈的吼叫声。
>
> "面包！面包！面包！"
>
> "蠢货！"埃纳博先生从牙缝中迸出这句话来，又说："我难道幸福吗？"

上上下下，到处都是痛苦和绝望！但这些可怜的贫困者至少还有牲畜般的维纳斯可资安慰。他们在任何地方，在任何时候，都像狗一样乱七八糟地"相爱"。书中有一段说起一个地方，人们一举足就会踏上一对一对的情人。在这些被工作压得透不过气来的粗俗人们中，还有人在多雨而又寒冷的地方大干风流事，这真叫人惊奇。有人在被淹没的矿井底部"相爱"，在垂死的十天里，艾蒂安在这地方成了卡特琳的情人。我更喜欢不要将艾蒂安写成是卡特琳的情人，直到这时之前，他俩面对面所感到的本能上的羞耻，是作者在这部描写兽性的诗篇中所保留的几乎是绝无仅有的高级人性的唯一残余。

在这部描述痛苦、饥饿、淫荡和死亡的史诗中，埃纳博时时在诉苦，在悲叹。这个人物是这部小说的寓意所在，明显地表达出左拉先生的思想：“一股辛涩的苦味像毒素一样使他烦恼痛苦……一切都是徒劳无用的，活着是永恒的痛苦。”

> 将人世的幸福寄托在平均分配财富上，是怎样的白痴才想得出来的啊?！这些空想的革命家完全可以摧毁这个社会，另外再建立一个新社会，但是他们不会给人类增添一点欢乐；他们给每个人以面包时并不能为他消弭痛苦。如果他们使人类超越本能宁静本份的满足，使人们达到因情感不能满足而感到痛苦的高度；那么，这些革命家就甚至会扩大世界上的不幸，就连狗也会被弄得发出绝望的长吠。这样不行，唯一的幸福就是不要存在；如果人存在了，那就做一株树，一块石头，或者更小一些，去做一粒在行人的践踏下不会流血的沙子。

一支贫苦人的队伍，为饥饿和本能所激怒，为朦胧的梦幻所吸引，为肯定会捎来不幸的暴力所驱使，他们热血沸腾、一片骚动地向前行进，要去抗争强大的势力：这就是悲剧。小说中出现的人物，好像是在黑暗和狂暴的海洋上颠簸的波涛：这就是极其简单的哲学观点，悲剧故事就是依据它而逐渐展开的。左拉先生让心理学家去费心撰写每一个波涛的专题，去造就一个中心，好像是整体的缩影一样。他只是提出具体的宏伟的整体，想象数不尽的外表细节而已。可是，我问自己：是否有人曾经这样做过呢？

七

评论过《萌芽》之后，我在结束本文重提这些问题时就更加自信了：我称左拉先生是一位史诗诗人，难道没有理由吗？他那些长篇小说的主要特征，不也正是史诗的主要特征吗？怀有善心的诚意，时而洋洋大观时而寥寥数语地使用文字，追求与史诗相似的风格并保持它，在词藻的堆砌下蕴藏大量真实的内容——这就是左拉先生长篇小说的主要特征。

史诗撷取的题材必须是民族性的，要使整个民族都感兴趣、整个种族都能理解。左拉先生所选择的题材总是极为普通的，能够为读者大众所了解，它们没有一点特别之处、异常之处，没有“猎奇性”；例如这些题材有：描写在酗酒之中沦落下去的工人家庭的故事，描写使男人们心荡神迷从而倾家荡产的妓女的故事，描写最后和老板结成眷属的温顺女子的故事，描写矿工们罢工的故事等等；将所有这些小说组合在一起，目的就是构成某一个家族的典型历史而已。因此《卢贡-马卡尔家族》，如同一首史诗一样，是从整整一个时代摭拾的历史汇集。史诗中的人物所具有的普遍意义并不比题材的普遍意义来得差；由于他们代表了广大的群体，他们的形象就比真人更伟大、更重要。由此看来，左拉先生是用相反的方法来创造他笔下的人物的：往日的诗人总是尽力神化他们笔下的人物，而我们看到，左拉先生却在兽化自己笔下的人物。这同样适用于分析他史诗的风格。因为，他运用这种简化的虚构方法，使现代人物也像原始人那样思想简单。他像史诗中那样描述群体。不过，在《卢贡-马卡尔家族》中，也有被神化了的东西。史诗中的诸神，是拟人化了的自然力量：左拉先生使这些会恣意发作或被人类工业利用的力量，也具有令人惊恐的生命力、最原始的思想以及恶魔般难以捉摸的性格。《卢贡-马卡尔家族》中被神化了的东西，是巴拉都公园，高隆巴老爹的小酒店，是奥克塔夫·穆莱的商场，是《萌芽》里的矿井。史诗中都有一种朴素的、原始的哲理，《卢贡-马卡尔家族》中同样也具有这样的哲理。唯一不同的是，古代诗人们的思想一般是乐观的，他们竭尽所能地慰藉人类，要使人类变得更加高尚；而左拉先生的思想却是悲观的、绝望的。不过，他们和左拉先生的概念都是同样的简洁，同样的纯朴。总而言之，从左拉先生小说中的那些极其缓慢的节奏、波澜壮阔的场面、平静地罗列的细节，以及作者大胆明快的创作方法来看，不知道为什么，我觉得他的小说特别具有古代史诗的风格。他完全像荷马那样不慌不忙地慢慢道来。他对绮尔维丝的厨房感兴趣的程度（在另一种意义上来说），正如当年行吟诗人对阿基琉斯的厨房一样。他一点儿也不害怕重复。同样的句子连同同样的词汇重复出现：我们在《妇女乐园》中常常会读到商场的“喧嚣声”，在《萌芽》中则常常读到机器的“缓慢而又粗厉的喘息声”这样的句子，就像我们在《伊利亚特》中时时读到大海在咆哮那样的句子：“喧哗不停的大海”。

因此，归纳我们先前所说的一切，如果对《卢贡-马卡尔家族》作出这样的结论，看来并非是荒谬不经的：一部描写人类兽性的悲观史诗。

编后记

于勒·勒梅特尔(1853—1914)是重要的学院派批评家,对左拉的批评有时相当严厉,但注重说理和分析,用语比较文雅。他在这篇文章里把左拉的小说归结为描写人类兽性的悲观史诗,但也承认左拉有着独特的风格。

本文选自勒梅特尔:《埃米尔·左拉》,胡宗泰译,载谭立德编选:《法国作家·批评家论左拉》,安徽文艺出版社,1994年,第67—93页。

自然主义的破产(1887)

作者 [法国] 费迪南·布吕纳介
译者 吴岳添

我们已经很久没有谈论左拉先生的小说了。不是我们没有读过，这一向是我们义不容辞的责任；而是在读了之后，除了已经说过的话之外找不到什么可说的了。史诗般也好，或者末世论般也好，既然这些是应该赞扬的、例如是《萌芽》或《作品》里新的品质，但我们这样做也就只能牺牲从前那些我们很不欣赏、但是在《小酒店》或《巴黎之腹》里辨认出来的品质了；而对于《生之欢乐》，尽管有一些嘘声，但我们从中确实看不到比《家常事》或《娜娜》里更猥亵或更不合适的东西了。同样的克努-格拉代尔[①]，同样的卢贡-马卡尔家族，同样的手法，也同样缺乏道德意识，这永远是同样的左拉先生。在从前发现巴黎之后，这个在我们当中过时的浪漫派作家现在发现了大海，在污蔑过资产阶级的习俗之后，这个有几分才华、然而如此缺乏鉴赏力和不知分寸、更没有头脑的人，轮到把工人的习俗漫画化了，其中既没有什么令人惊讶，也没有什么再三提出的东西。最好还是等着；既然从一部小说到另一部小说，他都离礼仪、天性和真实更远一点，我们还是等他彻底写完之后，再来最后一次谈论他吧。

这就是刚刚发生的事情，这部作品尚未出版，左拉先生的报纸连小说的广告还没有登完，《土地》就已经在贬低这位小说家的同时，似乎也使自然主义名声扫地了。人们不敢再成为自然主义者；不承认自己曾是自然主义者；他最不知名的弟子，他一无所知的模仿者，已经开始背叛“大

① 左拉小说《巴黎之腹》中的人物。他继承了本来不属于他的遗产，开了一家猪肉店。

师”了。《吃喝玩乐的夏尔洛》的作者[①]和《两面》的作者[②],保尔·博纳坦、约-亨·罗斯尼、保尔·玛格丽特、吕西安·德卡夫和居斯塔夫·吉什等诸位先生——让我们为了使他们高兴而在这里写上他们会被人遗忘的名字——已经公开反对左拉小说里“越来越下流的色调”:他们就是用自然主义的俚语这样表达的。人们可以预料左拉先生最后被所有站在他一边的人抛弃的时候,支持他的只有阿尔贝·沃尔夫一个人了。我们确实对此只能感到部分遗憾——考虑到在《土地》里有些东西证明其他人的背叛是有理由的,与吕西安·德卡夫先生和罗斯尼先生的背叛相比,它们对于左拉先生来说甚至更为敏感——然而我们不会感到遗憾:首先,因为看到一个有才华的人误入没有出路的歧途总是令人难受;其次是因为更加难受地看到他在自己的冒险中,损害了他在时势附在他的名字上的艺术理论里能够拥有的公正和真实的东西。自然主义在我们这个时代有它存在的理由;甚至有多种我们已经推断过的理由;再说我们之所以抱怨它,也只是抱怨左拉先生长期以来把这些理由一个接一个地去掉了。

因为,人们在赞同保尔·博纳坦先生时会感到某种惊讶,而尽管这些年轻的分裂派为了涤除自己的邪恶,大概还需要在许多水里清洗,但应该承认他们是对的。左拉先生在《土地》里超越了一切界限。是的,只要人们或许知道他的自然主义的产生和消亡,它主要的或唯一的新意几乎只是在于把这样一些词语露骨地印在他的小说里,我敢断定他在自由的交谈中很少敢用,但他还从来没有把它们印出来,也没有达到使自然主义这个名词本身变成一切无耻和粗俗的词语的同义词的程度。从来没有,甚至在《家常事》里也没有,这个时代风俗的奇特观察者都未曾这样嘲笑过他的读者,他从来没有这样大胆地用他狂热地想象出来的猥亵或怪诞的幻觉来代替现实。毫无意识和观察,毫不真实,毫不准确,一切效果都是随意而粗暴,都是滑稽剧和通俗剧里的效果。场景之粗野闻所未闻;所有在格勒奈尔[③]或者在克里尼昂古尔[④]被当成机灵的玩笑;放荡的画面、鲜血和麝香的气味与酒和粪便的气味混杂在一起,这就是《土地》;这就是,人们会说,自然主义的最后一招!如果博纳坦先生或玛格丽特先生现在

---

① 保尔·博纳坦。
② 约-亨·罗斯尼。
③ 巴黎郊区的小镇。
④ 巴黎城外的村庄。

成功地把它从那里拉了出来的话,他们还有不少事情要做。我只是担心他们需要——我能说是更多的才华吗?——但肯定是另一种与迄今为止他们的作品向我们证实的不同的才华。

左拉先生最近这部小说里的人物,确实是一些农民吗?若是农民的话首先应该是人,但他们根本不是,甚至不是一些野蛮人,而仅仅是一些木偶。在《作品》里,在《萌芽》里,在《生之欢乐》里,人们细看之下还能辨别某种观察的痕迹,至少能辨认出某种观察的结果;然而在这里人们将徒然地寻找它们的蛛丝马迹;就连欧仁·苏的耶稣教徒、大仲马的火枪手、维克多·雨果的城堡伯爵都比左拉的农民更真实,不那么难以置信,或许更有活力。利用报刊、社会新闻和重罪法庭的笔录,利用《法庭专栏》里永远也写不完的评论——人所共知,为了用乡村的无耻堕落与通俗喜剧里诚实、优雅和无害的腐败进行对照——左拉先生对法国农民形成了一种概念,并且有条不紊地撰写了一份充满了乡村恐怖的案卷。这就是他所说的他的资料。人们从中看到在某年、某个市镇、某个省里,一位家长轻率地把他的财产让给了他的孩子们,他们有一天不想再养活一张没用的嘴巴了,就把他丢弃在猪圈里,或者甚至设法让他死得更快。人们从中看到在另一年,在一个附近的省份里——正如由辩论或者罪犯的口供所证实的那样—— 一个姐夫为了防止分割一份共同的遗产,强奸了他的未成年的小姨子,然后把她掐死了。人们还能从中看到一个妻子把老鼠药掺进她男人的白菜汤里;两兄弟因为合不来,就以开枪来解决地界问题;一个媳妇用柴刀或门闩打死了她的婆婆。人们也能偶尔从中得知一些确实连左拉先生也不知道的事情:粪便气味难闻;葡萄酒或苹果酒喝得太多就会喝醉;冰雹有时会把小麦打得颗粒无收;收割比往井里吐痰打水漂更辛苦;平时在镇上酒馆里徘徊的不是社交俱乐部会员;还有农民贪婪地热爱土地。然而这位小说家却摆出一副内行的模样,用手拍打他的档案资料;而记者们则根据他的话,向我们保证他绝对没有说过他无法证实的话,而真正的证据就是《吉尔·布拉斯报》和《费加罗报》的合订本。这是嘲笑谁呢?是我们还是左拉先生?因为,我完全同意爱好者还能在《土地》里发现相当美的片段,些许激情,有些地方几乎是力量——在这些例如左拉先生再现自然、以及按照他自己的幻觉进行校正的描写里——但是,在这部五六百页的小说里,这类不会使我们对乡村和农民有任何了解的幻觉,他连一个也不会指出来。或者,他更喜欢用另一种方式来讲述同样的事情：《土地》里的少量现实是平庸的，凌乱不堪，从中看到的少量新意也是不真实的。

我对农民完全不够了解，所以无法形成一个非常确切的概念，更不想用我形成的某种概念来代替左拉先生的概念。我只是相信，如果农民像工人、资产者、或者军人等人一样，有一些只属于他们的特征的话，他们只要是农民，就不会不拥有某些他们之间、连我在内都共有的东西。要想成为农民，就同样要成为人，而要想成为人，我敢肯定，必须以区别于左拉先生的许多主人公开始。何况左拉先生不是唯一的也不是第一个想描绘农民的作家，更加可以肯定的是，他的农民是第一个和唯一给我们造成这种印象的。如果左拉先生想明白这一点，就让他把他的农民去比较——我甚至不说与巴尔扎克或乔治·桑的农民，他们是有点浪漫或者传奇色彩——而是与实际上似乎建议在我们当中复活的作家、我们不止一次指责过的雷蒂夫·德·拉布勒多纳的农民进行比较。在《我父亲的一生》里，《尼古拉先生》和《堕落的农民》的作者为我们勾勒了他自己家庭的形象：这就是体面和庄重，显然带有遗传的高傲色彩，以及对于尊敬和重视的强烈需要。然而我忘了左拉先生是从来不作这种比较的，也不作任何别的比较，因为他自己对他讲给我们听的故事、对他打算描绘的人物、对这种他毕竟以为阐明了的现实都是不大关心的。左拉先生关心的只是他作品的成功和他声望的提高。除了鉴赏力和道德感之外，他最缺乏的就是同情，而没有同情，没有这种可贵、优雅和敏锐的特性，就没有办法稍微深入了解我们的同类，也没有办法成为自然主义者。

无论怎样重复都不会多余：这里正是现代的自然主义作家所不理解的东西，首先是福楼拜，接着是左拉先生，以及他们的许多模仿者；正是这一点使得托尔斯泰、陀思妥耶夫斯基、狄更斯、乔治·艾略特这样的俄国和英国的自然主义作家比他们高出许多。这是因为他们真正爱卑微的和被蔑视的人，这个没有名称和默默无闻的，被伟大的艺术、官方的艺术和华丽的艺术——如果可以这么说的话——从他们的纸页上划去的人群。他们相信人类在痛苦和死亡中的平等，赋予所有人以一种同样受到所有人关注的权利。如果他们深入到一个妓女或者一个罪犯的内心，那是为了寻找人类的灵魂本身。他们之所以敢于描绘丑陋和庸俗，是因为他们相信发明了安慰我们的艺术，就会使它们变得高尚。但是我们的自然主义作家，真正的文学官员，像福楼拜和左拉先生那样，以具有描写织布者或种地者的技巧的社会优越性而自命不凡，只会像人们所说的那样“关照”他们的名声和作品的销售，在《小酒店》或《圣安东尼的诱惑》所没有描写的一切里，他们只看到漫画化的素材。对除了他们自己之外的别的东西没有同情，因而他们的观察——当他们还愿意屈尊观察的时候——只能触及皮毛。他们只看到它们的外形，只知道确定它们的轮廓；而正因为如此，如果他们要持续一段时间，如果未来的一代代人还读他们的作品，他们就不会是作为自然主义者被阅读，也不是作为悲观主义者——由于他们的使用而被玷污的另一个词——将会是作为滑稽剧作者。

在多次试图不仅向左拉先生，而且也向他的一些弟子、滑稽剧作者说明之后，请允许我在这里不再重复他们对不如说更是属于王宫剧院保留剧目的平庸题材的选择，不再重复他们类似于凄惨而学究式的保尔·德·科克[①]的处理方式，也不再重复他们对一切漫画、尤其是对下流的双关语的兴趣。我要说的是——因为我相信永远不会再有更好的机会了——《土地》这出无意的喜剧恰恰是由于观察的不足才写出来的。左拉先生的人物，世界上最不复杂、最为简单的人物，从来只服从于一个唯一的、永远是基本的欲望的推动，在一切机遇里只知道一种表现的方式，何况也从不和他们自己争论，以统一的僵硬步伐、一个木偶的机械抽搐和生硬动作穿越小说；不可抗拒和巨大的喜剧产生于小说家将他们投入的剧烈境遇与他们面貌的呆滞或动作的笨拙之间的对照本身。这是滑稽剧里始终必定有的一种效果，就像人们所说的戏剧风格那样，是把一句话放进一个人物的嘴里：“闭嘴，你犯了一个错误”或者“我的女婿，什么都完了”，还要固执地让她说了一遍又一遍，在三幕或五幕里，无论她在别的地方或者在这种处境里，而尤其是当她不在那里的时候。在这种低级的甚至有点粗俗的喜剧体裁里，我同意左拉先生长期以来无人能敌。《小酒店》里一对有名的德国人，就像《家常事》里的叔叔若瑟朗和滑稽可笑的特鲁布洛，《土地》充满了富安和布托、德洛姆和马克隆，伊莱尔和帕尔米尔，他们只有一种想法，也只有一种表达方式，犹如古典滑稽剧里的克朗帕克和诺南古尔一样。不过也有一些区别，其中有这么两点：第一点，不是仅仅没有意义，左拉先生的人物的老一套都是淫秽的和亵渎神明的；第二点是我们的滑稽剧作者相当满足于让我们笑，不相信他们在《三个人当中最幸运

① 保尔·德·科克（1794—1871），法国作家，著有滑稽剧等许多作品。

者》或者《意大利的草帽》里是在写他们时代的"自然史和社会史"。左拉先生，他在把自己看得高于一切的时候是从来不会这样风趣的。

如果说这种手法不会留有某些缺陷的话，人们也许看到了它的重要优点。同样的木偶总能用来为《家常事》里的"资产者"或者《萌芽》里的"矿工"服务，把他们变成《土地》里的"农民"，这只是一件要换成衬衣的外套，一个要换成另一个的专有名词，也就是小说的名称。所以当左拉先生将为我们写出这些关于"军队"和"铁路"的小说，上升和下降的道路，我认为它们会补足《卢贡-马卡尔家族》的史诗，让我们坚信能从中看到同样的人物。这只会让人觉得是兵营而不是农场，是马粪而不是牛粪，或者是烟、油和润滑油的气味而不是成熟的小麦和新收的干草的气味；但是这些地方会发生同样的事情，在两列火车之间，在货棚下面或者在灯具室的一个角落里，这里在两句民歌之间，在一个干草堆后面。何况左拉先生的原则人所共知，事先就可以认为他的小说会毫无任何故事趣味，就像他的军事或行政"档案"大概与他的农业"档案"拥有同样丰富的资料，人们看到这个任务对于他来说也并不非常困难。已故的蓬松·迪·特拉伊[①]更为谨慎：他至少不时地杀害着巴卡拉和罗康博勒，而为了使他们复生，他期待着《小报》或《祖国报》的订阅者对他们重新提出要求。

左拉先生小说里的这种观察的贫乏，只是他一向宣扬轻视心理学的合理后果。我会同样喜欢一个抄写员对拼写规则和书法、也就是他谋生职业的工具本身表示轻蔑！人们能设想一部小说能够极其严格地放弃一切奇遇和情节、构思和风格、语法和才气，而且有一些例子；然而人们从未看到过一部没有心理活动的小说。世界上的任何事情都不是简单的，而比所有事情更不简单的是——甚至不是对别人，而是对我们而言——对一切行为都类似的表象之下我们的隐秘动机的多样性的准确认识。这就是全部的心理学。把它从小说里去掉：它的实质消失了，消除了，消散了；它只是作为一副骨骼或一具骨架而存在，一段没有原因的奇遇，一则毫无趣味的社会新闻，因为我们看不到它的任何开始和续篇。哦！他伤害了那些没有弄懂它却依然认为能看下去的人，这位大师从前说过："如果莎士比亚制定了一种心理学，他就会像埃斯基洛尔[②]那样说：人是一部由个性控制、带来各种幻觉、被一些毫无节制的情欲卷走的神经质的机

① 蓬松·迪·特拉伊(1829—1871)，法国小说家，著有许多史前的冒险故事。
② 让-艾蒂安·多米尼克·埃斯基洛尔(1772 — 1840)，法国心理学家。

器……”而他如果这样说的话，他在看到自己被左拉先生这样歪曲时会怎么想呢：“嗯？研究就这样存在的人，不再是形而上的傀儡，而是生理的、被环境决定的、在全部器官作用下动作的人……这种连续的、排除大脑功能的研究不是一种恶作剧吗？那么让一个大脑独自去思考，就会看到肚子患病时大脑的高贵变成什么了？”哎呀！这是什么样的风格和推理！但是也可以反过来说，是左拉先生对自己以及他的自然主义下的多么幸运的定义：《家常事》和《土地》的作者对连续排除大脑功能的研究，取代了同样连续排除肚子功能的研究。

这是他的小说的整整一个部分，是最重要的也显而易见是他自己极为重视的部分，但是请原谅我在这方面不再多说。除了吃、喝和其余的事，在我读过的《土地》连载的85个章节里几乎没有别的；而“其余的事”尤其塞满了整个专栏。如果说，我刚才提到的对于雷蒂夫的回忆还在使《家常事》作者在夜里不得安宁，那么《土地》的作者现在可以安心睡觉了：他超越了他的榜样。我完全乐于相信——而我相信这一点的证据，就是我还在谈论左拉先生——他自己毫不思索人们对他的小说所说的坏话；他在小说里散布的下流话和猥亵行为，是出于观察家的谨慎和艺术家的良心；他之所以如此得意地领着我们在这么肮脏的画面里漫步，这始终是从前的理想主义仍然在迫使他所做的过分行为。但既然他知道计数，我就想让他进行一种观察：他的小说越是猥亵或越是粗俗就卖得越好。无论是《爱的一页》或《妇女乐园》都无法远远超过5万册；而这些绝不是“贞洁的”小说，肚子的功能在其中占着相当大的位置，被左拉先生作为第二天性的语言的粗俗依然大量展现；不过归根结底它们还几乎是可读的小说。然而相反，《家常事》超过了6.5万册，《小酒店》11万册，《娜娜》14.9万册；在左拉先生的所有小说当中，这些是最下流的，或者至少在《土地》出版之前是如此。我衷心地希望左拉先生《土地》的辉煌业绩能揭穿（并否认）他自己早就应该从这些数字的对比中得出的教训……我也深信他和我们一样希望如此。

最后，《土地》里与其余的事同样严重、再说也同样虚假的，就是语言的粗俗。左拉先生只是勉强懂得语言的意义，显然从不了解词语的价值和能力。如果说他是为农民或工人写作，人们还可以忽略这一点，但他是为资产者写作。而如果他以为一句下流的辱骂或一句肮脏的诅咒，对于从一本印刷的书里读到它们的资产者，与大声地说出来的农民或工人有着同样的意义的话，我担保一个"作家"和一个"自然主义者"不会犯比这更大的错误了。我且不说在郊区和乡村，有一些友好地交流的、几乎是爱抚性的脏话，但是老百姓嘴里的一句粗话，并不比资产者嘴里的一句远不那么粗俗的话更为下流。一个马车夫说的天打雷劈——我冒昧地举一个例子——差不多等于一个小资产者所说的该死；而在贝尔维尔或者蒙马特尔附近，人们这样说起一个朋友时是……怀着在另一个地方说"他躲不过去了"时同样的怜悯。这远远超过一种修辞的区别，而是心理学上的一种微妙差别，如果除了这些词语本身的能力之外，还考虑到它们相关的价值的话。因为这些诅咒或者辱骂，如果老百姓是以一种令人遗憾的随意大声说出来的话，这是由于它们对于他只是表达感情的一个符号或一种习俗。然而在我们身上，一听到它们就立刻唤起了一系列比它们本身令人讨厌得多的形象；它们带着我们一起来到它们起源的环境里，而通常不是人们应用它们的环境本身。它们最终把它们被认为要表达的情感和一些与小说家安排说话的人物的情感差得很远的情感联系在一起。因此，即使在做他们所做的事情，左拉先生的农民也因为他们所做的方式而显得虚假。他们越是讲一种更加符合现实的语言，就越是显得不现实和不真实，因为他们向我们显示的正是他们，而绝非他们本身没有自我分析的能力。最后在他们自己和在我们的眼里，他们只有以通用的语言和诚实的用法来表达属于他们的情感或思想的时候才会完全真实。这是我冒昧地提出来供《两面》——对风俗、特别是对《萌芽》和《小酒店》的语言的平庸模仿——的作者罗斯尼先生考虑的一个题目。

那么在这一切里，自然主义在什么地方呢？还有，像人们看到的那样，在语言里并不比在风俗里和性格里更多，真实在什么地方呢？

因为我不认为左拉先生曾以为至少把真实放进了这些玩笑里——他在其中做第一次练习的时候一上来就被当成了大师——这些玩笑大概也是一种对"肚子功能"的研究，但尤其是他承认的那样，一种加在那么多其他因素里的"喜剧因素"。人们并非不知道，在说过或者说着关于倒霉丈夫的笑话的时候，确实没有更为通俗的笑话了，我的意思是说在拉伯雷和阿尔芒·西尔维斯特[①]的国家里，没有更受到普遍好评的了。这正是弗

① 阿尔芒·西尔维斯特（1837—1901），法国作家，善于讲述拉伯雷式的放荡故事。

朗西斯克·萨尔塞[①]先生不久前提醒我们的；而且说得多么有道理啊，这正是从《费加罗报》开始、报刊争先恐后地向我们证明的东西。他不会因此而愤怒，为人们没有把这些使他愤怒的事情当成他的才气，再加上他的读者们的兴奋而感到沾沾自喜。或者不如说，从他感到得意的一个月以来，如果他感觉到一种如此强烈的愤怒的话，就不会这样翻动这种素材。为了满足一种对于人种的天然趣味，左拉先生利用乡村的自由，在这里就只是模仿一切典型，怀着轮到把他们变成一个他自己的雄心。首先更新了诲淫的手段，在他的民主和社会的艺术纲领中，他感到更新淫秽文学手段的时代已经来临。而他完全有某种感到惊讶、甚至感到恼火的权利，人们在指责他的效果时避开了它们；不过自然主义者们也有抱怨的权利，在把这种喜剧因素引入《土地》中去的时候，他最终损害了他们的声誉——何况他确保他的小说能够成功。

这是令人遗憾的。而对于我们来说，我们几乎没有期待左拉先生带来典范，期待他自认为在他的小说里让我们赞赏的东西会更好一些。然而我们希望其他的续篇，他发动的战斗会有更加幸运的结果。我们感到不是在为自然服务，人们也许会倾向于更贴近地模仿它、更自觉地研究它，怀着更多的爱心和天真，最终更加忠实地把它表达出来；这样就能使艺术恢复它真正的目标、它取之不尽的素材。人们在绘画方面做得很好，事情恰恰是从左拉先生的模仿者们介入其中而开始变糟的！在诗歌方面，人们正在采用一种更为灵活的手段，所以我们希望他们将乐于更加贴近地模仿和紧紧把握现实的准确轮廓。我们相信在戏剧方面，人们能够摆脱无用的俗套，只遵循其中最必要的，这一部分不会多于两三个。而在小说方面，我们相信当代生活非常复杂、非常奇特，需要研究，模仿不足以产生一部杰作。不过，这大概是几句空话！

这位流派领袖的个性比他的建议更加有力。此外在继续猛烈地、必要时甚至用谩骂来捍卫他的学说的同时，左拉先生——就我而言，我只了解他的第一部小说：《卢贡家族的发迹》，其中有某种自然主义的影子——仔细地把他的规则用六把钥匙锁住，就像当他为《卢贡-马卡尔家族》的故事增加新的一卷的时候所做的那样。他越是宣扬自然主义，就越是回归浪漫主义，再说他就是从那里出来的，他也会在那里结束。不过

① 弗朗西斯克·萨尔塞（1828—1899），法国戏剧批评家。

在这之前，年轻人都在模仿他，他们尤其试图模仿他的成功，结果是他们一起把自然主义扼杀在手里。今天，自然主义没有信守它许给我们的任何诺言；但是左拉先生，我们担心的一切在他身上都发生了；而由于他有把自然主义的原因与这些小说的原因联系起来的技巧，这就是自然主义要为左拉先生付出的代价！在世界上的某个地方还有一种真正的自然主义，我理解它的痛苦。

左拉先生唯一的理由——因为，顺便说一下，像人们所说的那样，这从来都不是一个符合他的个性的理由，而且在任何情况下，最好总是从抵制它开始——是人们从四面八方把他推到他最糟糕的缺陷的道路上。某些人觉得今天能把他忘掉就好，但是我们乐于使他们想起他来。如果他的赞美者们也许未能成功地把他变成他自以为的"伟大小说家"，当然是他们把左拉先生变成了现在这样的小说家。要知道《土地》是怎么回事：一部可憎的拼凑之作，从《萌芽》、《家常事》、《娜娜》和《小酒店》里不应该被赞美产生的缺陷开始，《土地》归根结底只是这些缺陷的可怕的繁荣。然而在这种时候谁敢从中看到和重新采用这种同样粗俗的语言，这种同样的不足和平庸的观察，最后是这种同样的缺乏道德意识，这一点今天似乎人所共知，在不到二十四小时里，他使自己获得了一种头脑狭隘和胆怯的可靠名声。专栏作家和连载小说作者则相反，他们尊重艺术和自由，他们本身是自由的、坦率的，摆脱了一个交纳选举税的资产者的偏见，正如他们自己所说的那样，懂得辨别和赞美有才华的人，无论他是在哪个方面、以哪种方式，或者用哪种令人遗憾的冒险来证明他的力量、使外省震惊。我们就是这样在法国形成的，始终是成就的奉承者，但同样在时机成熟时急于遗忘从前我们做出贡献（奉承）的那个部分。今天有多少人对《土地》大发雷霆，而昨天他们还在欣赏《萌芽》；又有多少人会急于回到左拉先生身边，如果明天《土地》的销量超过《家常事》、《小酒店》和《娜娜》一千册的话！

谈了报刊，现在就要谈谈读者了。因为，如果有什么比《土地》里骇人听闻、卑鄙下流的一切还要严重的话，那就是想要读它们的读者；更糟的是居然会有这样的读者：类似的书籍只有拥有读者这些同谋才有可能，没有他们，无论小说家多么为自己的才华、或者为人们在他周围所说的这个名词自负，也是不会写的。左拉先生在这方面，就像他看起来那样，也许以为与他以前的小说相比，《土地》里没有增加任何东西，既没有更粗鲁的词语，也没有更吓人的事情，我敢担保他弄错了，然而同样肯定的是，他只是弄错了一种微妙的差别或者一种程度。最近有人指责他在污蔑农民时缺乏爱国主义；但是且不说把爱国主义掺和进这类问题里是多么幼稚和不合时宜，难道说他没有同样的、或者以另一种方式在《家常事》里污蔑资产者，在《小酒店》里污蔑工人吗？另一个人指责他，在《土地》里向我们描绘一次分娩时——用的是什么字眼，我连提都不想提起！——连生育都企图玷污；然而在多年前的《家常事》里，左拉先生没这样做吗？至于那些只是指责他诲淫的人，他们必定确实忘记了他们生活在什么时代，以及他们所读的其他小说，他们在晚年还热衷于何种故事。《土地》，至少或许会有助于使他们睁开眼睛？在消除对《卢贡-马卡尔家族》的作者的好感和钦佩的同时，读者会消除对那么多其他与左拉先生在同样条件下、以同样的手段、只是更加灵活一点而取得成功的作者的好感和钦佩吗？最终读者会明白，如果不这样做，左拉先生，将永远依靠同样的读者，与他们联系得更紧密，不会担心下一部小说更过火吗？这正是我对同代人的希望，自然主义破产的代价很容易使我得到安慰，或者不如说，我本人作为自然主义者，为这场灾难感到太幸运了，因为与其他许多事物不同，如果有一件是左拉先生的小说里尤其缺少的，这就是资料的、自然而真实的、生活和多样化的价值。

1887 年 9 月 1 日

编后记

费迪南·布吕纳介（1849—1906）是法国 19 世纪下半叶学院派批评的重要代表。他推崇古典主义文学，贬低启蒙文学和浪漫主义文学，往往从道德观念出发抨击左拉的小说，对自然主义的批判毫不留情。

本文选自布吕纳介：《自然主义的破产》，载布吕纳介：《自然主义小说》，巴黎：卡尔芒·莱维出版社，1892 年，第 345—367 页。

左拉的《金钱》(节译,1891—1892)

作者 [法国] 保尔·拉法格

译者 罗大冈

一 左拉对于小说的贡献

左拉和另一些"大师"一样,只有很少的追随者——现代大师们的特征就在于没有门徒:然而他在我们那些文学派别的领袖群中是与众不同的,因为他使小说增加了一种新的成分……

左拉将他的人物作为沾染了遗传恶癖的人而介绍给我们,这是为了解释他们的行为。其中有几个是酗酒成习的[①],另一些是遗传性的癫狂

① 《小酒店》写的是遗传的酗酒病。小说的男主人公的职业是修盖房顶的瓦匠。他是一个极好的工人,为人诚实,也是很好的丈夫和父亲,可是饮酒的需要却潜伏在他的身上。他自己知道这点,并且十分小心地避开一切可以使他发展这种倒霉的嗜好的机会:他从不出入酒店,他的生活是个好榜样。可是有一次遇到在他的职业中常见的意外事故:因为要瞧他的小闺女,他失足从房顶上滑了下来,摔断了腿。在摔跤之后不得不歇工的期间,他为了消磨光阴,开始到酒店里去走走。沉睡在他身上的嗜欲突然以不可遏止的粗暴的猛烈之势发展起来;他变为一个最下贱的酒鬼。这情况多少有点牵强,但也不是不可能的。

可是,既然要做观察者,就该进行另一些观察。对于现代工人阶级,酒精已经成为一种必需品了;在工业中心,酒精消费量的增长和工业的发达并驾齐驱。资本主义生产迫使工人到酒精中去寻求人为的和短暂的刺激,同时也是补剂。某些劳动的性质使得从事这种劳动的工人必须饮酒。另一些情况推动各种各类的劳动者去饮酒。比方瓦匠、排字工人、油漆匠在我们这里不是按照星期雇用的,而是做一天算一天,做半天算半天,甚至按照钟点计算工钱的。往往只靠运气找到工作,而这种运气他们不得不在酒铺里去等候着:酒铺有人"接济"他们,那就是说赊给他们吃的和喝的,甚至借钱给他们。这些种类的工人并非出于本愿地常去拜访酒店老板这一事实,很好地解释了饮酒的兴趣为什么在他们之间发展的原因,实在不需要用意外事故来解释。如果左拉描写了瓦匠

病患者；在某些情况之下，他的这些人物被意外事变搞得精神失常。他作品中有几个女主人公由于被强暴，以致终生都不正常。

他每一部小说中的情节都是为了便于病态现象的发展而加以整理和分类的[①]。支配左拉的人物的那种病理的必要性，不但决定这些人物的性格和行为，并且影响作家自己。它使作家盲目，阻碍他去看清现实生活中的事物如何发展，最根深蒂固的遗传品质如何在个人生长的环境中不断地被改变。这种变化，例子有的是：一个世俗的人，只要他生活在不大富裕的小资产阶级的条件之下，几辈子以来都是以生活井井有条和节俭为特性的；一旦这个俗物在大商业和高级金融界占了一席地以后，就会在一个世代的时间内，骤然间变得放荡不羁和挥金如土。

由于自然科学在今天很时髦，左拉为了使他在小说中所倡导的东西具有科学的外貌，也就乞灵于自然科学了。他自己号称为克洛德·贝尔纳的门生，并且使这位伟大的生理学家，对左拉自己的文学的和病理学方面想入非非的东西负责。左拉能够获得原谅的理由，那就是他对克洛德·贝尔纳的学说一无所知，克洛德·贝尔纳认为有机的环境对于生理成分的生命是起着决定性的影响的。左拉不知不觉地追随的学识并不是克洛德·贝尔纳的……他在某处这样写：

> 进行内心分析，这就是拿人的脑子来做实验。

而他自己却表示要拿“整个人来进行实验”的奢望。关于他所理解

和另一些工人寻找工作以及被雇用的情况，如果他显示出促使他的主人公酗酒的外在原因，他就可以给《小酒店》以应有的社会意义。

再说，《小酒店》的问世应当被认为是不良的行动。出版于巴黎公社之后不多几年，正当最恶劣的反动势力当道，共和政体的形式成为问题的时期，这部小说受到反动派的极大欢迎。反动派乐于保证这部小说获得成功，因为他们看到曾经使他们自己发抖的工人阶级被描写成令人恶心的酒鬼，深为高兴。当左拉在他的小说《家常事》中揭露出资产阶级社会的全部污泥，曾经热烈欢迎《小酒店》的那些分子，大发其道德与美学之怒，他们用各种调子叫嚣，说《家常事》这部小说是对于艺术的亵渎。当工人阶级被人污蔑时，他们深为庆幸，但是对于资产阶级风俗的忠实的描写，他们当然是丝毫不愿意理解的。——原注

① 在《小酒店》中，人们可以清楚地看出左拉如何写他的那些小说。这位作家先在报纸上以及各种书籍中拾取市民中最低下的阶层所说的熟语短句；为了利用这些材料，他布置成套的情节。《小酒店》并不是直接观察的结果；这部小说毋宁说是为了能够长篇大段地复制巴黎工人的口语而写的。——原注

的“实验”，以及他所理解的脑子在人身机构中的作用，左拉的意见是极端混乱和晦涩的。

……

左拉自称继承巴尔扎克，但是，无论是在他的哲学、语言或是在他观察事物、写作小说、安插人物、使他们动作以及描绘他们的情欲的方式上，他和巴尔扎克没有相同之处。左拉和巴尔扎克之所以不同，还在于左拉作品的特色，由他首先引用到小说中的一种新的表征，这就使他和别的现代小说家相形之下有了无可否认的优越性，虽然他比少数几个小说家有时还是逊色的，在描写的艺术中他不如都德，在心思细巧方面他比不上阿莱维[①]。左拉的独特之处在于他表现了一种社会力量把人打翻在地上、压得粉碎。按照左拉的说法，

> 巴尔扎克伟大的独特性在于在文学上给了金钱以现代的可怕的作用。[②]

可是，在敢于有意识地表现人如何被一种社会的必要性所控制和消灭这一点上，左拉是唯一的现代作家。

在巴尔扎克的时代（他死于1850年），作为我们时代特征的巨大的资本集中在法国还不过是刚刚开始。那时还没有那种巨大的百货店，店内的走廊连起来有几公里长，男女售货员数以千计；这种巨人式的商店集中了各种不同的商品，分部陈列，这样，人们可以在那里买到文具、化妆品、家用杂物、帽子、衣服、手套、皮靴、内衣、手巾以及辔头马鞍等等。那时还没有雇佣男女工人多到像整个民族似的纺纱厂、织布厂、炼钢厂和高炉。那时人们还见不到一手操纵几千万、几万万法郎的金融组织。无疑地，那时已经有为生活的斗争，这种斗争一直就有，虽然它还没有自己的理论和名称，可是这种斗争以另一些形式、另一些姿态出现，和我们现在不同。我们今天的生存斗争由于上述的巨大经济机体而起了根本性的改变。那时的生存斗争并不使人垂头丧气，并不使人堕落，而是在人身上发展某些品质；勇气、毅力、智慧、注意力与预见、有条不紊的精神，等等。巴尔扎克在那时进行观察，由此之故，他描写了仅仅依靠自己的体力或智力彼此斗

① 阿莱维（1834—1908），法国小说家、剧作家。

② 见《实验小说》，第342页。——原注

争着的人们。那时人们进行的生存斗争很像野兽之间的生存斗争，它们用爪、用牙、用敏捷和狡猾打败对方。

在我们今天，生存的斗争获得了另一种性质，与资本主义文明的发展相结合，这种性质越发显得狠辣和尖锐。个人之间的斗争被经济机体(银行、矿山、巨大的百货公司)的斗争所代替。个人的力量和智慧，在这种经济机体像大自然力量那样不可遏止的盲目的强力之前消失了。人被卷入这些机体的复杂的齿轮中，被抛掷、摇撼，像皮球似的四面抛来抛去，今天站在幸福的高峰，明朝落入万丈深渊，像一根麦秸似的被卷走，他自己即使有智慧和精力，也不能稍微抵抗一下。经济的必要性碾碎了这个人。在巴尔扎克的时代允许人向上爬——踩在竞争者的肩上或跨过他们的尸体——现在只够使他们过半饥半饱的贫困日子。旧式的生存斗争的性质改变了，与此同时，人的本性也改变了，变得更卑劣、更猥琐了……

当左拉达到他才华的最高峰时，他有了勇气接触到社会上一些巨大的现象和现代生活中的大事件；他试图描写那些经济机体对于社会所起的作用。

在他的作品《妇女乐园》中，左拉给我们介绍经济怪物之一种——巴黎大百货公司的生活。他使我们看见一种牛头妖怪，它吞并附近的小店铺，吸收它们的顾客，役使原来那些东家，使他们成为它的职员和雇工；使我们看到这怪物如何在它的子民——雇员和男女售货员——之间唤醒别处所见不到的利害打算、情欲和互相嫉恨；如何在商品展览的时候，点燃起他们的不顾一切地多销多售的热狂愿望，如同在战舰上，攻击的信号刺激战斗的热情。

在《萌芽》中，我们看到了矿井，这个埋伏在地层下的妖怪，它吞噬工人、马匹以及机械，它倾吐煤块；它改变自然，使空气浑浊而且毒化，在它张着的大口周围，草木不生；它将原先作为小土地所有者而分散地生活的那些农民集合为队伍；窃取他们各人的小块土地，判定他们不能再见天日，而在惨白和摇晃不定的小小灯火之下做苦工，天天冒着包围他们的各种危险，丝毫感觉不到他们是多么英勇；我们看见这个妖怪隐伏在地底下，通过共同的痛苦和穷困，通过在资本主义桎梏下所受的折磨，把那些人团结在一起。那资本主义的桎梏，就像帕斯卡尔的上帝一样，无处不在，同时却又无迹可寻，推动那些人们罢工、流血斗争以及犯罪。

在描写和分析作为现代巨人的庞大经济机体，以及它们对人类性格和命运的影响时，给小说开辟一条新的道路，这是一种大胆的事业。作了这样的尝试，已经足够使左拉成为一个革新者，并且使他在当代文学中获得优先的位置和与众不同的地位。

这样的一本小说迫使作者负担的劳动，比起现在那些文人的屡见不鲜的恋爱故事和通奸故事来，要困难得多。那些文人固然是十足的风格家，但是对于他们自以为在描写的日常生活的现象和事件，他们却异乎寻常地无知：除开他们的语法、他们的词汇，以及从大马路上，或从这一沙龙贩运到那一沙龙来的某些无聊谣传，还有报纸上社会新闻栏内的什么新鲜事件和警察局的公告以外，他们知道的事情是那么少，简直可以认为他们是从月亮上掉下来的。要写一本上面所说的小说，而且要写得像样，作者必须在紧邻那些经济巨人之一的地方生活过，深悉它的内部生活，用他自己的皮肉尝受那个妖怪的爪牙，他应当眼看着那些由于妖怪所引起的可憎可怖的事情而愤怒得发抖。直到如今，这样的一个作家还不存在，甚至似乎不可能存在。被卷入生产的齿轮系统中的人，由于过度的劳苦和穷困而下降到那样卑微的地步，他们是那样昏沉，以致仅仅有受苦的力量，而没有叙述他们自己的苦痛的能耐。创作了《伊利亚特》和其他属于人类最优美的精神产品之列的叙事诗的原始人类是不学无知的，比我们今天识字并且有的能写文的无产阶级更不学无知，可是他们具有诗的天才，他们歌唱自己的快乐、痛苦、爱情、仇恨，以及他们的节庆和战斗。成了大工业的附属品的无产者，是不允许有这样光彩动人的诗的表达才能的。而野蛮人，没文化的人，甚至布列塔尼地方的半开化的农民都具有这种才能。现代工薪者的语言，不幸得很，是这样贫乏，以致它今天只包含几百单字，用来表达最迫切的需要和最简单的情感。从 16 世纪以来，法国语言，无论是平民语言或文学语言，越来越虚弱；这一事实是语言日益衰退的征兆。

社会小说，正如我们上面所下的解说一样，只好由那些自己不经历雇佣工人的生活，而且只从外部来看这种生活的人来写。一个学者，在长期研究现代经济组织的轮子机构，并且观察了这种组织对于工人阶级所引起的何等可怕的后果以后，一定可能接触到写这样的小说的任务，假如今天的学者不是把自己闭塞在各人的专业的墙垣之内，假如他们能够暂时从他们的研究工作中抽身出来，以便给他们当代的一些社会现象以艺术的形式。这任务之所以落到一些文人的肩上，理由就如上述。他们由于自己的实际知识，以及生活和思想方式上的弱点，一般来说对于这样的任务是毫无准备的。他们缺少经验，而且他们对于要描写的世界上的人和事物，只作肤浅的观察。虽然他们很自负地以为在描绘现实生活，他们的视线仅仅停留在事物表面，他们对于在自己眼前在演出的日常生活里的戏剧性事件，只能抓住外部的和最表面的形态。布吕纳介，《两大陆评论》的批评家，有理由这样说：

> 他们的眼睛和手是这样生成的，以致他们所看见、观察和表现的，只是他们认为特别地可以吸引他们所面对的公众兴趣的一切。

在这一点上，我们必须承认左拉也不是例外。

左拉（生于1840年）以在巴黎一家大书店里当雇员作为他职业的开始。不久后，他就抛弃了这一职业，而专门去搞新闻工作。起先他在《钟》报上写稿，在帝政时期，这张日报努力使自己成为《共和派的费加罗》。在拿破仑三世垮台前后，左拉跟随甘必大到都尔和波尔多，到了共和派的资产阶级分子开始拼命地追求禄位和荣名时，当他们之间分赃的号角大声吹奏起来的时候，左拉要求一个县长的缺作为他应得的一份。他的要求被拒绝了，这件事的后果就是他转身不理政治，而专去从事文学活动，去写他的小说去了。他对政治感到虚荣心受了伤的人的怒意；按照瓦莱[①]所说，左拉提起政治，总是轻蔑地把它称为“不干净的行业”。用他自己的话来说，他像“一只熊”似的深居简出。不久以前，他的虚荣心又苏醒了过来：他从孤寂中走出来，被选为文学家协会的主席，而他正梦想进入学士院和上议院，这两个为年老力衰、干枯发硬、不能取材的作家和政客而设的养老院。

为了给自己的文学著作以统一的外表，左拉仿效巴尔扎克的办法，把它们总称为《第二帝国时代一个家族的自然史和社会史》。他作了这样的安排，使每一本小说中都有这家族的一个成员演着高于一切的角色。这样得来的统一性，与其说它是真实的，不如说是一种俗套而已。小说的

---

① 瓦莱（1845—1920），法国名律师。

统一性主要不在于这是整个家族的故事，而在于研究组成资本主义社会的骨骼的各种社会机构的计划。

可惜的是像左拉这样一个具有毋庸否认、也没有人否认的才干的人，却过着隐士的生活，使他不能正确地去描写他要表现的一切。博物学家和化学家离群索居，可是他们关闭在自己的实验室中，为的是能够更仔细地观察使他们感兴趣而且他们愿意认识的有机物和无机物。相反，当左拉在他的隐士之居的深处生活和创作时，他远离了作为他的研究对象的有机物和无机物；这样一来，用画家们的一句熟语来说，他不得不“写意”了。

他认为这种方法的缺点可以用对于他所要描写的现实略加一瞥来补救。为此，他乘了火车头旅行五十或一百公里，好去体验司机的感受；他参观百货公司，他在货品展览和大放盘的日子里观察来来去去的人，为的是要乘人不备了解老板和他的全体店员的内心活动；他到博斯[①]地方一个矿区去住了一个星期，为了根据他自己的观察来描绘矿工和农民的生活环境，而这些草率的观察，他用了从书籍、报纸和个别谈话中获得的材料来加以补充。总而言之，左拉的做法和报纸的记者一样。一发生什么事件，记者们就跑了去，毫无准备，但一分钟都不耽误地研究他们的题目，他们必须一眼看到全部事件；因此他们只看见谁都看得见的现象和外表。他们不能在事件的主要发展方面去深入，不能追究事件的原因，不能抓住它们的作用和反作用的复杂性。在他们的记录中正如在左拉的记录中一样，独到的观察很少，这是不足为奇的。

左拉用艺术家的眼光，走马看花似的见到事物的外表而把它抓住。由于他具有很大的表达才能，他将他的那些观察的庸俗性藏匿在富于浪漫色彩的、能吸引和俘获读者的画面后边，可是不把读者带到发生动作的现场上去，也不给他们看动作的正确的表演……

左拉熟知公众的兴趣所在，他增加无数的描写；然而，他只是匆忙地、粗糙地勾画他的那些走马观花地观察和研究过的人物，他们常常和环境不相适应。

在大多数情况下，他的人物是间接材料的产品，他们并不是按照真人实物临摹的……

---

① 法国地名，巴黎西南的一百公里处的平原总称。

可是左拉的才能是如此之大，所以即使他的观察方法有那些缺点，即使他在材料搜集上有很多错误，他的那些小说仍然是我们这时代最重要的文学大事。小说获得巨大成功是理所当然的。《卡底内尔先生和夫人》以及另一些规模较小的小说如果并不是杰作，这是可以用需要掌握的材料非常广泛这一事实来解释的，必须有巨人般的力量才能够举起这么大的材料，揉捏它，翻腾它，拿它当作玩具。说实话，左拉和围绕着他的那些侏儒相比较，真也是个巨人。

《金钱》，他最近的，而且也许是最有意义的一部小说，使他的一切优点和一切缺点都暴露于光天化日之下。

二 《金钱》

……

在他的小说《金钱》中，左拉将我们引导到一个和小资产阶级社会完全不同的世界中。在那里，人们不是按照生丁算计，而是按照一千法郎巨票算计的。在这里，我们看到流动的现金比秘鲁金矿中的金泉流淌得更快、更急促、更汹涌；在这里，黄金成了整个生命、整个思想和整个行动的意义和目的。这黄金，人们追求它并不是为保障追求者个人和家庭的生存，也不是为了答复那个永恒的问题："如何求得温饱？"人们操劳，人们受苦，并不是为了迫切的需要，而是为了几百万几百万地积累，因为喜爱黄金，为了黄金本身。左拉在《金钱》中介绍的百万富翁，犹太人龚代曼，没有任何需要。在巴尔扎克的一部作品中，出现过一个大学生，一个快乐的小伙子，钱包虽然贫乏，思想却很丰富。他为了给自己的贫穷找个宽慰，提出这样一个富于哲理的看法。他说不管是拿破仑，还是世界上最富有的人，反正谁也不能一天吃两顿午餐，也不能比一个普通的医科大学生有更多的情妇。龚代曼一天连一顿午餐也吃不下去；女人对于他是不存在的。他的出了毛病的胃只能接受牛奶，当他想吃喝得快活些的时候，也就是尝一点葡萄汁而已；他的心脏只在交易所证券涨价或跌价时，才欢腾起来……

左拉本该把他的小说叫作《交易所》，而不叫作《金钱》；因为他给我们描写的，是被交易所的投机生意搞得经常处在发烧一般的紧张和亢奋状态中的环境，以及被这种投机生意搞得神经错乱的那些人。金钱在它的流转中，反映资本主义社会的一切过程和一切现象……资本主义的发展使人类堕落到这样卑下的地步，以致人们所认识的和所能够认识的只有一个唯一的动机：金钱。金钱成了人类一切行动的主要原动力，阿尔法和沃美卡[①]。巴尔扎克管金钱叫 l' ultima ratio mundi[②]，左拉在他的小说的框子里边，从未试图表现南面称王的金钱所孕育的德行和恶癖。

他最近这部作品中的所有的人物都围绕着一桩金融投机行业；交易所是战场，在那里他们进行着你死我活的斗争。交易所并非创造财富的魔法的实验室，它是个强盗窝，在那里边，以狡猾、无信义、说谎、欺诈为能事的金融家，互相分赃：那就是全世界的田野间、矿井里和大小工厂里的劳动所创造的几十万、几百万。这些证券交易商，在他们的保险柜和腰包里集中了数量极为巨大的财富，却生平从未生产出任何东西。他们的唯一的智力工作在于勾心斗角地设置陷阱和罗网，要被捕捉的是不论在哪里、不论被什么人所创造的几百万。什么地方？谁？关于这些，那些先生们才不操心哩！

……

人们本来以为左拉既然愿意被目为一个极端现实主义作家，既然他乐于从事最令人恶心的描写，而且以挑战的态度毫不犹豫地采用最肮脏的字句，那么他可以有这样的勇气，揭穿他所熟知的金融生意的广告宣传方面全部真相，这是一种经常的欺骗诬作，同时也揭穿新闻界在这方面所起的作用的真相。

可是在《金钱》中正和在《萌芽》中一般，左拉缺乏勇气。在《金钱》中，他不敢得罪报界，用巴尔扎克的话说，报界是“毒素的储存所”[③]。左拉没有勇气揭露全部资产阶级的报界如何把自己卖给大金融界，这报界如何像娼妓一样，用尽软硬兼施的功夫，借以邀得金融界的宠幸……如果左拉对于报纸的严重的腐化闭口不言，那绝不是他不知道。他很熟悉报界情况，他自己曾经当过记者，和报界一直维持着经常的联系。这方面的社会环境，他观察过、生活过，并且占有一份探本穷源的、确实的资料，可是他不敢把这个世界如实地加以表现。左拉，像以笔耕为业的所有的亲爱

① 希腊字母的第一个和最后一个字母，此处之意即为自始至终，全部过程。

② 拉丁文，意为“最后的心愿”。

③ 见巴尔扎克：《幻灭》，全集第 8 卷，第 257 页。——原注

的同道一样，是一个精明的商人，他要迁就新闻记者，因为他们通过广告可以影响他的书的销路。首先是做生意要紧；做了生意，倘有余力，再谈艺术！因此，左拉不肯说明为什么那些最可敬、最受尊敬、最严肃同时也是最可厌的报纸拿第一版为金融界的大亨们服务，使他们能够欺骗和剥削爱读这些报纸的资产者……

左拉不熟悉巴黎的金融界和交易所的历史；作为真正的采访记者，他只满足于到交易所里去几小时，去研究一下现场，记下几个搞证券生意的人的闲谈，这种人和左拉一样地很少知道交易所的历史和他们自己的历史是怎么回事……

要想把交易所的人们和他们的生意经描写得有趣味，这是很困难的，可是左拉却成功地把放在他眼前的吃力不讨好的材料戏剧化。如果我们考虑到所克服的困难、细节的丰富、布局的巧妙、人物性格的突出——有几个性格是非常出色地观察得来的，我们应当承认《金钱》是一部杰作。情节的陈述是非常成功的。这一次，左拉不再做小学生的作业了，他不临摹一幅现成的图画，如同在小说《土地》中一样，这次他写生了。

《金钱》所描写的世界是不美的；可是人们不能像责备巴尔扎克那样责备左拉，就是说“把丑恶弄得更丑恶了”。在这儿，现实比左拉的一切龌龊和粗俚的描写更为令人作呕。现实超过最令人憎恶的图画。是不是想入学士院的愿望，还是作者所处理的主题的特殊性，在这儿影响了他呢？左拉平常乐于在他的作品中穿插一些本来用不着写得那么肮脏的场面，而在《金钱》中却没有。总检察官德甘尔卜当场撞见他的情妇桑多尔夫男爵夫人和萨加尔通奸的场面无疑是写得很大胆，但却是很真实的，而且有必要用粗线条描下来，为着使这三个人物的性格充分地突出。巴尔扎克和左拉都没有试图避免表现生活中固有的丑恶，但是左拉实在乐于对令人恶心的、无耻的事物作多余的、仔细的描写，而这类描写使他的小说广受欢迎。没有疑问，他还比不上亨利·莫尼埃[①]，为了表现生活中的一切见不得人的东西，莫尼埃并不是求助于小说，而是求助于短篇对话，读者不可能忍受更长的描写！

人们能够而且应当责备左拉的，在于他既无风趣、又无讽刺与幽默地描绘了他认为是现实的一切。他写得很沉闷，他绝不是下笔奔放而不能

---

① 亨利·莫尼埃（Henri Monnier，1805—1877），法国作家、演员、漫画家。

自已的作家，毋宁说他是一个认真工作的匠人，埋头从事一件自己并不特别感兴趣的任务。

哲学是人的特点，是人的精神上的快乐。不发表哲学议论的作家只不过是个工匠而已。自然主义，在文学上它相当于绘画方面的印象派，禁止推理和概括。根据这种理论，作家应当完全站在旁观的地位，他接受某种感觉而加以表现，不能超过这个限度，他不应当分析现象和事变的原因，也不应预告它的后果；作家的理想是做到像一张照相底片一样。这种在艺术中重现生活的纯粹机械的方法是很容易的；它不强求任何预先准备的研究工作，只要求智力的很轻微的消耗。可是，如果扮演照相底片角色的脑筋既不很敏感，又不很宽广，那就难免获得只是很不完整、很不全面的形象，比用最荒唐的幻想画成的图画更远离现实。自然主义作家们的方法仅仅证明了他们智慧机能的微弱。

……

像《金钱》这样一部远远超过了普通小说水平的作品，以表现和分析社会现象为己任的作品，本应该表达某种社会的概念。事实上并不如此。

《金钱》不会受到像《娜娜》和《小酒店》那样的欢迎，因为这部作品只能吸引想认识交易所世界的读者。如果广大公众不能按照这部小说的价值加以欣赏，也只好让他们自己去受损失了。

编后记

保尔·拉法格（1842—1911）是法国工人党的创始人之一，马克思的学生和女婿，也是法国最早的马克思主义理论家和文艺批评家。他的文艺评论保存下来的共有七篇，《左拉的〈金钱〉》就是其中之一。

本文选自《拉法格文论集》，罗大冈译，人民文学出版社，1979 年，第 122—163 页。

崩　溃(1892)

作者 [法国] 阿纳托尔·法朗士
译者 吴岳添

人们已经把埃米尔·左拉先生的《崩溃》和托尔斯泰的《战争与和平》进行比较,已经在探讨《卢贡-马卡尔家族》的作者在他的新书里描写的色当战役的画面,是否能与斯丹达尔在《帕尔玛修道院》里对滑铁卢战役的叙述相提并论了。这些比较是自然的,没有任何做作,只要愿意注意到在左拉先生之前,斯丹达尔和托尔斯泰已经真实和详细地描绘了战争,没有空洞的浮夸词藻或不真实的雄辩,就像一个待在家里的老兵那样,双脚搁在火炉上,在纸上写下关于他参加过的战役的回忆,以便把他悲惨的过去变成现在几个小时的消遣。因为没有什么比勇敢地回忆自己经受的一切苦难更为可贵的了。托尔斯泰和斯丹达尔的篇章,确实有一个忠实的证人的语气和声调。对于斯丹达尔来说,在非常好战的一代人当中,采用这种语气至少是要有点胆量的。因为值得注意的是,使惯了刀剑的人、将军和下士、显赫的英雄、无名英雄,都同意在绘画和诗歌里、在军事题材里,只重视高尚的风格和史诗般的语调。一位艺术家的作品里用稍微通俗的文笔来描写战役都使他们不快。在他们的回忆录里,在他们的日记里,如果他们自己沉溺于描绘军事生涯的悲惨和忧伤,一件艺术品里的这种自由笔法就会冒犯他们,因为他们要的是完全高贵和尚武的艺术品。

对于一个军事题材,符合他们要求的浮夸词藻是永远也用不够的。二十多年前,我在乡村里度假,那一家人当中有一位因痛风而困在家里的老将军。我给他读些东西作为消遣,公正地说他对读什么书并不挑剔,听得也不是特别认真。然而有一天,我看到他很有兴趣,被感动了,手在耳朵上呈喇叭形，一字不漏地听着我读。应该承认，我把我们所在的这个乡村住宅里的小书柜全翻遍了，那一天我拿了一本旧的文学讲义，读着第一帝国的不知哪位诗人所写的《一次战役》。其中谈到战神、战争女神、复仇三女神、象征战争的剑、杀人的铅弹和雷鸣般的大炮。我边读边想，这个老兵在非洲、克里米亚和意大利打过仗，在进攻马默隆维尔时腿肚都被一块弹片削掉了，他大概会觉得这种神话和浮夸词藻非常可笑。我知道自己错了，因为我听到了将军热情地喊了起来：

"雷鸣般的大炮，就是这么回事！雷鸣般的大炮，多么真实！"

雷鸣般的大炮和戴在英雄们头上的桂冠，这就是这个无畏的老人所理解的、也希望别人这样理解的战争。当时我想到罗马人在占领世界之后，没有给我们留下哪怕一篇关于战役的可靠而真实的记叙。我指的是一种生动的、熟悉的记叙，当然不是说他们的技术著作、回忆录和评论所留给我们的东西。萨卢斯特[①]、蒂特-李维是为全体罗马人民写作的，然而在他们的军事记叙里，没有一种自然的笔法，没有一种准确的语调，没有一种人道的感情，全是纯粹的浮夸词藻和绝妙的技巧。我认为要到塔西佗[②]才找到了关于现实的意外瞬间。塔西佗为我们描绘了例如古罗马军团士兵，把他们的将军包围起来的反叛者，抓住他的手似乎像要亲吻的样子，把它按在他们的嘴巴上，让他触摸他们由于坏血病的折磨而没有牙齿的牙床。这就是关于格尔马尼库斯[③]战役的记叙中的一个特征，无论是斯丹达尔还是左拉先生都不会忽视的。古代的经典没有提供多少如此真实、使人如此生动地感受到士兵的悲惨遭遇的记叙，在歌颂英雄的时代里人们掩盖战争的丑恶现实。斯丹达尔不是为了拿破仑大军的幸存者才写滑铁卢战役的。而这大概是他们所写的一个我们最能体味的片段。不是因为我们对军队的感情削弱了，而是对战争形成了另一种观念，不再为了它本身而爱它，这是完全有道理的。

如果像我们刚才所说的那样，埃米尔·左拉先生的新作中的某些篇章，就要与斯丹达尔使我们发现一次轶事性的战役的篇章相比较，如果这

① 萨卢斯特（公元前86—前35），古罗马历史学家、政治家，著有《朱古达战争》。

② 塔西佗（约55—约120），拉丁历史学家，著有《历史》等。

③ 即古罗马统帅恺撒（约公元前100—前44）。

本书因为细节的堆砌而令人想起托尔斯泰的作品的话,《崩溃》就不失为一部完全独特的、非常有力的、给埃米尔·左拉先生带来极大荣誉的作品。从前当左拉先生缓慢而固执地埋头于文明或大自然的肮脏角落里的时候,我曾猛烈地指责他阴暗的粗野和狭隘的忧伤,但是必须承认随着岁月的流逝,这个粗犷的劳动者的智慧在增加和发出光彩。他在这里那里、特别是《萌芽》当中,已经显示出具有史诗般的意识和民众的本能。这一次,他充分理解并在书里描绘了广泛的人性。这一次,他表现了人类肉体上形形色色的痛苦,怀着男性的怜悯,怀着一种使它们变得庄严和神圣的尊重。他让人看,从来不说,不用废话来亵渎神圣的感情,而是让人看使他依恋祖国、依恋那些受苦并为它而死的人的宗教信仰。我刚才向你们谈到的那位将军,如果他还在世上,并且读到《崩溃》的话,他大概会觉得事情没有变得非常崇高。但是应该感谢埃米尔·左拉先生,他没有隐瞒战争中的任何丑恶、愚蠢和残酷,他笔下的小兵是无知、狭隘、非常纯朴的。他们总是觉得饿,在乡下确实总是会觉得饿的。我请同伴们证明这一点。1870 年 12 月 2 日,他们和我一起在马恩河边上的费尚德里要塞里,炮弹不时呼啸着落下来。那一天面对黄色的河流,我们感到很饿、很冷,把武器放在脚下,看着炮口的烟雾形成白色的一团团升上丘陵。我们徒然地想弄清楚部队的行动,而且我们很饿。我觉得左拉先生非常清楚地体验到了士兵内心产生的感觉。这一次不能责备他贬低和羞辱人性了,他向我们描绘了一些非常勇敢的人:维纳伊上校,多么英俊的士兵,英勇无畏,对自己的英雄气概和痛苦都沉默不语;罗夏中尉,头脑狭隘,但是心灵如此高尚,死后覆盖在身上的军旗就像一块象征性的裹尸布;炮手奥诺雷在伊利这个受难的地方,在机枪的扫射中,以极为准确的动作把炮撤走,直到他被击中倒在炮架上;最后是下士若望,一个富有常识、胆小的农民。

尽管有一些无知的军官和偷吃农作物的士兵,尽管有一切错误和缺陷,以及失败造成的可怕的沮丧,人们从左拉先生的作品里形成的观念是一支勇敢而优秀的军队,它所缺乏的只是指挥官。这支军队是真正的英雄,可以说是这场悲剧中唯一的人物。而悲剧本身是这支在边境战败和在沙隆被改编,然后在形形色色的犹豫中被送到战前就已经被占领的色当去的军队。在这场巨大、可怕、沉痛而又壮烈的行动中,个人一文不值,是军队在活着、受苦、挣扎和死亡。左拉先生的伟大功绩是复活了这支如此不幸、不该遭受闻所未闻的苦难的军队的灵魂。

这场悲剧的同样真实的结局是在色当，当悲惨的战役结束以后，当这支被打败的军队的残兵败将在德国受到残酷的对待时，全书就合乎逻辑地结束了。左拉先生写了一个续篇展现了巴黎公社血淋淋的挣扎，不过那是另一部差得多的作品，它失败的原因在于有一个平庸的象征主义的结局，以及破坏了一个如此值得我们关注——正如雅典人会关注埃斯库罗斯的《波斯人》那样——的悲剧的同一性。

至于我，我虽然不大喜欢厚书，而这一本就很厚，但是慢慢地，我被一种既不匆忙也从不停止的步伐带走了，我必须在恐怖中、在焦虑中、在忧伤中走到尽头，心中充满恐惧和热情地去重新体验那个可怕的年头。

色当战役占据了全书的三分之一，具有一种使人恐怖得喊叫起来的真实。我的耳边还回响着炮火的声音，眼前看到骑兵的辎重、炮兵的调动、保持着痉挛姿势的尸体，鼻孔里闻到了又热又令人恶心的血腥气。在这种情况下，我能否冒险提出一些批评，例如我要指出，为了解释和使人理解全部军事行动，左拉先生的努力显然是过分明显了？因为他不断地要进行解释，而只是这种不断的担心就足以表明，左拉先生的哲学与托尔斯泰的哲学的差别达到了何等程度。我还要指出在这个或那个地方的老一套的手法、装模作样和对效果的追求吗？还要用指甲指明写得笨拙和拖沓的地方吗？不。相反的，我更喜欢指出写得最好的片段，例如巴泽耶的火灾，以及布满尸体、在一片死寂中被没有骑兵却疯狂奔驰的马队所掠过的色当战场。

1892 年 6 月 26 日

我收到了埃·兰迪哈克先生的一封信，我愿意摘录若干行放在这里，作为我上个星期关于《崩溃》的评论的附录。他对我说：

关于蒂特–李维的战役里没有“自然的笔法”，您说得有道理。但是在这个世界上，尤其是在文学里，什么都不是绝对的——而谁能比您懂得更多和说得更好呢？请允许我指出一个我认为是有趣的例外。判断一下：

“蒂特–李维（第 22 卷第 2 章）记叙阿尼巴尔在胜利的翌日视察戛纳战场，写道：‘一幅吸引所有目光的景象是一个仍然活着的努米底亚人，躺在一个死去的罗马人下面，鼻子和耳朵都被撕烂了。那个不能再使用武器的罗马人，在狂怒的激奋中大口撕碎了他的敌人，直到最后一息。'

"而我从前在《费加罗报》的增刊上看到过一种同样的行为，是与1870年战争有关的。拉乌尔将军的副官，我相信是在沃尔特被杀的，从太子那里得到了一张通行证，以便把他的长官的遗体带回法国的防线。在战役的第二天，他坐着马车，带着他的英雄的遗体，穿过就在战场上已经重新开始训练的普鲁士人，他发现一个士兵在一条凹路的边上突然停了下来，一个执行棍刑的下士用棍子猛打逼这个士兵前进。到达了发生刚才这一幕的地方，法国副官注视着地上，看到一个土耳其人和一个普鲁士人的尸体抱在一起，一个人的牙齿还咬着另一个人的面孔，他们进行了最后一场战斗，犹如外籍军团士兵和戛纳的土耳其人。"

这封信可以用来说明《崩溃》中的一个段落，就是一个跑遍战场去寻找未婚夫尸体的农妇，走进了巴朗村的一间屋子：

西尔维娜走进屋子，被打坏的窗户和门在潮湿的空气里敞开着。这里显然确实连一个人都没有，主人大概在战前就离开了。接着她由于继续向里面走而进了厨房，又发出了一声恐怖的尖叫。在洗涤槽下面，蜷缩着两具尸体，一个是朱阿夫兵[①]，是个长着黑胡子的英俊男子；一个是高大的普鲁士人，红头发，两人死死地抱在一起。一个人的牙齿咬进了另一个人的脸，僵硬的胳臂没有松开，还在使折断的脊柱喀喀作响，像一个永远狂怒的环扣系紧了两具尸体，因而不得不把他们一起埋葬。

（《崩溃》，第420页）

我听说过一个在色当和全军一起被俘的猎人，在德国常常自豪地出示一个巴伐利亚[②]人的鼻子。他用牙齿咬下了这个鼻子，小心地保存在一张报纸里。当左拉先生在他的小说里描绘人在打仗时的残忍，当他证

① 1830年组成的阿尔及利亚轻步兵团中的士兵。
② 德国的一个州。

明战争把无害和安宁的人变成疯狂的野兽的时候，他丝毫没有夸张。他始终是有分寸和忠于现实的。有人告诉我左拉先生手头有过几份士兵们写的报告。我一无所知，但是他善于采取和保持准确的语调。我刚刚重读了他写的色当战役。一切都合乎情理，不可能把对现实的幻觉推得更远了。

1892 年 7 月 3 日

编后记

阿纳托尔·法朗士（1844—1924）于 1921 年获得诺贝尔文学奖，同年加入刚刚成立的法国共产党。他是法国 19 世纪与 20 世纪之交重要的批判现实主义作家和文学评论家，在德雷福斯事件中是左拉坚定不移的战友。对于左拉的小说，他在热情赞扬其成就的同时也无情地批判了其缺点。

本文选自法朗士：《崩溃》，载雅克·絮菲尔主编：《法朗士全集》，日内瓦出版发行社（未注明出版年份），《文学生活》，第 6 卷，第 530—536 页。

自然主义流派的领袖：埃米尔·左拉（1894）

作者 [法国]居斯塔夫·朗松
译者 吴岳添

自然主义流派是在第二帝国末期，在《包法利夫人》和泰纳文学理论的影响之下、在生理学家和医生们重要著作的更早和更为神奇的影响之下形成的。福楼拜否认自己创立了它。它确实违反了他的“为艺术而艺术”的学说，使艺术服务于一种科学观念——决定论，甚至是一种政治观念——民主主义。为这种新学说提供最必需的方式和最光辉的实践的大师，就是埃米尔·左拉。

福楼拜还只是个艺术家，左拉却自称是一位学者。除了泰纳以外，他受到了克洛德·贝尔纳的启发。对他来说，一部小说不再仅仅是一种用来描绘生活中自然交汇的一切的观察：这是一种实验，它人为地产生一些从中可以归纳出一种确定和必然的规律的现象。我们没有必要强调这种“实验小说”理论：它是建立在最奇特的误解之上的。左拉从未发现化学或物理实验室里进行的一种科学实验，与所谓的小说实验—— 一切都发生在作家脑海里，归根结底只是一些或多或少是抽象的假设——之间的区别。左拉本人不是在一封公开信里向我们透露，他的小说《梦》是一种引发“无限遐想”的“科学实验”吗？

我们就不谴责左拉的科学意图了：《卢贡-马卡尔家族》的整个系列，这部“第二帝国时期一个家族的自然史”，没有给我们讲任何遗传规律，没有关于它的证明或解释。在把这些小说的所有主人公连接起来的亲属关系的假设中，我只能看到一种文学技巧，而且是没什么用处的：所有的作品可以按照它们的名称独自存在而毫无损害，实际上正是如此。因为卢贡-马卡尔家族的所有分支从四面八方向各个高度生长，而整个系列甚至没有给我留下产生于巴尔扎克的《人间喜剧》的总的印象：各不相同的故事无助于在我脑海里形成一个由相互依赖和关联的不同部分组成的、庞大的社会总体的概念。

左拉的科学观念的薄弱，相当奇怪地出现在每部小说都会表现出来的独特的性格之中。小说家的主要目标似乎应该是研究使遗传的神经官能症得以延续的个人：但绝非如此。个人被抹掉了；而左拉提供的资料都与一种专业有关：这里是铁路，那里是矿井，那里是刺绣业，别的地方是金融业。绮尔维丝才是卢贡-马卡尔家族的人，然而作家关注的却是古波的酒精中毒。如果古波不喝酒的话，带有遗传性的绮尔维丝就不会出轨。

此外，无论是科学实验或是技术性的解释，所有的科学和技术在左拉的作品里都是一样的：他甚至不是于勒·凡尔纳那样的科普作家。在他的作品里只有模糊的纷乱，术语或专门用语的支离破碎的罗列，使人头昏脑涨还弄不明白。这是貌似真实的科学。

左拉小说里的心理描写是简短的。他的学说告诉他——他的个性与他的学说并不对立——科学观察是在表面而不在内部。他没有料到人们只能通过自身才能了解别人。他看到穿着工作服或者礼服的人走过，晃动的手臂，炯炯的目光，呻吟或流血的身体，于是他自问这些都意味着什么，或者不如说是在向他的科学提问：他的医学手册向他描写了一些病例，他的生理学手册向他解释了动物生命的功能。他深信自己对人类了如指掌，所以除了神经官能症的症状和营养吸收的现象之外，他对人类生活没有做任何研究。疯子的狂躁和野蛮人的欲望，这就是他能向我们提供的一切，由此他那些头脑简单的人才心理贫乏，空虚得令人不安，由此他们的行为才野蛮和机械，而且显然是因袭而成的。这是些疯子或野蛮人，因此在读完了四百页，在他们展示自己的生活之后，人们除了这是些野蛮人或疯子之外就无话可说了。

尽管有着种种科学的雄心，但左拉首先是个浪漫派作家。他令人想起维克多·雨果。他有着一种粗俗而有力的、充满想象力的才华。他的小说是一些诗篇，沉重而粗俗的诗篇。所有的描绘都强烈、鲜明、沉重，而且在变成种种幻觉：左拉的目光，或者他的笔，扭曲和扩大了所有的事物。他提供给我们的是生活的一个可怕的梦幻：这不是单纯记录的现实。他狂热的奇想使一切毫无生气的形态都充满活力：巴黎，一座矿井，一家大百货商店，一个火车头，变成了一些在要价、威胁、吞噬、痛苦的可怕的生物；这一切就像在一个噩梦中那样在我们眼前跳动。个人性格的贫乏和僵硬使它们变成了一些象征性的表达方式，而小说则倾向于安排成宏大的寓意，从中可以或多或少模糊地辨认出某种哲学的、科学的或者社会的观念，通常都没什么价值也毫无新意。这一切完全是出自一个浪漫派作家，而且人们可以把左拉的体裁称为“史诗现实主义”。一些社会学的史诗，这就是他确实给我们的东西，而我从中则发现了几乎与《历代传说》[1]中的人类史诗里同样多的“人类文献”。

然而正是这种浪漫主义，这种诗意的力量造成了左拉作品的价值：他的小说中有五六部是一些使人强烈地感受到想象力的壮丽幻觉。特别是他虽然无法使一个个人充满活力，却有着使民众、人群活动起来的天赋：他在描绘街道的熙攘、赛马的集会、一次罢工、一次骚乱等模糊和过度的现象方面是无与伦比的。《萌芽》中描写矿工们集体生活和精神的各个部分，都以史诗般的广阔令人震惊。

同《萌芽》是描绘北方矿工的史诗一样，左拉的主要作品《小酒店》是巴黎工人的史诗。由于这些通俗的题材与他粗俗才华的幸运的一致，左拉运用一种比其他小说里更加严密和确切的观察，在这两部小说里描写了更多的真实，也更为真挚，减少了花哨的词汇。这是这位勤劳的工人会流传下去的两部主要作品。《崩溃》触及了一些永远在流血的伤口，受到了更多的争议，尽管具有——也许正是由于——善于动人地描绘人群的慌乱、无序、停滞、瓦解、来往的巨大才华；然而专家们承认这是“这个命定的时代的准确画卷”。人们至多只能为这么多强有力的、本身就具有价值的回忆，被附属于一种必然会削弱其效果的小说的虚构而感到遗憾。

左拉最后的小说引导他摆脱了充斥于前期作品中的纷乱的热情。从1885年（《萌芽》）开始，社会主义在他的思想里不断地超过他初期的自然主义；他扮演了一个主角的德雷福斯事件，最终使他成为一个战士。从那时起他不再无情地描绘现状（就像他在《卢贡-马卡尔家族》里所做的那样），而是想象未来的幸福。《三名城》中混合着思考和抒情的对于卢尔德、罗马和巴黎的描绘，表明他的才华的变化；这种变化在《四福音书》里一目了然：左拉自然地以一种救世主的口吻赞美将要建立未来社会的

---

① 雨果的诗篇。

基本美德：《繁殖》、《劳动》、《真理》、《正义》。这位自然主义的奠基者就这样在去世前不久果断地摆脱了它。他最著名的弟子莫泊桑、于斯曼后来也这样做了。这三个人的背离是发人深省的。

编后记

居斯塔夫·朗松（1854—1924）是法国文学史家、权威的文学批评家。他的代表作是《法国文学史》（1894），其中对左拉进行了客观的评价，但对自然主义基本上持否定的态度。

本文选自朗松：《法国文学史》（保尔·杜夫洛增订），巴黎：阿歇特出版社，1951 年，第 1083—1087 页。

长篇小说（1932）

作者 [法国] 亨利·巴比塞
译者 王中琪

左拉是一位长篇小说家，并将永远是位长篇小说家。他除了自己的主要工作——创作长篇史诗外，也搞些副业：写过一些剧本、歌剧和合唱的歌词（与一个作曲家合作），还从事过文艺评论和新闻工作。所有这些工作常常把他引离他的文学创作的主航道，而他进行这些工作，或者是迫于社会生活环境的压力，或者是为了进行论战。

他经常咒骂新闻工作，但也颂扬它是自己锻炼良好的纪律和文笔的手段。新闻工作曾帮助他本人在踏上生活道路之初，获得了生活的自由，成为一个有教养的文化人；新闻工作还帮助他有系统地清理了当时连他自己也还不大清楚的思想，但是最重要的是，新闻工作成了他进行思想斗争和进行报复（从好的意义上说）的武器。

他作为一个评论家，尽力使自己保持客观。但是，由于他的评论是以实证论为基础的，所以基本上是折衷主义的。他的评论由于本身的偏见，有时有些不自然，但常常是才气横溢、坚定有力的，遭他抨击的对手，（恕我冒昧说一句）不止一次地眼冒金星。

他的评论是遵照正确的途径进行的，几乎总是公正的、有根有据的。他不公正的地方主要表现在对待维克多·雨果的态度上。当雨果还在世的时候，左拉就指责他的语言太冗长，表达上过分崇尚词藻，批评他的人道主义思想模糊不清；但是，雨果有时所热衷的对未来的壮丽憧憬，完全像后来左拉自己所描写的一样。而雨果较之左拉更早和更好地懂得，什么是作家应尽的公民天职。实际上自然主义的天敌完全不是浪漫主义，而来自它的对立阵营——资产阶级保守文学，以及它在追求革新的幌子掩盖下的诡辩。

戏剧是左拉的“练武场”。他说过：“我的真正的锻冶场是在另外的地方。”左拉是很乐意为戏剧贡献更多的力量的，但是长篇小说的需要太迫切了。虽然如此，左拉显然在戏剧上也确立了自己的地位。由于他的努力，同时代人的需求改变了，观众开始讨厌那些剧院老板和形形色色的剧场生意人的巧妙勾当了，这些买卖人为了赚钱不惜讨好观众和迎合他们的低级趣味。

左拉用自己的作品和“进攻”的评论，战胜了狭隘的戏剧观，这种戏剧观的忠实录事是小仲马。这种观点的拥护者力图把戏剧变成文学的一个完全独立的分支，它专供那些戏剧的受贡者和专家们享用，他们掌握着某些像那些臆造的规则一样狭隘的圣礼公式。与这种“谎言”相反，左拉创作的戏剧与长篇小说，是建立在同样的基础上的。他把他关于人的理论也搬上了舞台，他说：“戏剧要么死亡，要么它开始真实地描绘当今的现实。”

左拉是“自由剧院”[①]之父。“您是我的统帅，并举着我的旗帜。”安托万在给左拉的信中写道，“我需要一个人，他能向我指明，我写的什么东西总是成功的。”而在另一个地方，安托万又肯定地说：“多亏左拉，我们才为剧院争得了自由……左拉培养了观众，教育和解放了他们。”

在戏剧上比在长篇小说的领域里，更难逆流而行。观众比读者更固守传统、更好挑剔，也更易激怒。大概，因为读书有时是为了获得知识，或者是为了给已知的东西找到确凿的证据，然而在剧院里度过一个晚上，却只是为了消遣；这种娱乐对那些舒舒服服地坐在池座前排和包厢的软椅上的人来说，是与长期形成的牢固偏见密切联系着的。“戏院是陈规俗套的最后一座堡垒。”

左拉竟然巧妙地使歌剧也人间化了。

但是，在左拉眼里，只有长篇小说才是“我们时代的武器”，如同悲剧是 17 世纪的武器，诗歌是 19 世纪 30 年代的武器一样，他说：“长篇小说的灵活框子可以把全部知识的总和都包容进来……长篇小说——这是随

① “自由剧院”是法国名演员、导演和戏剧艺术理论家安德烈·安托万（1858—1943）于 1887 年建立的。安托万是左拉的朋友，是法国自然主义戏剧的鼓吹者。

心所欲的东西。”

左拉自始至终保持了“长篇小说”这个公式。(他并不乐意采用“长篇小说”这个名称,只是不得已而用之,他更喜欢龚古尔兄弟提出的说法“现代的草图”。)

大体上,这个公式对19世纪的所有长篇小说都是适用的:首先,用各种方法构思一个基本的情节,然后小说家在丝毫不忽视“戏剧情趣”的同时,努力使性格的刻画、生灵界和非生灵界的描绘、程度不同的历史事实、作品中出现的心理问题以及一定的论题或思想,都尽可能更好地去适应这个基本情节。

长篇小说家把自己想要说的东西,描写成好像这一切都发生在他的主人公或者主人公周围的人的身上似的。总之,这是一个大胆的公式,按照这个公式,确凿的事情是通过虚构来表现的,而想象虽然在情节的发展中被排除,但是,它归根到底依然是情节来源的主宰者。这是一个建立在比逼真更高的真实性基础上的公式,真实的现实透过幻灯显示出来。在实践中,这就是把一些虚构的人物、真实的或半真半假的事实、客观的生活场景、或多或少是稳定的思想体系等,任意地编织起来,专断地强令它们在同一个舞台上共处和巧合。

左拉把描写的生活面扩大了,加进了新的成分——社会下层。而主要的是他改善了研究的方法,排挤了幻想。他把确凿的真实材料作为文艺作品的基础,按进化的法则来安排情节的发展,以此来约束作家的任性专断。换句话说,人物不是“抽象的心理概念”,人物的动作和姿态是像数学般精确地校正过的;左拉的描写栩栩如生,充满抒情味,而“激情”的作用仅限于描写的范围内,而不表现在表演中。

左拉写作的速度,大约每年一本书,在每本新书中,他都要深入探索日新月异的社会环境的奥秘。

要在这样短的期限内,收集和掌握确实的材料,这样频繁地按时实现他的构思,这有时确实是真正的丰功伟绩。在很多情况下,左拉常以使专家们都吃惊的神速,谙熟了材料的技术方面,虽然不能说,在任何时候,他对每一个复杂的问题,都能完全掌握。在他厚厚二十卷组成的一套巨著中,由于它们写得有些匆忙,有些地方显得累赘,或者只是枯燥地罗列事实。但是应该把这些责备放到次要的地位。左拉的笔调是粗犷的,观点是明确而完备的。他的整个创作贯穿着严格的确实性。

因此，在20世纪的头三十年中，我们已经达到了这样的阶段，流行的长篇小说公式，已经有些陈旧和过时了。私营出版社真像传染病一样，不断扩散开来，出版的书籍令人感到单调乏味；文学运动进展缓慢，并且也不急于确定自己的目标，不急于开始行动，这是因为每个有才能的作家都在独自仔细琢磨，也因为必须顾及到书商的要求，他们决定着书的命运，操纵着销售市场，实际上影响着社会的欣赏趣味。

应该预见到，今后合乎规范的长篇小说的结构特点，将越来越清楚地显示出来，构成情节的各条线索也将越来越明显地暴露出来。可以想象，将来总有一天，无论让读者受多么严格的返祖训练，他们也很难会对这些愚弄他们的巧妙手法再感到兴趣，他们也不会再乐意把这些强加给他们的陈规俗套，像不得不吃的苦药那样吞下去。日益陈旧的体裁显然有它的致命弱点，它最终必然会变成它自身的漫画。

我们不打算详细地来分析长篇小说在我们今天开始失宠的原因，但这种征兆是越来越明显了；我们不把原因推诿到像电影这类崭新的艺术形式的入侵上，的确，长篇小说面临着被挤出已有阵地的危险，因为电影能以天文的速度，完整地把新的生活图景搬上银幕（难道摄影的普及没有对绘画产生压力吗？没有在一定程度上改变绘画的范围和方法吗？），我们可以说，“古典的”长篇小说衰落的主要原因，在于想使臆造的情节和虚构的人物与物质和精神环境的描写相配合的企图必遭失败。在今天，物质和精神的环境只能切合实际地来描写，不管小说家是属于哪个文学流派的。把主观臆造的东西与客观存在的事物组合在一起是冒险的，至少是不合理的，因为在一个你无法任意控制的狭小空间里，是不可能自由地操纵长轴的。柏拉图可能会说，长篇小说是疯狂与明哲结缘的产儿。虚构的“长轴”几乎总是归结到爱情故事。美国的电影工作者，这些陈年古董的发明者，顽强地宣传“性的召唤”，他们的这种顽强恰恰证明这种爱情的酵素已经失效了。

我们都知道，左拉对一切虚无缥缈的想象，不分青红皂白地大肆砍伐，而这种想象在从前的某个时候，曾经是长篇小说的重要组成部分。左拉用战斗把虚构的成分驱逐了。但是，即使在左拉的坚固的建筑物的核心中，也仍然保留着这种成分。保持长篇小说的比例匀称的本身，只能显露出真实的事物与虚假的东西之间的更鲜明的对照。

一些有机智、敏锐的头脑的作家，如埃德蒙·德·龚古尔、于斯曼等，都尖锐地批评左拉作品中的感情和苦恼的大量堆砌，它们在他的长篇小说，如《卢尔德》、《罗马》、《巴黎》和《崩溃》中泛滥成灾，在这些小说中，没有一个重要的主人公，他们认为，不如扔掉这一切，干脆写历史著作好了。

但是，长篇小说这种被称道的形式也有它的优点。为了把作品的各式各样的素材用故事串连起来，并使人激动，小说家想出了一种符合于戏剧规律的紧张的情节，它能够使作品变得有声有色，至少可以增加生动。因为它能够使读者在某种程度上，把自己放在与自己相类似的主人公的位置上，而且由于对主人公的同情，读者感到自己好像已成了在眼前演出的这场戏中的半个角色了。如果说《三名城》或《崩溃》只是历史著作的话，那么它们可能在理论根据的充分和提出问题的明确方面博得好评，但是，难道它们不是在洞察生活的深度方面失败了吗？

无论如何，当前在叙事小说甚至在戏剧中，出现了一种倾向，这就是用取自生活的情节来代替凭空虚构的情节，把人物的传记、真正的事实、轰动一时的事件，写成长篇小说，把报道、片断的事实、历史，提炼成文学作品。

顺便说一句，那些含有各种隐喻和“卖关子”的长篇小说，虽然有时在文体上非常优美，在音响上十分丰富（如左拉的《作品》），但它们大部分仍然有很大的局限性，而且可以发现，它们同丑闻纪事有明显的联系，从这方面来说，难道它们不是纯粹的狡猾手段吗？

体裁的必然演变的结果，不会把爱情完全从长篇小说中排除，而是将进一步缩减爱情的分量。因为这种古代叙事长诗的现代散文形式，是有权存在的，这是由它所起的作用决定的。

纪实长篇小说或者系列纪实小说是“对观察到的事物进行分类的产物”吗？这是自然主义者的最高纲领，是他们在进行热烈的论战时、在自己的声明中不断引用的，但实际上，这不过是一种极而言之的数学公式，是一种枯燥乏味得令人讨厌的公式。对这个公式，不能按字面意义去理解，正如不能按字面意义去理解浪漫主义诗歌体系中常见的、长着“天鹅脖子”或“雪白面孔”的各种女人，因而并不对她们感到失望一样。观察到的原始材料，应当加以结合，使它们富有生气。综合的能力是想象（甚至是受直觉控制的想象）的推动力，想象把各部分配制起来，堵住漏洞，架起桥梁，围绕着确实的材料，创造出一种气氛。“这就是虚假！”左拉这样说。是的,这里就出现一个问题:艺术是否有能力吸收自然?是否有可能摸索到艺术灵感的真谛?因为不可能划定一条艺术与虚假之间的准确的界线,这是分寸的问题,是未来的艺术家们,这些唯一未知的上帝们的感情和个性的问题。但是我们要立刻指出:总有一天,作家本人对主人公的行动的干涉将减少到最低限度,他仅仅保留着一种提醒注意的作用,正如科学示意图的空白边上所画的眼睛一样,它是为了把所有视觉线都引到一个中心上来,加以调整,使它们相互联系起来。这是智力进步的自然而然的表现,这也符合比长篇小说的技术标准更高、更普遍的要求。

左拉的风格是简洁、明快、完美、严整和通俗易懂。而主要的特点是富于动态的描写,可以说是一种气势磅礴的风格。他指挥着千军万马的词语,使无数的字行在长篇小说的广阔天地里驰骋,他把大量的人群、事物、思想引进小说。左拉像一个神话里的歌手给诗行押韵那样,一块又一块地垒砌着建筑的砖石。他使艺术的这种无比的能量、感染力和匀称性,达到巨大的艺术效果,他的某些热情奔放的描写,在读者的记忆中留下了极其感人的深刻印象,好像是亲身的经历似的。

于勒·勒梅特尔在 1885 年,也不得不坦白地承认说:“我确实不明白,这是怎么回事,根据左拉君的长篇小说文体的特点:缓慢有力的调子、坦荡的气势、安然的细节铺陈以及叙述手法的奇妙的朴实,这种文体与古希腊的长篇史诗是很接近的。他完全像荷马那样不慌不忙地慢慢道来……他不怕语句的重复。一些同样的词构成的句子,老是被翻来覆去地使用,例如‘商店的喧嚣声’、机器的‘长久沉重的喘息声’,这很像《伊利亚特》中的‘大海的怨言’。”

这种风格是不会被淘汰的,这正像构成斯丹达尔的作品的那套黑白两色的解剖学和心理学的图表一样(也像是酷似斯丹达尔的作品主人公的内心世界的钟表机芯一样)。为了能够删除一页或截去一段,几乎要费尽心机。甚至充溢在左拉的长篇小说中的细节美,也只有在整体搏动的影响下,才能充分地展示出来。

但是,左拉本人一贯相信人类的无穷潜力,他尊重未来,预见到文学写作技巧的大改进。他曾对自己过分追求华丽的文体表示遗憾,他说:“我们现在仍然在用美丽的羽毛装饰我们的句子……当我想到,我在写作的时候那么喜欢的一些词句,在百年之后,可能会成为人们的笑柄,心中就不寒而栗。”

为这些思想所困惑的左拉，有时认定勒南提出的“科学风格”更为合适，有时又称赞合乎龚古尔兄弟精神的富于感情的文学语言。

从那时起，我们亲眼见到风格发生了根本和普遍的变化。可以说，在文学的表现手法方面，已发生了全面的革命——用这个词并不夸大，文学技巧的革命已大大超越了审美的界限。信的形式稳定下来了。

今天，我们已经把浪漫主义风格，甚至把经过现实主义者匆忙地剪裁过的浪漫主义风格，远远地抛在后面了。我们也已经把古典主义风格，甚至把阿纳托尔·法朗士改制过的古典主义风格远远地抛在后面了。法朗士的那种精巧细致的描写、委婉的言辞和彬彬有礼的说法，只能使你在阅读那些多余的词句上浪费时间，我们惧怕连篇累牍的描写，法朗士的最后的歌，已经被皮埃尔·洛蒂[①]全部唱完了。现在，表现手法和“形式”已经完全按新的方式构成。“时代的科学精神”已经渗透到风尚习俗中来；直线感，喜好简化、综合和高速度的风尚，准确而迅速地解决问题的愿望，某种竞技般的“美国式的”急躁，对实效的崇拜、民间口语和民间创作的形象性的广泛影响（在我们今天，它们以自己粗犷的力量、鲜明的表现力和毫无拘束，迷住了所有的人，甚至迷住了那些唯智派们），直到最精细的文学试验，犹如武术中的轻技、拉开、分割等形式成分——所有这一切就导致了风格的大改进，这在整个现代文学中表现得极为明显。

风格的这种有效改善给当代作家带来了比任何时候都更为良好的现成工具。但是这种工具尚未得到很好的利用。因此，在极其精致的形式与普遍空洞的内容之间形成了一种惊人的不协调（如此多的作家满足于在华丽的词藻上下功夫，用它们来表达非常陈腐的思想，造成这种不协调的原因正在于此）。高超的技艺却没有生命力。艺术生命力——这不是一个技术装备问题，只有应用于伟大目标上的技术手段，才能具有生命力。有多少个喜欢深入分析主人公心灵的人，或者相反，热衷于描写周围环境的无数细节的人，今天重读左拉的作品的时候，就感到这位作家很久以前所写的长篇小说，对他们具有治病祛痛的良效。

要经过多年之后，我们才能对左拉的创作，做出恰当的最后定论。任

① 皮埃尔·洛蒂（1850—1923），法国小说家，作品以异国情调著称。

何一个我们同时代的人在今天都不愿意做这件事。我们大家同他的联系太密切了，借用他的东西太多了。如果不是掌握了左拉的那些发明和大胆的革新，那么法国和其他国家的现代长篇小说，就不可能是现有的样子了；根据很多相似的特征来看，左拉对我们来说，太是“自己人”了。他对从他以后的文学创作的影响太深远了，如果不算几个特殊的小民族的话。

从这种意义上说，左拉所起的作用接近于维克多·雨果，后者给整个的现代文学带来了那么多的新东西，以至于我们今天如果不采取不公正的、甚至忘恩负义的态度的话，那就不可能批判地对待他（左拉的一个错误就在于他没有充分地意识到，他在很大的程度上倚仗于雨果）。

但是，现在已经到了确定左拉与某些作家的亲缘关系的时候了，这些作家比那些信奉逼真的自己的同行，更坚决地向同时代人伸过手去，高兴地向他们伸出援助之手。

应该弄清左拉与古罗马诗人卢克莱修的关系，在朱庇特独占统治的时代，卢克莱修充满着发现真理的欲望，努力探索事物的本性和人类灾难的根源。比卢克莱修年幼的同时代的维吉尔谈到他时说：“只有懂得事物起源的人，才是幸福的！”卢克莱修曾说，对人的爱，想使他们摆脱偏见的渴望，使他夜不成眠，并推动他去创作长诗，发出拯救的声音。这位奇怪的伟人，从某种意义上说，是一个很长时期内的唯一的伟人。他在豁然醒悟的高昂激情鼓舞下，在两千年前宣传唯物主义，在许多个世纪中，当到处还是一片愚昧无知的时候，他是人们赞美和恐惧的对象。

也要确定左拉与托尔斯泰的关系。托尔斯泰是一位非常伟大的作家，但遗憾的是，无谓的偏见和宗教思想使他逐渐失去了创造力，他把自己一颗深沉的心，禁锢在这些偏见和思想的狭小圈子里。因此，他只能用幻景来教育和安慰人们。他成为一个伟大的人物，不是靠他的宏伟的志向，而只是由于他个人的基督教给了全世界的工业和商业的天主教，一个有力的打击。

编后记

亨利·巴比塞(1873—1935)是法国20世纪初期重要的进步作家和社会活动家,法共权威的马克思主义批评家。他认为左拉是一位新型的社会现实主义作家,在指出左拉缺点的同时予以他高度的评价。

本文选自巴比塞:《长篇小说》,王中琪译,载《法国作家论文学》,王中琪等译,三联书店,1984年,第10—20页。

左拉的现实意义（1946）

作者 [法国] 路易·阿拉贡

译者 林秀清，盛澄华

暴风雨过后，人们总爱跑去看看自己的果园里那些没有被吹倒的东西。至于我们法国人，当一场战争过后，我们总习惯于对过去的光荣业绩作一番估计，根据总的历史进程，来对我们光辉的思想史予以新的评价。我们文学中的季节仿佛就是这样由炮火来加以划分的。1870 年的战争在以拿破仑垮台为起点的这个世纪中形成了一道巨大的裂痕；1914 年的战争则似乎又把小说和诗歌的很长的一章历史作了结束；今天我们一来就说两次大战之间的文学，而且很普遍地这么说，仿佛在这些年月中，文学上已开始了一个新时代。

可是，无论根据作品的差异或作品的新旧来说，都不足以解释这些划分的理由。相反，要指出这些划分的不自然，倒是并不困难。但是人们在思想上很自然地认为有这种划分的必要。显然，就是那些相信文学、思想、艺术可以不受历史事实的制约，可以脱离历史环境而自存的人们，从这个习惯了的对时序的观念来看，也承认历史对于文学史的影响，承认实际上没有任何写下的、唱出的、想到的或是画成的东西，能够存在于人所共属的无情的历史之外。正因为这个原因，在法兰西这个果园经历了从来未有的摧残之后，我们比平常更感到有责任来指出：法国的一些伟大人物依然屹立着，他们经得起风暴的考验，他们这种坚强就是我们前途的一个保证。这就是为什么这种坚持不渝的、几乎是虔诚的巡礼仍然吸引许许多多男女来瞻仰左拉曾经生活过、并且在这里逝世的这个值得纪念的地方。这件事情具有一种特殊的意义，它是全国人民感戴的明证。这种坚持不仅证明了左拉作品的生命力，同时也证明了以左拉为出色代表的那些思想的生命力。昨天刚刚被我们和外敌一起扫除出去的反动势力，正是在当时国际和国内形势下初次显露了身手。

因此，当年围攻埃米尔·左拉的、由愚昧和嫉恨结成的巨大阴谋，至今一点也没被解除武装；同时，左拉的名字，在他死后将近半个世纪的今天，依然像一个在世的人的名字一样，古怪地成为愤怒、歧视、侮辱和诅咒的对象，这些就都不足为奇了。在我们国家里，有这样一个疯子的集团，他们嘴里喷着唾沫，用一些高贵的字眼做幌子，这些字眼原是属于人人的，然而他们却恬不知耻地认作是自己的专利品了。就是这一帮人，当德寇侵入我们国境的时候，利用篡夺来的像光荣、传统和祖国之类的字眼，当上了外敌抢掠和屠杀的卑鄙的帮凶；就是这一帮人，以民族主义作标榜，但毕竟隐藏不了他们在这个名义后面所保卫的利益，这些利益没有国境界线，而只有银行存折的界线；就是这一帮人，他们当年的叫嚣和威胁并没有使左拉闭口；就是这一帮人，今天一听到这位伟大作家的名字，就已足够使他们心惊肉跳了。

在新近出版的一本专论梅塘大师的著作中，作者怀着最好不过的用意，宣称自己撇开那些熄灭了的怒火和过时了的愤慨来研究左拉。无疑，这位作家并不会有机会跟我所提起的那一帮人谈一谈天，否则他就会发现因埃斯特拉齐[①]这封臭名远扬的秘密信件所激起的愤怒今天并未消失。当然，我们应当更广泛地来了解这一点，就是谁想撇开左拉之所以伟大的地方，左拉之所以和我国人民的历史密切相关的地方来谈左拉，那是绝不会有什么意义的。想要超政治地来研究左拉的那种幻想，只是对那些从前是、现在仍然是左拉的敌人们有好处；这种幻想只能为从佩里厄[②]到贝当那一帮人服务：他们为了实行独裁，一向不惜破坏国家的政策。制造德雷福斯案件的狐群狗党，从修女到参谋本部伪造证件的能手们，包括这个和“法国义勇团”[③]的老爷们以及达尔南的黑衫队[④]不相上下的埃斯特拉齐在内，所有这些衣冠楚楚的人物之酷似维希政府的全班人马，光就这一点，已足够说明，对这一帮人来说，法兰西的利益与他们无关，他们所

---

① 祖籍匈牙利的法国军官，德雷福斯事件中的真正罪犯。

② 德雷福斯事件中的法国将军。

③ 德国占领法国期间招募到德国去服役的法籍雇佣兵。

④ 与德国合作的维希政府中由达尔南统率的秘密警察。

关心的无非是怎样让人们忘掉产生左拉作品的历史背景，让人们把当时的情况看作幸而已成为过去的可遗憾的冲动，看作政治熔炉里的一些渣滓而把它扔开；必要时，那批家伙倒能同意保留巴拉都的花园和穆雷神甫的形象。对于这种慷慨实在应该感恩不尽；但是我们今天聚集在这里，我们这群人才是左拉和全部左拉的继承者，我们不愿看到左拉受到阉割，我们要求读他的全部的作品，理解他，追念他。

1898年2月12日，《卢贡-马卡尔家族》的作者受到陆军部长的控告，让·饶勒斯在公审法庭上作证时宣称："他们所以迫害左拉，就因为左拉坚持理性地、科学地来解释奇迹；他们所以迫害他，就因为他在《萌芽》这部作品中开始讲到一种新人类的兴起，讲到穷困的无产阶级从痛苦的深渊中萌芽，已在向着太阳生长；他们所以迫害他，就是因为他刚刚揭露了参谋本部荒谬绝伦的失职，这种失职就是祖国蒙受灾难的前奏。"瞧！这段话所引起的义愤，这段话所引起的声势浩大的抗议！这个饶勒斯就是十六年后为他们所暗杀的饶勒斯（正像不久以前，他们也暗杀了德雷福斯派的维克多·巴雪一样），这个饶勒斯敢于指出：祖国的灾难就是由于这些无能的、挂满勋章的人在特务机关中制造成的！法兰西的历史证明，事情并不是像"宽宏大量"的法庭所说的：总是在"不知不觉"中发生的。饶勒斯说得对：他们所以迫害左拉，不仅仅因为左拉写了《我控诉》，而且因为《我控诉》是左拉全部作品的结晶，是他前部作品逻辑发展的结果。是的，他们迫害他，因为他写了《萌芽》，写了《卢尔德》，写了《崩溃》，难怪那些崩溃分子们一谈到《崩溃》这部作品总是怀着那么大的义愤！

饶勒斯说得对：他们迫害左拉所用的伎俩，就是借口给共和国总统菲利克斯·福尔先生写了一封信；而事实是，他们迫害他，正因为他以自己全部巨大作品的威势击中了他们，他的这些作品本身，就是对这一帮人所提出的控诉。他们迫害作家左拉，而在作家身上，他们也就迫害了现实主义。他们迫害他，也就是迫害一个作家判断和宣告真理的权利，切切实实报道事实的权利。当今天有些人还在对作家高喊"免谈政治！"当他们想从左拉的作品中发掘出一个怒火已经熄灭、热情不再燃烧的古铜的或大理石的左拉时，不论他们有意或无意，他们仍然是不承认作家有上述的这种权利，他们想要剥夺这种权利！

谈到左拉，谈到他的生平、他的作品和他的典范时，人们常常采取一种"绥靖政策"。五十年来，我们这个共和国政府把某些认为是可疑的、不稳当的东西都抛到黑暗中埋藏起来，因此我们的儿童在他们的历史教科书里，只有含含糊糊的三两句话谈到巴黎公社。至于德雷福斯事件，就让孩子们理解为一件在法国人闹不团结的某个值得惋惜的时期内所发生的事情。哈！这种对历史的防范，这种狗肉和尚的美德，真要叫人笑掉牙齿！我们不久以前刚刚见识过这条道路：它引向贝当，引向维希政府，引向达尔南！五十年来我们一直生活在黑暗的反动势力的讹诈之下；而莫拉斯[①]之流在那里把饶勒斯指点给谋刺的凶手，把1940年到1944年之间的一切爱国者出卖给德国秘密警察。他们使我们的社会感到恐怖，禁止我们提到德雷福斯事件；而这些人就在这一时期肆无忌惮地继续进行着使左拉在晚年黯然感伤的各种无耻勾当，而这种活动还不仅仅限于精神的和文艺的方面。至于那些敢于为左拉辩护的人，也只是按照我所说过的那种"绥靖政策"来讲话：他们替这一个人蒙上了一层面纱，这个人曾经对准备判他有罪的陪审团大声疾呼："我不愿意看到我的祖国活在谎言和不义之中。你们可以在这里判我有罪，但是总有一天，法兰西将会感激我曾经努力来挽救它的荣誉。"这些替左拉辩护的人以为把文学和政治分家是明智的举动。可是在这期间，这些无耻的谎言者和不义者却在诉讼文件消灭之后，耍一套手段来获取文艺上和政治上的胜利。

别以为我夸张，别以为左拉在1946年已经在法国恢复了他应有的地位。这不但不是事实，而且还差得很远。左拉曾以他自己辉煌的著作使他个人的名字和法兰西的名字远播到全世界，但在晚年，他却曾两次受到非法的判罪，他被撤回了荣誉军团的勋章，好像他不应当写下《土地》、《娜娜》、《家常事》和《萌芽》。结果，左拉不得不出走英国。请读一读他回国以后所写的一切，读一读他致共和国前后几任总统的书简，这些对祖国的呼吁，几乎就是左拉生前最后的呼声："人们说历史的裁判是公正的，它最终会报偿我们。这倒有点像天主教用天堂来安慰那些在现世被饥饿逼得走投无路的可怜的傻子……对我来说，这很好，我甚至希望历史的惩罚要比天堂的极乐世界可靠得多。只要有一点点正义，就够叫我快活了。"

左拉一生的下场，可以算是我国历史上的一件伤心事，因为作为法国人民热爱正义的代表者，他自己却没有得到正义。左拉在1898年2月被判罪以后，不得不于同年7月18日离开法国。（"1898年7月18日将永

---

① 夏尔·莫拉斯（1868—1952），法国保王党头目之一。第二次世界大战期间出卖祖国，战后被判处无期徒刑。

远是我生命史上的一个沉痛的日子，那一天我觉得自己流尽了最后一滴鲜血。")就在 1898 年 8 月 31 日，亨利上校在瓦莱里安山上[①]供认出自己就是那伪造文件致使德雷福斯被判刑的主犯，然后就自杀了。1899 年 6 月，左拉回到法国，可是借"法律手续"对他判下的罪却并没有撤销，荣誉军团勋章也没有归还他。德雷福斯于 1899 年 8 月，即在亨利上校服罪几乎一年之后，也被送回法国[②]，可是同年 9 月 9 日，军事法庭重新判他有罪。对于这件事情，左拉当时写道："我只感到惊骇，这已不是愤怒，不是要求复仇，不是要求伸冤，不是以真理和正义的名字来要求惩罚；这只是惊骇，正像一个人看到最不可思议的事情居然发生，看到江河倒流，地球在太阳下翻筋斗时的那种极度的惊怖。而我痛心疾呼的是我们慷慨高贵的祖国所蒙受的苦难，是它堕入深渊的可怕。"

左拉在这种惊骇中，并没有预料到那些为非作歹的帮凶们的阴险手法。他们居然来了一套正义的滑稽戏：根据十五个月之后颁布的大赦令，他们假仁假义地把无辜者当作被赦免了的罪犯了事。这件事以后，左拉只活了两个月。"只要有一点点正义，就够叫我快活……"这句悲痛的话却始终没有得到回音。

可是，我们这些人曾经在巴黎见到过希特勒，曾经见到过一位法国大元帅把谎言宣布为真理，把神圣的爱国主义宣布为犯罪，把出卖祖国宣布为美德，我们这些人怎么能不体会左拉在 1899 年夏天所感到的惊骇？当我们阅读左拉的审判案时，我们怎么能不认得当年在巴黎审判厅中对左拉和他的辩护人的每一句话报以叫嚣、吵闹和嘲笑的那帮无耻的家伙，就是我们不久以前在听审贝当，听审那些叛国的海军将领时所见到的这一帮人？他们以听众的身份公开地表示支持这个蒙多亚人[③]和那些屠杀我国海军的凶手们。当左拉讲到法国将要堕入的深渊的可怕时，他可曾想到今天轮到我们来衡量的这个深渊的深度？跟左拉一样，我们也要求有一点正义。

好了，死去的左拉永远在那里等待。有些人想要承认他在文学上的地位，另一些人连这一点也拒绝给他。可惜在学校里，人们并不讲授真理，

① 法国陆军监狱所在地。

② 德雷福斯曾被判决终身监禁在魔鬼岛。

③ 指贝当。1940 年他在凡尔登附近的蒙多亚（Montoire）和希特勒签订了德法合作条约。

而只有真理才是正义。这个真理用几句话就可以说明：19 世纪末叶，有一帮寄生虫霸占了我们的军队和我们的荣誉，曾经在众目睽睽之下，用假造、用卑鄙的警察行动、用公开的谎言损害我们最纯洁、最亲爱的法兰西的形象；就在这时候，有一位叫作左拉的伟大作家，以英勇的和自我牺牲的精神保全了法兰西的荣誉。

约莫二十年以前，我在杂志上发表我的小说《巴黎的土包子》的头一部分，一位批评家兼蹩脚的小说家（此人后来当了法兰西学院的院士）写了一篇文章诛伐左拉，加他以最卑劣的罪名——因为他认为左拉粗俗——并在这同一篇文章里，向我大献殷勤。为这事件，我写了那样的一封信给他，以致经过了许多年，他再不敢提到我的名字。我现在追忆这件事情，并不是因为跟我有关，而只是为了说明一个事实：这位认为左拉“粗俗”的绅士，在德寇侵占法国期间，住在瑞士，理所当然地跟那些公开的法奸、和那些被德寇收买的特务们一起“合作”了四年。二十年前，当他以毁谤左拉来取宠于沙龙、博得达官贵人们一笑的时候，他的原形究竟还没有毕露。可是事实摆明：为了进法兰西学院，对这一帮仇恨左拉、仇恨法国人民——当然认为他们都“粗俗”——的老爷们拍一拍马屁，在那时也已经是十分有其必要。我所以提到这么一个不足道的人物，只是当作一个征兆来谈。今天许多事实已从各个方面说明了这种顽强地与这位伟大作家、与这位法兰西引以为荣的作家为敌的本质。左拉在世时没有见到的正义，现在是否终于到来了呢？我们很愿意相信是真的。可是我要重复一句，对左拉作出公正的评价，绝不光是在文学上恢复他的地位。左拉所曾经期待的，而且到今天还在期待的，就是要惩罚那些从前惩罚他的人，那些几乎损害了法兰西的荣誉的人。而谁也都能看出这是含有现实意义的，这需要火辣辣的热情，这里面体现着法国人的觉醒和他们坚持战斗的意志，这场战斗从“我控诉”开始，后来由我们祖国的战士们从 1940 年到 1944 年在我们沦陷的国土上坚持下去，来和维希政府、来和比勒博雅之流以及鲁伯之流的集团进行不屈的斗争。今天既然我荣幸地来主持这个纪念会，希望大家允许我对这个会提出这一点意见：对于左拉——那些现在连姓名都已消失的人当年居然胆敢扯掉他的荣誉团勋章——我们能为他真正主持正义，那就是继承他的事业，以他为典范，从中来汲取人类对黑暗进行永恒的战斗的力量和教训。

就是这个左拉，我们从他那里晓得（根据他 1898 年 2 月 8 日在法庭上的陈述)，他当时每天都在街上被人侮辱，他家里的玻璃被人砸碎，他被推倒在污泥中，他在污浊的报纸上被当作强盗看待……就是这个左拉，他在法庭上对佩里厄将军提出："我请问佩里厄将军：您是否也承认为法兰西服务可以有各种不同的方式？人们可以用宝剑来为它服务，也可以用笔杆来为它服务。将军阁下无疑曾经为法兰西立过辉煌的战功！可是我也有我的战功。由于我的作品，法兰西的语言传遍了全世界。这就是我的战功！我把将军的名字和我左拉的名字一道留给后代，由他们去选择吧！"

左拉的敌人把左拉说成是一个侮辱军队的人，说成是法兰西的一个坏分子。可是高等工业学校的一位教授，爱德华·格里摩在左拉的公审会上发言说："真正侮辱军队的人，就是那些在街上高呼'军队万岁！'而没有同时高呼'共和国万岁！'的人。这两个口号是不可分割的。真正侮辱军队的人，就是高呼'军队万岁！''杀死左拉！''杀死犹太人！'的那些人！"

真的，这些话还没有失掉它们的现实意义。今天想要组成自己的御林军，想要组成属于这一黑帮集团的御林军来和共和国对抗的那些人，他们就是共和国和共和国军队的敌人。他们身边必然拥有高呼"杀死左拉"的那些人，而不久以前那些人还高呼过"杀死犹太人！"而这却不是学院式的呼喊！

谁要想破坏共和国，哪怕他们是最有威望的军人，也必然是法国军队的敌人，伟大的法国军队的敌人；这支军队身经四年激烈的战斗，把外敌从祖国的土地上驱逐出去，它的力量和品质都是经历了考验的。尽管那些人昨天还在法兰西的营垒中，可是只要企图破坏共和国，他们就必然成为反犹太集团的同盟军，成为维希的帮凶，成为法兰西的敌人。并非每个人在自己的队伍中都能了解这一点，大家要警惕这种神不知鬼不觉的致命的背叛，最近的一些实例应当引以为鉴。街垒不可能有三个方面，不是站在法国这一面，就是站在刚被打垮而现在又重新抬头的侩子手们那一面，除此以外，再没有第三条道路。或者是跟左拉站在法国这一边，或者是跟爱斯特拉济、跟莫拉斯、跟贝当站在反法国的一边，在我们面前，再没有别的选择了。

有人会指摘这种说法：认为"跟左拉站在法国这一边"这句话，是否提得太高。这些人，很明显，就是一向想要把文学跟政治分家的那些人。

他们说左拉属于美学的范畴，而法兰西或是共和国却与美学无关。早在左拉提出“实验小说”的时期，他就写道：“作为原因的社会运动和作为后果的文学表达之间，应当是一致的。如果共和国看不清自己，不理解自己的存在是靠着一种有科学根据的力量，以致在文艺上来压制这种科学的根据，那么这就表示共和国对事实的认识并没有成熟，表示它会再一次被一个事实——独裁——所消灭。”今天和当年一样，如果我们想留在法国的阵营里来反对思想上的冒险主义，来反对独裁，那么，我们应该跟左拉站在一起，跟现实主义站在一起，来为自己争取判断的权利，说实话的权利。“作为原因的社会运动和作为后果的文学表达之间应当是一致的”，就是这个鲜明的真理叫那些爱浑水摸鱼的人不能忍受，给我们招来他们的谩骂，因为这个真理，最近在社会主义国家里经过激烈的斗争而被确立了。

毫无疑问，大家会喜欢我在这里讲一讲，在左拉的作品里，什么是还有价值的，什么是不再有价值了；大家会要我讲一讲，哪些方面应该归功于时代，哪些方面应该归功于他的天才。譬如有关《卢贡-马卡尔家族》的词汇问题，作者的科学观点问题，我们今天所学习了的，而左拉在当年并不知道的新现实主义和自然主义的区别等等。对的，左拉是 19 世纪下半叶的小说家，而我们现在已经生活在 20 世纪的中心。对的，自从《妇女乐园》发表以来，托拉斯有了进一步的发展，正像火车之后出现了飞机一样。对的，左拉和巴尔扎克一样，并不是小说的终极。最后，我们不应该把左翼对左拉小说的批评和反动派对这位伟大作家的叫嚣与侮辱混为一谈。我本来还可以顺便就刚才所讲的看法来对左拉作一番考察，谈一谈“自然主义”的缺陷，谈一谈“实验小说”这个理论中已经过时了的方面。早在 1891 年，法国社会主义最杰出的思想家之一保尔·拉法格，已经对《金钱》这部小说带头作了批判，这种批判是历史交给我们的任务。但拉法格的文章是写在左拉作品的内在逻辑尚未成熟以前的好几年，他当时还没有机会发现我们今天所见到的左拉的全貌，因此当他把自然主义者作为一些闭门造车的作家来看待时，他曾说：“谁能想象但丁会写出《神曲》，如果他是一个孤陋寡闻、安分守己的人，把自己关在家里，对大众的生活漠不关心，对参加到时代的战斗里去毫无热情？”拉法格这句话无意中给我们今天对左拉的礼赞奠下了一块基石。

正因为我今天是根据保尔·拉法格在 1891 年所不知道的方面来赞

扬左拉，大家势必会提醒我，说我所赞扬的是《我控诉》的作者，而不是《娜娜》和《人兽》的作者。人家会对我说，左拉首先是、主要是一个伟大的小说家，当然，他是我们唯一能够跟巴尔扎克相提并论的或是仅次于巴尔扎克的小说家。人家会对我说，我应该把他当作作家来谈。说这些话的人还没有了解我的意思。我认为，把作家的部分和把政治的部分划分开来是不可能的。两者是一个整体，是一个人。我就是为这个人伸张正义。捍卫在德雷福斯事件中的左拉，就是捍卫他的作品所经历的途径，就是捍卫他的思想的整个发展过程。也许我应该就这个发展过程的每一阶段来谈一谈，或者把左拉的小说一本一本地讲一讲。可是不论仇视光明的敌人愿不愿意，这些小说不都是在日丽中天的时候吗？还有什么能够期待我去做的？我还能够替这些小说干些什么呢？既然谁也不能再损伤它们了。但是，要为左拉伸张正义，充分地为他伸张正义，并不需要来细谈他的小说，并不需要像教授的专门讲座那样来分析他的作品。为左拉伸张正义，就是要从他那里吸取经验教训，就是要学习左拉的榜样，就是要继承左拉，就是要继承法兰西。

编后记

路易·阿拉贡（1897—1982）是法共重要的社会主义现实主义作家，是巴比塞去世以后法共在文化方面的代言人。他充分肯定左拉的地位和作用，认为作家的思想和作品是统一的整体。

本文选自阿拉贡：《左拉的现实意义》，载《阿拉贡文艺论文选集》，盛澄华等译，人民文学出版社，1958 年，第 53—64 页。

左拉永生(1952)

作者 [法国]让·弗雷维勒
译者 吴岳添

正如左拉在去世之前几个月预言的那样,20世纪看到了人民的胜利,证实了这位伟大作家的预见。这些年头里发生了多么惊人的动荡!1914年在好战的国家之间的战争,十月革命使辽阔的俄罗斯摆脱了帝国主义的魔爪,建设社会主义,希特勒企图使世界屈服于“高贵的种族”,这个极其可怕的举动最终在斯大林格勒遭到了挫折。中国革命解放了几亿人,他们昨天还在大量死于饥饿和瘟疫,受着地主和外国资本家的奴役。大部分欧洲和几乎整个亚洲都信仰共产主义的事业。各个殖民地的人民也开始行动起来,和平的、按计划劳动的、掌握自己命运的生产者的阵营,在影响和力量方面都在不断扩大和增长。历史在加速它的进程,人类的三分之一以上正在摆脱《小酒店》、《娜娜》、《家常事》、《萌芽》、《土地》、《金钱》……里的地狱。

即使在革命尚未取得胜利的地方,各国人民也在向前进:他们以顽强的斗争使社会得到改善,承认他们的意愿,使得法西斯主义和战争退却了。

自从《小酒店》、《萌芽》、《人兽》以来,法国工人阶级的状况有了深刻的变化。人们几乎不会再碰到古波了;像科隆布老爹那样贩卖劣质烧酒的人也消失了。在矿井以及其他地方,每天的劳动时间明显减少,工地上禁止压低报酬的招标,风镐和截煤机代替了掏槽镐,运矿坑道代替了铲子,火车头代替了马匹,妇女儿童不再下矿井了。无产阶级在政治和经济方面已经组织起来,它知道自己的灾难来自什么地方,它有自己的政党和工会。

但是资产阶级并未改变。掌管政务的政客、唯利是图的高官、投机商、屈服于资本和与科学为敌的教士、政变和专制的信徒、经纪人和掮客、为金融家和部长们充当顾问的半上流社会的交际花，这样一个注定要灭亡的社会，就像在第二帝国时期一样，在大难临头之前忙于寻欢作乐。正如在《萌芽》的时代那样，矿工们的鲜血又一次染红了矿工宿舍和井口的路面……

这似乎延长了这个世纪的一切战争和革命，没有把左拉推到被战火映红的地平线后面。他以他的理论属于他的时代，他仍然以他的热情属于我们的时代。

大部分著名作家死后都要经受一段短暂的冷遇，直到后代确定他们及其作品在历史上的地位之前，这种身后的黯淡，似乎是为一种过早获得的光荣而付出的代价。而左拉，尽管批评界的权威们诋毁他，勾结起来对他保持沉默，他却没有经历过这种暂时的遗忘。他是永生的。

他永生在法国，如果说冒充高雅的读者和思想正统的人对他讥笑辱骂，却又装作对他一无所知的样子的话，他却与雨果和大仲马一起，成为市镇图书馆里读者最多的作家。他永生在国外，他的作品的译本被摆放在两半球所有最大的图书馆里。他永生在苏联，在法国经典作家中，他位于罗曼·罗兰、巴尔扎克、巴比塞、阿纳托尔·法朗士、福楼拜和斯丹达尔之前的第三位。从 1917 年到 1951 年末，他用 14 种语言出版的作品，印数达到将近 300 万册。超过他的只有雨果（600 万册）和莫泊桑（将近 500 万册）。

未来依然像左拉描写的那样，因为他相信未来、相信人民。在“属于过去的保守派与属于未来的革命者”之间，他做出了选择。从 1869 年开始，在一篇以公开信的方式致中国大使的专栏文章里，他就写道：

> 您去把您的君主的意旨放在国王们的脚下。我乐于看到您和欧洲的另一位君主进行友好交往。世界的得救取决于这位君主。在出发之前去咨询他吧，听听他的命令。我想说的是人民，这位巨人般的劳动者，尽管战争和绳索束缚了他的行动，他仍然在不懈地履行着

和平与自由的艰巨使命。[①]

左拉发起使一代代想维持传统的等级制度、宗教信仰和剥削制度的人与想消灭它们的人相对抗的战斗。他使有产者的利己主义和虚伪名声扫地。其他自然主义作家也这样做了,当然不如他那样猛烈和严厉(龚古尔兄弟的《勒内·莫普兰》,阿尔丰斯·都德的《不朽者》)。左拉超过了他们所有的人,遥遥领先。他在《萌芽》中,在《巴黎》中,在《劳动》中,揭露的是资本主义制度的不人道的行为。敏感而聪明的工业家格兰迪迪埃,无法让自己成为一个正直的人:

当竞争如此激烈的时候,当资本主义制度需要一种如此可怕的、时时刻刻在进行的斗争的时候,怎么能同意被雇佣者的哪怕是合理的要求?[②]

他拒绝救助一个瘫痪的老工人:

他永远不会同意发一笔抚恤金的原则,因为这就是对通行的工资制的否定。他极为坚决地捍卫他作为老板的权利。他一再说竞争的激烈迫使他行使这些权利,只要目前的制度还存在下去就不可能有任何放弃。[③]

在《小酒店》和《实验小说》的时代,左拉相信资产阶级立法者能减轻或者消除人民的痛苦。在德雷福斯事件之后,他几乎不再相信资产阶级立法者的行动或者制度的改良了。在他相当于一种文学和政治遗嘱的最后的写作笔记里,他写道:

资产阶级背叛了它的革命经历,以便企图保住它的资本主义特权和统治阶级的地位。在获得政权以后,它不想把政权交给人民。它停滞不前了。它与反动派、教权主义、军国主义结成了联盟。我应

① 德尼丝·勒布隆-左拉:《我的父亲左拉》,第 51 页。——原注
② 左拉:《巴黎》,第 177 页。——原注
③ 同上,第 499 页。——原注

该写出重要的、决定性的观点，就是资产阶级已经完成了它的角色，为了保持它的权力和财富而站到反动派一边去了，明天的希望和力量存在于人民之中。[①]

左拉直到最后还相信有可能进行一种和平的发展过程，不用经过残酷的斗争，资产阶级就能把政权移交给无产阶级。不过他不得不承认，在对新社会进行武装抵抗的情况下，无产阶级将被迫用武器来结束旧的剥削制度，对特权者的暴力报之以革命者的暴力。他在《劳动》的结尾处说明了这一点。他违心地承认了这种可能性，但还是承认了，因为任何诞生都是在血泊之中完成的：最终的目的、没有阶级的社会、人类的幸福，就包含着一些必要的牺牲，这些牺牲与维持一种建立在压迫和战争之上的制度相比是微乎其微的。

他憎恨战争，而且在他的全部作品里谴责它。《梅塘之夜》（1880）收入了他的《磨坊之役》，其中还有莫泊桑令人钦佩的小说《羊脂球》，以及于斯曼、塞亚尔、埃尼克、保尔·阿莱克西的四篇小说。这个集子，谴责了屠杀的愚蠢、无效、野蛮，激怒了“道德秩序”的拥护者、土财主、军人、用大话掩盖其集团和阶级利益的民族主义的鼓吹者。一种反对战争、反对军国主义的文学诞生于《梅塘之夜》。以《地狱》与自然主义联系在一起的巴比塞，从1914年—1918年的屠杀中得以幸存之后，从他在战壕的日子里带回来一份特别的见证：《火线》。

在达尔文的生存竞争和自然选择的观念的影响下，左拉长期地把战争看成是压在人类身上的一种不可救药的重负，一种注定的厄运。生物学使他看不到战争与当代资本主义制度相关的经济和社会原因。但是在他生命的末年，他懂得并且宣告大屠杀也会随着资本主义一起消失。

《崩溃》这部关于1870年的最伟大的作品，回忆了在沙隆的军队遭受的灾难，饿着肚子被杀死的士兵们的壮烈行为，参谋部的无能，玛格丽特师的冲锋，血腥而无谓的屠杀，饱受疲惫、饥饿和痢疾折磨得惨不忍睹的战俘们的种种痛苦……

在《劳动》里，左拉描绘了最后一次战争中最后的战役。这个出色的篇章的每个句子都为画面增添了闪光的一笔。

① 巴比塞：《左拉》，第258页。——原注

没有一个国家能够置身局外，它们互相带动，把全体都拖入战火的漩涡，两支庞大的军队，排成阵线，彼此都燃烧着祖先的愤恨，决心要互相残杀，仿佛在不生产庄稼的空旷田野上，两个人中多了一个似的……这两大敌对兄弟的庞大军队相遇于欧洲中部，数百万生灵互相屠杀在广大平原上……双方战士们甚至不需要互相接近或互相见面，大炮从地平线的另一边就可完成它们的屠杀任务，射出来的炮弹可以把许多公顷的地面炸毁，使人窒息，使人中毒。天空还有一些气球在投掷炸弹，在它们经过时焚毁城市。科学发明了炸药，奇特的武器能够把死亡带到很远的距离之外，好像地震似的突然吞噬了整个民族……[①]

左拉把历史进程和科学进步许诺给各个民族的和平时代与劳动至高无上的时代联系在一起。他在关于《正义》的笔记里宣告：人类生来不是为了残杀，而是为了劳动与和平。在他去世前不久，他打算写作一系列戏剧，其中一个的主题是：

探讨整个军国主义及其对刺刀的崇拜，它的常备军，它的军官团——与一种民主政体互不相容的组织。[②]

在他对于各国之间的和平与和解的热烈渴望中，左拉从未同意让一个国家屈从于外国帝国主义的观点。他认为只有通过世界上一切进步力量之间的谅解，在平等者之间才有和平。

左拉是爱国者，这是就这个词最纯粹、最崇高的意义而言的。他期望一个宽容仁慈的、率领所有自由正义的国家、以纠正错误来获得荣誉的法国，一个将会消除谎言、谬误、专横、不义的法国。他为它确定了“救世主、赎救者、救星——圣母”的角色。他希望它走在各民族走向解放的伟大运动的前列。法兰西真正的传统，难道不就是一种自由的、受自由考验的、

---

① 左拉：《劳动》，毕修勺译，吴岳添校订，黄河文艺出版社，1985 年，第 582—583 页。

② 莫里斯·勒布隆：《埃米尔·左拉的文学计划》，《法兰西水星》，1927 年 10 月 1 日，第 22 页。——原注

大革命的传统？

> 随着人权团、大革命产生了新的理想。法国是人权和自由的捍卫者。这就是它真正的角色，它在各民族之间的威望，它的使命，它在明天的胜利。好战的理想变得不可能，不再存在了；要恢复这种理想，就是否认它在历史上的真实进程。[①]

除了民主政体和社会主义之外，法国没有别的出路。它如果退回到中世纪时代就会灭亡。它如果勇敢地奔向未来，它如果建立一种完整的民主政体，它就会重新变得强大，得到各民族的尊重和友谊。

> 法国的军事周期已经结束的观点……历史，骑士制度，长期的战争，征服的精神，目前建立在君主政体观念和宗教观念上的军国主义。然而未来却在于法国的革命和新角色。它是民主政体的工人，19世纪的伟大事件是民主政体的出现。因此为了使未来属于法国，它必须是民主、真理和正义，反对天主教和君主制的旧世界……而从那时起，民主的、革命的、工人的、财富公正分配的法国，完成一切改革，理想的共和国，是不可战胜的，是明天不可抗拒的力量。它将使周围的一切君主政体、一切教会垮台，它将以理想来赢得各个民族。它在1789年、1848年已经开始这样做了。所有的王权都会垮台，所有的民族都会追随它。明天的教育者、胜利者。[②]

左拉寄希望于法国在20世纪走在社会进步前列的领导角色，由革命的俄国来担任了。而左拉的抽象概念——人权、自由、真理、正义，这些被拉法格称之为“形而上学的妓女”的东西——经常被资产阶级用来欺骗人民。左拉这位在道德和精神价值的范围内演变的，不接触大众的个人主义者、改革者，曾经真诚地相信人类的良心足以改变他们的生活方式：他不理解革命的无产阶级政党领导的斗争，而且只有这种斗争才能使人民建设他在遥远的理想中瞥见的劳动的城邦。

---

① 莫里斯·勒布隆：《埃米尔·左拉的文学计划》，《法兰西水星》，1927年10月1日，第19页。——原注

② 同上，第18页。——原注

在19世纪的最后三分之一时间里，保守势力以宗教、军队、国家理性的名义结成联盟来反对科学精神。1870年之后不久，反动派就宣布——正如贝当在1840年重复的那样——法国以它的灾难经受了它的罪恶所带来的惩罚：它如果不献身于圣心就会万劫不复。他们发动了一次到帕莱·勒莫尼亚的朝圣运动，玛丽·阿拉科克[①]在那里与耶稣基督有过“爱的交谈”，并且通过“乡民会议”宣告要在蒙马特尔中央建立一座公用的大教堂。在《巴黎》中，皮埃尔·弗洛芒曾经是神甫，却甘愿离开为压迫人的权贵们效劳、使他无法献身于向社会传道的教会，他嘲笑地说：

> 如果法国受到失败的打击，那是它罪有应得。它是有罪的，它今天应该悔恨。悔恨什么？悔恨大革命，悔恨一个自由考验的和科学的世纪，悔恨它被解放的理由，悔恨它倡导的、传遍世界各地的解放事业……这就是真正的错误，而这是为了让我们为我们伟大的使命、为一切已经获得的真理、为扩大的认识、为今后临近的正义赎罪，他们在这里建立了这个巨大的标石，在巴黎的任何街道上都看得到，而在它的努力和光荣之中，它不可能看到而不感到自己被忽视和侮辱了。[②]

在他的整个一生中，左拉都痛斥“撒谎的教义”、迷信、违法理性和超乎自然的东西。他只知道科学——他的作品建立在科学之上——对它抱着一种独有的信仰。

从巴黎公社的第二天到德雷福斯事件，反动派和神秘主义打击和诋毁科学，正如它们打击和诋毁世俗性，以及被一个被持续不断的运动引向左翼的共和国一样。反动派越是觉得受到威胁，这种打击也就越加猛烈。德·沃居埃[③]和柏格森主张回归唯心主义。英国哲学家赫伯特·斯宾塞求助于不可知论，通过损害科学来解决宗教与科学之间的对立，从而为这种回归提供了便利。布吕纳介宣扬“科学的破产”，断言宗教已经恢复了

---

① 玛格丽特·玛丽·阿拉科克（1647—1690），圣母往见会的修女，圣心信仰的传播者。

② 左拉：《巴黎》，第443页。——原注

③ 德·沃居埃子爵（1848—1910），法国作家，俄国文学翻译者。

它的一部分魅力……

宗教思想与理性主义争夺幼儿，教会教育极力与世俗学校进行斗争，只有记住这些争辩、论战，这场长期的斗争，才能评价左拉态度的价值：他在一部部作品里宣告：人民在道德和精神上的解放不会来自于对一种神的意志的屈从，而是来自科学。

左拉的敌手们把他某些概念中的不足和唯科学主义的弱点作为反对他的理由。但是这些不足和弱点无损于永远处在运动之中、永远走向新的成就的科学。左拉遵从赫克尔的反辩证法的唯物主义。他只有在资产阶级意识形态的圈子里活动并且无法突破的时候才容易受到攻击。

在现代科学的种种发明之后，吕卡斯确定的、在《卢贡-马卡尔家族》里被引用的遗传"规律"，现在留下了什么呢？米丘林和李森科的研究已经证明有可能控制遗传，通过外部和内部环境的一些突然变化来加以激发，并赋予它一些新的特性。

左拉赞同当时的学者们、特别是著名的化学家贝特洛的幻想，他颂扬在科学里

> 有一种道德的力量，它能够使平等和博爱的、所有人团结在神圣的劳动法则下的时代在短期内突然出现。

这种对一个黄金时代——学者们的发明在准备着它的到来——的信仰，鼓舞着左拉直到他的最后一息。他不懂得在一个划分为阶级的社会里，科学的应用被统治阶级所利用和垄断，必须首先夺取这种垄断才能确保所有人的幸福。

这位热爱理性和正义的斗士必然要鞭笞与法国的传统、与它的进步和解放的使命相反的丑恶而愚蠢的种族主义。在狂热的反犹太主义的背后，他发现了为扼杀共和国而在参谋部的庇护下策划的阴谋。他揭露了军刀和教权主义的双重危险，拆穿了民族主义只是"赤裸裸地利用崇高的爱国之情"的面具。

所有的事件都证明了他是多么正确。从历史的角度来看，德雷福斯事件显得就像是希特勒的刺刀庇护下产生的"民族革命"的序幕。这就证明了左拉的清醒和他从事的这场斗争的重要意义。作家在法庭上捍卫

一个无辜者的行为显示出他精神的伟大，他在自己与那些依附于他们的支持者、贪恋薪俸而在反动集团制造的新德雷福斯事件中拒绝追随他榜样的人之间划出了一条鸿沟。他不朽的《我控诉》里每一句话都像皮带一样抽打着暴君、腐败的政客和诬陷者，永远鞭笞着今天只是改换了名字的人民公敌；在与法西斯主义和希特勒主义的支持者不断进行的新的斗争中，他永远鼓舞着战士们的热情。

左拉的身上集中了对于反动派和从一种注定要灭亡的制度中牟取暴利者的仇恨。没有一个作家比他遭受过更多的嘲笑、污蔑和凌辱。他受到过帝国的追捕，受过主张禁演《萌芽》的共和国检察官的训斥，因为在舞台上就像在现实里一样，一些士兵向罢工者开枪；他受到嫉妒他的荣誉的作家们背信弃义的恶毒攻击，《土地》出版时《五人宣言》的疯狂谩骂，申请成为法兰西学士院院士的一再失败；他体验过败坏名誉的被告席，成为丑闻的判决，禁止佩戴荣誉勋位团勋章，痛苦的流亡，居心不良的大赦，而他只希望能有“一点点正义”……

这种正义在他生前没有给他，他的敌人们直到他死后都予以拒绝。1908 年，饶勒斯不得不发起一场斗争，让法国最伟大的作家之一、无畏的公民能进入先贤祠，在耻辱的日子里，他挽救了国家的荣誉，向感到担忧的世界显示了法兰西的真相。在遗骸迁移时的棺木周围，一群卑劣的人在吼叫着……

有些死者无声无息，而另一些死者却绝非如此，其中就包括左拉。他的名声和他的作品仍然在激发着人们的热情。

诽谤他的人一刻也没有放下武器。他们把他排斥在所有的中学和大学之外，因为他们还在以同样的卑鄙纠缠以《我控诉》伸张正义的人和《萌芽》、《卢尔德》、《崩溃》的作者。他们曾为拆毁他的塑像的纳粹匪徒欢呼……1948 年，在《我控诉》发表之后五十年、纳粹种族主义的罪恶统治结束之后不久，马塞尔·加香——国民议会里的老前辈，在向这篇复仇的文章表示敬意的时候，在议会大厅的某些席位上响起了嘲笑的声音。

但如果说他的敌人只代表一个阶层——祖国的掘墓人阶层——的话，那么他的朋友却为数众多：他们就是人民。

人民热爱左拉，因为所有的寡头势力都憎恨他：在民众看来，这种憎恨就是一块可靠的试金石。

人民热爱左拉，他是穷人的保护者，他是资产阶级的鄙视者，军国主义的敌人。人民热爱他，因为《卢贡-马卡尔家族》的作者——尽管头脑里充斥着一些可疑的理论——创造了一部不可摧毁的作品，在这一部大著作里面，社会的丑恶和不公正因在其中被揭露而加速走向消亡。

人民热爱左拉，因为他拥护劳动阶级，反对有产阶级；拥护科学，反对教义；拥护现实，反对空想；拥护进步，反对蒙昧主义；拥护正义，反对不公正；拥护和平，反对战争；拥护社会主义，反对一切特权者；拥护幸福，反对绝望；拥护生命，反对死亡。

人民热爱左拉，因为把他看成一个跟自己一样的劳动者，一个文学的铁匠，他无休无止地打着他的铁砧，他是勤劳的工人，忠实于刻在他的梅塘的工作室墙壁上的格言：Nulla dies sine linea[①].

人民热爱左拉，因为他是描写人民的第一人，矿工们在他的小说《萌芽》——莫里斯·多列士[②]最爱读的书之一——里看到了他们的贫困、他们的痛苦、他们的斗争。

人民热爱左拉，因为这位作家并不满足于用他在郊区走马观花地搜集到的俚语和生动的短语来装饰他的篇章：他的作品从头至尾都是贡献给工人阶级的，他说的是工人的语言——这是描绘真实和感动心灵的必要条件——一种比文人的语言更为丰富和有趣的语言。

左拉不仅改变了他那个时代的文学气氛和景观，还使得龚古尔兄弟那样的手法和理想主义小说那样的模式变得过时了。在要求叙述者变成调查者、想象的文学变成探索手段的时候，他革新了小说的技巧，给小说家加上了新的责任。在他之后，不可能再像过去那样写作和描绘了。人们正是从这些方面去辨认有独创性的作家。

这位文学队伍的领袖曾经是推倒围墙的思想号角。他把一个热爱进步和正义的法兰西呈现给世界，他象征着它所体现的价值。在德雷福斯事件中和他站在一起的阿纳托尔·法朗士，接受了他的精神遗产，继续扮演着他的角色，后来扮演这一角色的是罗曼·罗兰。人所共知这两个人都是赞同共产主义的。左拉点燃的火炬就这样传递下去……

---

① 拉丁文，意为“每天必写一行”。——原注

② 莫里斯·多列士（1900—1964），1920 年加入法共，1930 起任法共总书记直至去世，曾任政府副总理，著有《人民的儿子》等。

诽谤左拉的人指责他“庸俗”、“不道德”，文笔累赘拖沓。这和批评界里装模作样的人对巴尔扎克的指责是一样的。实际上，这部洪流般的作品在它的漩涡中带走了整整一个社会、整整一个时代，似乎要把它们永远冲刷干净。它就是生活的波涛，跃过一切无能的美学家和梦幻者的泥泞的水洼和池塘，日益浩荡地向着更光明的地方奔流……在描写人群、郊区、乡村、工厂、劳动、巴黎——他曾是它的富有灵感的抒情诗人——方面，他是无与伦比的艺术家，左拉赋予他的句子以异乎寻常的动感、节奏、色彩、表现力和感染力。他的文笔具有清晰而确切的特色，准确地表达出他的思想，使得外部世界如在眼前。很少有作家留下这么多值得编入文选的篇章。他征服了大众，迷住了最苛求的作家—— 一位像福楼拜那样的高手，一位像梅里美那样的雅士……

在19世纪法国所有的小说家当中，左拉最为热情地面向未来。他的社会现实主义，在一个极端个人主义的时代里是如此新颖，使得他与他的同代人相反，他们把笔下的人物与社会隔离开来，为想象出来的冲突带来一些审美方面的解决办法。在他们当中，只有左拉感受到工人阶级是上升的力量，是未来世界的主角，他穿过千百年来不公正的隔膜，专心致志地倾听着它的萌芽，激动而又自信……

尽管某些段落令人感到不快、残酷或者苦涩，左拉的全部作品还是证明了他对人类的信念。他奋起反对“饱食终日地蹲着的神，躲在它的神龛深处的可怕偶像”，他赞美什么都阻止不了它前进的真理。后代要记住的正是这两种态度。所以在无产阶级革命的时代，后代在向他致敬，他是以其作品和行动与法国历史联系在一起的不屈不挠的斗士，他是把硫磺和灰烬像暴雨般地洒向资产阶级社会的播种者，他是劳动的歌颂者，他的浩瀚的创作既是一首爱的颂歌，也是一篇控诉状，而他的一生则是他所写的全部作品之外的又一篇杰作。

1952年6月至7月

编后记

让·弗雷维勒（1898—1971）是法国马克思主义批评家，他在专著《左拉：暴风雨的播种者》（1952）中运用马克思主义的观点，全面论述了左拉的成长过程及其所处的时代，热情地颂扬了左拉的杰出成就。

本文选自弗雷维勒：《左拉：暴风雨的播种者》，巴黎：社会出版社，1952年，第144—160页。

戏剧中的自然主义（1953）

作者 [法国] 皮埃尔·巴比埃
译者 谭立德

戏剧作者左拉

戏剧一直是左拉的爱好之一，虽然这一爱好受到挫折，但最终它还是获得了辉煌的成果。

无疑，就在埃克斯城时，左拉就已钟情于戏剧。他自己说，他曾是技巧平常的单簧管吹奏者，少年时，他参加了市政剧团的《白衣夫人》（或《隆朱穆的马车夫》）的演出。我们并不十分清楚当时这个剧团有多重要，不过，对这一点也不难想象，况且，演出的质量无关紧要。这个吹单簧管的孩子，在舞台和剧场大厅之间，参与了富有神秘色彩的戏剧活动。从剧院乐池这个有利的地方，一方面他觉察到观众和朋友们的眼睛在看他——“那儿就是埃米尔，在吹单簧管，是我同班同学……”这就已经令人感到不错；另一方面，他坐在台下，如此靠近舞台，紧随着剧情的展开，包括男中音的减弱、轻女高音和第二男高音之间的默契这样一些细枝末节，什么都逃不过他的眼睛。总之，他已是剧团的一部分。对于年轻的肺部，没有什么比经常呼吸舞台上扬起的灰尘更致命的了。

左拉天生是位作家，他的音乐天分并不高——“我的听力不行”——却照样喜欢看所有的喜剧的巡回演出。他在波旁中学上学时曾写了一个剧本：三幕诗剧《被打败的学监》。

“当然，”他的朋友保尔·阿莱克西说，“这部作品是幼稚而蹩脚的，手稿还在，我手头就有。‘三幕剧写成了’，这是别人能说的最好的赞美词。

我想我记得这出戏里面，有一名学生同学监皮多争一个女子的心那样一个情节……”

后来，当左拉“登上”巴黎，成了圣路易中学学生时，他便以两幕诗剧《贝莱特》和《应该与狼一起嗥叫》而引人注意，《贝莱特》是受了拉封丹的影响写就的。

当他在阿歇特书局就职时，便制定了征服世界的方案。对他来说，戏剧是重要的武器。1865 年，他撰写了两个剧本，第一部是独幕剧《丑女》，由阿尔弗雷德·勃罗推荐到奥代翁剧场上演，但遭到拒绝；第二部是三幕剧《玛德莱纳》，在吉姆那斯剧院和歌舞剧剧院遭到同样的命运。

两年后，1867 年，在马赛的吉姆那斯剧院上演了左拉与马里尤斯·罗合作撰写的五幕剧《马赛的秘密》。这出戏演了三场，今天，有人对此不屑一提，但是，内行人都知道，即使在今天也可能很难做得更好。

创作路子改变了，左拉成了左拉。《泰莱丝·拉甘》在书店里出现时，新闻界不断地讥笑这部小说及其作者。左拉十分恼火，便根据小说编写了一出四幕剧，于 1872 年推出。

> 其实，我犹豫了好久，最终我之所以这么做，是因为一些特殊的问题，这些问题至少可以给我减轻些“罪行”。首先，小说出版时，一些对它态度极为严厉的批评家着实促使我把小说改编成戏剧，他们认为这本小说是黄色书籍，文雅地把它贬为“堕落”，他们声称，哪一天，舞台上出现如此下流的东西，观众就会用他们的嘘声来熄灭舞台的脚灯。我并不讨厌激烈的争吵，从那时起，我就打算看看那究竟是什么滋味。有人在挑衅。但是，我觉得仅仅想把批评界置于犯错误的境地是幼稚的。我受到一种更高趣味的吸引。我感到《泰莱丝·拉甘》提供了一个绝妙的悲剧题材，可以大胆地在戏剧舞台上作一次我有时曾梦想的尝试。

有一个剧团可能演出：文艺复兴剧团。剧团经理霍斯汀度过了倒霉的时期。性情冲动的女演员玛丽·罗朗愿意扮演拉甘太太。霍斯汀权衡了利弊：按他的处境，他尚能拼搏一下；作者的声誉与围绕小说引起的轰动，同样是还不能确定的成功的主要因素。此外，演这出戏的费用并不昂贵，只需一幅布景和七个人物。初看起来，作这笔交易并不傻，尤其对一位观众越来越少的剧场经理来说。霍斯汀孤注一掷,接受了剧本并确定1873年7月11日为首场演出。

评论界人士舒适地坐在扶手椅里,牙齿咬得咯咯作响。批评界业已极为诋毁小说,然而为了贬低剧本,却又称赞起小说来。漂亮的太太们和英俊的先生们起劲地起哄。弗朗西斯克·萨尔塞远远不是最恶毒的,他写道:

> 《泰莱丝·拉甘》就是浓缩在索蒙小巷一家缝纫用品商店里的《麦克白》……
>
> 帷幕落下,令人如释重负,场内发出宽慰的叹息。观众感受的压力太大了,感到需要开开玩笑来轻松一下。观众发挥想象力的时间持续得太久,已感到极度疲劳。
>
> 就算在这出戏里有着某种天才的力量,对此,我并不否认,我承认大家都同意的一切,例如,作者熟谙法语(在那一行里是少见的事);有个人见解,自成一体;但是,我宁愿他是另一种样子。
>
> 如果现在您问我,是否应该去看看那玩意儿?我就回答您,这得看情况。
>
> 我会再去的,但我肯定会愤怒地走出剧场。这可不是什么创新。

我们不知道萨尔塞老头是否有时间再去看“那玩意儿”。文艺复兴剧团演出了九场,成功姗姗来迟,剧团陷入困境,便关门大吉。霍斯汀于同年11月重新开张,这一次,他恢复了轻歌剧的演出。

但是,玛丽·罗朗十分喜爱她的角色,她为这出戏尽力辩护,组织巡回演出,获得广大公众的欢迎,尤其是在市郊的剧场里。剧本翻译后,在德国和斯堪的纳维亚国家里受到了热烈的欢迎。然而,在评论界人士的眼里和戏剧历史上,这一切都算不上什么成功。

一年后,左拉写出三幕剧《拉布丹家的继承人》并在克吕尼剧场演出。时值1874年11月5日。

“处于巴黎市中心的克吕尼剧场搞得就像外省的剧场,譬如萨尔格米纳剧场一样。”福楼拜来看演出,他大声地赞扬这出戏,轻蔑地打量那些抱有敌意的人,高声嚷道:“好极了!好极了,这玩意儿确实妙不可言。”

上演的这出戏是一出受《狐狸》[1]启发的喜剧。观众鼓掌欢迎它。然而，第二天，评论界却群起而攻之，左拉承认道：

> 我经受了人们所能想象的最惨的失败……这简直是一场屠杀……我被逮住、被审判、被枪毙；我只得躺在我那出戏的片段上装死……我整天耷拉着脑袋，神色憔悴，为自己感到羞愧，我扪心自问，是否还敢在大庭广众中露面。

其实，这出戏还是成功的。因为，每当星期天，“圣·雅克区的不识字的观众们——如左拉所称——来看戏时，演出过程中，便只听见阵阵笑声。可惜，平时，剧场里则空空如也，尽管克吕尼剧院经理心地仁慈，他也不得不在两周后停止演出”。

时隔四年之久，不知道出于什么灵感，王宫剧院的经理突然想起了《卢贡-马卡尔家族》的创始人，请他写一出歌舞剧。左拉欣然从命，撰写出《玫瑰的花蕾》，于1878年5月6日上演。

全巴黎的头面人物又一次拒绝左拉的剧作，不愿意去理解它。剧中所表现的一切都成为喝倒彩、激起公愤的借口。这简直是故意纵容的阴谋。演到第二幕时，舞台上出现几名军人，有几位坐在正厅前座的先生们竟嚎叫起来，说这是侮辱军队；戏中有一个人物把他的女仆叫作“大傻瓜”，然而，由于场内闹哄哄的，观众误听为“大吊车”，于是，喝倒彩的嘘声越来越盛。

左拉认为观众不能原谅他写了一出歌舞剧。

> 首先，这些观众大感失望。他们肯定期待别的东西，他们想要一项文学宣言，要看一出典型的自然主义戏剧，需要一出我两年来在《公益报》撰文支持的喜剧……总之，他们要求《卢贡-马卡尔家族》的作者写一出出类拔萃的戏。这当然令人愉快，但却是有害的。

阿尔丰斯·都德在5月13日的《政府公报》发表了一篇戏剧评论，他按照自己的看法，重新阐述左拉提出的那些观众误解的理由。可能这

---

① 英国剧作家本·琼森（1572—1637）的喜剧。

种误解就是观众一种不满的表示！但是，正如我们后来看到的，对一出并不逊于其他的戏如此压制，首先是一种报复。左拉在《玫瑰的花蕾》的序言结尾部分颇有道理地暗示道：

> 一家受国家津贴的大剧院经理，在走廊里一边走一边喜气洋洋地说："怎么样？还写戏剧评论吗？"当然，我还要写的。我使您为难了吗？我那篇谴责您滥用国家津贴的文章使您良心不安了吗？……

当时，法兰西剧院的演员萨拉·贝尔纳想演出左拉的戏。每当她遇见作家，便缠着他问："您想到我了吗？您什么时候为我写个剧本？"于是，左拉根据他的小说《贪欲的角逐》撰写了五幕剧《勒内》。但是，在此期间，萨拉离开了莫里哀剧场到美洲巡回演出。经理埃米尔·贝兰拒绝上演这个几乎可以说是乱伦的故事，左拉只得收回剧本。

直到1887年，才有机会上演这出戏。有位名叫昂利·德·拉博梅雷的评论家谈起了署名左拉和威廉·布纳克的《巴黎之腹》，表示很想看看左拉独自写就的剧本。这位老战士在《高卢人报》上应战。拉博梅雷，这位高尚的挑战者，说服滑稽歌舞剧剧场的经理卡雷和德朗德，向那位不走运的作者要点东西。他们事先几乎没有读过《勒内》便接受了剧本。这出戏谈不上成功或失败。《勒内》演出了三十八场。

第二年，1888年，小型的挑战已被看作逗乐的游戏，阿尔贝·沃尔夫在《费加罗报》撰文尖刻地批评了左拉，并约定1889年，在"自由剧团"见分晓。

于是，左拉着手修改《玛德莱纳》这个在林中沉睡了二十三年的"睡美人"，安托万在一个独特的晚上把它展示给观众。

我们列举了署名左拉的剧本。至于根据小说改编、署上别人名字而上演的剧本是相当多的。有布纳克的《巴黎之腹》、《小酒店》、《娜娜》、《家常事》、路易·埃尼克的《雅克·达摩尔》等。

安托万在他的《回忆录》里明确告诉我们：

> 1888年5月1日，《萌芽》由布纳克根据小说改编成剧本，在夏特莱剧院公演，演出失败，令人尴尬，这一失败由我们所有的人来承

受，究竟什么念头使那位通俗笑剧老作家摆弄这部名著呢？使我恼火的是，左拉实际上对戏剧的兴趣远比他承认的要浓厚得多。有天晚上，我听到他颇为激动地谈论戏剧，我责备他不该把自己的作品交到那样的人手中，他却对我说，这总比什么也没有的好，这些具有现实主义色彩的改编本慢慢地、但肯定无疑地在教育广大观众。也许，他确实说得对。

耐人寻味的是，左拉在戏剧上杰出的成功却是通过其改编人的斡旋而获得的。评论界不欢迎《小酒店》——“令人作呕的戏，缺乏艺术，毫无趣味……卑劣、丑恶……平淡无味等等”……却演出了三百多场。路易·埃尼克的《雅克·达摩尔》则使“自由剧团”声名大振。再来听听安托万的话：“总之，当我们开演《雅克·达摩尔》，那一晚上就这么度过了。我不知发生了什么，我神经太紧张了，但我深深感到这出戏的效果极大。”这出起先被奥代翁剧院拒绝的戏却得到法兰西第二剧团的演出要求。

左拉拥有一批观众，然而，评论界和戏剧界人士却对他筑起一道严苛的障碍。

批评家和理论家论左拉

四年来，我负责撰写戏剧评论，起先在《公益报》，后来在《伏尔泰报》。在这崭新的戏剧场地内，我只能继续我以前在小说领域和艺术作品领域内开展的战斗。

应该承认，左拉的批评语气远远不是彬彬有礼的。他大刀阔斧、讽刺挖苦、咄咄逼人。他用蔑视来压倒别人，在公然责骂之前就指名道姓；这些做法在新闻界和戏剧界敏感的天地里都不能得到原谅。他不是谈论莫里哀吗？他不由自主地把当时那些不可侵犯的先生们得罪了……

我不能肯定左拉在戏剧方面的杰出才能，但无论怎样，他不该受到像别人对待他那样的诽谤。

至少，他的论据是可靠的，剧中的情节比当时大多数很成功的剧本安排得更好；语言简洁有力，并不危言耸听，用字准确。左拉确确实实是位戏剧家，在他身上，小说家的才能并没有扼杀他的剧作家的才能。我要说的是他知道舍弃那些对舞台上展开情节毫无用处的东西，他懂得放弃那些可能增长篇幅、那些不会与观众真正呼应的东西。

然而，应该承认这一点，左拉永远也不会进入戏剧作家的名人行列。如果没有他的同行和批评界的愤恨，他早已从事这项正直的职业了；但是，每一次，总有人设法使他错过登上戏剧圣坛的机会。他会有相反的待遇吗？对此，人们可以提出疑问。

关于安托万的剧团唯一一次演出的《玛德莱纳》，弗朗西斯克·萨尔塞写道：

> 《玛德莱纳》表现出某种戏剧气质。情节的展开是十分大胆的，我们感觉到一位大师的手笔……如果说左拉先生在他尚未打定主意的时候就在戏剧方面显示出他那极强的工作能力和戏剧艺术的新的理论才干，那么，他在这个文学种类里会获得同他在小说方面一样辉煌的成就。

这是荒谬的假设，左拉就是左拉，就是这样。再说，一旦打定主意，他就不是用他的作品，而是用他的理论影响戏剧，直至今日。

很少有人像他那样对自己的作品有自知之明。他维护自己的作品是因为这些作品扎实、健康、生气勃勃，他对它们了若指掌。但是，他也许一直在考虑由别人撰写一部剧本："我只是根据我的看法，提出戏剧应该倾向于什么。技巧并无坏处，但首先必须要有力量，总有一天，一部协调的、必然成功的自然主义剧作，会证实我的看法是对的。对此，我深信无疑。"

我们感觉到左拉写的戏剧犯的是什么样的错误，但要清楚地论证这一点却比较困难。这位小说家拥有参考书目，他真诚地喜爱古典作家，略通伊丽莎白一世时期的戏剧，他曾模仿本·琼森的作品来创作《拉布丹家的继承人》，萨尔塞有理由在提到《泰莱丝·拉甘》时暗示莎士比亚。考虑到他具有如此独特的天才的基础，他应该获得成功。因而，我们不免困惑地寻思缺陷究竟在哪儿。

他的不足之处在于方式方法；并不在于准确的、原始的直觉，不在于描写真实的严格规定，不在于对鸡毛蒜皮的琐事和浪漫主义的陈词滥调的抨击，而在于提出问题的某种方式。

……

左拉知道，小说的自由和戏剧的自由不是一回事。他可以要求在舞台上体现出赤裸裸的现实主义，然而，面对戏剧的神秘，他即使不激动，也不是没有困惑之感的；他所有得到承认的剧本都是根据传统的规范而写成。这些规范我们今天可能认为没什么力量，但是对于他来说，仍然是可贵的“支撑”。他所提供的是，在戏剧场景中某种大胆的处理手法，在谜一般的戏剧中，真实描绘社会各界，而毫不改变其特征，因为左拉知道，戏剧不仅依靠风格描写得以存在，更是凭借置身于接近现实场景的人物，以在人类和驱动人类的力量之间的冲突中生发的曲折遭遇而富有生命力。

左拉给戏剧带来的革命的重要性是不容低估的。他敢于提出给予戏剧以必要的解放，并使其成为可能。这一创举使所有的人都受益匪浅，这是他所作所为中的积极部分，是他留给大家的最珍贵的遗产。

相反，在他所处的时代，19 世纪末期，在理论与作品过于紧密相连的情况下，左拉仅仅引起了艺术史家的兴趣。

这是一种建立在“现代科学和进化论哲学”基石上的理论吗？为什么不！然而，我们觉得这块基石本身却是脆弱的，我们刚刚目睹了古典科学这幢巍峨的大厦是如何土崩瓦解的。至于说到现实主义要素，连左拉的最热忱的捍卫者也承认它们已经过时。事实上，任何一部想要成为某个社会镜子的戏剧，都随着这个社会一道死亡。镜子只是反映出俯向它的脸庞，脸庞消失了，镜子便反射出一片空白。

再说一遍，我并不认为左拉完全意识不到他在玩谁输就算谁赢的游戏。这并不是他一生中令人索然无味的一个侧面。据我所知，他那些对手中，没一个达到与他进行真正对话的高度。别人对他非议的言辞总是显得难以想象地单薄。他的“理论”与那些人的怠惰、平庸、习气和因循守旧都形成了强烈的对比，他的“理论”从来不会与一种坚定的思想、一种真正审慎的信念冲突。左拉就是响彻荒漠的呐喊，是必定要让位于未来的预言家。

左拉的戏剧风格也已经陈旧，正因为同样的道理，他过于依赖他那个时代的敏感性。有一天，他为此请求原谅——或几乎将要请求原谅：

我们这一代人成长于浪漫主义全盛时期，我们都热衷于晦涩幽奥的语句，寻求富有诗意的行话俚语。我们还不至于到表达错误的地步，因为，我清醒地感到有一种更朴素、更坚实的文笔，这种文笔摆脱了所有这些色彩、香料、光线混合的大杂烩，现在最后一位帕尔纳斯派诗人也会把这种大杂烩煮得恰到好处。不过，我不由自主地偏爱有趣的修饰语、音调铿锵的复合句句尾、信手拈来的佳句，以及词语巧妙地搭配时产生的和谐。

后来，他又写道：

艺术家之间有一种心照不宣的默契，这种默契关系绝对不会被门外汉注意到。即使他们的想法截然相反，但他们互相领会、互相体谅。一个恰到好处的形容词就足以使他们彼此感受、彼此承认。他们微笑地互致敬礼，而那些笨拙地捏着笔杆的人则什么也没见到，什么也不明白。

然而，左拉运用的使戏剧人物栩栩如生的方法，例如《泰莱丝·拉甘》或《勒内》，也同样强烈地散发出他那个时代的气息。

对于安托万的戏剧改革和他的“自由剧团”不必多加称颂，甚至连吕西安·杜贝克[①]这样的人也都坚信改革是必要的。不过，我们对左拉的那些被喝过倒彩的戏还没有讲够，这些我们今天已不大喜爱的剧本为整个戏剧开辟了道路。波尔多·里什、居雷尔、巴塔那、米尔博、布里厄，甚至还有布尔代和莫里亚克，不管他们愿不愿意，他们都是左拉的传播者，他们的作品都是通过左拉打开的突破口而出现在读者面前。

事实上，并不是最完美的作品都能最彻底地展示未来前景。发明者难得是人们在他身后给予正确评价的那个人。因为，民众——即使属于以公正自夸的后人——对于细腻的差别一窍不通。在民众看来，剧作家、理论家左拉微不足道，或者说，他就是一切；如果他像我们所说的那么重要，那么，他为舞台撰写的作品应该同高乃依[②]媲美。由此引起了误解。

---

① 当时比较保守的戏剧评论家。

② 埃尔·高乃依（1606—1684），法国古典主义悲剧的创始人，作品有《熙德》（1636）等。

左拉和现代戏剧表现艺术

我们曾谈到现代学者感到难以在我们从事的领域里向左拉致以理所应得的敬意，尽管这违背了他们善良的愿望。因为时代通常迫使我们根据文学和戏剧学科的唯一角度，不必充分诉诸人文经验，仅仅在一个方面作出判断。美学领域的革新者和哲学家们的愚蠢就是把缩小了的耶稣和穆罕默德假定为新启示的先知，而评论界则被这些表象欺骗。最牢靠的假设不断产生混乱，因此而变得谨慎的科学家们更加强调审慎和谦逊；正是在这方面，历史学家的理智的方式才颇有教益。

左拉是个和富尔顿[①]一样的发明者。他并非第一个想在表演、导演和观察的手法上表现出某种真实，但是，他有幸来到这一新纪元开始之际，正是两大时代交接的时刻。如果他没有发明自然主义，自然主义仍然会产生；他使得他感兴趣的审美发展前进了半个世纪。

戏剧上的自然主义可能成败参半。剧场的视觉效果和形式单纯的戏剧艺术的深刻本性都必须接受某些约定俗成的格式，接受手势和发声技术的几乎如礼仪般的转换。左拉和安托万在舞台上的改革有利于迫使演员不满足于预料的效果，不满足于陈规和讨巧的表演手法。

连杜贝克也同意这一点。他谈到演员习惯于"向公众"演出，不关心他们的搭档或他们本身的表演如何融于整体中。当时，他明确指出：

> 那时的演员穿的长裤的下部经常被舞台的煤气脚灯烤焦。正是为了一反陈规，安托万先生要恢复自由和真实的表演手法。观众见到他竟敢背对着他们出现在舞台上讲话感到大为吃惊，仿佛这是大逆不道似的。有人指责他"双手插在口袋里，一副百无聊赖的样子"。事情涉及到表演现代剧目的时候，这种改革是很出色的。安托万先生起劲地推动这场改革，并把左拉关于"如实复制生活"的"思想"应用得淋漓尽致。

说实话，安托万和左拉改革曾预想的新技巧已成功侵入表演艺术，这

---

① 罗伯特·富尔顿（1765—1815），美国机械师，1798年在法国首次建成海底螺旋桨。

种新技巧依靠舞台布景把自然主义灌输到新的剧院程式中。

左拉的纯理论在剧场里只能得到不完美的发展，我们曾说过，剧院是观众之间感情相通的场所，照例需要某种默契。左拉以他的天才——借助于他的小说家的经验——预感到求助于个人的戏剧形式的到来，如电影、广播……也许还有电视。

录音机、摄影机或麦克风都要求尽可能客观且真实。当然，应该有所区别，因为电影面临的问题和广播不同，不过，电影中的客体，或者说电影中的演员——客体不能允许自己在逼真性的规则上发生某些失误。在广播里最能掌握分寸，因而最能打动听众的演员是善于控制语调变化的演员，他能把自己的声音调整成贴近一场取自于生活、真正而自然的对话。

在电影里，儿童、动物、物体便是最好的演员。在广播里，在一篇报道中，要求提高工资而进行罢工的怨声连连的道路清洁工是最好的演员。

在舞台上，演员与观众的个头一样，他必须增强表演效果，扩大嗓音，使他的表演手法让最远的观众，让坐在最远处的“上帝的孩子们”看来十分自然。然而，银幕上的形象则好比是在显微镜下看到的形象，通过无线电广播传出的声音就像是听诊器里听到的心脏的跳动声，音量被扩大了但又显得孤立。有一位年轻演员曾说过：“麦克风把灵魂摄制下来。”这就说明在播音室或摄影棚里，表演必须要具有坚定的信心，毫不作假。

我们看到自然主义在所有这些方面所具有的重要性。然而，不应该像某些极端的人那样，以此而推断演员不再需要学习和试验。有一种方便行事的意图代替了原有的愿望，某些年轻学生自以为颇有天分，因为他们能带着感情，结结巴巴地诵读随便哪篇作品；或者因为她们能在银幕上裸露美妙的胸脯。事实上，尽管风格变了，演员的技巧同样应该与过去一样恰如其分。

自然主义完全不再像左拉所想象的那样。它有所发展，已获得成效，并在发明者不可能想象的范围内有所改变。在戏剧上，它失败了，或者不如说成败参半，因为它在最新的表演技巧上获得杰出的成功；它在这方面真正得到了完善。

编后记

皮埃尔·巴比埃（1923—）是法国当代剧作家和戏剧评论家，在《戏剧中的自然主义》（1953）一文中，充分肯定了左拉在戏剧领域里的重要贡献，以及对现代表演艺术的影响。

本文选自巴比埃：《戏剧中的自然主义》，谭立德译，载谭立德编选：《法国作家·批评家论左拉》，安徽文艺出版社，1994年，第214—227页。

实验小说家埃米尔·左拉及蓝色火焰(1967)
——献给亨利·密特朗

作者 [法国] 米歇尔·布托尔
译者 桂裕芳

一 考验及复现

实验及观察

左拉在《实验小说论》中是这样介绍巴尔扎克的方法的:

> 我将以巴尔扎克的《贝姨》中的于洛男爵为榜样。巴尔扎克一般观察到的现象是一位男子的多情气质是如何毁害了他自己、他的家庭及社会的。一旦巴尔扎克选择了(多么美妙的复合过去时!)主题,他便从观察所得的现象出发去实验,使于洛接受一系列考验,经历种种环境,以显示他的激情的机构是如何运转的。显然,这里不仅有观察,还有实验,因为巴尔扎克并不是严格地以摄影师的身份来处理他所收集的现象,而是直接进行干预,将人物置于只有他能控制的处境之中。问题在于弄清某种激情在某个环境及某种情景中起作用时,会对个人及社会产生什么效果。像《贝姨》这样的实验小说只是一份实验报告,由小说家在公众面前重复实验的记录。

这段话清楚地说明了左拉的小说理论受到了歪曲。人们以为左拉仅仅是利用现代科学的发现来描述人物的行为,因而得出结论说,如果小说家左拉不慎地以不牢靠的科学论点为依据的话，那么，一旦这些论点被驳倒，小说中的描述也随即失效。因此，这些人认为，左拉采用十分冒险的遗传学理论作为卢贡-马卡尔家族的基石，这个举动不免失之天真和轻率，因为这个遗传理论的破产使左拉的作品也随之破产，剩下的只是一些优美的“片断”，纵然它们深刻隽永。

据说左拉盲目轻信貌似科学的论点，事实却恰恰相反，左拉曾一再提醒人们不要盲目接受理论。在这方面，他的态度与克洛德·贝尔纳一样鲜明，他曾多次援引贝尔纳的话：

> 贝尔纳在文中指出：“实验方法在科学中引起了革命——即以科学标准来取代个人权威。实验方法的特点来自这方法本身，因为它本身就包含着它的标准，即实验。这个方法只承认事实的权威，而摈弃个人权威。”因此不再有理论。“应该永远保持思想的独立性，而绝不该用哲学或宗教信仰来束缚它，也不该用科学信仰来束缚它。应该大胆而自由地表达思想、表达感情，而不要幼稚地害怕与理论相矛盾因而裹足不前……应该修改理论，使之适应自然，而不是修改自然以适应理论。”

当然，左拉十分尊重科学发现，但他所谓的发现正是指：在某个领域内不能再像以前一样思想。所以他必须了解事物的发展，至少摒弃某些错误——他和大多数同时代人精神上受到桎梏的无数错误中的某些错误。他非常清楚，与未知事物相比，这个已知事物是多么微不足道；他非常清楚应该万分谨慎，不能随意地绝对化。

诚然，了解学者们在各自学科的实验中所取得的成果，这对左拉大有裨益，然而，就他本人的工作而言，这些成果仅仅属于他所称作的观察范畴。他在写一页书以前，可能通过问答或圈套对亲友邻居进行各种各样的实验，这也同样属于观察范畴。

小说实验

> 克洛德·贝尔纳指出，在化学及物理学中对无机物所采用的研

> 究方法，也可以应用于生理学及医学，以研究活的人体。我试图证明，既然实验方法能使我们认识生理意义上的生命，那它也一定能使我们认识激情及精神含义上的生命。这只是同一条路上不同的阶段而已，从化学到物理学，从生理学到人类学和社会学，终点是实验小说。

人类学和社会学之所以进展不大，至少就左拉的时代而言，其原因显然是在这些学科里难以求得证实，在这方面，左拉发现小说可以起到无法替代的作用，小说是不容置疑的、独特的实验场所。写实验小说，绝不是让小说吸取它本身以外的实验，而是使小说所构成的、通过语言而作用于现实的这种实验尽量奏效。

有人会说，怎么，这只是想象的实验呀，没有任何论证价值。如果有本书告诉我说，在正常的大气压下，将摄氏温度计浸入沸水中，它将标明100摄氏度，那么我在阅读中实际上是在作想象的实验，而且，如果我还嫌不足，我可以去证实；当然我不会常常去证实这类事情的，因为它们曾经被可信赖的人证明过千万次——摆脱权威并非易事。然而，当小说家向我们讲述他创造的、完全受他制约的人物时，如何证实呢？

巴尔扎克向我们描绘，在于洛的多情气质的影响下，整个家庭被毁灭了，并由此而引起形形色色的悲剧，我们是否应该相信呢？左拉的回答很简单：在我们阅读时，我们不能不相信巴尔扎克。于是产生了与科学发现同样的结果，即就与于洛相似的人们这个领域而言，我不再可能作其他想法。我的头脑将以同样的方式被清洗。

物理学及化学所涉及的毕竟还是可见物，即使在声学方面，最终仍归结为屏幕或示波器上的显示。凡是被叙述的实验都必须通过眼睛——我自己的或我完全信赖的人的眼睛——来证实。而小说涉及的是可信物。既然巴尔扎克以这种或那种方式向我们讲述事件，我们就不能不相信他的结论。在这里不需要外部证实，我在自己的阅读中进行实验。因此，左拉可以这样说：

> 《贝姨》是小说家在读者面前重复的实验的记录。

在读完化学书或物理书之后，必须，或者最好重复实验，但小说则不然，读者在阅读以后不需要重复小说中所描绘的实验，因为实验已经在小说中重复过了。读者在合上书以后是相信还是不相信？如果他把书读完，那么，一般说来，他是相信的。如果小说家顺利地进行了这场实验，不仅仅描述它，而且在我们眼前重复它，那么，在某个领域，读者不可能再保持从前的想法。

小说是改变信仰、摧毁某些信仰的最佳实验场所。你以某种方式想象事物，你像某个人物一样相信这个或相信那个，可是当小说家向你描述事物的另一面时，你便和人物一起改变了看法。如果在现实中你看到与第一种解释相似的情景时，你会去寻找新信息以求得第二种解释。

资　料

写作时的小说家是这个即将为每位读者重复的实验的第一名观众。他必须是多疑的、好挑剔的。他将于洛男爵置于某种境遇之中，然后向我们描述结果。但这结果是如何向他显示的呢？在大多数情况下，它模糊可变，可能发生这个，也可能发生那个。在同样可信的多种可能性中，如果我仅仅采用一种可能性，就绝不能使人信服；我的描述的可信性十分微弱。如果数页以后，我来到又一个十字路口，又同样轻率从事的话，那么，可信性就微乎其微了，作品再没有任何力量，再不可能改变任何信仰，只能为人解解闷而已。左拉所称作的实验小说家必须看到某种结果无可比拟地比其他结果更为可信，只有这时他才能继续写下去：

> 总之，这就是全部过程：到自然中提取事实，然后研究这些事实的机制，办法是通过改变境遇及环境来影响事实，但绝不违背自然法则。

遗憾的是，人们几乎还不认识这些自然法则。因此，一旦发生犹疑时，就必须填补社会学之不足，填补人类学之不足，就必须集中全部资料，不是为了从中引出法则（那样做太冒险了），而是为了迫使场景的出现更具有必然性。

小说家的全部作品就是这样由安排有序的场景组成。这些场景在小说家眼中是必然的，在读者眼中也应该是必然的，即使他们都说不清究竟为什么。

应该仔细区分基本可信性与逼真性。一个结果之所以被接受绝不仅仅由于它的逼真。小说家要得到一个他认为具有足够必然性的结果——而这是他将小说往下写的必然条件,就会毫不犹豫地精确描绘情景,直至使它变得不逼真。瞧,在这些特殊的、严格说来是从未实现过的情况下,我请你们看看事情会以何种方式出现。唯一的限制是不要违反人所共知的自然法则,因为那会破坏必然性的感觉。如果我公开否认一个众所承认的事实,那么我立刻会自问为什么不可以否认另一个事实呢?而这种等同的可能性一增再增,直至无限。相反,当小说家看到某个场景具有绝对必然性时,他便不加考虑地打破自然法则,以便更合理地实现场景。

资料不是用于发现意外的、新的可能性。恰恰相反,它用于缩小已存在的可能性的范围。每当他犹豫时,他便强迫自己遵循他眼前的范例,他不断补充细节,使范围愈来愈小,直到他看清楚。因此,与以真人真事为原型的小说相反,实验小说不是从原型出发并逐渐使之变化,而是从人物出发,不时地将人物与现存的模型相比较,并使人物与他认为在类似情况下其举动具有必然性的真正人物相似。被感知的必然性将促使场景的确定。

真实范例的这种带动力从未在作品中被提及,然而,对于作者和知情的读者来说,它都将起作用。我们阅读学术性强的版本的注释时,它也对我们起作用。

左拉从不满足于报纸或谈话中兜售的粗糙事实。他需要精确性。实例必须从具体情景中取得足够的说服力,必须使人预感到其中有某个法则在起作用。某些读者可能掌握有关实例的有意义的内部情况,它们会加强场景的必然性,而且,一旦发生逼真性的争执时,它们也可以公之于世。

小说实验在阅读中被"重复",但它应该超过阅读。小说家带动读者来确定他的预感,这样的读者愈多,他的成就也愈大。当小说及其可信性作为无可辩驳的事实存在时,社会学家或人类学家才能从如此完成的实验中引出真正的结论。

巴尔扎克及天才

小说本身确定事实,它同时有助于确定其他事实。然而,这些事实从来不是孤立的，而是成连锁反应。如果我向你讲这一点，你便想象这一点，如果我再加上一点，你必然要想象那一点，你不妨试试。而在这串连锁反应的事实中，如何将比较重要之处孤立出来呢？在我们所列举的众多情景中，哪些是绝不可少的，哪些是完全可以替代的，用什么来替代？

巴尔扎克向我们显示处于某种环境中的于洛男爵，然后让他换一个环境，并向我们显示无可辩驳的结果。可是，怎样辨别哪些因素来源于前一环境，哪些因素是他固有的，即他与生俱来的天性呢？于洛有病，怎样诊断他的病因呢？

> 于洛这个肢体患了坏疽，于是他周围的一切立即腐烂，社会循环混乱，社会的健康受到损害。因此，巴尔扎克特别强调于洛男爵这个形象，并进行极其详尽的分析。实验对象主要是他，因为必须控制激情这个现象，然后加以指引。假定能够将于洛治愈，或者至少能够限制他，使他不能为害，那么，悲剧便立即失去存在的价值，人们恢复了平衡，或者说得更恰当一点，社会恢复了健康。

巴尔扎克与左拉一样，认为小说的全部职能在于恢复社会的健康。如果说左拉从这个前提出发得出的政治结论与巴尔扎克截然相反的话，那么，他自称巴尔扎克的继承人却是十分恰当的。怎样医治于洛呢？巴尔扎克只是建议限制他。因为，要确切诊断病因，则必须显示从出生起经历不同境遇的这同一个于洛，而巴尔扎克的技巧却不容许他这样做，因此他不得不让人物身上保留一个无法核实的因素。这就是他的天才理论的缘由。如果说，他的某些人物从生理学观点来看是他们所处的环境的反映，那么，另一些人在经历这些环境时却表现出与环境无关的性格，当然这种表现也因人而异。巴尔扎克的政治专横主义的最终目的在于通过贵族化或艺术资助而使天才从原环境中脱颖而出，使之名正言顺地，或者至少在实际上，统治人类。

巴尔扎克的技巧能使我们想象假如我（巴尔扎克的读者主要是有教养的巴黎青年）改换环境会有什么遭遇，如果我变成农民或土匪会有什么想法，但是，他的技巧却没有能力告诉我，如果我出生在那个环境中又会发生什么事情。可以说巴尔扎克的小说里没有工人。人民是另一种人，应该终身受奴役。只有在人民中不时显现的天才才应该被拉过来，不让他们制造混乱，而让他们为大众造福。

遗传学的基本原理

为了攻克天生秉性这个无法核实、无法讲述的领域——其存在只能为政治上的专横作辩解——必须能够做到这一点：取用同一个孩子，具有明显特点的、具有特异性和先天畸形的孩子，使他诞生在两个截然不同的环境中。

因此，不难想象吕卡斯医生的著作对左拉是多么巨大的发现："从哲学及生理学观点论述神经系统健康及疾病状态中的自然遗传学；生殖规律系统地应用于以生殖为要素的疾病的一般治疗。本著作探讨这个问题与其他各方面的关系：原始观念、繁殖理论、性欲的决定性原因、人类原性的变化、神经系统疾病及精神错乱的种种形式。"

左拉从遗传学概念中得到一把钥匙，便将他所需要的灵魂转生化为小说实验。他将在篇幅浩繁的描述内部使具有特异性的同一新生婴儿出现在各种不同的环境中。

吕卡斯医生的著作给了他两个护身符，首先是一系列范例，供他犹豫时借鉴，其次是词汇用语。左拉下功夫记住病例及术语，而将吕卡斯医生的理论置于一旁，既无意加以证明也无意加以反驳。当然，既然他采用吕卡斯医生的词汇，也就必然采用他某些观点，这一点左拉自己很明白，但他绝不认为这位老师是绝对正确的见证人。他认为，他之所以采用在这方面所能找到的最完美的语言，仅仅是为了更好地证明事实。

左拉在《卢贡-马卡尔家族》的最后一卷，即作为概述和结论的《帕斯卡医生》中，是这样叙述他的分类法的：

> 在遗传学方面，他只承认了四种情况：直接遗传——父母在子女的生理和精神本性中的重现；间接遗传——叔婶姑表等旁系的重现；返祖遗传——相隔一代或数代以后祖先的重现；最后，影响遗传——原先配偶的重现，例如：第一个男性仿佛使女性受孕，影响她未来的生育，即使事实上并非如此。至于先天性，它指的是新人，或貌似的新人，在他身上父母的生理和精神特点相互融合而似乎不留

任何痕迹……将遗传分为两种情况，一是父亲或母亲在子女身上的主导地位、选择、个人优势；一是父母相混合，而混合可以采取三种形式，从最不完美到最完美的，即接合型、分散型、融合型……

左拉便是这样向我们揭示了他的人物的原始组成方式。他使他们诞生，而他们在小说中将相互促使诞生。帕斯卡医生向侄女克洛蒂尔德讲述自己精心确立的整个家族的家谱，这个家族的构成是他研究遗传学的巨著的核心，巨著将具有科学性：

我再重复一遍，这里全得很……你瞧瞧，在直接遗传方面，选择母亲的有西尔韦尔、莉扎、戴齐蕾、雅克、路易泽，还有你自己；选择父亲的有西多妮、弗朗索瓦、绮尔维丝、奥克塔夫、雅克·路易。然后便是三种混合形式，接合型有于尔絮、阿里斯蒂德、安娜、维克多；分散型有马克西姆、塞尔日、艾蒂安；融合型有安托万、欧仁、克洛德。我还必须提出十分完美的第四种情况，即皮埃尔和波琳的平衡混合型。而其中又有千差万别，譬如说，继承母亲的人往往在生理上像父亲，或者相反，继承父亲的人往往在生理上像母亲。同样，在混合型中，生理或精神优势根据不同情况而从属于此因素或彼因素……这下来便是间接遗传、旁系遗传了。我这里有一个确切的例子：奥克塔夫·穆莱酷似他的舅父欧仁·卢贡。关于影响遗传，我也只有一个例子：绮尔维丝和古波的女儿长得和朗蒂埃一模一样，特别是她小时候；朗蒂埃是绮尔维丝的第一个情人，他仿佛使她永远受孕……但是，我收集的材料中最丰富的还是返祖遗传，最完美的三个例子是马尔特、让娜、夏尔，他们都像迪德婶，也就是说相隔一代、二代、三代……还有先天性：埃莱娜、让·昂热莉克，这是一种化合，化学混合，父母的生理和精神特性相互融合，在新人身上似乎找不到父母的丝毫痕迹。

我们可以立一些等式：戴齐蕾等于马尔特，因而等于迪德婶（即卢贡-马卡尔家族的祖宗阿戴拉伊德），雅克等于绮尔维丝，因此等于安托万·玛卡尔。

然而，这些遗传性的分布可能构成双重人格。在同一个身体上同时存在着两个祖先。如果是融合型，两个祖先都始终体现在人物的行动中，他们相互协调。这两张面孔彼此重叠，你中有我，我中有你。在分散型中，祖先中的一位不时地隐退，这时现象易于辨认，塞尔日·穆莱神父的摇摆不定就是例证。在接合型中，祖先轮流占据这个新身体，彼此拆台。阿戴拉伊德和偷猎者玛卡尔的女儿于尔絮就是一例。《卢贡家族的发迹》是这样写的：

> 再说，这里不再是两种天性的融合，而是叠合，十分紧密的接合。于尔絮反复无常，有时像贱民一般野蛮、忧愁和愤怒，随后又往往神经质地大笑，懒散地遐想，仿佛心灵和头脑都在发狂。她眼中闪着阿戴拉伊德的惶恐眼神，但却晶莹透明，就像是消瘦得奄奄一息的小猫的眼睛。

两种交替表现的遗传性往往处于交战状态，或是摧毁了个人，例如于尔絮或路易泽，或是使个人成为摧毁性人物，例如阿里斯蒂德、娜娜或维克多。然而，优良的环境或教育有时能使这两种个性相互联合以取得平衡；它们轮流执政，继续对方的事业，皮埃尔·卢贡的生理健康和波琳·格纽的精神健康就是例证。

如果在接合上又加接合，我们就能看出许许多多的祖先在活动。例如，维克多就是阿里斯蒂德和母亲接合的产物，关于这位母亲，我们几乎一无所知，但我们知道阿里斯蒂德本人是皮埃尔·卢贡和妻子费莉西泰相接合的产物，而皮埃尔·卢贡又是老卢贡和阿戴拉伊德的平衡混合的产物。因此，维克多的个性中至少有四位祖先，他们轮流在他的行动中起作用，他们的眼神也都能在他的眼中表达出来。

应该说明，左拉只是在直接遗传中才使用各种混合法，而对其他的一切情况，他坚持选择法，但我们可以想象一个更完备的、表现种种组合的家谱。

性格与个体

只有在"先天性"的情况下，我们才看见一个完整统一的新人。人们会说，既然在这些独特人物身上似乎看不见父母的任何痕迹，那么，这岂不是回到巴尔扎克的无法核实的论点了吗？绝不是。因为这些人物可以产生后代，后代身上有他们的痕迹；这一点是十分重要的，只有这样，小说才具有全部实验性。它没有必要向我们描绘小说开始时那三位性格完整的父母。阿戴拉伊德也许是他父亲的复现，我们知道他是得了疯病死的。她所体现的这个“性格”，并不一定是自她出生起才有的。重要的是这个性格可以被辨认、被遗传。

《卢贡-马卡尔家族》的例子是左拉通过观察得到的东西的小说延伸。他通过帕斯卡医生的嘴首先向我们指出：相似性往往并不那么明显，也并不那么普遍。

> 这件事当然十分特殊，因为我不大相信返祖遗传。配偶带来的新因素、意外事故、变化无穷的混合形式，这一切似乎会迅速抹去特殊性格，使个体回到一般典型……

对左拉来说，遗传性好比是句法。

> 奇妙的是，我们亲眼看到出自同一渊源的人会多么截然不同，虽然他们只不过是共同祖先的合乎逻辑的变化而已。树干能说明树枝，树枝能说明树叶。你父亲萨加尔和你伯伯欧仁·卢贡两人的气质和经历截然相反，但却接受同一推动力，在前者身上表现为混乱的贪欲，在后者身上表现为极端的野心。昂热莉克这朵纯洁的百合花，是斜眼的西多妮在激情中所生，这种奔放的热情可以由环境不同而造就狂热信徒或热恋者。穆莱的三个子女也接受同一推动力！聪明的奥克塔夫成为家财万贯的估衣商，信徒塞尔日成为可怜的乡村神父，愚蠢的戴齐蕾成为幸福的漂亮姑娘。然而，绮尔维丝的儿女是更突出的例子：神经官能症既然遗传了下来，于是娜娜卖淫，艾蒂安反叛，雅克杀人，克洛德富有天才……

在巴尔扎克笔下，每个个人都有自己坚强或软弱的性格，即他与生俱来的顽固而无法核实的素质，而在左拉笔下，性格是一种行为单位，它只是在某些人身上得到完整的体现，而在大多数人身上，它与其他行为相组合以指导行为。天才，富有创造力的独特性，天才与新性格的出现是绝然不同的；在大多数情况下，性格之新只是与父母的性格相对而言，其实只是对一个很熟悉的类型的复归。当然，均衡的个性胜过处于不断自然冲突状态的分割的个性，但是，这种混合可以产生比单纯性格更为丰富的个性。一般说来，艺术家有复杂的个性，他身上拥有整整一个社会，靠作品去统一它。左拉从未给纯粹种族赋予任何价值。

《卢贡-马卡尔家族》中的家庭关系完全是用来进行小说实验的，它本身几乎从未受到研究。有一点应引起注意，即雅克和艾蒂安·朗蒂埃是兄弟，甚至是孪生兄弟，因为他们从根本上来说是一个人。我们在这一方的行动中看到了那一方的行动，又在他们两人的行动中看到了他们的母亲绮尔维丝、外祖父安托万、曾外祖母阿戴拉伊德的行动，而且在这个交叉点上，我们还看到银行家阿里斯蒂德或者部长欧仁的行动，但我们从未见他们在一起，他们和绮尔维丝之间没有任何交谈。一般来说，左拉很少谈论他的人物的童年，他向我们显示人物时，他们已经定型，已经具有相似性了。

性格在人物形成中的影响先于不同环境的可觉察的影响，这种性格是否在人物诞生以前就完整地存在呢，它是否取决于我们今天所称作的基因呢，它是否在人物的婴儿时期就已臻于完善，以至于我们可以用心理分析概念进行解释呢？这一切，对左拉来说，都无关紧要。他认为重要的是遗传事实，而不是为什么，也不是怎么样。他借用吕卡斯医生关于受孕的概念，在他青年时代的学术史《玛德莱娜·菲拉》中，这个概念起了重要作用。左拉又将这个概念用于《卢贡-马卡尔家族》：他描述儿童时代的娜娜酷似她母亲的一个情人朗蒂埃，尽管她的父亲是古波。这个概念曾被不少人嗤之以鼻，但它说明左拉的看法，在一般意义上的社会阶层以前，环境是可能起作用的。一个个体可以在婴儿身上起成形作用，使这个个体并不是医学意义上的父亲——这就是受孕的概念；左拉可以慷慨大方地答应我们将这个概念应用于诞生后，而不是诞生前，这丝毫无损于他的作品。

二 王 权

血的枯竭

固定不变的性格在家族中一代一代往下传，从个体传到个体，这是旧王朝的一个基本事实，是高贵这一观念的渊源。遗传性存在于血液中，而所有成员身上都流着同一血液。从伤口涌出的红色液体无非平易地代表着浸润英雄始祖的全体后代的性格流罢了。

左拉在生理学上的想象力之丰富，实属惊人，就此可以写一部专著，如同罗朗·巴特论述米什莱一样。液体，可以称作社会的“体液”特别起着头等重要的作用。

《帕斯卡医生》之于《卢贡-马卡尔家族》类似《哲学研究》之于《人间喜剧》。所有的主题都汇集于此，并受到具有奇异色彩的阐述。将《帕斯卡医生》与全部作品相比，你就会发觉这本书是形象化的优秀注释，其中包含左拉最富有诗意的某些场景。

在贵族中，血液无止境地传送不同性格，而在左拉笔下，阿戴拉伊德·富格所体现的，但在她以前就出现的特异性仅仅在实验所必需的时间内传递。在《帕斯卡医生》中，第五代中只有一个人具有这个特异性，而在其他人身上，它似乎已荡然无存。小夏尔的死亡是阿戴拉伊德·富格的高贵“血液”的枯竭。

夏尔是马克西姆·萨加尔和女仆朱斯蒂·梅戈的孩子。朱斯蒂带着夏尔和一笔抚养金回到故乡普拉桑。她结了婚，又生下两个孩子。

> 夏尔十五岁了，但看上去只有十二岁，他的智力还停留在五岁孩童的蒙昧状态。他和曾祖母迪德婶惊人地相似……他纤细精致，好比是末代望族的丧失生气的小国王，他披着轻柔如丝的淡色长发。

每当谈起夏尔时，左拉都要提到这种“皇族”的外表。

> 夏尔有时不在母亲那里……他去费莉西泰或另一位亲戚家。他衣着讲究，有许多玩具，仿佛是一个破落的古老家族的娇嫩的皇

太子。

然而，年迈的卢贡太太为这个披着皇族金发的私生子而感到痛苦……

另一个皇族标志是他的血友病。只要稍微擦破点皮，他便大量流血，尤其是流鼻血。

绰号叫迪德婶的老祖宗阿戴拉伊德看到外孙西尔韦尔·穆莱在皮埃尔·卢贡所发动的普拉桑夺权中死于非命，便得了神经病，被关进杜莱特疯人院。人们常常带领夏尔去探望她。疯人院允许他和她一起消磨下午，他用纸剪成士兵、军官、特别是披金挂红的国王。一般来说，女看守待在房间里。可是，八月里这个大热天，她看到两个长得一模一样的一老一小很文静规矩，便放心地到外面去散散心。

最初，一切正常。老妇人凝视孩子，他入睡了。

他那像百合花一样洁白的头仿佛在沉重的皇族头发的头盔下倾斜，它轻轻地倒在剪纸中间，仿佛死了，脸颊贴着披金挂红的国王。

老祖宗眼中闪起光芒。

事情发生了。孩子的左鼻孔边沿上出现了一颗红珠，它变成长形，往下滴，接着又是第二颗，也往下滴。这是血，是血珠。这一次既没有擦伤，也没有挫伤，血自动涌出，流失，在因身心衰退而懦怯的消耗中。血滴汇成了细流，淌在金色剪纸上。一小摊血淹没了剪纸，朝着桌子的一角流去，然后又形成血珠，一滴一滴地落在房间的方砖地上，沉重与浓稠。

夏尔醒过来，看见自己浑身是血，惊呼一声，但声音已十分微弱。

这时，阿戴拉伊德突然神志清醒，她拼命想呼唤，但任何声音也发不出来。她仿佛受到雷击，动弹不得，只能眼睁睁地看着她自己的血渐渐流尽。和她长得相似的、她这个王朝的后代就在她眼前一滴一滴地流尽鲜血。

夏尔仿佛又睡着了，十分安静。血管里的血正流失殆尽，它流着流着，发出了轻微的声音，他那百合花一样的洁白颜色越来越浓，变成了死亡的苍白。嘴唇失去了血色，呈现出惨白的粉红色，接着，变得煞白。

他最后一次睁开了眼睛。于是阿戴拉伊德看到她自己的眼神正逐渐在眼中消失：

> 突然，它们空了，熄灭了。这是结束，是眼睛的死亡。夏尔就这样静静地死去了，像一口流干水的枯泉。

于是他显示出一种“神妙的美”，他的头浴在鲜血里，在蓬散的皇族金发之中，他“仿佛是一个失去血色的小王储”，正在咽气，这时的帕斯卡医生和母亲费莉西泰·卢贡，以及侄女克洛蒂尔德一同进来，目睹夏尔死去——阿戴拉伊德的血的枯竭。

意识的冲击

这几位目击者的到来使阿戴拉伊德突然恢复了语言能力。她呼喊了好几声“宪兵！”有三次血腥死亡在她脑海里重迭着：情人偷猎者马卡尔的死亡——他是被一名与“家族”无关的宪兵打死的；她最宠爱的外孙西尔韦尔的死亡——在普拉桑夺权中，他间接地被两位舅舅，即她自己的两个儿子，合法儿子皮埃尔·卢贡和私生子安托万·马卡尔所谋杀；还有这个曾孙的“自动”死亡。当然，几小时以后她自己也死去了。

这种突然的辨认力，这种清醒的神志，这种在失语多年以后又恢复的语言能力，在《泰莱丝·拉甘》的最后几页，那位老妇沉滞的眼神中已有预示，在《四福音书》的第二卷《劳动》中也有预示。书中的老热罗姆·克里尼翁看到自己的工厂在滚滚浓烟中化为灰烬，便召来一些人，向他们讲述自己的一生，而他有三十年没有开口讲话了：

> 在这个八十七岁老头的脑瓜里积存了那么多可怕的历史，多么可怕的一大堆事件，它们总结了整整一个世纪的奋斗，说明了家族的过去、现在和未来！而这一点多么令人畏惧呀：表面上历史似乎在脑瓜中沉睡，其实脑瓜正慢慢苏醒，不久将披露一切，构成真情确凿的

激流，而努动的嘴唇开始喊出清晰的话语！

热罗姆·克里尼翁滔滔不绝的话语好比是阿戴拉伊德那两个字的发展，再加上这个叠句："应该归还……应该归还……"在《帕斯卡医生》的场景中，左拉解释说这个"宪兵"就是赎罪法则的形象。突如其来的神志清醒其实就是犯罪感的意识。左拉是这样谈论热罗姆·克里尼翁的：

> 他曾历尽艰辛，他曾看见大家族中的幸运者和遭难者一一死去，他的幸存似乎仅仅是为了作个总结。他在苏醒而尚未进入死亡之际，展示他所受过的漫长折磨，他曾信仰在他所建立的帝国中稳如泰山的家族，但他活得太长，他目睹家族和帝国被未来之风吹散，化为乌有。所以他在解释为什么他在评价，他在赎罪。

热罗姆·克里尼翁之所以有负罪感，那是因为他是工业帝国的始祖，那么，可怜的阿戴拉伊德，她怎么也有负罪感呢？当然，小夏尔有"令人憎恶的祖先"，可是，"令人憎恶"这个形容词不适用于她这个真正的老祖。卢贡-马卡尔家和克里尼翁家族都具有一个遗传因素，同一"性格"在不同的个体中流传。老祖宗的目光——不论是指阿戴拉伊德还是指热罗姆——长久地纹丝不动，沉默不语，然而却记录下那令人憎恶的后辈的语言和行动，这老祖宗的目光便是性格的最初体现（所谓最初，是与所研究的整体相对而言，因为还可能出现过预先的体现，如第一代克里尼翁或阿戴拉伊德的父亲），是这种原始特异性的最初体现。在劈击的同时使人恢复说话能力的负罪感表现在流着这种特异血液的所有个体身上。

有罪的不是阿戴拉伊德这个个体，而是她的"血液"。高乃依[①]也作出同样的解释。罪恶的血液的枯竭与说话的恢复是在同一瞬间发生的。如果说其他个体在极地犯罪，那么，老祖宗的目光却因自己的沉默而犯罪。小夏尔所排尽的，正是妨碍阿戴拉伊德讲话的因素。

而《劳动》中的热罗姆·克里尼翁所排尽的是他的全部知识，是他那罪恶家族的漫长历史。

流尽鲜血，并在血泊中淹死的，不仅仅是小夏尔，还有卢贡-马卡尔家

---

① 皮埃尔·高乃依（1606—1684），法国古典主义剧作家，以剧作《熙德》著称。

族的全部遗传特异性；血迹、魔鬼出没的血泊，便是家族档案的象征，便是帕斯卡-卢贡医生精心积累的有关整个家族的卷宗材料的象征，而他母亲费莉西泰决心洗掉、擦去这血污，她本人并不属于这个血统，但与它紧密结合成联姻。

毫无疑问，左拉本人也感到自己具有这种特异性，它因所经历过的环境与情况之不同而表现为恶习、反叛、罪恶或天才。怎样才能使特异性表现为天才呢？

如果研究一下《卢贡-马卡尔家族》中的各种思考方式，研究一下代表作者的人物与其他人物的关系，那将很有意义，如只谈谈左拉称之为“天才”的几个人物：克洛德·朗蒂埃——这位画家在某些方面以塞尚为原型，其实，与其说他像塞尚，还不如说像左拉本人，他与左拉相似的程度甚过他的童年朋友、《作品》中的作家皮埃尔·桑多兹；另一个人物是帕斯卡医生，他是作者的最后形象，是终于完成写作的作者的形象（我们知道左拉在德雷福斯事件以后流亡伦敦期间自称为帕斯卡先生）。然而，帕斯卡先生纵然具有天才，都自认是“先天性”的完美典型。“先天性”一词来自左拉所采用的吕卡斯医生的词汇，它指的是在帕斯卡医生身上，遗传烙印再难以识辨了，而且，至少从表面上看，他还原为更具有一般性的典型。帕斯卡：赎罪和复活。再没有任何迹象表明他属于一个令人憎恶而偶尔又闪烁天才的家族，再没有任何迹象将他与其他血液的人隔开。在他身上，特异性及其可能给某些人带来的优势，都成为共同财富。帕斯卡医生并不是由于有遗传天才才收集资料撰写卢贡-马卡尔家族的历史；而是正由于他写这部史，所以他身上的遗传特异性才完全无法辨认，才成为纯天才。

复　原

诚然，这个家族令人憎恶，然而它却拥有它的天才，而且它是不可替代的，因为第二帝国时代的法兰西不是在它身上，并且通过它来进行招供，并流尽罪恶的血，这就是为什么，当夏尔死去时，这个家族突然显示出皇族的尊严。乍一看来，这一点出人意外。

然而，只要再读一遍《穆雷教士的过失》，就能看出左拉对于“人即万物之王”的这个中世纪思想多么敏感：

> 然而，在这个时辰，整座花园都属于他们。他们占有了它，庄严地……在草原上，他们拥有青草和水。青草将丝绒一般的地毯不断在他们面前摊开，扩大了他们的王国；水给他们带来了最大的欢乐……他们统治一切，包括岩石、水泉以及长着硕大植物的、在他们沉重的身体下战栗的可怕土地……
>
> 只有植物没有归顺他们。阿尔比娜和塞尔日像国王一样，在顺从他们的动物群中走着。

有利的特异性的出现会使个体将一部分王权集于自己手中。这种特异性一代代地持久相传——高贵概念的支柱——会使某个家系始终是篡权事实的得益者。

既然有人篡夺了王权，那么其他人便遭受剥夺而沦于普通动物的处境。此刻天主教该起重要作用，它以天上王国的许诺来掩盖地上王国的丧失。而且，在另一种情况下原本可以从篡权中获益的那些人，他们的处境更为恶劣。同一个遗传烙印不再表现为“价值”，而会导致罪恶、恶习、疯狂。譬如说，只要血液不正统，只要姓马卡尔，而不姓卢贡，都足以导致上述后果。雅克·朗蒂埃多么富有人情味、品质多么可贵，但却沦为“两条腿的牲口”，他的命运还不如一头牲口。

贵族将血液绝对化，其实，血液的永久性十分短暂，有利的遗传特异性在几代以后便在统治世系中消失，这时，此系以外出现的任何杰出人物，不论其天才多么非凡，在掌权者眼中他只能是一个危险人物，也就是说卑劣至极的人物。失去王位的国王变成了魔鬼，而取代他登上王位的人往往平庸不堪。

卢贡-马卡尔家族的全部历史是在篡权这个背景上展开的。左拉和所有 19 世纪作家一样，认为拿破仑无疑是天才，因此，他的夺权是可以理解的、甚至是可以原谅的。然而，虚假的继承人拿破仑第三则不然，在他身上，原始特异性固然易于辨别，但其表现方式则截然不同。12 月 2 日的政变是绝对篡权，它必然导致千百万个体的非人化。

老阿戴拉伊德没有叙述家史，这个任务交给了她的孙子帕斯卡医生。他只继承了她的目光。在小夏尔的死亡中，他也看到应该将王权归还人们。孩子刚刚剪下的那些国王的形象都淹没在血泊中。将遗传性作为小说实验的方法，无疑有助于永远消灭帝王时代，因为在卢贡-马卡尔家族的血液后面是一切帝王世系的血液，它必须流尽，以形成书中的文字；这些文字正是用这种墨水写出的。

酒　精

《帕斯卡医生》中夏尔死去的场面，是另一个同样奇异的场面的直接继续，甚至是后果。医生在和克洛蒂尔德一起带领夏尔去杜莱特疯人院——因而引起夏尔流血致死的后果——以前，曾去看望非正统嫡系的叔叔老安托万·马卡尔。安托万是家族的耻辱。他独自隐居，整日饮酒。

他们到达的时候，听见狗在轻柔地断断续续地哼哼。医生喊叫了几声："马卡尔！马卡尔！"无人回答。他推开门，漆黑一片。厨房里充满使人恶心的浓烟。

他打开窗。

> 于是，医生看到面前的一切，惊异非常。每件物品都井然有序。桌上放着酒杯和三瓶烧酒的空瓶。只有叔叔坐过的椅子有火灾痕迹：前面两条椅腿变成了黑色，草垫被烧去一半。叔叔出了什么事？他到哪里去了？椅子前面的方砖地上，有一小摊油脂渍迹，有一小堆灰烬，旁边有一个烟斗，黑色烟斗，它掉到地上倒是没有摔坏。叔叔就在那里，他变成了这一把细灰，变成了从开着的窗口飘出去的红棕色烟雾；整个厨房墙壁上的那层烟炱，那是消逝的肉体的可怕的油脂，它笼罩一切，摸上去既油腻又叫人恶心。

左拉说，这是一位医生所能见到的最完美的"自燃"现象的范例。他很清楚这纯粹是幻想。

> 他什么也没有留下，没有骨头，没有牙齿，没有指甲，只有这一小堆灰色的灰烬，开门的过堂风随时可能将它吹散。

人们打开安托万·马卡尔的遗嘱，看到他要将全部财产用于修自己的坟墓："漂亮的大理石坟墓，上面有两个巨大的天使正张开翅膀在哭泣。"然而，他没有剩下任何东西可以埋进坟墓。

帕斯卡医生面对这种景象毫不沮丧，只是惊叹不已：

> 他就这样在王族的尊严中死去，好比是醉汉中的王子。
>
> （我再一次强调这个"王族的尊严"）
>
> 自动燃烧，在以自己的肉体作为燃料的火刑中烧毁……这是多么美妙的死亡！消失得无影无踪，只剩下一堆灰和旁边一个烟斗！

医生拾起烟斗，他说这是"圣物"，但他又拾起侄女克洛蒂尔德在桌子下面刚刚发现的另一件东西，那是一个残存的碎片……是一只绿色的女手套。

> 她喊了起来："这是奶奶的手套呀，你还记得，是昨天晚上她丢的那一只。"

于是他们两人都明白了：费莉西泰——帕斯卡医生的母亲、克洛蒂尔德的祖母、夏尔的曾祖母——曾经目睹老安托万燃烧，而且并未阻止。不久以后，在费莉西泰死去之前，他们在疯人院和她相遇，她也供认不讳。

就这样，费莉西泰对他犯了不干预的谋杀罪，而这场谋杀蓄谋已久。确实，自从他在疯人院旁边的僻静小屋住下以后，她常常送他葡萄酒、烈酒、烧酒、盼望"给家族除掉一个可耻的老头子"。埋葬他，便可以同时埋葬"古老的家丑，两次征服普拉桑过程中的鲜血和污秽"。但我们知道这种埋葬是无法实现的。对她来说，消灭老安托万，和消灭她儿子帕斯卡的记录是一回事。可惜，酒精最初似乎对它的受害者大有好处，使他精神旺盛。在给出足够的剂量以后，她便中止了这种"恩惠"，但她还得长久等待。八月里的这个大热天，她来时看见房子里一片寂静，便喊了几声："马卡尔！马卡尔！"然后走进阴暗的厨房。

> 她的头一个感觉就是，满屋的烧酒味使她的喉咙发呛，仿佛每件家具都发出这种气味，整座房子都浸泡在这种气味里。接着，她的眼

睛逐渐习惯于这种阴暗，她终于看见他了。他坐在桌旁，桌上放着一只酒杯和一个三六烧酒的空瓶。

他睡着了，没听见她进来。她旁若无人，感到热，摘下了手套，又感到口渴，便洗了一只玻璃杯，装满水正要喝，突然她惊恐地停住了，将满满的水杯放在手套旁边：

> 她刚刚发现，他一定是抽着烟斗入睡的，因为他的烟斗，那个短短的黑烟斗，掉落在他的膝头上。接着，她惊呆了，因为燃烧着的烟草洒在四处，呢裤着了火，上面烧了一百苏钱币那样大的洞，洞下面露出赤裸裸的大腿，红色的大腿，它发出微弱的蓝色的火焰。
>
> 费莉西泰最初以为那是内衣、短裤或衬衫着了火。可是，现实不容她再有怀疑；她看到的确实是赤裸的皮肉。皮肉发出微弱的蓝色火焰，火焰轻盈地跳动，仿佛是点燃的烧酒表面上那游移不定的火焰。它比守夜小灯的火焰高不了多少，轻缓而沉默，又如此脆弱，以至空气稍一闪动它便摇曳起来。然而它在长大，在迅速扩展，于是皮肤裂开，脂肪开始溶化。
>
> 他还活着。她见他的胸脯在一起一伏地呼吸。她呼喊他，但这次不是为了唤醒他，而是想证实他是否真的快死了，他是否还会醒过来。

这和小说《罗马》中的情景相仿。摄政枢机主教卡内拉也热切而急躁地等待那真福的时刻，他将要

> 举着那个小银锤，在被宫廷大臣们围着的、冰冷而僵硬的莱翁十二世的脑袋上象征性地敲三下。呵！总算能敲这个大墙壁了，证实一下再没有任何回音，那里面一片空虚，只剩下黑夜和沉默！三声呼唤响了起来：若阿香！若阿香！若阿香！尸体默不作答，于是摄政枢机主教在忍耐片刻以后便转身对众人说："教皇驾崩。"

费莉西泰·卢贡看到这个家族的耻辱的化身确实在咽气，便将杯中的水一饮而尽，匆忙拾起一只（她以为是两只）手套，关上门，逃之夭夭。

在舞台上将留下这两个演员的印迹：烟斗和手套。手套是最好的妇女用品，它与服装的全部象征体系，例如《妇女乐园》中所研究的服装象征相联系。手套可以掩盖手，也可以试图掩盖一个动作或一件事的起因。烟斗是男性用品，它伴随老安托万一生，它宣布他的死亡。

酒精是马卡尔支系的特点，我们知道它在《小酒店》和《萌芽》中所起的作用。它可以叫作“反血液”，因为它阻止遗传烙印表现出来。费莉西泰给安托万灌满了酒精，为的是将他从家族中消除。同样，老板们也尽力纵容矿工酗酒，这是最妙的策略；这样一来，像艾蒂安·朗蒂埃这样的个体身上所具有的特异性就无法表现为反叛，他也无法带领人们去夺回他们的王权及失去了的人性。家族内部由个体到个体的血液在某个支系中受到部分抑止，因为这个支系浸泡在烧酒中。

然而，如果说由绿手套签署的安托万·马卡尔的毁灭能掩盖卢贡家族的耻辱并巩固其统治的话，那么，蓝色火焰及酒精的自然燃烧将破坏这个掩饰。酒精这个掩饰物既然烧尽，原先掩饰罪恶之手的手套就成为罪证。

老安托万在“皇族的尊严”中死去时，像老阿戴拉伊德一样变成一盏暗灯。他身上曾暗暗地孕育着火焰，它将烧毁他的全部酒精以及他这个篡权同谋犯的全部特性。

三 炽热的篇章

教堂火灾

在《普拉桑的征服》中，安托万·马卡尔让杜莱特疯人院的看守别锁上弗朗索瓦·穆莱的房门，因而纵容了这个疯子去放火烧掉他的老屋。那座房子已经成为福雅神父的王国，他从巴黎来是专门为了巩固卢贡家族在普拉桑的篡权行动，即拿破仑第三的篡权的翻版。

弗朗索瓦·穆莱正准备纵火时说：“统统烧光。必须统统烧光。”确实，在这场熊熊大火以后，与卢贡家族同谋的这位神父及其亲信们统统被烧光了。神父嫌碍手碍脚的那两个亲戚特鲁什夫妇，是在床上被烧死的，死时还沉睡未醒，连声叹息也没有。既然房子连同住户，或者说入侵者，都已荡然无存，德·孔达曼先生便说卢贡家族一定兴高采烈，帕洛格夫人回答说：

“当然啰！卢贡一家人欣喜若狂。他们将继承神父的战利品……是呀，他们真会用重金犒劳那个纵火犯的。”

安托万·马卡尔听见这番话，便闷闷不乐地走开了。他感到自己上了当。卢贡家族的欢乐使他沮丧。这是些一贯要两面手腕的机灵鬼，和他们在一起总归是要受骗的。他只有用死亡来报复，用向自己报复的方式来向他们报复，他自我燃烧，好使帕斯卡看到，那只作为罪证的手套确凿无疑地说明了费莉西泰·卢贡有罪。

将这两个片断对比一下，你就会明显看出：在左拉的头脑中，天主教与酗酒有着深刻的亲缘关系，可以说酗酒即是失去人性的人们的宗教虔诚。这两者都产生迷醉，这两者都在家庭环境内部传播。塞尔日·穆莱神父的神秘主义来自他的母亲，但更主要来自在母亲身旁起父亲作用的福雅神父。在《普拉桑的征服》的结尾，出身卢贡家的玛尔特·穆莱在死亡的床榻上睁开眼睛，瞧着她那燃烧的房屋的最后的微光：

她怀着不可名状的恐惧合起双手，她在红光中看到了塞尔日的道袍，咽了气。

塞尔日·穆莱神父只是在内心燃烧，然而，如果我们读读左拉晚期的作品，就会发现教堂着火这个主题愈来愈重要。《卢尔德》中的洞窟是个恒久的火盆。

左拉在一段举火宗教游行的出色描写中，使我们在烛火中突然看见霹雳的形象：

这是个奇景。微弱而闪动的火光脱离宽大的火盆冉冉上升，轻轻飘浮，而我们看不见有什么东西将它们系在地面上。它们像阳光下的尘埃一样在黑暗中晃动。很快便看见一道斜光，它转个弯，形成一个大拐角，接着又是一道光，它也拐了弯。这之字形的火光给整个山坡刻上一道道纹路，仿佛是图画中所见到的自漆黑天空降下的霹霹。然而光影并未消失，微弱的烛光始终缓慢而轻柔地向前滑动。

这个游行中已包含着霹雳意味，但它是静止的，悬在半空，而《三名城》中的霹雳更具有威胁性。

屠杀的胜利

皮埃尔·弗罗芒神父曾经目睹《卢尔德》一书中的这次宗教游行，他在《巴黎》一书中与他的哥哥纪尧姆重逢。纪尧姆是位天才化学家，曾发明一种新型炸药，多年来致力于研究这种可怕的武器。最初他想将武器赠给法国政府，他说这种杀伤力极强的武器可以确保世界和平；这种话听起来倒是很熟悉。可是到了后来，纪尧姆·弗罗芒认为当时的政府不大可靠，想亲自使用这个炸药，作一次决定性示范。他要在庄严隆重的圣体降福仪式时，将建成不久的圣心教堂炸掉。

皮埃尔·弗罗芒神父在卢尔德没有重新找到信仰，在罗马失去再次革新教会的希望，现在他来到巴黎，逐渐停止一切宗教朝拜。他觉得哥哥的举止古怪，那一天便尾随他来到大教堂的房基下，他看到爆炸已准备就绪，引爆物已在缓缓燃烧。

> 冰凉的恐惧使皮埃尔动弹不得。他挪不开步，喊不出声。他想到上面那万头攒动的人群，那上万名拥挤在高高的殿堂里参加圣体降福仪式的朝圣者。萨瓦钟（蒙马特尔的大钟）在轰鸣，香烟缭绕，上万个声音唱着壮丽而喜悦的圣歌。突然，发生了霹雳、地震，火山爆发了，它带着烈焰浓雾将整座教堂及众多的信徒一起吞没。

皮埃尔试图让哥哥明白这样做毫无道理，于是哥哥告诉他是怎样经过一步步考虑，最后选中了大教堂。左拉的最后几本书中有稍嫌见长的说教，但这个片断却闪烁着黑色幽默：

> 最初他想炸掉歌剧院，但他觉得将那一小撮享乐者一扫而光的愤怒及正义的风暴并无多大意义，仿佛被卑鄙的嫉妒心所玷污。后

来他想到交易所，在那里他可以打击腐蚀人的金钱，打击使雇佣者呻吟的资本主义社会，不过那岂不是太狭窄、太特殊了！他想到法院，特别是重罪法庭，他多么想惩罚我们人类的法庭呀！将罪犯、证人、指控罪犯的检察官、为罪犯辩护的律师，进行判决的法官，像看连载小说一样看热闹的公众，统统炸掉！而那不问细节、吞没一切的火山似的、迅速的最高判决会是多么辛辣的讽刺！不过，他筹划最久的还是凯旋门。他觉得这个建筑物令人厌恶，因为它延续战争和人民之间的仇恨，延续战胜者的虚假的光荣，而这光荣使人们付出多大代价，又充满多么浓重的血腥气！应该毁灭这座为了纪念可怕的屠杀而修建的，使无数人白白丧失生命的庞然大物。如果他能使大地吞没它，那他会表现出大无畏的气概——除了自己牺牲之外，不制造任何伤亡。(因为他一直打算与被毁灭的建筑物同归于尽。)被巨石砸碎、压扁、孤独地死去。那该是怎样的棺材……

可是，这一切建筑物中最令人憎恶的，同时又可能为它的毁灭提供奇妙坟墓的，当数大教堂了。他大喊着：

“让教堂和它的散布谎言和奴役的天主一同倒坍吧！让它将信徒们压在废墟下吧！但愿这个灾难像古代的地质变化一样在人类心灵中回响、革新并改变人类！”

接着又说：

“许多死人、许多血，为的是永远不再流血！”

皮埃尔·弗罗芒终于说服了哥哥，使他相信圣心教堂的毁灭只具有象征意义；这一笔也许削弱了小说的感染力。小说结束时，这个歌颂荒谬的殿堂仍然屹立着。

左拉憎恶圣心教堂的虔诚朝拜，用他的话说，这种虔诚发展下去会将教堂的旌旗变成屠杀的肉案子。天主教在他眼中是血腥的宗教 (他可以在约瑟夫·德·梅斯特[1]那里找到大量证明)。天上王国的许诺使失去地上王权的人们在精神上得到补偿,同样,变体[2]对失去血缘特权的人进行补偿,他们借酒浇愁,丧失反叛性,而变体使酒变成了耶稣的血。所以,从下面来的爆炸和雷击应该在圣体降福时发生。

左拉认为,教会是为血统服务的。在旧王朝时代,僧侣不过是第二等级,他们受制于独身法规,被禁止成立家室或延续家系。大皇族中的小支系往往是教会的王公。在教会家族内部,血缘关系被效法它的精神关系所替代,因此,神职人员被称为神父,这是对他们不能当父亲,至少不能当合法父亲的一种补偿。

上天复仇

圣心教堂的主祭总算逃过了雷击,而在左拉的最后一本小说《真理》中——死亡使左拉未能写出第四本福音书《正义》,他的死因至今仍不确切——马伊布瓦城的最后几位神父却未受到这种天恩。

马伊布瓦城的嘉布遣会修士宣扬对圣安托万·德·帕杜的崇拜,在左拉看来,这种崇拜在结构上与资本主义篡权相似,正如圣心教堂的崇拜与帝王的篡权相似一样。修道会会长,泰奥多兹神父要开办一个天上银行:

> 泰奥多兹神父受到鼓励和启发,突然产生一个天才的念头!从圣者那里获取另一种收获——赚大钱。他经办一种令人吃惊的金融买卖,发行以天堂为抵押的面值为五法郎的债券。他在全城散发通知及说明书来解释天福股票的奇妙功能。每张债券分为十张五十生丁的息票,每张息票根据欲购者的善行、祈祷或圣弥撒这些财富来发放,而这一切必须在尘世间支付现金,将来到了天上,由法术无边的圣安托万来偿还。另外还设立一些奖励以引诱认购者,购买二十张证券便可得到一尊着了色的圣安托万小雕像,买一百张证券便可以让神父每年为你举行一次弥撒。总之,说明书上讲明这些证券取

---

① 约瑟夫·德·梅斯特(1753—1821),法国作家及哲学家,拥护国王及教皇的权威。

② 基督教圣餐中的面包和葡萄酒变为耶稣的身体和血。

名为圣安托万债券,因为它将在另一个世界里由圣安托万百倍偿还。说明书最后说:这种超现实的保证使证券成为绝对安全的真正证券。它不受任何金融灾难的威胁。末日来临时,世界本身的毁灭不但于它们秋毫无损,而且会使证券持有者立即享用转为本金的利息。

西蒙事件是对德雷福斯事件的影射。西蒙是犹太人,小学教师,被指控犯有对侄儿泽菲兰鸡奸和谋杀罪,而事实上,泽菲兰是被基督教学校一位名叫戈尔吉阿的坏神父谋害的。当这一事件在马伊布瓦城真相大白时,教堂里空无一人,只有圣安托万教堂例外,那里正举行最后的仪式。

这一天恰恰要举行圣安托万的庆祝仪式,盛典吸引来了一百多位信徒。在泰奥多兹神父的再三邀请下,克拉博神父(耶稣会会士)……决定出席盛典。所以他们两人都在圣安托万脚下,一位在主持仪式,另一位坐在丝绒椅上;他们祈求无所不能、显示神迹的圣安托万恳请天主赐恩,降下灾难毁灭这个无耻和渎圣的新社会。这时雷雨大作,令人战栗的乌云密布在马伊布瓦城的上空,闪电在天堂点燃了地狱烈火,雷声像巨炮轰鸣,震撼大地。泰奥多兹神父曾下令敲响所有的大钟,此时持续的钟声从教堂上方腾空升起,仿佛向天主指明此处是天主的房子,祈求保护。突然,大难临头。一个猛雷击中了大钟,顺绳而下,在大殿中爆开,发出一声巨响,仿佛天坍了下来。泰奥多兹神父在圣坛前着了火,像火把一般熊熊烧起来。圣衣、圣器、连圣体龛也溶化为灰烬。特别是圣安托万雕像,它也化为齑粉,盖在被雷击毙的克拉博神父身上。神父变成了灰烬下那个扭曲焦黑的尸体。仿佛天主还不解气,另有五位女信徒也被毙,其他人惊叫着逃出殿堂,免被压死。圆穹在摇晃,倒了下来,变成一大堆废墟。宗教崇拜的一切便消失得无影无踪了。

这样就实现了纪尧姆·弗罗芒对灾难的梦想。左拉遵循安娜·拉德克里夫[①]的传统,保留了用自然法则来解释的可能性。然而,两位神父遭雷击与安托万·马卡尔的燃烧具有同样的"自动性"。雷击并未来自建筑

① 安娜·拉德克里夫(1764—1823),美国女小说家,以奇幻恐怖小说著称。

物的物质地基，而是来自天主这个词所可能具有的真实而深刻的含意。

> 马伊布瓦全城骇然。天主教徒的神怎么会看错呢？以前，教堂遭到雷击，钟塔砸在神父和跪拜的信徒身上时，人们也往往提出这个难解的问题。难道天主的意志是结束他的宗教？更为合乎情理的问题是：莫非雷击并不是由天主来指挥，它是自然力量，一旦被人们驾驭以后便会成为幸福的力量？而戈尔吉阿神父就在此刻又出现了，他跑过马伊布瓦的大街，喊着说天主有眼，天主倾听了他的祈祷，将那两位愚蠢而胆怯的上司用雷毙死，为的是给教会树立榜样：只有铁与火才能使教会兴旺。可是，戈尔吉阿本人在一个月以后也死了，他的头脑被劈开，满身污秽，躺在人们发现维克多·米洛姆的那座可疑的房屋前。

戈尔吉阿神父出言粗鲁，但口若悬河，在他身上集中了四类特殊的人，也就是左拉在为《卢贡-马卡尔家族》构思时就区分开的四种人：妓女、杀人犯、神父和艺术家。

树

这些从小说中抽出来的片断似乎是极其反教会的，然而，左拉认为，是天主教本身在历史的趋势下作自我判决，而促使它消灭的霹雳恰恰宣布了它的价值。

确实如此。在《帕斯卡医生》中，老安托万·马卡尔燃烧时所发出的蓝色火焰预示着另一个火焰，即由于著作、手稿、资料，即《卢贡-马卡尔家族》这本小说的被焚而象征性燃烧着的帕斯卡的火焰，这火是被老费莉西泰的愤怒的手拨旺的。

> "呵！它们在这里！……烧吧！烧吧！"
>
> 她终于找到了资料。医生曾将那些蓝色纸套藏在最里头，在那一大堆笔记本后面。破坏的狂热和愤怒攫住了她，她大把大把地抓起这些资料投向火中……

“瞧它们烧着了，烧着了！……总是烧着了！……烧着了，多美呀！”

火焰在从未疏通的烟囱里亮了起来，发出雷鸣般的隆隆声，正好惊醒在伯父尸体旁睡着了的可怜的克洛蒂尔德。她惊呼起来：

“你这等于在烧你的儿子！”

费莉西泰回答说：

“烧掉帕斯卡，因为我在烧掉他的资料！……嗯！我会放火把全城都烧掉，只要能保住家族的荣誉！”

“你是知道的，”老妇人继续说，她那矮小的身躯仿佛长高了，“我只有一个雄心，一个热情，那就是家族的财产和王权……”

屋子里到处是烟雾和烟炱，和老安托万的厨房一模一样。费莉西泰自认为又胜利了。这场火能否不为外人所知呢？它的灰烬能否隐藏在卢贡家族的财富所建立的雄伟建筑内部呢？我们到桌上去寻找绿色手套吧，那是完好无损的家谱，它摊开在那里如此显眼，所以费莉西泰和女仆玛尔蒂这两个纵火犯无需寻找它。

在这场毁灭中，我们看到这个可诅咒的家族会全部烧掉，我们也看到它为什么曾经是天才的土壤，是这株树（永恒的火焰或霹雳）的土壤，正如《穆雷教士的过失》中巴拉都的那棵树一样：

很少人知道他们在花园里发现了一个极乐园……它隐藏在无法通行的杂草深处，被清凉的浓荫覆盖；它是那么美，以至于使人忘记了整个世界……这个仙境般的休憩处以大树树叶作为天棚……据说在那里度过一分钟等于度过一生……那个女人就埋在那里。倚坐于树下的欢悦使她丧失。树的浓荫有魔力，致人死命……

塞尔日·穆莱一进入花园便将自己的神职忘得一干二净，他打断说：

“这棵树的阴影让人战栗，应该禁止人们坐在树下。”

“这是禁止的，”阿尔比娜严肃地说：“本地人都告诉我这是禁止的。”

在左拉的《四福音书》的第一卷《繁殖》中，我们在新置产业的中央看到这株树，已和产业上的人们一同成长。

仙　　露

在阅读《卢贡-马卡尔家族》时，悄悄流在我们身上的全部烧酒在燃烧，释放我们的血液，但又照亮它，因此我们的叛逆性得以在宁静中达到最高水平，因此我们得以沐浴在失而复得的王权的洗礼水中。

我谈到在社会“循环”中的两种不祥体液，即篡权的血和抑止的酒，但至少还有其他两种体液，吉祥的体液，它们在作品中也起着同样的重要作用：乳汁——坐在《帕斯卡医生》的结尾，克洛蒂尔德用乳汁喂养她和伯父生的女儿——这个来自于本家族的巧妙的谜语。关于乳汁，最好专门读读《繁殖》中有关奶母的惊人章节；还有水——最好的生活环境；精液；从巴拉都的树的表皮中流出、并将树笼罩在一层“繁殖的水气”中的树液；产生《生之欢乐》的水；卢尔德的治疗水——它之所以创造奇迹，并非由于圣母的意志，而仅仅由于它是水。帕斯卡这个19世纪的炼金术士，他在寻找：

> 一个万灵药丹，一种治愈人类虚弱症——真正的万恶之源——的生命之水，一个合乎科学的、真正的青春之泉，它将带来力量、健康和意志，以重建一个崭新的、高级的人类。

在做了多次羊脑汁的提炼以后，他终于发现：简单地注射蒸馏水，这就是近乎神奇的疗法。

最后再看一眼这美丽的静物画吧：烟斗在地上，椅子上有蓝色火焰，就是沉醉未醒的老头的化身；桌子上，在三六烧酒空瓶和水杯旁，有一只绿手套。

我们现在明白这杯水的作用了。面对咽气的安托万·马卡尔，老费莉西泰觉得手里端的正是长寿仙露，它将使那些可耻的“皇室”家族长生不死，使她与之结合并为之肝胆涂地的“性格”久世长存。

蓝色火焰不仅仅来自燃烧的烧酒，也来自燃烧的基督之血，这血是古老的福音书暗中使葡萄酒燃烧而成，并置于教堂夜明灯的守护之下。只有蓝色火焰才能防止遗传特异性、防止血液蜕变为篡权，换言之，只有蓝色火焰才能遗传共性，使水被白日照得通明。

就小说而言，实验小说意味着加速、促进和协助建立那必然而又迟迟不来的新社会，并减少建立过程中的流血。新社会不能不承认，这种类型的作品取名为《四福音书》绝非荒唐或可憎之举。这个恭敬的挑衅也算小说的实验例证之一吧。

编后记

米歇尔·布托尔（1926—）是法国新小说派代表作家和艺术评论家，著有《变》等小说。他在这篇长文中运用结构主义的方法评析了左拉的实验小说理论，详尽地论述了《卢贡-马卡尔家族》系列小说中遗传的过程和各种类型，着重评析了小说中的血液和酒精这两个主题，以及酒精燃烧时的蓝色火焰的象征意义。

本文选自布托尔：《实验小说家埃米尔·左拉及蓝色火焰》，桂裕芳译，载谭立德编选：《法国作家·批评家论左拉》，安徽文艺出版社，1994年，第287—324页。

左拉和自然主义（1982）

作者 [法国] 伊夫·谢弗勒尔
译者 谭立德

当左拉从1875年3月开始在《欧洲信使》上发表文章时，便令人感觉到一种变化。自俄国杂志登载了他提供的第一篇文章后，左拉表现出他两方面的能力，一是他坚持要向公众头脑灌输某些东西的能力，他在文章中谈到那个应该得到外国赞赏的“自然主义”学派，再次援引他那著名的定义（“一部作品是通过气质看到的天性的角隅”）；另一方面，为了事业的需要（暂时的），他有能力把这个或那个作家组入到团体内。在吸收小仲马入法兰西学院时，他不是已看到自然主义进入“传统的殿堂”里吗？在俄罗斯的杂志上，在法国的期刊里，很快在外国的期刊和报纸上（如维也纳的《新自由报》、柏林的《外国文学杂志》），左拉渐渐地使“自然主义是当代文学中生动而现实的形式”这一思想得以普及。1880年至1881年间，继五本包括批评、理论、论战的文集之后，他还发表了相当数量的专栏文章，为在《费加罗报》展开的一场为时一年之久的运动（1880年9月—1881年9月）找到了足够的精神力量。

左拉领导的这场论战每周或每日都见诸报端，鉴于这一特点，要阐明一种正在逐步形成的理论的统一性并不容易做到。看来这位前阿歇特书局的广告部负责人懂得并会利用出售产品和商标的方法。我们知道左拉曾对龚古尔兄弟说过的话[①]，也了解福楼拜面对那些对于他完全陌生的手法表现出来的惊愕。但是，除了有组织的宣传外，左拉作为创始人毅

① 见龚古尔兄弟《日记》，1877年2月9日。左拉叙述他是如何“吹嘘”自己的书的。——原注

然负责提出一种新的文学形式。他是最早想要组织起一个从事相同“职业”——写作——的联盟的作家之一，这是在进步事业中受坚定的信仰所激励的人的联盟，而不是一个文艺小团体或一个流派。在左拉的宣言中，一切都不是很明确，也并不透彻，因为必须考虑到在激烈的论战中的策略。因此，他打算承认“自然主义……始于最初写作的作品”，这样，他看来是站在那些看到贯穿历史常数的人的一边，他从他对手的宣言里获取“新的论据”。此外，他把自然主义上溯到巴尔扎克和“从 18 世纪开始的那场广泛的实验和分析运动”，给自然主义套上一个更为确切的历史框架，这个框架本身在文学史上受到优待。左拉知道，当人们像他那样受到指责，被斥为完全置身于文学之外的时候，明确表示植根于民族传统中是自我防卫的最好办法之一。

自然主义的问题正是这样自 1880 年起提出来的。我们必须重视对自然主义脱离美学轨道的指责；问题不在于和所探讨的课题相一致的简单的肯定，而是一个在当代批评家眼里看来绝对重要的问题，那就是艺术的自律及其使用的手段。费迪南 · 布吕纳介、威廉 · 狄恩 · 豪威尔斯[①]、丁 · 罗登伯格[②]、E. 高斯对左拉的研究题材持保留态度，他们觉得这些题材局限于当代生活的一个方面，而他们的注意力更多地放在处理主题的方式上；这些批评家当时被列为在欧美定基调的人，他们和其他许多作用较小的人，按他们的标准来评价左拉及其同行的作品，他们的标准往往是形式上的：叙事的结构和发展、人物特征、情节的坚实等等，或者按照在这方面特别成熟的德国批评家们来说，这些标准便转移到一种带有黑格尔学说特征的诗学美学范畴（因而有三大优点：和谐、幽默、现实的改观）。于是，他们认为自然主义是在这些范畴之外的。

如果说自然主义确实引起了一场后来很快成为国际性的争论，其原因也许是因为这场辩论触及到文学活动本身的特殊性。现实主义可以声称它革新了文学，自然主义则转移话题，拒绝只安于文学地位。对左拉的主要指责中，最根本的——至今仍然如此——是责备他混淆了文学活动和科学活动。和许多同代人一样，左拉被他所见到的到处受欢迎的科学模式吸引住；他之所以援引克洛德 · 贝尔纳的话，是因为医学正在实施一种根本的变革：医学从艺术变化成为一门科学。文学是否也能经受这相

① 豪威尔斯（1837—1920），美国作家。

② 罗登伯格（1831—1914），德国作家。

同的变革呢？左拉在他的《实验小说论》文本中不止一次强调自然主义是一个方法问题，而不是一个形式和修辞学的问题，他把“形式问题”放在“次要点”中。保尔·阿莱克西在他1891年写给于勒·于雷的信中重复说，自然主义是一种“思索、观察、考虑、研究、体验的方法，是为求得知识的一种分析需要，而不是一种写作的特殊方法”。遇到的困难无疑部分是由于左拉仍然不能掌握对于我们今天来说很熟悉的精确科学和人文科学的区别（这正是他的同代人W.狄尔泰[①]在提出“精神科学”概念的同时，对这样一种区别作出的贡献），他大概满足于精确科学的唯一模式；把这个模式搬到文学领域显然不是没有困难的，这些困难尤其集中在实验者的位置和作用上。文学在此进入困难的路程，这正是在建立中的“人文科学”之一即社会学同时选取的道路。在孔德这位即使不在概念上而在名词上的发明者之后，左拉确实想要从事社会学，他要依靠化学家、物理学家、生物学家、生理学家的工作，继续解答问题和科学地解决“获知人一旦进入社会后如何表现的问题”[②]。1891年，通常被称为“彻底的自然主义者”的德国人霍尔茨发表了《艺术的本质和规律》，他在列举孔德、斯图亚特·米勒、泰纳、斯宾塞作为第一流的“科学家”后，把社会学置于科学金字塔的顶端，因为它是“作为人道主义的人文科学”。

随着自然主义的产生，我们可以考虑一下，文学是否始终首先是一种人类思想活动，它依靠独一无二的特性，与一切偶然现象不相关联，而成为一项“完整”的活动。一位霍尔茨的同代人曾在1892年提出一张实际上探索“德国文学前景”的图表，清晰地阐述了文学的这一新形势。豪普特曼给调查者提出下图：

天	地
理想	生活
形而上学	物理学
背离	深入
预言	文学

两个阵营

当其中一个增强时，另一个便削弱

① 狄尔泰（1833—1911），德国哲学家、文艺学家。

② 《实验小说论》，第73页。——原注

豪普特曼就这样回避了向他提出的那些比较明确的问题，尤其是，他并不对在调查表中提出的“彻底的自然主义”和“有节制的现实主义”这些概念表态。更为值得注意的是，他提出的两个阵营，其中文学是明显拥有《织工》作者偏爱的总体的构成部分；同样具有特点的是，文学与预言相对，表明了与浪漫主义的决裂，甚至与作为有灵感的诗人的全部观念决裂，但最有意思的一对矛盾也许是“背离 / 深入”；文学是我们深入了解某件物品的一部分活动，而不是离开这一物品以便细细观察。文学是结合而不是分离。

这个骚动——如果是骚动的话——是否就是自然主义的特性呢？这个问题与对自然主义现象必须表态这一问题是分不开的。左拉的自然主义和个性究竟蕴含于什么范围内？本章在谈到自然主义产生时从德国文学和法国文学专门借用了实例。实际上，仅仅在这两种文学中，学院式的传统并没有完全意识到一个强大的并能产生伟大作品的自然主义运动的存在。事实上，在上述两个国家中，我们看到一些才华横溢的作家，至少在他们从事写作生涯时都明确地引用自然主义。在其他地方，我们还发现一些与左拉的某些观点相近的人士：如西班牙的帕尔多·巴桑和克拉林、葡萄牙的埃萨·德·克罗兹、意大利的维尔加、挪威的易卜生、瑞典的斯特林堡，甚至还有俄国的托尔斯泰……那些试图把“自然主义”这个词深深扎根的人经常败下阵来，这也是真实的。葡萄牙人 J.L. 平托撰写的《自然主义美学》于 1885 年问世，它只是个标题罢了，而今几乎已不为人知；但是，有时，事情以另外一些名义出现而得以顺利进行：意大利的真实主义、荷兰的“八十年代派”、斯堪的纳维亚作家们的“突破的年代”、波兰的实证主义。左拉还远远不是上述作家的先驱者，何况，其中有些人是他的前辈，列举的那些文学运动也远远不是德国和法国的文学运动的移印。

然而，如果今天的文学批评和文学史乐意强调显然相互不可替代的个性，现代人著名的批评家或无名的读者已经相当快地发现了（并常常为此不安）那些闻名于国外的作家们之间具有相似之处，文学生活在 19 世纪变得越来越国际性了。尚夫勒里在 1857 年 3 月 25 日为《现实主义》文集一书撰写的序言中提到：

在外国，在英国、德国、瑞典、荷兰、比利时、美国、俄国、瑞士，我到处看见接受普遍法则的叙述者，他们受到一些充满真实的不可思议的思潮影响。

随后，他列举了一些名字：狄更斯、萨克雷、夏洛特·勃朗特、果戈理、屠格涅夫、E. 奥尔巴哈、F. 勃尔梅尔和其他一些人。一种相似的现象与自然主义同时出现：1890 年，德国批评界把左拉——易卜生——托尔斯泰（托尔斯泰有时被 1880 年逝世的陀思妥耶夫斯基代替，他的作品只是在 19 世纪最后二十年内在欧洲引起轰动）三段式视为杰出的自然主义的“三合一”；左拉代表小说，易卜生代表戏剧，而俄国作家则被视为兼有或糅和了二者的角色。K.E. 罗森格伦的工作表明，19 世纪 80 年代瑞典的评论家们在一种观念联合的基础上发生作用，这种观念联合把左拉·易卜生·谢朗[①]，不久又加上斯特林堡，这群才华横溢的作家变为这一时期瑞典文学生活中的基本结构。英国批评家高斯于 1890 年很好地概括了当时这个状况：

多亏了左拉，而且唯有左拉，自然主义各种散乱的倾向才得以集中。在某种类似独一无二的体系的东西中，他应该有可能把福楼拜、都德、陀思妥耶夫斯基和托尔斯泰、奥威尔士和亨利·詹姆斯走过的路程联系起来。是他发现了所有这些天才的一个共同的主宰，发现了一个恰如其分的方法把他们与其余的人区别开来，并使之互相连接。正是通过他的努力，实验小说才能够悄悄形成一个确切的模式而并没有任意地朝多种方向发展。[②]

左拉为普及自然主义竭尽全力，事实上，他可以被认为体现了一种轨迹，这轨迹汇集了整个时代的各种倾向，至少汇集了整个思潮和整个文学实践的各种倾向。从这一术语的专门意义来说，左拉不止是某种程度上我们学习的榜样，或是我们追随的先驱者，他是一个楷模。

这就是当代读者的观点，作为本书研究工作的假设，它是首要标准。

---

① 谢朗（1849—1906），挪威小说家、剧作家。

② 见高斯的《小说中的现实主义局限》（1890），转引自伊夫·谢弗勒尔：《左拉和自然主义》，载谭立德编选：《法国作家批评家论左拉》，安徽文艺出版社，1994 年，第 428 页。

自然主义运动可以以同一地域的读者群体的形式，首先在欧洲语言的国家里，几乎同时以一种文学对于社会关系的新的构想方式被人理解；这也是左拉在抛出《实验小说论》、《文学中的金钱》、《致青年的信》这些文章时，或者当他作为作家协会主席名扬天下、积极行动时加以凝聚的思想。自然主义不可能与左拉分隔开来，它也不可能与在19世纪80年代西方社会中给他打下根基的那些人分隔开来，那就是大量购买长篇小说和短篇小说的读者，剧场经理（尤其是发展“自由戏剧”的人）以及愿意观看并支持演出的观众——这些人对“自然主义”作家的奉献作出了回答。所以说，自然主义的定义并不是在研究这个曾触及整个欧洲和美国的运动的起点上提出的。首先要把1870年至1900年被认为具有共同特点的文章汇集起来，以左拉的行动和作品为标记而不是作为唯一标准来更清晰地阐明其中一些文章，做了这项工作之后，也许能勾勒出自然主义的一种类型。

编后记

伊夫·谢弗勒尔（1939—）是巴黎索邦大学文学系教授，法国比较文学学会双会长之一，专门从事自然主义研究。他的《左拉和自然主义》（1982）全面论述了左拉与欧洲文学之间的关系。

本文选自谢弗勒尔：《左拉和自然主义》，谭立德译，载谭立德编选：《法国作家·批评家论左拉》，安徽文艺出版社，1994年，第422—429页。

理论上的自然主义(1986)

作者 [法国] 亨利·密特朗

译者 吴岳添

在左拉的理论上的自然主义里,至少有两个阶段和两种不同的方式。人们甚至可以这样写:在理论上的自然主义、也就是左拉的自然主义里——因为没有别人的自然主义了。在小说的自然主义的实践中,人们可以承认有一种相对的多样性,同时从中得出一系列共同的特征,来确定这种标签的用法并予以解释。但是只有一种构成的自然主义的论说,如果愿意的话也可以说是记述下来的论说——这就是左拉的论说。从术语上分析起来非常模糊的是,自然主义的小说——左拉的或其他人的小说——与自然主义的论说不是对应的。自然主义的论说能把一部尚未写出的、或者用其他方式写出的小说理论化,《萌芽》不是《实验小说》的应用。而自然主义的小说汇集了《实验小说》不能单独确定的、左拉和他的朋友们都没有试图分析的一些文学特征。

所以我们不要在左拉的论著中寻找他的题材、技巧和风格的线索,正如人们在漫长的时期里徒劳地所做的那样。不过话虽如此,我们也不要犯相反的错误,即否认《实验小说》的理论与《卢贡-马卡尔家族》之间有任何联系。这两种作品源自同一种文化和同一种想象。

两个时期。1880年至1881年之间的论文集中最著名的《实验小说》,只是属于最后一个、最晚的时期。还有两种方式。一种是小说的普遍的理论,适用于一切小说的生产方式,也阐明了左拉确保置于自己作品基础上的一些原则以及对他人作品的评论、接受方式,以自然主义美学的尺度来衡量或以为在衡量当代小说。第一种方式在《实验小说》中占主导地位,《自然主义小说家》则以第二种方式为主。它们相互解释而不混为一谈。作为《自然主义小说家》或《文学资料》、或者《戏剧作家》的评判的美学,就其来源和标准而言,要比陈述《实验小说》的论点的概念更为多样。所以对于"自然主义"只持一种说法是不容易也不合适的。

自然中的真

第一个时期包括《我的仇恨》(1866)、《泰莱丝·拉甘》第二版序言(1868)和关于艺术的第一批文章(《我的沙龙》,1866)。在《欧洲信使》的重要论文和《公益报》上每周以剧评为名的宣传之后,大量的重复使这一时期延长到了将近1878年。

《我的仇恨》标志着"自然主义"的出发点,这是就左拉对这个词所理解的复杂意义而言。不过它在重要的三章中发挥了未来"自然主义"的基本原则,这三章分别评述了龚古尔兄弟的小说《热尔米妮·拉瑟特》、泰纳,以及埃克曼-夏特里安[①],最后这个名字只是用相反的热情赞美《人间喜剧》的借口。对于左拉来说,属于巴尔扎克、泰纳、龚古尔兄弟这一流派的现代艺术家,把注重研究和方法、推动科学发展的精神带进了艺术。他避开一切教义和礼仪,在社会生活和器官生命的范围内得出了一切事物的起源。怎样把科学的客观性和艺术的个性联系起来?通过艺术家用来消除"谎言和愚蠢"、把握自然中的"真"的热情,通过他的画面的力量。"现代社会在那里期待着它的历史学家。"

在《我的仇恨》发表之后几个星期,左拉笔下出现了自然主义者这个词。1866年7月25日,他首先在《大事报》的一篇文章里把它用于泰纳,把这个《拉封丹及其寓言》的作者称为"道德世界里的自然主义者",这不是一种巧合。他是作为泰纳的弟子提供这个词的第一个注释的:"在道德现象的研究中引入纯粹的观察,在生理现象的研究中运用准确的分析。"这是他不倦地重复的两个关键词:观察和分析。以后不到两年,《泰莱丝·拉甘》的序言从评论到小说都扩大了"自然主义的"方法:"我的

---

① 埃克曼-夏特里安是埃米尔·埃克曼(1822—1890)和亚历山大·夏特里安(1826—1890)的合称,两人从1847年开始在文学上合作了四十多年,成就卓著。

目的首先是一种科学的目的……我揭示了一个多血质的人接触一个神经质的人时内心深处的骚动……我只是在两个活人的身体上做了外科医生在尸体上所做的分析工作。”左拉在结束序言时把自然主义作为一个流派的标签和旗帜，并不担心人们会在其中认出泰纳和龚古尔兄弟（他在1865年2月发表了一篇热情赞美后者的文章[①]），或许也有埃克托尔·马洛[②]和小仲马。这是一篇宣言，一场关于未来的赌博，一次洗礼的行动，一次绝妙的广告操作。

一个词的历史——出于左拉有把握的意愿，文学上的自然主义产生于1866年至1868年，然而它来自何方，要做什么？回答这两个问题中的第一个问题，就是已经开始回答第二个问题了。左拉后来写道：“我的天哪，不错，我什么也没有发明，就连自然主义这个词也是在蒙田的作品里就有了今天我们赋予它的意义。”[③]

事实上，长期以来，这个词是指研究生物科学、关注“自然史”的学者。自从里什雷[④]的《词典》（1680）以来，在这一点上词语的传统并未中断。人们了解从1850年到1870年，医学科学对最优秀的小说家的诱惑。《包法利夫人》出版的时候，圣伯夫惊呼：“我到处都能给你们找到解剖学家和生理学家！”[⑤]在这种精神氛围里，自然主义者的形象获得了一种很容易解释的成功。

可以认为这个词非常自然地从自然科学的词语进入了哲学词语。实际上，它在这方面的应用还要更为古老。从16世纪中叶开始，安布卢瓦兹·帕雷[⑥]就把它变成了享乐主义者和无神论者的同义词。1727年，弗

① 《龚古尔兄弟的〈热尔米妮·拉瑟特〉》，里昂《公益报》，1865年2月24日，该文收入了《我的仇恨》（1866）。——原注

② 埃克托尔·马洛（1830—1907），法国小说家，出版了七十部带有自然主义色彩的小说。

③ 《自然主义》，《费加罗报》，1881年1月17日，收入了《一场运动》（1882）。——原注

④ 皮埃尔·里什雷（1631—1698），法国教师，他的《法语词典》在日内瓦出版。

⑤ 也可参阅波德莱尔：“巴尔扎克是一个小说家、一个学者、一个发明家和一个观察家；一个同样了解思想观点和可见生物的形成规律的自然主义者。”（《小说艺术》第7章）——以及福楼拜：“迄今为止，是谁把历史变成了自然主义的？”（致路易丝·科雷的信，1853年7月7日。）——原注

⑥ 安布卢瓦兹·帕雷（1509—1590），现代外科学之父，实验科学的先驱。

勒蒂埃尔[①]的《词典》确定了自然主义者的定义："利用机械规律而不求助于超自然原因来解释一切现象的人。"在《百科全书》里，狄德罗更为大胆地指出"自然主义者是绝不承认上帝、是相信只有一种物质实体的人……从这个意义上来说，自然主义者是无神论者、斯宾诺莎学说信奉者、唯物主义者等的同义词。"在19世纪中叶，这种意义仍在使用，尤其是在米什莱、乔治·桑或雨果揭露"自然宗教"的论战词汇当中。人们不会惊讶，在自由思想的氛围中——在晚年——成长起来的左拉，从这个词里去掉了思想正统的批评界所指控他的附带含义，并且在把它运用到文学范畴里去的同时，为了把它用来进攻而保存了它的一种哲学的反响。

词语的和历史的第三个范畴：美术词汇。从17世纪开始，"自然主义的"艺术就是力求模仿自然的艺术。在这个意义上，这个词经历了另一种命运，首先使人回想起文艺复兴时期的绘画和雕塑：在斯丹达尔的作品里（《罗马、那不勒斯和佛罗伦萨》，1817），在托勒-布尔瑞[②]赞扬"卡拉瓦热[③]、瓦朗丹[④]、曼弗雷德或穆里约[⑤]的热情而任性的自然主义"（《1845年的沙龙》）的作品里，在泰纳的作品里，他在《历史与批评新集》中把它用于达芬奇。在这种情况下，自然主义带来了某种比现实主义更多的东西：关注生物和自然中最丰富和最丰满的方面。现实主义画家以客观的方式再现物体的形象，自然主义画家是一位个性很强的艺术家。事实上，从1840年开始，直到将近1865年，在艺术评论的语言里，对于喜欢和赞扬野外画家的批评家来说，自然主义者在这种意义上变成了一个术语。波德莱尔在他的《1846年的沙龙》里，把这些人称为自然主义者和善于运用色彩的画家，并且列举了他们的优点："丰富而有表达力的色彩，清澈和明亮的天空，独特的真实性使他们接受了自然赋予的一切。"1860年以后，批评家卡斯塔涅里[⑥]不倦地重复这个词，特别是在谈到库尔贝的时候；他还在糅合它的哲学价值和美学价值时歪曲了它的用法："自然主义流派恢复了人与自然之间破裂了的关系。它就产生于现代理性主义的深处。它从我们的哲学中显露出来，再把人重新安放到社会里——心理学

① 安托万·弗勒蒂埃尔（1619—1688），法国作家。
② 托勒-布尔瑞（1870—1869），法国艺术批评家。
③ 卡拉瓦热（1573—1610），意大利画家。
④ 瓦朗丹（1594—1632），法国画家。
⑤ 穆里约（1618—1682），西班牙画家。
⑥ 于勒-安托万·卡斯塔涅里（1830—1888），法国艺术批评家。

家们由此把它提取出来——的同时，使社会生活变成了我们今后研究的主要目标。”(《1863 年的沙龙》) 左拉——库尔贝的赞赏者——在把它用于自己的文学观念时，大概无需对这个绘画中的自然主义定义做任何改变。

终于进行了最后一次修改，人们由此直接赞同了 19 世纪中叶的小说理论：俄国的批评界，尤其是别林斯基，把“自然主义流派”与“修辞学派”对立起来。“自然主义”流派被确定为“描绘的人物最大限度地类似于现实提供的典型”：这正是某些像杜朗蒂和尚夫勒里这样的法国作家所说的现实主义。1872 年以后，当左拉和俄国作家屠格涅夫交谈的时候，后者向他指出了这个术语在他的国家里的运气：这就部分地说明了从 1875 年到 1880 年之间，左拉为什么要在寄给圣彼得堡的杂志《俄国信使》的文章里谈论自然主义，而这些文章就构成了他在 1880 年至 1881 年之间出版的评论集的框架。

从 1866 年起，左拉围绕“自然主义”这个词及其概念构成了观念体系，并且通过一切文学学说和流派的空间来有力地推动它们，所以他是一个革新者。然而他也是一个继承者，因为这个词已经有着漫长和复杂的历史，他为了使它们融为一体而恢复了它们的全部意义和价值：科学的、哲学的、艺术的和文学的。左拉的自然主义的力量，与《卢贡-马卡尔家族》作者的好斗和战略战术意识一样，在于坚持这种混合，即把迄今为止唯物主义哲学、自然科学、“写生”画和分析小说的各种分隔开来的道路暂时集中在一种一体化的文学理论上。

自然主义的真实——所有这些来源的主要特征是真实的观念。它本身并不独特，因为古典主义者和浪漫主义者也是以真实的名义写作的。但是自然主义的真实出自一种确定它、说明它、并且确切地把它置于 19 世纪下半叶的意识形态争论中心的词汇范畴。

应该正确理解左拉增加出来的一切定义。这就是许多定义中的一个。“人们想知道自然主义是怎么一回事吗？在历史上，这是对事实和人物的合理研究，探索社会及其阶层的起源和复兴；在评论方面，是对作家个性的分析，重现他生活过的时代、取代修辞学的生活；在文学方面，特别是在小说里，是连续地编纂人类的资料，是在真实和永恒的创作中看到和描绘、概述的人类。”自然、观察、资料、调查、现实、分析、逻辑、决定论，这就是左拉在阐述自然主义时经常使用的词汇。它不能证实自身，是通过一种方法被获取和得到的。人们用一种类似于科学家的方法发现它，然后揭示它，而无视一切教义和修辞。

因为，与通过它要求得到的东西一样，自然主义是通过它拒绝的东西来确定的：神秘的唯心主义，“把作品置于超自然和非理性之上”，承认在一切现象的决定论之外也有一些神秘的力量；古典的唯心主义，研究“抽象的人，形而上的人”；浪漫主义，否认现实，代之以想象和“虚假地拔高的人物”；理论上的教条主义，断言“一种异教的或天主教的绝对”；修辞学的教条主义，以规则、礼仪、传统的名义进行判断；甚至还有现实主义，如果它约等于一种对现实的客观的复制品的话。

左拉的自然主义论说，以某种方式完全恢复了与启蒙时代的精神遗产的联系，这种精神在18世纪已经借用科学、理性的目标和语言，来要求评论的自由和创作的自由。

个　　性

然而从1866年开始，左拉指责泰纳没有充分重视艺术中的个性，说他被决定论的规则弄昏了头脑。他不断地坚持表达的观念，是自然主义在“分析方法”与“个性”的联系中找到了平衡。这是他的学说的第二个主要依据。

“自然主义作家是这样一些人，他们的研究方法尽可能逼近自然和人类，同时当然也任凭自由观察者的独特个性自如地表现出来”。人们回想起左拉在1864年给艺术作品所下的定义：“通过一种个性看到的自然的一角。”这种改动具有重要的意义。正是这一改动造成了尚夫勒里的现实主义与左拉的自然主义之间的全部差别。它也造成了科学家的研究与艺术家的创作之间的距离：“对我来说，文学中首要的是才华问题。天真地发现自然主义只是照相术的人，也许会明白，我们在为绝对现实感到自负的同时，听到了我们作品里的生活的气息。由此产生了个人的风格，它是作品的生命。”这些话在福楼拜的声明中得到了反响：“风格是一种观察事物的绝对方式。”然而左拉也许并未确切地想象到，他对把事实真相与“个性”自由联系起来的关注，使他的说法即使不矛盾，也至少是杂到了某种程度。

“实验”小说

1878 年，在读了克洛德 · 贝尔纳的《实验医学研究导论》之后，这种矛盾无法再维持下去了。左拉为他的论点补充了一个并非最无关紧要的新成分：“实验”方法。这是自然主义的第二个时期，是与 1879 年的真正猛烈的教训和论战、与这一方法的普及完全一致的，左拉在高呼“共和国要么是自然主义的，要么就不存在！”的时候，甚至把争论带到政治阵地上。

在《实验小说》里，他以冷静的逻辑陈述了他的推理：“如果实验方法能从化学和物理进入生理学和医学，它就能从生理学进入自然主义小说。”正如生物学家在实验室的动物身上进行实验以发现器官生命的常数一样，小说家作为“一个观察者”（这是第一种方式的自然主义）和“一个实验者”（这是它的新修改），“使一个具体过程里的人物活动起来，以揭示连续发生的事实与进行研究的现象决定论所要求的一样。”

亨利 · 塞亚尔，左拉的亲密朋友，同样还有布吕纳介，他的顽强的对手，都针锋相对地揭露了这种诡辩，或者至少是这种论据的隐喻的和虚幻的特征，并且证明小说家在实验——就这个词的严格意义而言——方面什么也做不了。布吕纳介写道：“在古波身上做实验，这将是使自己获得一个非法监禁的、当他讲述一个具有明显特征的酒精中毒病例时就在解剖台上立刻打开的古波。没有别的、也不可能有别的实验，只有观察。”

是的，按照克洛德 · 贝尔纳的著作模仿出来的理论是脆弱的。然而把自然主义贬低为实验小说理论的观点也将是一个谬误，它既不是自然主义的主要思想，也不是恒定不变的思想，仅仅是一种暂时的延伸。无论如何，作为左拉评论的分析和判断的基础的不是它，而不如说是这一学说中最古老和最可靠的部分。他一方面是以观察、分析、知识、真实的名义，另一方面是以写作和文体的逻辑、强度、魄力的名义来评价当代的戏剧和小说。完全应该承认在这些标准中最好的东西，对于戏剧就是来自对古典主义榜样的思考，对于小说就是被巴尔扎克和福楼拜的典范性所丰富的思考。同样应该承认，左拉极少施错他的赞赏和蔑视。他欣赏马奈而轻视卡巴内尔[①]。他喜欢福楼拜、龚古尔、初期的于斯曼，尊重布尔热，对巴尔贝·多勒维里感兴趣，但是抨击克拉勒蒂[②]和弗耶[③]，厌恶乔治·霍内[④]充分理解的自然主义的尺度不是一种拙劣的衡量工具——对当时那个时代而言。为了公正起见，我们要补充说他对波德莱尔、魏尔兰或马拉美的语言是无动于衷的；不过这里涉及的似乎是后小说时代对诗歌的总体上的排斥。无论如何，自然主义不打算为从一开始就处于它关注范围之外的诗歌制定规则。

小　　结

在他的批评文集出版十来年之后，左拉本人提出了一种更为灵活的、不大受资料和科学理性主义支配的自然主义观念，把一块自我批评的面纱扔在了实验的幻觉之上。1891 年，当于勒·于雷就自己的著作《关于文学演变的调查》而询问他的时候，他答道：

> 未来属于那个或者那些能把握现代社会的灵魂的人，他们摆脱了过于严格的理论，将会同意更为抒情、更为温柔地接受生活。我相信一种对于真实的更为广阔、更为复杂的描绘，一种对人类的更大的开放，一种自然主义的经典性。

在所有的同代人当中，也许是马拉美在回答于勒·于雷的调查时，对自然主义看得最为清楚了："回到自然主义上来，我觉得应该通过埃米尔·左拉的文学来理解，因为当左拉完成他的作品的时候，这个词也就会消亡了。"这个词在我们这个时代并未完全消亡，但是它的用途与左拉赋予它的意义相比是大为降低了。马拉美把理论的和批评的自然主义等同

① 亚历山大·卡巴内尔（1823—1889），法国画家。

② 于勒·克拉勒蒂（1840—1913），法国作家、历史学家，法国文人协会和剧作家协会主席。

③ 奥克塔夫·弗耶（1821—1890），法国作家，法兰西学士院院士。

④ 乔治·霍内（1848—1918），法国作家。

于左拉是有道理的：是左拉赋予了它真正的、不容忽视的高度，而这也有理由证明，当时没有任何具有类似格调的文学理论家。某些人（包括福楼拜）认为他要么属于一种狭隘的教条主义，要么属于平庸的广告性的偏见，这就错了。他至少显示出一种值得思考的、对症状的关注，即使没有直接伴随他的大量小说作品的典型，也根本不对作品进行解释（相反，他在某种程度上被作品解释和证明了），他与作品也保持着一些基本的关系和联系。人们至少发现两种，不过大概还有别的。

被揭示的人体—— 一方面，在自然主义这个专业用语的词汇和形象中显示出来的生物学思想和方法的影响，把它最创新的成分赋予了小说的自然主义：对人体的发现和揭示，人的裸体、冲动、欲望、快感、堕落和疯狂、性欲。左拉的现代真实是他的前人谁都不敢同样坦率地叙述的：小说的动力和原由，就是性，"肚子"，抱有欲望和被人向往。左拉对他的理论进行的审查（除了承认这种导致提出一切问题的、被"准确分析"所肯定的要求之外，没有一个关于性爱的词汇）从系列小说中消失了，它以写作或语言的某些谨慎为代价，从头至尾坚持让一些尚未准备好接受的同代人听到一切肉体厄运的沉默语言。

实验小说的符号学——另一方面，如果本义上的实验小说理论没有任何效力，那么它在直接接触小说实践时又重新出现，只要愿意看到其中的一种完美的故事模式就够了。毫无任何认识论的严肃——因为小说不是存在于科学实验的现实世界里，而是存在于能够服从叙述者的专断的世界里——它并不因此而失去符号学的价值，尤其是当它与左拉从吕卡斯医生的著作《自然遗传》中得出的小说结构的假设联系起来的时候。遗传模式为《卢贡-马卡尔家族》提供了一棵谱系树，以及它的两个分支——婚生的，卢贡分支；私生的，马卡尔分支——它以象征的方式，包括了系列的人物和情节的空间扩散原则，和人物从一部小说到另一部小说、也在同一部小说之内连续存在的时间性原则。

人们都知道，实验模式的基础是连续不断地观察、假设、使假设有效或无效的实验、结论，偶尔还有一种新的假设，如此类推。这样设想的科学进程不是别的，只是一出小小的戏剧，有一个中心的高潮，一个改变最初的依据、并且可能从中得出一个教训的关键情节。因而什么都不影响以图像的方式来使用它的语言，来描写最理想的叙述内容，即从最初的境遇出发（例如伊尔维丝和古波的婚礼），从中得出一场危机或者一次激烈冲突的依据，其解决办法将在终点导致一种与起点大相径庭的平衡。全部叙事包括一个明显或隐蔽的劝喻性故事。而全部论证都相反地倾向于或多或少地构成叙事。因此，实验小说可以看成是一种关于典型叙事逻辑的强烈而新颖的直觉在当代科学语言代码里的移植。

这种阅读能部分地解释自然主义理论的奇特沉默，自然主义在这一体裁的两个基本成分上力图成为小说理论：虚构和叙述——幻想和叙事。左拉这个极为出色的讲述者，对于他的职业和艺术的基础本身、对于作为这种基础的真正的材料和力量却保持沉默。如果人们承认实验小说恰恰是一种叙事理论的幻想的结构，这种自相矛盾就得以解决了。这是一个时代的梦想，说明了许多关于19世纪下半叶出现的医学能力的情况：作家把自己当成一个医生，并且把他的技巧用医学语言理论化了。只要用相反的意思表达出来，就至少能发现实践与理论之间、小说文本与后文本的一种关联的轮廓。

编后记

亨利·密特朗（1923—）是法国当代研究左拉的专家和符号学批评家，巴黎第三大学文学系教授。他编纂和注释了《卢贡-马卡尔家族》的七星丛书版（五卷，1960—1967）和《左拉全集》（十五卷，1966—1970）。在多种关于左拉的著作中，用结构主义和符号学分析对左拉的理论和作品进行了评论。

本文选自密特朗：《左拉和自然主义》，法国大学出版社，1986年。

第二辑

世界各国左拉研究

左拉论（1915）

作者［德国］亨利希·曼
译者 马振骋

一 生活中的放纵与对比

他（左拉）歌颂人生的奋斗，他把奋斗引向胜利。自我的过度肯定和19世纪的过度旺盛有关，这是原始达尔文主义——所以，他把赌注猛地押在按照自然科学的描写上，包括人们所谓的色情。如果这些科学是有道理的，还有他对作品中恰是这部分增加了书的畅销无动于衷，错在哪儿呢？整体的命运要比局部的命运重要，生命的奋斗不管贞洁与否总是神圣的。再说奋斗从来不是贞洁的；大众的情欲给他的小说定下了基调，情欲的炽热把最无声色的场面变成了酒神宴。时间的灵魂无处不在，时代的灵魂得到描写。在他的小说中，夸张的词句、不断靠近极端的做法也超出法国人。这是民主在发酵，第二帝国，干脆有力的生活节奏，骇人的追求欢乐，盲目投入民主开拓的道路上的创业激情。这里，时而燃烧时打滚的文笔所表现出的对比，是符合社会的对比的：穷奢极欲的挥霍、缺乏分寸与不讲廉耻的贫困，尚处于野蛮阶段的资本主义，没有社会立法——同样的行动环绕着一位父亲的黄金与疯狂的宫殿和他的私生子的兽窝，这个那不勒斯城，污泥与淫荡的写照……

二 人民的雅歌中的一支雅歌

希腊田园风光一般的荷马式风景，广场上横溢的人欲，大众的天真无邪，处处尔虞我诈，英勇的目标，以及可怜而又悲惨的收获，这些是这部二十册诗集的开头。《卢贡家族的发迹》起首就是人民的雅歌中的一支雅歌——人民指南方人民，因为普拉桑处于埃克斯的所在地，还有它的炎热，它的本能威力，它的和蔼可亲然而决心奋起反抗压迫他们的主子的居民。这块土地像灵魂那样广大自由，月光远远照着山岗斜坡，而更远的地方，在灰色橄榄树荫后面，海水摇荡。从高处看上一眼吧！缺口那边，消失在远处的是一群乱糟糟往上攀登的生物、受共同愿望鼓动的人。他们的数目在增加；从侧路上，跑来一大批人，三五成群，武器——当武器使用的农具——在发光。穷人的气味随着他们一起前进；在他们头上，由穿紫红大衣的少女扛的红旗飘扬，同时她的歌声响起；革命的颂歌……人民，他们的日子近了，变了样，就像巨大的欲望才使人变样。面对着狡猾、罪恶、思想昏庸的资产阶级，人民站起来了，万众一心，像席卷一切的唯一的思想怒潮。人民的儿女彼此相爱，纯洁地，怀着古代情人的纯洁。他们劳动的肮脏和气味消失了，仿佛他们几世纪后又出现时那样。对左拉来说，除了在劳工阶级中，在那些并不寻找诗意的人们中间，才存在诗意。他的愿望以及他的回忆都是向着他们的。因为左拉在心中永远有、永远保留自由的回忆，和蔼的回忆，最纯洁的天生高贵的回忆；这些品质激励着人民，地中海沿岸这样的人民，他自己也属于他们，后来才住进了大城。人民的、真正人类的典范形象，通过他的全部作品，甚至最悲观的现实描写，永远秘密地追随着他。最后到了晚年，这个形象光芒四射，涵盖了一切，涵盖了一切知识、一切辛酸，终于岿然独存。所以如此，因为他有希腊人的气质。希腊是他的眼睛，习惯于看远处的清明，能够领会尘世的幻梦。他钻入社会深层，升腾到世界像上帝一样都已忘记的热情之中——可是，他永远知道，属于人间的一切束缚在一个广漠的天空下，注定是要瓦解的，包括命运、家庭、帝国，要回到永恒的泥土中去。他从高处写他的诗篇；纷扰不安的人生，他只是在地球小角落里看到它展开在他眼前。但是他的诗是献给大地的。

三 土地的小说家

在这个以土地本身是演员的工作后，人经过奋斗还能改变或达到什么呢？——土地创造万物，又吞噬万物；土地不让他们在她的规律中有一条最起码的自由准绳；没有一个欲望、没有一个思想不是土地；土地是一切好事，也是一切罪恶的母亲和唆使者。人愈接近土地，愈变得严酷。在这位农民心中只活着一个想法：占有土地——即使为此弑父害母。即使他们爱的时候，土地还是把她的儿女抱在泥泞里；订婚礼是在粪水坑边举行的；人恰是因为死心塌地跟着这贪吃而无情无义的土地、与她不能分离的时候，才可歌可泣。因为，对那么多努力，那么多热情，她究竟还回报了什么？对所有这些美好生活的期望——幸福、进步、高尚——她究竟减轻了什么？她减轻的不过是饥饿，给予的不过是面包。她让自己孕育，然而世世代代总是同一的果实。孕育是一种无益的交欢：她这样生活，她的儿女也是这样生活。当一头可怜的人类驭兽猝死在广袤的开垦地上，土地连看也没有看到。离此几朵草的地方，另一位女人第一次认识了人。野兽的命运。奶牛和女人在同一时刻分娩，靠在同一栅栏内，在土地最沁人心脾的气味中，这种气味是一页有字的纸从来不曾呼吸过的。一头驴子像人一样醉醺醺。土地的生活是滑的、田园式的和可怕的，但是就整体来说是无感觉的，这便是真理。土地像巨人的脊背，爬满了小虫还毫无感觉。小虫的忧患和想望都消失在寥廓的空间之中。留下的是无垠。留下的是永恒。土地像在时间之外扩展，史诗般的，无边无际的；篇章是永恒的气息，有季节的篇章，暴风雨、阳光、生物、罪恶的篇章，冬天和死亡的篇章，土地永远在运转而不会在哪儿结束。

可是这也是时代的小说，帝国在这里也遭到了审判。大家怕它，大家恨它，如同对两条名叫“皇帝”和“屠杀”的狗。撼动国家的农业危机就是这个投机者帝国的杰作。人们所能想象的最坏的一种制度——资本军国主义，陷人民于水深火热，接着来的不是战争，就是革命。革命的威胁伴随行动，增强行动，靠行动滋养。农民，他们对土地的贪婪是又可笑又叫人怜悯的，正是在陶醉中听到第一声警告，好像把它当作他们一个自己人所说的一件荒谬事；那个人衣衫褴褛，居无定处，嘲笑使他吃尽苦头的土地，因为这是一笔坏生意、一口陷阱、一个吸血鬼。然后事情黯淡了，贪求土地的恶习好像无法清理,这时来了一位云游四方的鼓动家,大谈剥夺,这强暴行动可以救人脱离一切苦难。终于站起了一个人,他看到过人与人之间发生的一切,始终谨慎地保持缄默;他在大喊大叫的狂热中挺身而出,要求流血,这已经是谋杀,出于向往土地的谋杀。你有什么办法呢?你卷在自己的命运里,命中注定愈陷愈深,直至最后,也就是你的最后。因为你的儿女也将像你一样,卷在里面进退无望,像你一样。那位作为儿女牺牲的老农民,在他爱得过分的土地上,始终反复地跌跌撞撞。他在力量耗尽以前没把土地让给他们,现在又为跟土地奋斗一生而得的微薄积蓄,受到他们的追逐。但是土地,她又给筋疲力尽的情人什么呢?几个洞穴,没别的,洞穴,当他因无能为力而愤怒、又被人发现而羞惭逃走的时候。小辈的怜悯也变成了嘲笑。谁若不愿死去,也会被自己的儿女在野蛮的恐怖中消灭。这就是人类的永恒的面貌,你看过以后再跟我说还有什么可希望的,哪种反抗、哪种革命可以使你摆脱这种对土地的贪婪,你对土地的贪婪!农民晚上聚在一起,围在同一支蜡烛四周,在历书中阅读他们自己的历史,他们过去受苦受难长期奋斗的历史。他们听到的一切都说明最终会发生的革命是有道理的,然而深切感到他们的苦难无法治愈,一切在他们看来又毫无价值。我们的战斗是必要的,又是无效的。农民阅读的历史是一件宣传品,为以后的幸福的帝国而写的。但是不存在会带来幸福的帝国;每个帝国、每个新生的世代只不过具有你抓在手里、捏碎、撒手放弃的那小块土地的价值。土地对你是太大了,她的无知无觉挡住你的热忱,你的急切断送在她的缓慢之中。她吞噬了你一代中成千上万的人,然而什么都没产生。就是如此,你也要为她流热泪洒鲜血,犹同冰雹冷霜降落在你的屋上。就是如此,你也应该像她那样劳动和生产。今后谁知道呢?这块创造了生命以及你们的罪恶和我们的渺小的不朽土地,将暴露她的无以知晓的目的。

世事就是这样,像这个人的一生也是这样。正在成形的人,要站稳,抓住现实的片断,在生活中寻找方向,根据目标去恨,去挑起战斗。然后,人用智慧掌握的领地会扩大,人的精神会照亮世界。一旦达到一定程度,主题仿佛只是超越物质和时间、超越你的意志的事物之间的一种比较;人像一边在玩一边在建设。梦想人类幸福的人生活在那么遥远的未来,以至彼此交替、相互补充的人间幸福和苦难,最终在我们眼中混淆不清。在某些时刻,他除了这一切以外不怀任何愿望,什么也不再做,只是凝望着死,也凝望生。那时,他的目的就达到了。

编后记

亨利希·曼(1871—1950)被称为“德国的左拉”,他在《左拉论》(1915)里肯定了左拉对土地的深情描绘。

本文选自亨利希·曼:《左拉论》,载朱雯等编选:《文学中的自然主义》,上海文艺出版社,1992年,第490—495页。

今天的自然主义（1893）

作者［德国］弗兰茨·梅林

译者 张玉书

我们对文学艺术上的自然主义概念的观察使我们得到这样的结论：这个概念根本不可能置于一个普遍通用的公式之内，在每一种情况下，人们都必须探讨自然主义在它所处时代的阶级斗争中究竟占什么地位。

如果我们用这个尺度来考察今天的自然主义，那它是越来越猛烈强大的工人运动在艺术上的反照，这点是不会被误解的。问题并不在于自然主义把孩子和洗澡水都一起泼掉了，这点甚至在某种程度上是不可避免的。自然主义在攻击畸形现状的非自然的同时，在它摒弃学院式的、呆板的、与自然疏远的、过时的写作方法和绘画方法的同时，它提出这样的要求：依据艺术作品的自然真实来判断它的意义，以所谓一丝不差地再现自然来理解艺术的价值，排斥艺术家幻想中任何一种特有的功能、任何一种艺术虚构和结构。这样它也就违背了每一种艺术的本质。在这样一条路上，人们得出必然的结论：照相成了造型艺术的最高顶峰。艺术隐藏在自然之中，这正如阿尔伯特·丢勒[①]以极其深邃的思想所说的那样，谁能够把它从中发掘出来，谁就能得到它。但是“显然它是通过劳动和新的生命，这个新的生命是一个人在他的心灵中所创作的一个事物的形象。”[②]

尽管由于这些反作用，如果人们还是要自然主义得到公正的对待的话，那人们必须看到，自然主义是要寻求解脱，要从一个趋于死亡的社会

① 阿尔伯特·丢勒（1471—1528），德国著名画家。

② 见丢勒：《论对称》。

的令人窒息的束缚中解脱出来。印象主义，即绘画艺术中的外光派绘画法，文艺创作中的自然主义，都是一种艺术上的反叛；这是一种开始去触摸资本主义胴体的艺术："四处驰回往外飞，四向污潴饮浆水[①]。"事实上以这种方法就容易解释，造型艺术中的印象主义者和文学创作中的自然主义者为什么对资本主义社会所有的龌龊堕落怀有一种否则难以解释的乐趣；他们就在这样的污秽中厮混，对此也根本没有什么痛苦的抗议，从他们处于朦胧状态的冲动中看来，他们本是能够把这种抗议掷向作恶者的脸上的。但是从一种朦胧状态的冲动到对一种新的艺术观和世界观的清晰认识，这中间还有一段很长的道路，努力使自己成为一种真正艺术的各种艺术流派在这条路上所迈的步子还多半是蹒跚的、不稳的。

自然主义只是在它自己突破了资本主义的思想方式的地方，并且知道从内在的本质上去理解一个崭新世界的开始时，它所起的作用才是革命的，它才成为一种艺术表现的新形式。这种新形式就其独特的广度和力度而言，不亚于先前任何一种形式，并且在美与真上终将超过它们。我们提醒一年半以前参观过国际艺术展览会的读者回忆一下列·弗莱德利克[②]的《衣商》和康·马涅[③]的《返乡的山民》。在这里自然光达到了极其强烈的效果。但是把这种方法作为一种时髦而到处运用，特别是像德国画家也运用这种方法，以尽可能的广度去描绘极为可怜的琐事，那它的艺术效果通常是极其可怀疑的。因为印象主义是纯技术性的，由于其奴隶般的过分忠于自然，与其说是一种艺术上的进步，不如说是一种艺术上的退步。

这同样也适用于诗歌艺术。问题不仅与创作方法有关，而且也与思想方法有关。有人想把这种观点当作笑柄，说什么，哈哈，戏剧化的党纲！可这是一种愚蠢的歪曲。政治和诗是各自分开的领域；它们的分界线不可以混淆；押韵的社论总是比不押韵的更加令人反感。但是人们因此而要求诗人应当站在一个比党的雉堞更高的塔楼，那他也必须左右都能看到，那他眼睛里不仅看到旧的，而且也要看到新的世界。那他不仅在占统治地位的灾难中发现今天的悲惨，而且也能发现明天的希望。在一百年

① 歌德：《浮士德》第一部《瓯北和酒寮》一场。引自郭沫若译《浮士德》，人民文学出版社，第1卷，第101页。

② 列·弗莱德利克（1856—1940），比利时画家。

③ 康·马涅（1831—1905），比利时画家和雕塑家。

以前，莱辛在《爱米丽娅·迦洛蒂》中，席勒在《阴谋与爱情》中以浓烈的色彩描绘了封建小国专制统治的腐败，这个小国的专制统治是当时德国社会的主导阶层，但是莱辛和席勒也知道用健康力量的代表者去对抗腐朽力量的代表者。如果莱辛把他的奥多阿托·迦洛蒂塑造得如同他的宫廷侍从马里内利那样的坏蛋一样，或者席勒把他的音乐师米勒塑造得如同他的宫廷大臣那样的流氓一样，那他们所创作的就不是不朽的杰作，而是令人厌恶的早被遗忘了的漫画了。

今天的自然主义有勇气和出于对真实的热爱，去描述正在衰亡之物的本来面目，这是它的一个贡献。这个贡献也不会因其病态和夸张而减色，这种病态和夸张是每一种反叛在它开始时期都必然会有的。但是它到这一步只不过才走了一半的路程，如果它就此停止不前，那它当然要导致艺术和文学的不可遏止的堕落，当它的信奉者成为——如一位接近自然主义的作家新近所表述的——“颓废的小伙子、腐化了的海盗、酷爱罪恶的怪物”，他们“夸耀自己的梅毒，以显示自己的雄性”，只有继续走下去，这种只知嘲笑崩溃的艺术才是正当的。

但是整个社会现在还没有崩溃，自然主义的命运看它是否能走完它的最后一段路程来定，看它是否有更大的勇气和对真实怀有更强烈的爱，而去描写正在诞生的事物，描写它必然会变成什么样子，它每天已经变成什么样子。诚恳地希望自然主义能达到这个目的，这样，它才配享有开辟艺术和文学的一个崭新时代的荣誉。

编后记

弗兰茨·梅林（1846—1919）是德国早期的马克思主义文艺批评家，他用阶级斗争的观点来评论左拉和自然主义，关于左拉在德雷福斯事件中的作用等观点在今天看来值得商榷。

本文选自梅林：《今天的自然主义》，张玉书、韩耀成、高中甫译，载《梅林论文学》，张玉书等译，人民文学出版社，1982年，第255—258页。

埃米尔·左拉(1902)

作者 [德国]弗兰茨·梅林

译者 张玉书

左拉的猝然去世,从最初的一瞬就引起一种令人悲痛的感情,看到一个在劳动和斗争中那样充实的生命竟死于一个悲惨的意外事故,使人惶乱无主,但敌人趁这个大勇者尸骨未寒之际对他迸发出的切齿之恨确是一种真正的慰藉,这说明死者业已完成了一项光荣的事业。谁要是在死亡的威严下还控制不住他那诽谤性的舌头,那他一定是被伤到致命的痛处。那些战败者的憎恨表现得越是疯狂,这个胜利者灵柩上的宝剑所发出的光芒就越是灼亮。

一个古代哲学家谈到阿波罗时说道:"这个神是神箭手,是音乐之神;我爱他那美妙的声音,可我怕他的弓。"这段话点出了文艺创作上的两重性,它贯穿在此后诗歌艺术的全部历史之中:以战斗姿态出现的诗人和以艺术家姿态出现的诗人。这种两重性当然并不意味着这两种因素是可以截然分开的。一个诗人如果仅仅是战士,便不成其为诗人了。在声音的诗人中间,歌德也许是一个最高意义上的艺术家,可是像他这样的一个诗人在晚年还曾因是一个战斗者而感到光荣[①]。不管在各个诗人身上因其天赋和生活的历史环境不同,这两种因素交织的方式多么相异,只要战斗者的天性呈露出来,其中艺术家便似乎随即消失,而当艺术家的天性呈露出来时,其中战斗者便似乎随即消失。

这两种因素在左拉身上是如何交织起来的,一看便很明显;他的战斗者的天性是那么强烈,就是在他的崇拜者中间有些人也干脆否认他是一

① 见歌德《西东合集》中的《诗人》。

位诗人，就像莱辛曾经在激烈斗争的瞬间否认自己是作家一样。这显然是夸大之谈，因为要是没有惊人的巨大的诗人才能，那是创作不出左拉所创作出来的作品的。在其他方面他却缺乏才能，但也同样达到了惊人的程度。如果说他是一个缜密异常的观察家，一位第一流的风俗画家，一位细致深刻的心理学家，那他又缺少美学上的鉴赏力与敏悟、想象力与机智和他自称为l' expression personnelle[①] 的东西，他也缺少独特的诗人生活以及凭空创造出一个崭新世界的那种独创的塑造形象的力量。

他本人完全清楚地知道，他的天性是战斗者的天性而不是艺术家的天性。但这种表白却很少表现在经常被人引用的他的那句美学名言里："一部艺术作品是透过气质而看到的一部分天性。"[②] 因为这个句子过于笼统，其中可以包罗各种可能有的美学思想。但左拉另一次却说道："我们都是些忙忙碌碌检查楼房的工人，我们去发现蛀坏的檩木、内部的裂缝、松动以及所有从外表看不出，但却能导致整个楼房坍塌的损伤。难道这不是一项比手拿七弦琴、置身高处、吹吹喇叭去鼓动人类更有益处、更为严肃和更值得尊敬的活动吗？"[③] 在这里左拉率直地摒弃了七弦琴，他要求的即使不是弓箭，也至少是把泥水匠的瓦刀化为自己的一部分。他脱离艺术家的土壤，成为那些老实憨厚的曼彻斯特人的拘泥不化的近邻，这些人从前都试图证明，每个优秀的建筑师，甚至每个诚实的猪倌，都是比不从事生产而以写诗作赋为业的歌德更为有益的人类社会的成员。

有人认为左拉虽说是一位伟大的作家，但却是一位低劣的美学家，这种说法是没有根据的。事实上在左拉身上，美学家和诗人是完全融合为一的。他的长篇小说，与其说是诗人在怡然自得地进行艺术创作时凭空臆造出来的纯艺术品，毋宁说是革新的警告和唤醒人们的呼号。从美学观点来看，这会是一种苛刻的断语，假如这种美学观点能不受历史变迁的支配的话。可以肯定地说，艺术是人类固有的一种才能，并且它作为这样一种才能仅只从自身得出其规律。但是艺术也存在于事物的历史长河之中，没有革命的震荡它是不可能发展的，在这种革命的震荡里，打碎艺术的神坛远比献身给它更为光荣。

置身于这样一种革命震荡中间，这是左拉的骄傲。他一向拒绝承认

① 法文，意为"个性表现"。

② 见左拉：《普鲁东和库尔贝》。

③ 见左拉：《给青年的信》。

是他想出了首先是跟他的名字联在一起的自然主义。

> 我在18世纪找到了自然主义方法;如果人们愿意这么说的话,这种方法在世界之初就已有之。我指出过,在我们民族文学中巴尔扎克和斯丹达尔就以光彩夺目的方式运用过这种方法;我曾经说过,我们现代的小说是这些大师们的作品的继续,我首先要提到居斯塔夫·福楼拜、龚古尔兄弟、阿尔丰斯·都德的名字。人们怎能由此得出结论,说我自己发明了一种供我私人利用的理论呢?哪一些傻瓜竟有这样的怪念头,把我描绘成一个想迫使世界接受其修辞学,并想把法兰西文学的过去和未来都建筑在其作品上的狂妄之徒?这实际上是一种再甚不过的欺骗和恶意了……在我们的文学中自然主义方法的应用是从上一世纪开始的,是从我们现代科学的最初萌芽开始的。发动业已开始,那运动就要遍及整体。我已多次阐述过这引导我们奔向未来的巨大运动的历史。这个运动把历史和批评从繁琐形式的贫乏的观察中解放出来,从而革新了历史和批评,这个运动把从狄德罗、卢梭一直到巴尔扎克和他的门徒的小说和戏剧全都变得年轻了。能否认这个事实吗?我们历史的最近几年不就在过去一些世纪的美好的古典主义法则的消亡中、在浪漫主义的期期艾艾抗议声中和在自然主义作家的胜利中展示出了这种科学精神吗?我重复一遍:自然主义并不是我。自然主义存在于每一个自觉或不自觉地运用这种科学方法的作家身上,他通过观察和分析着手研究世界,与此同时就摒弃了那种绝对的、裸露的、用理智无法领悟的理想。[①]

这段话揭示了左拉的长处,也暴露了他的弱点。

卢梭和狄德罗的自然主义与巴尔扎克和左拉的自然主义一样,肯定都有着一种共同的倾向:这就是艺术从一个社会堕落的状态中逃脱出来,就是它返回到大自然伸出的援救之臂中去。只不过这种返回自然在事实上是向一个更高发展的社会秩序迈进而已。它不可能是别的,因为社会的痛苦只能在社会的土地上而不能在自然的土地上医治。但在这里,在以卢梭和狄德罗为一方与以巴尔扎克和左拉为另一方之间立刻就出现了

① 见左拉:《给青年的信》。

巨大的差异。前者是为了把自己从封建主义的社会腐朽里拯救出来而返回自然，可以说是到资产阶级的社会秩序里去；而后者是想寻找一条摆脱资本主义社会的活路，却不知道在哪里可以找到。所以，总的说来前者是乐观主义者，后者却都是悲观主义者，特别是巴尔扎克，而左拉至少在他写出他最后几部小说以前是悲观主义者，在这最后几部小说里他宣扬了一种空想社会主义。

还在左拉早期的一部长篇小说里，他就让卡尔·马克思的一个得意门生[①]登场，并让此人杂乱无章地信口开河，这表明左拉尽管采用实验的科学的方法，可从来也没有对科学社会主义进行过任何探讨。左拉以他那种令人惊奇的“准确性”肯定说，马克思的主要著作是用哥特体的铅字印刷的——众所周知，这根本不符合事实——但对这部著作的内容他却毫无所知，而他的这种“准确性”后来被他在德国的盲目追随者漫画化了。但愿人们不要在这种意义上对我们有所误解：一个自然主义的滑稽人物曾挖空心思猜想，好像我们要把埃尔福特纲领[②]的信条变成至高无上的美学法则。说我们会埋怨自然主义对无产阶级斗争不屑一顾。左拉的家谱直接追溯到狄德罗和卢梭，他看到实验小说的长处在于探讨一个现象和它相近的原因之间的关系，阐明出现这种现象的条件。左拉远远高出他那些在德国的渺小的后生晚辈；如果他掌握了无产阶级阶级斗争的理论，用这种理论而不是用经常把他引入歧途的隆布罗索[③]的庸俗宿命论去作为分析社会现象的钥匙，那他的文学创作将会获得无穷无尽的活力。

左拉同伏尔泰的关系正如他同狄德罗和卢梭的关系一样。左拉为德莱福斯辩护这件事经常是和伏尔泰为卡拉斯辩护那件事相提并论的；有人认为，左拉比伏尔泰冒着更大的风险。这是完全正确的，左拉为鬼岛上这个被判决者所进行的勇敢无私的斗争，其危险程度远远超过伏尔泰，后者把都卢斯的一个耶稣新教家庭事件当作自己的事情。可是，这两个案件的历史意义毫不相同，而这种差别并不利于左拉。伏尔泰是对中世纪封建的教会司法制度进行了一次毁灭性的打击，可左拉充其量只是拯救

① 指左拉的长篇小说《金钱》中的人物西基斯蒙·毕式。

② 1891 年德国社会民主党在埃尔福特召开党代表大会，会上通过了党的新纲领，称为埃尔福特纲领。

③ 隆布罗索（1836—1909），意大利医学家、刑事学专家。

了一个无辜的被判决了的人。但是,即使他个人的动机毫无可指摘之处,他也是不自觉地在为一个阶级效劳,而这个阶级所实行的腐朽的阶级司法制度就其性质来说,一点不比那个使德雷福斯成为牺牲品的军事司法制度好些。我们看到这样一出令人作呕的把戏:同一批资产阶级的御用文人,在此之前一直唯恐对这个“下流”和“肮脏”的小说家骂得不够,因为他竟有胆量去揭开资本主义经济秘密上的那层面纱,可现在却忽然把他吹捧为一个无可媲美的“精神英雄”。这个“精神英雄”通过为德雷福斯进行辩护,用他自己伟大的名字强有力地维护了资产阶级御用文人所代表的利益。

以那些遭到左拉致命打击的人发出的不共戴天的愤怒喊叫来纪念左拉,比起以这种别有用心的颂扬来纪念左拉要好得多。但是对死者的最好纪念却是孚日山[①]两边的工人置放在他坟墓上的月桂花。左拉不属于他们,他也从不懂得什么是他们的美好生活的内容,但他是一个为一个更美好的时代、一个像他所理解的更美好的时代的精力充沛的开路先锋。他是一个思想家,却不理解时代的最深刻的秘密;他是一个诗人,用美学标准来衡量并不完美。但他是一个战斗者,凭着他的才能、勤奋、正直和勇敢,大概有权利置身于狄德罗和莱辛、卢梭和伏尔泰的行列里。

编后记

本文选自梅林:《埃米尔 · 左拉》,张玉书、韩耀成、高中甫译,载《梅林论文学》,张玉书等译,人民文学出版社,1982 年,第 283—289 页。

① 位于德法边境的一座山。

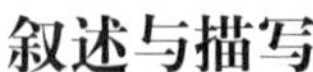

叙述与描写

——为讨论自然主义和形式主义而作(节译,1936)

作者 [匈牙利]乔治·卢卡契

译者 刘半九

彻底就是从根本上掌握事物。

而人的根本就是人的本身。

——马克思

一

让我们开门见山吧!在左拉的《娜娜》和托尔斯泰的《安娜·卡列尼娜》这两部著名的近代小说中,都写了一场赛马。这两位作家是怎样对待他们的课题的呢?

左拉描写这场赛马,是他的艺术造诣的光辉例证。凡是在一场赛马中可能出现的一切,都被精细地、形象地、感性地、生动地描写到了。左拉的描写可以说是现代赛马业的一篇小小的专论:赛马的一切方面,从马鞍直到结局,都同样无微不至地加以描写了。观众席像第二帝国时代的巴黎时装表演一样的五光十色。连幕后的世界也描写得十分精细,并按照它的一般关系加以表现:赛马以一场意外结局而告终,而左拉不但描写了这场结局,并且揭露了作为这场结局之基础的圈套。但是,这种精妙的描写在小说本身中只是一种"穿插"。赛马这件事同整个情节只有很松懈的联系,而且很容易从中抽出来——唯一的关系在于娜娜的许多逢场作戏的客人之一毁于被揭发的圈套之中。

同主题的另一种联系就更加松懈了，一般说就不再是情节的一部分——但正因如此，就写作方式而言，就更有特色了。引起意外结局的获胜的马匹也叫作娜娜。而且，左拉没有忽略强调这个松懈而偶然的巧合。上流妓女娜娜同名者的胜利，正象征了她在巴黎上流和下流社会的胜利。

在《安娜·卡列尼娜》中，赛马却是一篇宏伟戏剧的关节。渥伦斯奇的堕马意味着安娜生活中的突变。就在赛马之前，她知道自己怀孕了，经过痛苦的踌躇，她把这件事告诉了渥伦斯奇。渥伦斯奇的堕马所招致的震动，引起了她同她丈夫的决定性的谈话。小说中主要人物的全部关系通过这场赛马进入了一个崭新的阶段。这场赛马因此绝不是什么“譬喻”，而是一系列真正戏剧性的场景，是整个情节的关键。

这些场景在这两部小说中的完全不同的任务，反映在整个描述过程中。左拉笔下的赛马是从旁观者的角度来写的，而托尔斯泰笔下的赛马却是从参与者的角度来叙述的。

……

受过“时髦”教育的读者或作家可能在这一点上提出异议：就算这里存在着两种不同的写作方法吧，难道不正是因为骑赛同主要人物的重大命运相联系着，赛马本身对于这场戏剧的结局便成为一个偶然的机会吗？而且，难道左拉的这段描写所有的首尾一贯的、像专论的有声有色的完整性，不正给一个社会现象作出了正确的描绘吗？

不过，我们要问：在艺术表现的意义上，什么东西是偶然的呢？没有偶然性的因素，一切都是死板而抽象的。没有一个作家能够塑造出活生生的事物，如果他完全避免了偶然性。另一方面，他又在创作过程中必须超脱粗野的赤裸的、偶然性，必须把偶然性扬弃在必然性之中。

……

我们且拿左拉的同一本小说中关于剧院的描写来同巴尔扎克的《幻灭》中的剧院描写比较一下。左拉的小说由此开场的初次演出，决定了娜娜的生涯。巴尔扎克所写的初演却意味着吕西安·德·吕庞泼莱生涯中的一个转折点，他从一个无名诗人变成了一个走运的肆无忌惮的新闻记者。

在左拉笔下，剧院又是以最严谨的完整性来描写的。当然，这次只是从观众席开始的。凡是在观众席、休息厅、包厢中发生的一切，凡是从这些地方所见到的舞台上的情况，都以一种令人目眩的写作技巧描写出来了。而左拉追求专论式的完整性的热忱并不以此为满足。他还拿出小说的另一章来描写舞台上所见到的剧院,演出和休息过程中的换景、换装等等都得到同样精细的描写。而且,为了使这些画面更加完整,在第三章中还同样严谨、同样灿烂地描写了一幕戏的预演。

这种客观的、资料式的完整性在巴尔扎克的作品中是没有的。剧院、演出对于他来说,只是人们的下列内心戏剧的舞台:吕西安的发迹、高拉莉的演员生涯、吕西安和高拉莉的热恋的产生、吕西安同他以前的大丹士周围的朋友们以及他现在的保护人罗斯多的未来的冲突、他对巴日东夫人的复仇活动的开端,等等。

但是,在所有这些直接或间接地同剧院相联系的斗争和冲突中,又表现了什么呢?表现了资本主义制度下的剧院的命运:剧院对于资本、对于新闻业(它也从属于资本主义)的多方面的复杂的从属关系;剧院和文学、新闻业和文学的相互关系;女演员的生活同公开的和秘密的卖淫场所发生的关系的资本主义性。

这些社会问题在左拉的作品中也未尝没有。但是,它们只是作为事实,作为事件,作为发展的"渣滓"而被描写的。左拉的剧院导演不断地重复着:"别叫什么'剧院',叫'妓院'好了。"但是,巴尔扎克却要表现出,资本主义制度下的剧院是怎样被变成了妓院的。主角的戏剧在这里同时是他们从中进行合作的社会机构的戏剧,他们借以生活的事物的戏剧,他们从事斗争的舞台的戏剧,使他们的关系得以表现并由此得以斡旋的各种事件的戏剧。

……

在司各特、巴尔扎克或托尔斯泰的作品中,我们熟悉的许多事件,它们之所以有意义,是由于参与其中的人物的命运,由于这些人物在扩展个人生活的同时对于社会生活所具有的意义。我们是小说人物所参与的那些事件的观众。我们在体验这些事件。

在福楼拜和左拉的作品中,人物本身只是一些偶然事件的多少有点关系的旁观者。所以,这些偶然事件对于读者就变成一幅图画,或者不如说,是一批图画。我们在观察这些图画。

二

……

巴尔扎克、司汤达、狄更斯、托尔斯泰所写的是在严重危机中最后形成的资产阶级社会。他们描绘这个社会得以产生的复杂的规律性，描绘从衰败的旧社会到兴起的新社会的多样而曲折的过渡。他们本人都积极参与过这个产生过程的危机四伏的过渡。当然，是按照完全不同的方式。歌德、司汤达、托尔斯泰都参加了可以称之为革命的产婆的战争；巴尔扎克则是新生的法国资本主义的狂热投机事业的参与者和牺牲品；歌德和司汤达还参加过行政管理；托尔斯泰作为大地主，作为社会机关（户口调查局、赈灾委员会）的活跃分子，经历了最重要的变革事件。他们在这一方面，同时也在生活方式上，乃是文艺复兴时期和启蒙时期的古老作家、艺术家和学者们的后继者：那些古人都积极地、多方面地参与了当时伟大的社会斗争，他们由于有了多方面的丰富生活经验才成为作家。他们还不是资本主义分工意义上的“专家”。

福楼拜和左拉则不然。他们是在1848年革命以后，在业已组织就绪的资产阶级社会中开始创作的。他们并没有积极参与这个社会的生活；他们也不想参与。过渡时期的一代著名艺术家的悲剧就表现在拒绝参与资产阶级社会生活这一点上。因为这种拒绝态度首先是由于反对立场决定的。它表现了对他们当时的政治、社会制度的憎恨、厌恶和轻蔑。经历过这个时期的社会发展的人们，已经变成资本主义的没有灵魂、说谎成性的辩护者。福楼拜和左拉却太伟大、太诚实了，他们绝不屑于这样。所以，他们只能选择孤立这一条道路，来解决他们处境的可悲的矛盾。他们变成资本主义社会的批判的观察者。但是，他们同时也就成为职业作家、资本主义分工意义上的作家。书籍完全变成了商品，作家变成了这种商品的出售者，如果他不是凑巧天生是个食利者的话。在巴尔扎克的作品中，我们还看见文化领域里原始积累的阴郁的庄严气象。歌德或托尔斯泰面临这个现象，仍然处于地主老爷的地位，他们并不专门依靠笔耕为生。福楼拜则自愿避世修行，而左拉为物质困苦所迫，已只是资本主义分工意义上的作家了。

表现现实的新风格、新方法，尽管总是同过去的形式和风格相联系，却从不是从艺术形式所固有的辩证法产生的。每种新风格都带着社会的历史的必然性，从生活中产生，它是社会发展的必然结果。但是，承认这种必然性、艺术风格得以产生的必然性，并不使得这些风格在艺术上具有同等价值或同等品级。必然性也可能是在艺术上虚伪、歪曲和低劣的必然性。体验或观察因此是资本主义两个时期的作家们对于社会的必然态度，叙述或描写则是这两个时期基本的写作方法。

为了格外鲜明地表现这两种方法的矛盾，我想把歌德和左拉关于观察和创作的关系的两段说明对比一下。歌德说过："我从没有出于诗的目的观察过自然。但是，因为我过去画过风景画，后来又从事过自然科学的研究，使我不断地、细致地观察自然现象，所以我渐渐熟知自然，直到它的细枝末节，所以当我作为诗人需要什么素材的时候，总是感到得心应手，而且不容易陷于错误。"左拉也非常清楚地谈过他作为作家对待事物的态度："一个自然主义小说家想写一部关于剧院生活的小说。他是从这个一般概念出发的，即还没有掌握一件事实或一个形象。关于他所想描写的这个世界，他可能知道点什么，他首先操心的是，要为此收集和记录有关材料。他认识了这个演员，出席了那次演出……然后他将同深通此道的内行谈话，他将核对各种话语、轶事、肖像。这还不是一切。他还将阅读书面文献。最后，他将亲临现场，在一个剧院里度过若干天，来习知一切细枝末节；将在一个女演员的包厢里度过他的夜晚；将尽可能领略这里的气氛。一旦这些材料搜集完备，他的小说就自然而然地告成了。小说家只得合乎逻辑地支配事实……千万不要追求情节的新奇；正相反，情节越平淡、越普通，便越有典型性。"（重点是我加的——乔·卢。）

这是两种根本不同的风格。两种根本不同的对现实的态度。

三

……

福楼拜和左拉以主观思想和创作意图而论，当然不是资本主义的辩护士。但是，他们都是时代的儿子，而且正是这样，便在世界观上深为那个时代的见解所影响；特别是左拉，资产阶级社会学的错误偏见决定性地影响了他的作品。所以，在左拉的作品中，生活几乎是毫无层次地发展着，只要他认为这在社会意义上是正常的。于是，人们所有的生活表现都是社会环境的正常产物。但是，也还有一些完全不同、完全异质的力量在起作用。例如遗传，它以宿命论的规律性在人们的思想感情中起着作用，并促成一些打断“正常的”生活之流的灾变。试想一下《萌芽》中的艾蒂安·朗蒂埃的酒癖，它招致了各种突然的发作和灾变，这些发作和灾变同艾蒂安平常的性格毫无有机联系，而且左拉也根本没有想到要表现这种联系。在《金钱》中萨加尔的儿子所引起的灾变，也是同样的情况。在他所有的作品中，环境的正常的毫无层次变化的规律性，同突然的遗传灾变漠不相关地对立着。

显然，这里不是谈怎样正确而深刻地反映客观现实，而是谈由于辩护士的偏见影响了这个时期作家的世界观，使得客观现实的规律性遭到简单化的歪曲。要真正认识社会发展的各种推动力，要对这些推动力在人的生活中的作用进行公正的、正确的、深刻而全面的文艺反映，必须以运动的形式来表现，这种运动才揭示出正常事件和例外事件的合乎规律的统一。

……

左拉非常尖锐地谴责司汤达和巴尔扎克中例外事物的形象“不近人情”。他就是这样评说《红与黑》中的爱情描写的：“这完全抛弃了日常生活的真实、我们所接触到的真实；我们读心理学家司汤达的作品，就跟读故事家大仲马的作品一样，恍如置身于一个异常境界。从严格真实的观点来说，于连和达达尼安一样使我惊讶不止。”

四

叙述要分清主次，描写则抹煞差别。

……

描写把一切摆在眼前。叙述的对象是往事。描写的对象是眼前见到的一切，而空间的现场性把人和事变得具有时间的现场性。但是，这是一种虚假的现场性，不是戏剧中的直接行动的现场性。现代的伟大的叙事作品正是通过所有事件在过去的前后一贯的变化，把这个戏剧因素引入了小说的形式。然而，旁观的从事描写的作家的现场性恰恰是这种戏剧性的反面。他们描写状态、静止的东西、呆滞的东西、人的心灵状态或者事物的消极存在、情绪或者静物。

艺术表现就这样堕落为浮世绘。叙事诗应有所选择这个自然的原则消失了。一个人的某一种心灵状态,就其本身而论——如果对于他的本质活动不相干的话——就同其他心灵状态一样的重要或者不重要。而这种不分轩轾的现象在物体方面表现得尤为明显。

……回忆一下托尔斯泰的《安娜·卡列尼娜》的赛马场面的两次叙述吧。不妨再想想,托尔斯泰在《复活》中以怎样的艺术手段一桩桩地叙述聂赫留道夫和玛丝洛娃的经历,有时澄清了过去的某一件事,便意味着在情节上前进了一步。

描写则把人降低到死物的水平。叙事结构的基础正因此而消失。从事描写的作家是从物件开始创作的。我们已经了解左拉关于作家完成一个主题的想法。他的小说的中心点就是事实的复合,如金钱、矿山等。这种创作方法便决定了,事实复合体的按照事态划分的不同现象将构成小说的个别章节。例如,我们已经在《娜娜》中看到,在某一章中剧院是从观众席来描写的,在另一章中是从舞台侧面来描写的。人的生活、主人公的命运不过是把这些客观上不可分割的形象复合体捆缚起来、串连起来的一根松弛的线索。

这种虚假的客观性是和一种同样虚假的主观性相对应的。因为,如果把生活的顺序排列变成创作原则,如果小说是根据一个人的孤立的、被抒情地理解的、被加在自己身上的主观性写出来的,那么从叙事性关联的观点来说,收获是不会很多的。主观情调的连续排列,像偶像化的事件复合体的连续排列一样,都产生不出一个叙事性的关联——尽管它们都可以被夸张成为象征。在这两种情况下,只产生出这样一些个别图像,它们在艺术意义上彼此毫无联系,就像博物馆里挂的那些画像一样。

在叙事作品中,如果没有人物的充满斗争的相互关系,没有人物在真实情节中的考验,那么一切便只有诉诸偶然,任凭作者随意处理了。再怎样精致的心理学,再怎样装扮成科学模样的社会学,都不能在这个混沌体中创造出一个真正的叙事性的关联来。

通过描写而产生的齐一化,在这类小说中把一切变成了陪衬。

五

可是，题材的紧张生命呢？事物的诗意呢？这种描写的文艺真实性呢？自然主义方法的崇拜者们向我们提出了这样一些问题。

要回答这些问题，必须推究到叙事艺术的基本问题上去，事物何以在叙事作品中成为诗意的呢？难道尽可能熟练而精确地描写一个现象的细节，例如剧院、货摊、交易所等等的细节，果真能反映出剧院或者交易所的诗意吗？我们对此不能不表示怀疑。包厢和乐队，舞台和正厅，后台和衣帽间，本身都是死的、无兴味的、完全非诗意的题材。即使它们充满了人物形象，但如果这些形象的人的命运不能从艺术上感动我们，它们仍然是非诗意的。剧院或者交易所是人类各种追求的交叉点，是人类充满斗争的相互关系的舞台的战场。只有在这方面，只有当剧院或交易所涉及人的命运时，当它们对于具体的人的命运表现为不可缺少的具体的媒介时，它们才带着这种媒介作用，通过这种媒介作用，在艺术上变得重要起来，变得富有诗意。

一种脱离人、脱离人的命运而独立的“事物的诗意”，在文学中是没有的。而且，被吹得天花乱坠的描写上的完备、技术细节上的真实，到底能不能真实地显示被描写的物体，还是很成问题的。每件事物，如果它在一个具有艺术感染力的人物的重要情节里起着一种实际作用，那么当这种情节被正确地叙述出来的时候，它便会变得具有诗的意义。只要回忆一下《鲁滨逊漂流记》中，从破船里搜集到的那些工具具有何等深刻的诗意，就够了。

我们再拿左拉作品中任何一段描写来比较。例如，《娜娜》中一个后台场面：

> 一面经过涂绘的幕布垂下来了。这是第三幕的布景：埃特纳火山的洞窟。一些布景工人把竿子插进活门里去。另一些工人拿来一些活动布景，在上面钻了孔，再用粗绳把它们绑在竿子上。照明工人在背景后面安了一个探照灯，它的光焰通过一个红色镜头燃烧着：这就是火山喷火口的熊熊火光。整个舞台乱七八糟，陷于一种似乎不可开交的骚乱之中，但是每一个细微的活动都是必需的，每一样操作

都是安排好了的。在这场忙乱之中，提词人闲散地用碎步走来走去，以便活动活动他的腿。

谁能从这样的描写里得到什么呢？原来对剧院一无所知的人，从中得不出任何真实的概念。反之，对于剧院的内行们，这样的描写也没有提供什么新东西。这种描写从文艺创作上来说，完全是多余的。但是，追求更大的事物方面的“真实性”，却包含着一个对于小说十分危险的倾向。我们根本不需要多少关于马匹的知识，就能够重新体验渥伦斯奇赛马中的戏剧性。但是，自然主义作家们却利用他们的术语，努力追求越来越大的专家式的“真实”，他们越来越多地使用他们正在描写的那个行业的行话。因此，就像左拉用专家术语来谈“活动布景”一样，画室则尽可能用画家的语言来描写，工场就用五金工人的语言来描写。于是，产生了一种专家文学、文人文学，这些专家、文人才能评价和鉴赏作者把这些专门知识辛辛苦苦地变成文学作品、把各种切口纳入了文学语言。龚古尔兄弟曾经最清楚地、也是最荒谬地宣布了这个倾向。他们这样写道：“那些只有艺术家才懂得它们的美的艺术作品，都是失败之作……这是一般人所能说的最大的蠢话之一。它出自达朗贝尔之口……”这两位自然主义奠基人在攻击这位伟大的启蒙学者的深刻真理的同时，无条件地承认自己是“为艺术而艺术的”画室艺术的信徒。

……

描写不但根本提供不出事物的真正的诗意，而且把人变成了状态，变成了静物画的组成部分。人的特征平列地存在着，并且按照这种平列方式加以描写，而没有使它们相互渗透，从而在它们最歧异的表现中、最矛盾的行动中证实个人性格的生动的统一。外在世界的虚伪的广阔性，正是同性格表现上的模式化的狭窄性相适应的。人显得是现成的，是千差万别的社会要素和自然要素的“产物”。社会规定和人的心理、生理特征相互交错这个深刻的社会真实永远地消失了。泰纳和左拉惊叹巴尔扎克关于人物于洛身上的性爱的描写。但是，他们只看到了一种偏执狂的医学和病理学的描写。至于于洛的性爱和他的拿破仑时代的将军生涯之间关系的深刻表现（巴尔扎克还特别拿七月王朝的典型代表克雷瓦尔的性爱来对照，借以突出这种联系），他们却一点也没有看到。

为了这个目的而以观察为基础的描写必然是肤浅的。在自然主义作家中间，左拉肯定是以最严谨的态度从事写作的，而且试图尽可能认真地研究他的题材。但是，他所写的人物的命运，有许多恰巧在关键上是肤浅和虚伪的。我们只谈谈拉法格所举的几个例子。左拉把建筑工人古波的酗酒归罪于失业，而拉法格却指出，左拉在《金钱》中把甘德曼和萨加尔之间的对立肤浅地归之于犹太教和基督教的对立。实际上，左拉试图反映的斗争正发生在旧式资本主义和新型的投资银行之间。

描写的方法是非人的。如上所述，这个方法表现在把人变成静物画这一点上，这不过是非人性在艺术上的标志。其实，非人性还表现在这个流派的重要代表的世界观和艺术观上。左拉的女儿曾经在自传中谈到她的父亲对于《萌芽》所表示的如下意见："左拉接受了勒梅特尔的定义，'一篇表现人身上的动物性的悲观的史诗'，但是有个条件，必须把'动物性'的概念确切地规定下来"；他给这位批评家写道："按照您的意见，人之所以为人在于脑筋；我却认为，其他器官也扮演了重要角色。"

我们知道，左拉之所以强调动物性，乃是对于他所不理解的资本主义兽性的抗议。但是，这种缺乏理解力的抗议在文学形象身上却变成非人性、动物性的一种定影了。

观察和描写的方法，是随着使文学科学化、把文学变成一门应用的自然科学、变成一门社会学的观点一同产生的。但是，通过观察来把握、通过描写来表现的种种社会因素，是如此贫弱、如此稀薄而又图式化，很快、很容易就变成了它们的极端对立面，变成了彻底的主观主义。接着，帝国主义时期的种种自然主义和形式主义流派，便从自然主义的奠基人那里接受了这份遗产。

七

但是，这种斗争就是在苏联也远没有终结。我们看到不平衡的发展所引起的一种非常有趣，但却相当让我们作家脸红的对照……我们的苏联文学还没有完全克服没落资产阶级传统的有碍其发展的残余。

是的，我们的文学甚至还没有完全走上真正克服这些残余的道路。作家协会关于自然主义和形式主义的讨论最清楚地表明：苏联文学如今走了多么短的一条道路。尽管《真理报》的文章写得十分明确，讨论几乎没有触及自然主义和形式主义的原则性问题。奥列霞认为乔伊斯在形式上比马克西姆·高尔基更有趣,这就显著地表明:迄今很少有作家能够清楚形式问题,他们拘于晚期资产阶级传统和波格丹诺夫传统,一直把形式同技巧混为一谈。至于形式问题同世界观的深化、同在世界观领域内资产阶级残余的清算等问题的关系,则一般几乎无从谈起;如果谈到,那也是出之于一种庸俗化的态度,只能把问题搞得更混乱,例如有人就把自然主义和形式主义直接看作敌视苏维埃政权的政治倾向。这样,我们就有理由提出这个问题:我们对于 1848 年以后资产阶级文学的纯粹观察和描写的方法所作的那种批评,是不是也适用于一部分苏联文学呢?可惜我们不得不作出肯定的回答。

试想一下我们大多数小说的结构吧。它们大都属于左拉式文献小说意义上的客观材料类——即使用更现代化的"最新技巧的成果"装饰起来,也一点不能改变这个基本事实。它们首先不是表现人的命运,不是表现以事物为媒介的人与人之间的关系,而是提出一篇篇关于集体农庄、工厂等等的专论。人物大都只是作为一些"附属品",作为图解客观事物关系的材料。

当然,这里起作用的不仅是自然主义的传统。我们已在前文中指明:自然主义必然转化为形式主义的企图(象征)。但是,我们还须补充:同自然主义相对立的形式主义企图,在世界观方面却同自然主义一样,对于所有重大问题都采取同样浅薄的立场。人与社会的关系,个体与集体的关系在表现主义和未来主义中,至少像在自然主义中一样被歪曲、被抽象化和偶像化了。大战以后帝国主义时期的伪现实主义潮流,穷极无聊地复活文献式文学的"新事实派",乃是一种比旧自然主义更有害的遗产。因为事物对于人的主宰,在这些更新式的形式主义和伪现实主义倾向中,也许显示得更露骨、更卑鄙、更无人性。

……

我们的小说之所以单调,正与此有关。大多数作品刚一开始读,就可以了解其中的整个过程:一个工厂潜伏着暗害分子;那里发生了可怕的混乱,最后党小组或者"格别乌"破获了暗害分子的巢穴,于是生产兴旺起来;或者,由于富农怠工,集体农庄不能工作,接着农庄的工人或者机耕站打破了富农的怠工,于是我们看到集体农庄的飞跃发展。

不言而喻,这是一个发展阶段的本身带有典型性的素材,而且我们一点也不是反对许多作家来写这些素材。恰恰相反，许多作家把一个在社会意义上多少正确的主题说明同一个故事情节的创造混为一谈，正表明了文学修养的低下水平。作家的本分工作，即情节的创造和安排，毋宁说应当从大多数作家认为自己作品已经完成的地方开始。把主题同故事情节混为一谈这个事实，或者不如说，把属于主题的一切事物加以素材上完整无缺的描写，以代替故事情节这个事实，正是自然主义的主要遗产。

……

这类小说的结构同左拉自然主义作品一样是图式化的——只是征兆相反罢了。左拉派的作品揭露了资本主义事物复合体的空虚性，并且指出交易所和银行的灿烂光辉后面隐藏着多少卑劣的行为。而在一些苏联作家的作品中，征兆则是相反的：被隐藏和被压抑的正确原则到最后才取得胜利。但是，在两种情况下，写作方法都是抽象化和图式化的。作家并没有把在社会——历史上的正确的东西令人信服地表现出来。

……

我们已经说过：自然主义和形式主义缩小了资本主义现实，把它的可怕情景描绘得比实际上脆弱得多，琐细得多。自然主义和形式主义的残余，观察和描写的方法同样地缩小了人类最伟大的革命的变革过程，使它变得表面化了。

编后记

乔治·卢卡契（1885—1971），是匈牙利的马克思主义理论家和文艺批评家，他对左拉和自然主义的评论，在世界上产生了深远的影响，其中有对现实主义和自然主义的合理分析，也有把自然主义视为颓废的现代艺术的错误观点。因《叙述与描写》篇幅太长，这里主要节选了与左拉和自然主义有关的段落。

本文选自卢卡契：《叙述与描写——为讨论自然主义和形式主义而作》，刘半九译，载《卢卡契文学论文集》，第1卷，中国社会科学出版社，1980年，第38—70页。

左拉诞生百年纪念（1940）

作者 ［匈牙利］乔治·卢卡契
译者 刘半九

小说家埃米尔·左拉是法国第二帝国时期“私生活的历史家”，正像巴尔扎克是王政复辟和七月王朝时期“私生活的历史家”一样。左拉本人从来没有否认过这种继承关系。他总是竭力反对那种认为他发明了一种新的艺术形式的臆说，始终把自己看作19世纪的两位伟大的现实主义作家——巴尔扎克和斯丹达尔——的继承者和追随者。在这两个人中，他认为斯丹达尔是19世纪文学与18世纪文学的连结人。当然，像左拉这样一位杰出和富于独创性的作家，不可能把他的文学前辈单纯地看作师法的模范；他钦佩巴尔扎克和斯丹达尔，但依然强有力地批评了他们；他竭力排除他认为他们作品中的那些已经死去和陈旧的东西，详细拟定了一些对现实主义进一步发展能起丰富多彩影响的创作方法的原则。（这儿应该说一说，左拉是从来不谈现实主义，而总是谈自然主义的。）

可是，现实主义这种进一步发展，走了一条远比左拉本人所设想的要错综复杂得多的道路。在巴尔扎克和左拉之间，隔着1848年6月的血腥日子，工人阶级的第一次独立的行动，这个行动在法国资产阶级的思想意识上留下了如此难忘的印象，从此以后资产阶级的思想意识在法国有很长一个时期都没有再扮演过进步的角色。意识形态渐渐变成可以变通的东西，发展成资产者单纯的辩解词了。

然而，左拉本人却从来没有卑躬屈膝地成为资产阶级社会秩序的辩解者。相反，他先在文学的领域里，后来又公开地在政治的领域里，对法国资本主义的反动发展进行了英勇的战斗。在他的一生中，他越来越接近社会主义（虽然他永远也不过是傅立叶的乌托邦主义的一种更苍白的翻版，而又缺乏傅立叶对社会所作的光辉的辩证的批判）。不过，他的思想、他的原则和他的创作方法，都深深地沾染了他的本阶级的思想意识，尽管他对社会批判的自觉的尖锐从来都没有钝化过，相反，这种批判还要比天主教的保皇主义者巴尔扎克的批判有力得多和进步得多。

巴尔扎克和斯丹达尔描写了资产阶级法国从大革命和拿破仑的英雄时期向浪漫化了的伪善腐败的复辟时期与连伪善也不再装的卑俗污秽的七月王朝时期的可怕的转变过程，他们生活在这样一个社会里，在这个社会中，资产阶级和工人阶级的对抗还没有成为明显可见的社会环绕着它前进的轴心。因此巴尔扎克和斯丹达尔能够一直挖到资产阶级社会固有的种种最尖锐的矛盾的根子，而生活在 1848 年以后的那些作家却做不到这一点：这种直言无讳，这种尖锐批评，必然会驱使他们断绝与他们本阶级的联系。

就连真心进步的左拉，也做不到这样一种决裂。

反映在他的方法论概念中的，反映在他对巴尔扎克的否定中的，正是这种态度。他认为巴尔扎克在暴露资本主义矛盾时天生地爱用辩证法和热心于作预言是浪漫主义的和“非科学的”，而他，左拉，却用一种“科学的”方法去代替它，在这种方法中，社会是被设想为一个和谐的实体，对社会所作的批评只是作为一种抵抗侵袭社会肌体的疾病的斗争、一种抵抗资本主义“不良之点”的斗争而提出来的。

左拉说：“社会的运转和生命的运转是相同的：在社会中，就像在人体中一样，不同的器官有一种连带关系把它们彼此联成这种样子，如果一个器官化了脓，溃烂就会蔓延到别的器官，结果就会形成一种非常复杂的疾病。”

左拉的这种“科学性”使他把人的肌体和人类社会机械地看成同一种东西，当他从这个角度去批评巴尔扎克为《人间喜剧》所写的伟大前言的时候，他倒是很能自圆其说的。巴尔扎克在这篇前言里，作为一个真正的辩证论者，提出了同一个问题：他问若弗罗瓦·圣伊莱尔所发现的种类进化的辩证法则能应用于人类社会到什么程度；但他同时也明确地强调了社会所特有的辩证法则所创造的那些新的范畴。左拉觉得这种想法破坏了方法的“科学一致性”，而巴尔扎克之所以会有这种想法，则归因于他思想上的“浪漫主义的混乱”。接着，作为一种“科学的”答案，左拉用以代替巴尔扎克的观念的，就是那种关于自然和社会的有机统一体的非辩证的概念；消除对抗被认为是社会运动的推动力，“和谐”的原则被认为是社会存在的本质。这样，左拉主观上对社会的最真诚、最勇敢的批判，便被缩进了进步资产阶级的心地狭隘的魔术圈子。在这个原则的基础上，左拉始终如一地贯彻了巴尔扎克和斯丹达尔的创作方法所建立的传统。左拉所以会发现他的年长的朋友和战友福楼拜真正实现了在巴尔扎克身上仅仅只是开始或者还不过是一种意图的一切东西，这绝不是由于偶然，也不是出于他袒护后者的某种个人成见。

左拉谈到《包法利夫人》时写道：“散见在巴尔扎克全部浩瀚著作中的近代小说的公式，在这本四百页的书里被明白地定下了。随之，近代小说的法则，现在也被写定了。”

左拉强调指出，福楼拜的伟大的要素，最主要的是摈除了浪漫主义的特质。“小说的情节只是这样构成的，其中偶然事件被选择出来，并被安排按照某种和谐的发展顺序，依次发生。偶然事件本身都是平平常常的……一切异乎常情的虚构都被排除掉了……故事只是用叙述日常发生的事情的方式，而不是以出奇制胜的方法来展开的。”照左拉的说法，巴尔扎克在他的一些最伟大的作品里，有时也做了这种对日常生活现实主义的描写。“但是，在他能够达到只是从事正确描写这一点以前，有很长一个时期，他一直沉溺于虚构，忘情在追求虚妄的刺激和虚假的壮丽上。”

他继续写道：“小说家，如果接受表现普通生活的一般过程这个基本原则，就必须去掉‘英雄’。我所谓的‘英雄’，是指过度夸大了的人物，木偶化的巨人。这一类胀大的‘英雄’，降低了巴尔扎克的小说，因为他总以为还没有把他们塑造得足够大。”在自然主义的方法中，“艺术的这种夸张和创作中的这种奇思怪想是完全被摒弃了的”，“所有的人都被拉到同一水平，因为容许我们描写真正的超人的机会非常稀少。”

在这儿，我们已经相当清楚地看到左拉据以批评伟大现实主义作家们的遗产的原则。左拉再三讨论了伟大的现实主义作家，特别是巴尔扎克和斯丹达尔，并且经常反复申述同一个基本看法，那就是巴尔扎克和斯丹达尔之所以伟大，是因为他们在自己的作品的许多细节和插曲里忠实地描写了人类的激情，并且为我们关于人类激情的知识提供了十分有趣的记录。可是，照左拉的看法，他们两个人，尤其是斯丹达尔，由于一种错误的浪漫主义而受了损害。关于《红与黑》的结尾和于连·索黑尔，他写道："这完全超出了日常的真实，超出了我们所力求表现的真实；心理学家斯丹达尔，就像小说家大仲马一样，把我们齐颈地投入了罕见的离奇事件中。从严格的真实观点看来，于连·索黑尔引起我惊异的地方跟达达里昂[①]一样多。"左拉把同样的评语用在玛特尔·德·拉·木尔、《巴马修道院》中的所有的角色、巴尔扎克的伏脱冷和许许多多巴尔扎克的别的人物身上。

左拉认为于连和玛特尔之间的全部关系仅仅是智力锻炼和无谓穿凿，两个人物都是通常罕见和人工虚构出来的。他完全没有能够认识到，斯丹达尔如果不构制出这两个绝对超出一般的十分离奇的人物，他就不能把他想要描写的伟大冲突提到典型化的最高水平；只有这样，他才能对王政复辟时期的假冒伪善、口是心非和卑鄙龌龊提出他的批评，并且揭露出这个时期的封建——浪漫主义的思想意识的贪婪无耻和卑鄙下贱的资本主义本质。只有创造了玛特尔这个角色——在这个角色身上，反动的浪漫主义思想意识变成了一片真正的激情，尽管采取的是英雄式的夸大的形式——斯丹达尔才能把小说的情节和具体场景提到这样一个水平，使得这些思想意识和它们的社会基础之间的对比，以及这些思想意识和拿破仑的景仰者于连·索黑尔的平民雅各宾主义之间的对比，都能充分地显示出来。同样，左拉也没有能够认识到，巴尔扎克如果想要使吕西安·德·吕庞泼莱的个人野心的破灭成为王政复辟时期整个统治阶级的悲剧，那就少不了伏脱冷这个大于原型的角色；巴尔扎克完全是靠了这个方法，才能把王政复辟时期垂死社会的整个组织，从策划武装政变的国王到独立谋生的官僚，全部织进这个悲喜剧的。

但是，左拉不可能看到这一点。他谈到巴尔扎克时说："他的想象力，那种基于夸张并要以此为基础重新创造世界的想象力，与其说使我感到兴趣，不如说叫我生气。如果这位伟大的小说家，除了他的这种想象力以外，别的什么也没有，现在他就会仅仅是病理学上的一个病例，我们文学中的一个奇人了。"

照左拉的看法，巴尔扎克的伟大以及他之所以有权被称为不朽是在于这个事实，那就是他是最早的"具有现实感"的人之一。可是，左拉获得这种"现实感"，却是靠首先把资本主义社会的种种巨大矛盾从巴尔扎

① 大仲马《三个火枪手》中的人物。

克的毕生工作中剔除出去。只认可日常生活的表现方法，而在巴尔扎克，表现日常生活只不过是一种手段，用来使矛盾显得更为鲜明，并且给运动中的社会绘出一幅全图，其中一切决定性的和对抗性的因素都应有尽有。

左拉（跟他一道的还有伊波利特·泰纳）居然会怀着最大的敬佩之情谈到了于洛将军，小说《贝姨》中的一个人物，这是最富于特征意义的。但是，他们两个人都只是把他看成一个淫欲无度的人的巧妙画像。不管是左拉也好，泰纳也好，都没有说过一句话来谈到巴尔扎克从于洛的情欲追溯到拿破仑时代的生活情况的艺术手腕；然而，要注意到这一点本来是并不困难的，因为巴尔扎克用克勒凡—— 一个以同样圆熟的技巧描绘出来的人物——作为一种票根，来揭示拿破仑时代的色情狂和路易·波拿巴王朝的色情狂之间的差别。不管是左拉也好，泰纳也好，都没有提到于洛竭力用以弄钱的那些暧昧手段，虽然巴尔扎克在描写这些暧昧手段的时候，给初期的法国殖民政策的丑行和恐怖绘出了一幅大可赞赏的图画。

换句话说，左拉和泰纳两个人都把于洛的色情与其社会基础隔绝开来，从而将一个社会性的病态人物变成了一个精神上的病态人物。从这个角度看去，他们在巴尔扎克和斯丹达尔所创造的社会典型人物身上只能看到“夸大”（那就是浪漫主义），这原是很自然的。

“生活比这要简单些。”左拉在他对于斯丹达尔的一篇评论的结尾说。他就像这样完成了从旧现实主义到新现实主义，从真正的现实主义到自然主义的过渡。这种变化的决定性的社会基础，可以在这个事实中找到，那就是资产阶级的社会发展已经改变了作家的生活方式。作家已经不再参与他的时代的伟大斗争，而退化成公众生活的一个单纯的旁观者和记录者了。左拉了解得非常清楚，巴尔扎克为了能够描写赛查·皮罗多，必须自己破产；他必须从亲身经验中了解巴黎的整个下层社会，才能创造出拉斯蒂涅和高老头这样的人物来。

相形之下，左拉——还有新现实主义真正的建立者福楼拜，甚至在更大的程度上——只不过是他们自己时代社会生活的孤独的观察者和苛刻的评论者罢了。（左拉关于德雷福斯事件所作的英勇的公开斗争来得太晚，而且在他的一生中仅仅是个插曲，没有促使他的创作方法发生什么激烈的变化。）因此，左拉的自然主义的“实验”小说，仅仅是企图寻找一种方法，使得现在已经退化成单纯的观察者的作家能够用它来重新以现实主义的方式掌握现实。自然，左拉永远也没有意识到作家在社会上的这种退化;他的理论和实践来自这种社会存在,但他却永远都不知道。相反,由于他微微有点明白作家在资本主义社会中地位的变化,而他,既然又是自由主义的实证论者,便认为这是一个有利之点,是前进了一步,所以他竟称赞福楼拜的公正无私(其实这并不存在),把它看作作家性格的一种新的特征。拉法格遵循着马克思和恩格斯的传统,严厉地批评了左拉的创作方法,并且拿它和巴尔扎克的创作方法作了对比,十分清楚地看出左拉跟他时代的社会生活是隔绝的。拉法格把左拉对待现实的态度说成类似新闻记者对待现实的态度,这是完全符合左拉本人关于正确的文学创作方法的纲领性声明的。

在这些声明中,我们只引一个。他在这里面表达了他对于一本优秀小说的正确概念的见解:"我们的一位自然主义小说家想写一部关于戏剧界的小说。他从这个总的想法出发,还没有故事和人物。他首先关心的是汇总笔记中他对自己要描绘的领域所知道的一切。他认识某个演员,观看过某场演出。这已经是材料,最好的材料,这些材料在他心中已经酝酿成熟。然后,他展开活动,让最知情的人谈情况,搜集词汇、故事和肖像。还不止于此:他随后要参考文字材料,阅读一切对他有用的东西。最后,他要走访各个地点,在一个剧院住上几天,了解最细微的角落,并在女演员化妆室里待上几个晚上,尽可能浸染剧院的环境气氛。一旦材料齐全,正如我上文所说的,他的小说就自动安排妥帖。小说家只消按逻辑将事实分门别类……兴味不再在故事的奇特之中;相反,故事越是平凡和一般,便越有典型性。"

这儿,我们便有了本质上是地道自然主义的、与旧现实主义传统针锋相对的新现实主义;机械的平均代替了典型与个体的辩证的统一;描写和分析替换了史诗式的场面和史诗式的情节。旧式故事的紧张,既是个体同时又是重要阶级意向代表的人与人的合作和冲突——所有这一切都给排除掉了,它们的地位被一些"普通"人物所取代,这些人物的个人特征从艺术家的观点看来只是偶然性的东西(或者,换句话说,对故事中发生的事情不起决定性的影响),而且这些"普通"人物的行动没有章法,不是各行其是,就是完全按杂乱的方式而活动。

左拉只是因为无法始终一贯地墨守他自己的纲领,才得以成为一位伟大作家的。

可是,我们绝不可以假定,左拉代表着恩格斯谈到巴尔扎克时所说的那种"现实主义的胜利"。类似之处不过是表面的,因此这种假定也就是错误的。巴尔扎克大胆地暴露了初生的资本主义社会的矛盾,所以他对现实的观察跟他的政治偏见经常发生冲突。但是,作为一位诚实的艺术家,他总是只描写他所看到、听到和经历到的事情,根本不管他对于自己看到的东西所作的逼真的描写是不是跟他心爱的理想正好相反。"现实主义的胜利",正是从这种矛盾中产生出来的。不过,在另一方面,巴尔扎克的艺术任务也并没有排除对社会现实作广泛和透彻的描写。

左拉的情况却完全不同。在左拉的社会和政治观点与他的作品的社会批判倾向之间,并没有像巴尔扎克的社会和政治观点与他的作品的社会批判倾向之间的那种鸿沟。不错,左拉对于事实和历史发展的观察,确实慢慢地使他激进起来,把他带得更加接近空想社会主义,可是这并没有达到在作家的偏见和现实之间形成一场冲突的程度。

在艺术范围内,对比之下的差别格外明显。左拉的创作方法不仅束缚了左拉本人,而且也束缚了他的整个一代,因为作家处于孤独的观察者地位的结果,阻碍了对生活作任何深邃的现实主义的描写。左拉的"科学"方法总是寻找一般,而这种苍白无力的统计出来的平均数,给伟大的文学宣告了死亡。一切内在矛盾到了这一点都钝化了,伟大的和渺小的、高尚的和卑下的、美丽的和丑陋的,全都是平庸的"产物"。

左拉一生都是一个过于天真的自由主义者,一个过于热烈信仰资产阶级进步的信徒,从来都没有对他自己的非常靠不住的实证主义的"科学"方法抱过任何怀疑。

虽然如此,在艺术上运用他的方法,并不是不经过一番斗争就能完成的。左拉作为一个作家,对于近代生活的伟大(尽管这种伟大是不人道的)是太自觉了,要他不经过一番斗争就任自己陷于灰色单调,那是不可能的,而像他的这种创作方法,如果彻底使用,就会产生灰色单调。左拉对于遍布资本主义社会的邪恶、下贱和反动的势力憎恨和鄙视得太厉害了,要他一直做一个像实证主义——自然主义学说所要求他做的那样一个冷酷的、毫无同情心的"实验者",那是办不到的。

我们已经看到,由此而产生的斗争,是在左拉本人创作方法的框子里斗出一个结果来的。在巴尔扎克身上,彼此交战的是现实和政治偏见,在左拉身上,交战的是创作方法和描写的题材。因此,在左拉身上没有像在巴尔扎克身上的"现实主义的胜利"那样的普遍的突破,作者只是在一些孤立的时刻中和在一些孤立的细节里，为了用真正的现实主义的方式来使他的气质得到自由发展的机会，才打碎了他自己的实证主义的、“科学的”、自然主义教条的锁链。

我们差不多在左拉的每一本小说里都能找到这种突破，因此，在他的每一本比较重要的书中都有大可赞赏的栩栩如生的单个的插曲。但是它们不能渗透整部作品，因为那个学说在每一本书的总的布局里仍然占了上风。于是就造成了这种奇怪的局面，虽然左拉毕生的作品十分广泛，但他却从来没有创造出一个后来成为典型的、众所周知的、几乎可以说是个活人的人物，比如说，像福楼拜作品里的包法利夫妇或者药剂师郝麦这样的人，更别说是像巴尔扎克或是狄更斯这样的人物创作者所给予我们的不朽角色了。

不过，左拉也有一种冲动，想在他的创作中超越自然主义的苍白无力的平均数。因此他才创造了许多怪诞不经的、能使人感动的画面。没有一个读者读到他对于矿井、市场、证券交易商、跑马场、战场或是剧院的大可赞赏的描写，会不留下深刻的印象。也许谁也没有把近代生活的外部装饰，描绘得比他更富于色彩和暗示的意味。

但也仅仅是外部装饰而已。

这些外部装饰构成了一幅巨大的天幕，一群渺小的形迹不定的人在这幅天幕前来来去去，过着他们漫无目的的生活。左拉永远也不能完成真正伟大的现实主义作家巴尔扎克、托尔斯泰或是狄更斯所完成的事业：把社会制度表现为人的关系，把社会上的东西表现为这种关系的媒介物。人和他周围的环境，在左拉所有的作品里，总是截然分开的。

因此，当他一离开自然主义的单调无聊的时候，他立刻就变了形，成了一个讲究装饰和画趣的浪漫主义者，蹈了维克多·雨果的前辙，模仿着他的自封不朽。

这里具有一种奇怪的悲剧因素。

左拉，我们已经看到，他曾经因为巴尔扎克和斯丹达尔的所谓浪漫主义，猛烈地批评过他们，但他为了逃避——至少是部分地——自己的自然主义的种种反艺术的后果，却被迫求助于一种维克多·雨果型的浪漫主义。

有时左拉本人仿佛也感到了这个矛盾。法国自然主义的胜利所产生的那种浪漫主义的、讲究修辞和画意的矫揉造作的文体，跟左拉对于真实的赤诚的爱是不相符合的。作为一个正直的人和诚实的作家,他觉得自己在这一点上有许多可以责备的地方。“我过于是一个时代之子,过深地沉浸在浪漫主义里,简直梦想不到要把自己从某些修辞的偏见中解放出来……少一点人工的造作,多一些坚实的东西——我真希望我们少一点显赫的外表,多一点真实的内容……”

可是,在艺术领域内,他找不到摆脱这个进退两难的困境的出路。相反,他参加争辩越是卖力,他的文体也就变得越是讲究雕琢。

因为摆脱自然主义的单调平凡只有两条出路,这种单调平凡是由于对资本主义的无聊现实只作直接、机械的反映而产生的。作家要么就是(像巴尔扎克那样)成功地揭示出求生斗争的人和社会的意义,并且用艺术手段把它提到更高的水平,否则他就只好(像维克多·雨果那样)运用华丽的辞藻和富于画意的场面,过分地只是强调与描写的事件中的人的意义完全无关的生活外景。

面对着法国自然主义的,正是这种浪漫主义的绝境。左拉(像他以前的福楼拜一样)采取了第二条路,因为他真心实意地反对大革命后的资产阶级的思想意识,因为他讨厌和鄙视他那个时代的赞美假理想和假“伟人”的风尚,因为他下定了决心要毫不留情地暴露这一切。但是,为这样的事进行斗争的最真诚、最真正的决心,并不能弥补创作方法在艺术上的虚假以及由之而产生的描写出来的事物的无机的性质。

歌德在他的老年,已经看到了这种道路的分歧,看到了刚出现的这种新文学的“浪漫主义的”进退两难的困境。在他的晚年,他差不多同时谈到巴尔扎克的《驴皮记》和维克多·雨果的《巴黎圣母院》,关于巴尔扎克的小说,他在日记里写道:“我一直在继续念《驴皮记》……这是最近的文学方法创作出来的一部杰作,其中最卓越的是,带着活力和风趣一会儿谈到不可能的事,一会儿谈到不能忍受的事,成功地一贯运用奇迹般的和万分离奇的心理状态和事件来作为细节的媒介,而这些细节,我们可以给以更多的赞扬。”

换句话说,歌德看得十分清楚:巴尔扎克使用浪漫主义的因素,使用奇形怪状的、异想天开的、离奇古怪的、丑陋的、讽刺性的或者像格言警句式地夸大了的东西,只是为了揭示人类和社会的根本关系。所有这一切,在巴尔扎克仅仅是用来创造一种现实主义的手段——如果说是一种拐弯抹角的手段的话——这种现实主义在吸收生活的种种新的外貌的时候,还会保留下比较古老的伟大文学的一些特质。

歌德关于维克多·雨果的见解，与他对于巴尔扎克的态度，是正好相反的。他写信给蔡尔特说："维克多·雨果的《巴黎圣母院》，以他对于古老的场景、风俗和事件的勤勉的研究迷住了读者，可是人物一点没有天然的活气。他们是一些给人在幕后牵来牵去的没有生命的俗物；他们很巧妙地被人凑在一起，但是用木头和钢做的骨架撑着的只是一些填塞起来的木偶，作者对待它们非常无情，生拉活扯地要他们做些最古怪的姿势，把它们拧来拧去，折磨它们，抽打它们，切开它们的肉体和心灵，然而，因为它们根本没有血肉，所以他能做的只是把做它们的破布扯出来；所有这一切，都是用相当大的历史和修辞的才能和一种生动活泼的想象力来完成的；没有这些能力，他绝不可能制造出这些讨厌的东西……"

当然，左拉不能与维克多·雨果简单地相提并论，虽然雨果也朝着现实主义的方向走了一点点路。《悲惨世界》和《九三年》在性格描写上，无疑都比《巴黎圣母院》表现了一种较高的水平，尽管福楼拜谈到《悲惨世界》的时候生气地说，在巴尔扎克已经写下他的作品的时代，这样一种对社会状况和人的性格的描写是不能允许的。

但是，雨果永远都未能避免他的基本错误——即把人描写成与他们的社会环境无关，也未能避免使他的人物结果带上木偶般的性格。老年歌德对雨果的评价是可以成立的，虽然从所有雨果的小说看来，有点和缓。继承了这个传统的左拉，同样没有能力作深入透彻和令人信服的性格描写。

左拉用自然主义者的依模画样的方法，描绘了普通人的生物学和"心理学"的本质，这一点使他免于像维克多·雨果一样随意对待他的人物。可是，一方面，这个方法给他的性格描写设下了非常狭隘的限制；另一方面，两种矛盾的原则，也就是说，自然主义和讲究修辞隽永的浪漫主义，同样产生了一种他所不能克服的雨果式的人物和环境联系不起来的矛盾。

因此，左拉的命运是 19 世纪文学史上的悲剧之一。左拉是那些杰出的人物之一，他们的才能和人格注定了他们要干最伟大的事情，但是他们受到资本主义的阻碍，不能在一种真正的现实主义艺术中完成他们的使命和明白他们的职责。

这个悲剧性的矛盾在左拉毕生的工作中是很明显的，由于资本主义无法征服左拉这个人,这个矛盾就格外显得明显了。他光明正大地、百折不挠地、毫不妥协地沿着他的路一直走到底。青年时期,他曾经为新的文学艺术勇敢地战斗过(他是马奈和印象主义者的拥护者),在比较成熟的年代,他在德雷福斯事件中又扮演了反对教会和法国参谋部的阴谋的战士的角色。

左拉为进步事业而作的坚决斗争,将比他的许多风行一时的小说活得更久,而且将使他在历史上与伏尔泰齐名。像左拉维护过德雷福斯一样,伏尔泰也维护过卡拉。左拉处在第三共和国的假民主和贪污腐化、处在没有一天不是在背叛法国大革命传统的虚伪的所谓民主主义者的包围中,他作为勇敢的、操守很高的资产者的模范,远远地高出他们一头——尽管他并没有能够了解社会主义的本质——他不曾放弃民主,虽然当时在这种民主后面已经可以听到工人阶级的社会主义要求的呼声。

今天,当法兰西共和国已经成为一种只是掩盖着渴望征服的殖民帝国主义、掩盖对都市工人阶级进行残酷压迫的幌子的时候,我们必须记住这一点。

单是留在我们记忆中的左拉的英勇、高昂的形象,就是对今天统治法国的那些人所代表的所谓“民主”的一种控诉。

编后记

本文选自卢卡契:《左拉诞生百年纪念》,黄星圻译,载《卢卡契文学论文集》,中国社会科学出版社,第 2 卷,1981 年,第 416—429 页。

论左拉（1924）

作者 [苏联]阿纳托利·卢那察尔斯基
译者 陆人豪

人们谈起左拉和左拉的自然主义的时候，常常发生误解：有人说，左拉走到了自然主义的极端，意思是说，他记录现实，缺乏艺术感；有人还说，他的自然主义意味着描绘垃圾坑和人类肮脏的床铺等等。

这些责难是毫无道理的。阿纳托尔·法朗士年轻时曾经发表过一篇充满敌意的文章攻击左拉，也是如此这般地指责他的；但是后来他对左拉表示了崇敬（不错，使他改变态度的是左拉在德雷福斯案件中卓著的社会功勋）。他改变了自己对于左拉的全部看法，不赞成把左拉斥为诲淫作品的作者，并认为，即使在描写肉欲的篇章中，左拉也仍然不失为用心的社会学者和生活的导师。

左拉不同于巴尔扎克的是，做什么都有凭有据。如果他要描写一家大商店，他就很详细地把它调查清楚。他研究有关这家商店的开办情况、店董和顾客情况的材料。巴尔扎克善于根据蛛丝马迹，由自己的想象创造出巨大的画面；可是，左拉却列出总账，搜集大量的材料，调查新闻界和交易所等等。左拉感到自豪的是，他比巴尔扎克更注重调查研究，他是比巴尔扎克更严谨的学者。

然而，他明白，艺术家的力量在于他不是诉诸理智，而是诉诸感情；根据研究过的材料所写的不是专题论文，而是艺术性长篇小说。举例来说，他在小说《巴黎之腹》中描写市场的一角，那里出售各式各样的干酪，法国人喜欢这些香辣的、气味难闻的干酪。他描写干酪渗出水珠，像所有腐烂的东西一样。干酪形同油灰，发出臭味，熏得人透不过气来，苍蝇在那里盘旋，女贩子挺着沾满油腻污斑的肚皮坐着，伙计一普特又一普特地把干酪送来——当他描写这些的时候，这一切都像幻觉一样清晰，你们会看到、听到、闻到、触摸到这一切，而这一切最终化为一种象征。他在《萌芽》中描写矿工生活的时候，既善于传达出工人喝酒的下等酒馆的气氛，又善于再现井下作业的情景和鼎沸的暴怒的人群。这一切描写得异常真实，几乎可以触摸得到。作为一位真正的、名副其实的、而且是唯物主义的艺术家，左拉提供了这种描写的直观性。他描写物，甚至没有顾及人们的心理状态，大概物比人更使他感到兴趣。他懂得，在资产阶级社会，物塑造人，如果说香肠师傅制造香肠，那么香肠也在制造着香肠师傅，这一点他描绘得非常出色。

但是，资产阶级读他的小说简直入了迷。左拉的那些黄颜色的袖珍本数百万册的大量销售，终于使他成了富翁。资产阶级津津乐道于左拉在小说中展示的东西——生活中那些最不堪入目的臭不可闻的方面。资产阶级有时候谴责左拉，说他"拿淫秽小说做生意"，然而仍然购买和阅读左拉的作品，并把它们译成所有的语言。

左拉的两部长篇小说特别受到指控：《娜娜》和《土地》。在《娜娜》中，他淋漓尽致地描写了一个妓女。巴尔扎克有一本令人惊叹的小说《交际花盛衰记》，其中的交际花是一个非常可爱的姑娘，是社会不义的牺牲品。她一步步堕落，在难以忍受而又令人感动的痛苦中死去，被所有的人遗忘。巴尔扎克塑造了一个非常可爱的妓女的形象—— 一个纤丽迷人的、也许在现实中根本不可能有的尤物的形象。娜娜是一个洗衣妇的健壮的女儿，她"染上了时髦风气"，用健康的肉体和一头金发操皮肉生涯。这只"金蝇"喝资产阶级的血，吃他们的心，使他们倾家荡产，腐化堕落，拆散他们的家庭，让他们大出其丑。最后，犹如荒淫生活的人格体现，她病死在自己那张污浊的床上。其时，战争已经开始，街上群众高喊："打到柏林去！打到柏林去！"

若是从刺激性的角度去看待这部包含色情描写的小说，那当然是完全不对的。连左拉也由于从《娜娜》得到大笔的收入而嘲笑说："我的现实主义、我的自然主义让他们喜欢得要命，他们喜欢那些肉体纠缠在一起的场面，喜欢那些不要脸的行为。可是，要知道，这是我要放在他们的社会下面的甘油炸药！"他从青楼妓院方面攻击资产阶级社会，就像从交易所和国家方面，或者像表现法国军事败绩的小说《崩溃》那样，从拿破仑第三的间谍活动方面攻击资产阶级社会一样。

左拉著作的科学性有一个特别吸引人的地方：他是一位社会学者，甚至连巴尔扎克也不如他，这一点也许连他本人都完全没有意识到。在巴尔扎克的作品中，世界尽被那些单个的人物遮住了，而左拉却看到群众——商店、交易所、市场、乡村和人群（人群在他的小说中起着巨大的作用）。在左拉的作品中虽然也冒出单个的人物和单个人的声音，但是他们仍然淹没在群众之中，群众几乎在他的全部小说中无一例外地占据统治地位。左拉是第一个这样写的作家。

长篇小说《土地》是一部极端“不成体统”的作品。当然，这是一部不能让青少年接触的小说；但这是一部伟大的小说。作者在书中对待土地和农民的态度，与莫泊桑是不同的。在左拉的笔下，农民也是这样筋骨壮健，也是这样浑身沾满黏土，也是这样被压得俯向土地，半似人，半似牲口；但是，左拉懂得土地的诗意。黑土散发出芳香；你们可以看到，饱含浆汁的累累果实挂满枝头；你们可以看到，农民用汗水哺育的小麦在扬花抽穗。这些贝尔舍伦马[①]，这些乳房胀鼓鼓的母牛——整个这一份法国富农的殷实的产业，是用一种达到幻想境界的笔力描写出来的。拿笔者来说，我难得有机会在法国农村逗留，却能够根据左拉的小说极其清晰地想象出，那里外观怎样，散发出什么样的气味，人们怎样走路，生活的节奏如何。你们可以看到，这些农民是怎样生活的，他们周围的牲畜在频繁地交配；农民不断地使土地多产，自己也在不断地繁殖。他们过着这种动物式的、精力异常旺盛的、负荷沉重的、丰富多彩的、别具一格的、健康而富有诗意的生活。诗意，尽管小说中的一切描述得那么粗野，也许连动物学家都不至于这样去谈论牲畜的生活，但这部作品实际上却洋溢着诗意。不过，左拉对农民的自私自利的消极方面也是十分清楚的。

左拉揭露议会政治阴谋的长篇小说《卢贡大人》，或者揭露交易所内幕的著名长篇小说《金钱》，都是我们今天能够充分利用的文献，它们是我们在继续与之斗争的资产阶级生活的最鲜明的反映。

但是，左拉作为学者也有消极的一面。他自以为，他像生物学家那样发现了遗传的规律。他认为一个人的性格完全是由父母和祖先决定的。因此，他虚构了一个卢贡-马卡尔家族，叙述这个家族的所有成员，从部长

① 一种法国载重马。

到农民，都表现出病态的淫欲、对暴利的贪婪追逐和过分的、常常变成犯罪的利己主义。左拉几乎完全接受了龙勃罗梭关于个性的解释，即用生理学解剖学来解释个性。他感到十分自豪的是，他是符合龙勃罗梭[①]及其学派的精神的学者，这个学派认为，罪犯就是一种特殊的生物学类型。这是胡说八道。当然，遗传是起作用的，但是应该善于把这个因素与人的个性和社会动机结合起来。我们可以说，遗传是导致犯罪的某种因素，但是犯罪是社会现象。在每一桩罪行中，祸根是社会本身。

德雷福斯案件发生的时候，左拉站在德雷福斯一边。在这之前，他还没有与工人阶级相结合，但是现在他所持的观点也是无产阶级所赞同的。从此以后，他就和工人政党，特别是和它的代言人饶勒斯紧紧团结在一起了。

反动派宣称，德雷福斯背叛了法兰西，因为他是犹太人，而犹太人是什么祖国也没有的。参谋部的一部分军官支持德雷福斯，另一部分则反对他。德雷福斯是个有钱人，又和几个百万富翁有亲戚关系，犹太人中的头面人物为了支持他，花掉了巨额钱财。这场斗争就是在这种状态中进行的。盖德当时就说，工人不应该介入这场斗争；在这件事上，斗争是在犹太资产阶级和天主教资产阶级之间进行的。但是，事实上，德雷福斯是无罪的，据以控告他的文件是伪造的；事实是，在这件事上，天主教徒给予自由思想、公民意识和资产阶级民主共和国以可怕的打击。那些支持饶勒斯观点的社会主义者是正确的，饶勒斯要求工人阶级同那些耶稣会教徒和将军们作斗争。于是，在这个当口，左拉写了《我控诉！》，他了解到在这桩事件中有伪造行为，他以一个正直的人和作家的身份，对文章的指控全盘负责："我控诉某某、某某，从部长们到将军团的成员。"他差一点被杀死。笔者本人当时住在巴黎，我看到成群结队的大学生在街上游行，高喊："去唾左拉的脸！""打死叛徒左拉！"一支不大靠得住的警察值勤分队驻守在左拉的房子四周，因为可以预料到晚上会有人来捣毁左拉的住宅。他被审判，法庭判决将他监禁。但是伪造行为终于被证实了，法庭不得不宣告左拉无罪。他的所作所为是英勇的，不言而喻，欧洲进步人士都认为他的表态使他的名字博得了极大的敬意。

我那时还是一名大学生，我到一家图书馆去借书，那里坐着一位年迈

---

① 龙勃罗梭（1836—1909），意大利资产阶级精神病学家，刑事人类学派的代表人物。

的图书管理员。我和他谈起这个案件，他说："听着，先生！这件事和我有什么关系？他，一个法国作家——他写他的小说；我一个法国图书管理员——我出借我的书。这个德雷福斯有罪还是无罪，与我何干？"我说："好吧，他是作家，您是图书管理员，不过您还是一位公民吧？"图书管理员不以为然地说："这是有害的革命思想。"小资产阶级就抱着这样的见解。

在这些事件之后，左拉打算写《四福音书》。第四部他没有完成，写出了三部：《繁殖》、《劳动》、《正义》[①]。他在书中力求立足于社会主义观点。当然，这些作品并没有使我们十分满意。在他的空想中有许多小市民意识（他的最好的空想也没有超出饶勒斯设想的社会主义）。但是，左拉成为社会主义者这个事实对于我们就非常重要。

遗憾的是，不久他就逝世了。死得很突然，煤气中毒，和妻子在一起。那时他虽然已上了年纪，但还是精力充沛。

编后记

阿纳托利·卢那察尔斯基（1875—1933）是苏联政治家和文艺评论家，他的评论富有特色，对左拉的评价基本上是客观的和肯定的。

本文选自卢那察尔斯基：《论左拉》，陆人豪译，载智量编选：《外国文学名家论名家》，华东师范大学出版社，1985年，第69—75页。

① 此处疑为作者或译者之误。左拉完成的第三部作品是《真理》，在他去世后于1903年出版，没有完成的是第四部《正义》。

亨利·巴比塞论埃米尔·左拉(1932)

作者 [苏联]卢那察尔斯基
译者 蒋路

法国自然主义的伟大奠基人在我们苏维埃国家不能说不受到重视。最好的证据就是这个事实:我国正在马·达·艾亨果尔茨[1]主编下出版一套《左拉文集》,恐怕连法国人自己也没有这样的注解翔实的版本。

左拉在我国有很多读者,也许比任何其他法国作家的读者都多。

但是不能说我们马克思主义评论界已经完全弄清了这个伟大小说家的社会意义和艺术意义,以及他对于苏联文化和文学发展的价值。

有些人并未忽视左拉思想的明显的小资产阶级本质,同时又看到法国小资产阶级知识分子所能够具有的良好倾向在他身上的表现,他们当作他的优点来强调的是:对科学性的追求,隐晦然而坚定的唯物主义,矢忠于现实,在描写社会现象时涉及的范围广大,民主倾向的进步性,向往正义(虽然是模糊的)观念、甚至向往社会主义(虽然是空想的)的总的趋势。

既然对左拉的态度是这样,他就被描画成为一个明确反对资本主义的、越来越习惯于这条路线的作家,一个无疑在引导读者背离现代社会制度、走向近似无产阶级理想的那么一种未来理想的作家。一句话,他是我们的盟友、同路人。他的思想还不明朗,还有大量小市民性的矿渣损害了他的创作的金属,但这一切都由他那巨大的才能、异常的勤勉、在收集材料时的极其诚实的态度和记述材料时的极其鲜明的文笔补偿过来了。

---

① 马·达·艾亨果尔茨(1889—1953),苏联文艺学家、戏剧史家。这套《左拉全集》出版于1925年至1928年,但未出齐。

假使我们认为左拉是导师和领袖，例如有才气的德国作家亨利希·曼现在所做的，或者以豪普特曼、霍尔茨、史拉夫为首的、年轻的德国自然主义派当年所做的一样，那是可笑的。然而当我们要具体细致地理解资产阶级社会，以及制定无产阶级的积极的、辩证的现实主义的时候，左拉无疑有其个别地方值得我们借鉴，看不到这一面也是不合理的。

但是我们某些文艺学家却企图首先“搞臭”左拉，把他推到敌人那边去，证明他具有纯粹资产阶级倾向，总之是“批一儆百”。

在这一点上，我们千百万读者群众的先进队伍里也许至今还有某些摇摆；就这方面说，我们所熟悉的法国优秀共产党员作家亨利·巴比塞的近作[①]如果能尽快用俄文出版，一定会有好处。

以巴比塞同志对他的老师之一左拉所作的评价的实质而论，他是完全正确的。他清清楚楚地知道，作为一个笃信真正的实用科学、实证科学的时代的儿子，左拉比巴尔扎克或福楼拜更自觉地向自己提出一项任务，那便是使文艺通过仿效科学方法的途径，来为客观地认识社会这一目的服务。

虽说由于没有被很好地消化的遗传理论的过分影响，左拉的“科学性”——即使从资产阶级的先进科学的观点看——受到了损害，但巴比塞认为，就认识的角度来说，左拉仍然获得了非常重大的成果：他所提供的资产阶级社会全盛时期各个阶层的广阔的生活画面，是我们在任何一国的文学中都找不到的；它们比得上巴尔扎克的《人间喜剧》这座巍峨的大厦。

不过必须指明，在对于发展中的社会生活的艺术感受上，有才气而又勤勉的左拉未能达到巴尔扎克常常达到的那种天才的敏锐性。这位资产阶级文学中最伟大的现实主义者的这一优越之处，恩格斯曾经强调指出过。

要取得这项成果，除了百折不挠的毅力、无比的勤勉以外，还必须有很大的勇气。于是巴比塞异常生动地叙述了左拉在自己的道路上所战胜的种种困难和迫害。

大家知道，左拉是这样说明艺术的本质的：艺术是透过气质的三棱镜所见到的真正的现实之一角。

---

① 巴比塞的《左拉》一书出版于 1932 年。

这就是左拉的第二个优点：他的气质又热情又充满着创造精神；现实一通过他的三棱镜，便成了显豁、动人、富于说服力的东西。

但是巴比塞也看清了左拉的弱点：左拉的“科学小说”的概念含有不问政治的意思。他绝没有把气质理解为政治信念。左拉觉得政治是一个党派成见或集团利益的问题。这又在很大程度上损害了左拉的勤恳、诚实、才气磅礴的工作所取得的认识方面的成果。他诚实而鲜明地描写了资产阶级骗子和强盗，以及沉重的劳动和难堪的贫困的惨状。可是结论呢？左拉不仅没有为读者、也没有为自己做出结论。

最初左拉抱着狭隘的专家的观点：我的职业是忠实地描写，如此而已。

在德雷福斯案件时期，左拉颇为惊讶地发现，他的愤怒的力量要比他预料的大得多：他英勇地加入斗争，他为正义事业受苦。

然而他完全不了解这个案件的实质是什么：他觉得他在为正义战斗。他没有看出（像巴比塞清楚地看出的那样）这是资产阶级内部两个阶层之间的倾轧：一方是半封建的阶层，另一方是纯资产阶层。当左拉公开打击教权主义（《罗马》和《卢尔德》）、当他阐发他那唯物主义的和空想的《福音书》的时候，他仍然无论如何不能达到对社会动力的正确理解，达到对社会发展进程的革命无产阶级的观点。

不用说，缺乏辩证的态度，缺乏对社会的阶级结构和每个阶级发展趋势的明确理解，用怜悯、教育、技术进步之类的口号来暗中替换斗争的口号，这就不能不使左拉作品的艺术方面也流于虚假。

他既已变得更有“倾向性”，而他的见解又含糊不清，因此他在艺术上只好更软弱无力。

这便是读者读完亨利·巴比塞的书以后得出的结论。

但这本书的可贵不仅在于它的最后结论。还有一点值得庆幸的是，巴比塞写作的时候并没有忘记他自己是一个艺术家：他的全书就是一大套图画。

巴比塞从描述创作初期的左拉入手，从艺术性的具体的描述入手：他的身姿、他的风度、以当时巴黎为背景的他的思想，一个活生生的左拉在你面前成长起来，他受苦、获胜，他把他的命运跟所有最杰出的同时代人、跟那个人才济济的时代的英雄们交错在一起。

同时背景也在变动。成长中的世界都市巴黎车声辚辚，浓烟弥漫，愈来愈显示出它那可怕的力量。

巴比塞顺便绘制了许多侧影：那个世纪的精神生活、艺术生活，通过各种戏剧性场面、论争和事件，在你眼前一一掠过。这是巴比塞一部分是依靠他所引证的文献，一部分则是——不过他绝不杜撰——在炽烈热情的辩论中，直接由他的人物说出各自的信念来。

有些形象刻画得真是叫人忘不了。我没有见过一幅福楼拜、塞尚或于斯曼的肖像，比出自巴比塞手笔的更能给人深刻印象，更加沁透着热情。就连比较粗略的轮廓（龚古尔兄弟、都德等），也为理解他们本人提供了许多新的东西。

巴比塞这部书译成俄文介绍给我国读者之后，大概会引起许多议论，也许还会引起许多争执。但无论如何，它对我们具体的文学研究总是一项可贵的贡献。

编后记

本文选自卢那察尔斯基：《亨利·巴比塞论埃米尔·左拉》，蒋路译，载朱雯等编选：《文学中的自然主义》，上海文艺出版社，1992年，第461—466页。

自然主义评价——兼评左拉（节译，1882）

作者［巴西］席尔维奥·罗梅洛
译者 陈众议

不论是否认浪漫主义的流派，还是贬毁浪漫主义的作家如戈特沙尔与斯温伯恩、苏利-普吕多姆与莫里斯·布肖尔、左拉与都德、科佩与黎世潘，虽然各从其志，各有千秋，但归根结底都是同条共贯，同归一帜——这“条”是时代，这“帜”乃当代文坛上飘扬着的自然主义大旗。

诚如有塔索式的古典浪漫主义，也有卡蒙斯式的古典现实主义，有席勒式的近代浪漫主义，也有歌德式的近代现实主义，自然主义不可以断然理解成对传统模式或浪漫主义的反动。如果说现实主义与理想主义相对，那么自然主义只是同醚化的、病态的、失真的和歇斯底里的浪漫主义相反。它既包括科佩这样的客观主义，也不排斥苏利-普吕多姆那样的主观主义和理想主义。

毋庸讳言，最杰出、最著名的自然主义者是《娜娜》的作者左拉。这是由于他用清晰的逻辑思维将自然主义推向了顶峰，以武士的刚毅性情征服了传统的文学观念，并为自己的新的思想选择了时代的最佳体裁：小说。

这位伟人试图在他的字里行间推翻浪漫主义的大厦，然后在它的废墟上建立起文学艺术的新的宫殿。多少同时代作家为此努力，可达到目的的似乎只有左拉一人。左拉的论点尽管不那么尽善尽美，但命中率很高，而且论据充分。

人们对梅塘作家的最普遍的非议是他的所谓伤风化的描写，尽管他不断声明自然主义的描写方法在于摒弃醚化、失真和空想；尽管他不断证实新的观念在于推行人的生理和心理发展的观察、分析方法；尽管他再三呼吁文学作品应该成为关于人的真实的资料而不是一大堆无稽之谈；尽管他再三强调艺术的目的是诊断和研究，而不是治病……

由他们去吧！

左拉的作品无不以一百倍的力量与事实对他们进行了还击，问题是他们不愿拿去一读。既然他们不肯屈尊，并把时间浪费在无聊而愚顽的攻击上，那么就让我们来迎接左拉。

必须指出，卢贡-马卡尔家族的创建者并非自然主义文学流派的创始人。就批评而言，圣伯夫、谢勒和泰纳在他之前；论创作，巴尔扎克、斯丹达尔、杜朗蒂、福楼拜、龚古尔兄弟和都德是他的先驱。梅塘的家长继承了前人的遗产，青出于蓝而胜于蓝，用自己的描写艺术和批评才能创造了具有鲜明个性的一整套文艺理论。

关于批评，左拉说："它不是给学生批改作业，更不是用修辞和语法的批注玷污经典。"总之，"批评没有修改和教育的任务，它的使命是观察，是阐述，如此而已。"

妙极了。左拉直言不讳地道出了几乎无懈可击的新批评理论，从而结束了专事挑剔语法的、修辞的抑或其他毛病的评论传统。

但是迄今仍有闻名遐迩的诗人、批评家沉溺于说三道四，甚至修改、涂改、篡改他人的作品。幸而这些发生在我们周围，在里约热内卢，若是在巴黎，尖刻的左拉不晓得要怎么讥笑他们呢。

当然，在新的观察批评与传统的教育批评之间存在着折中批评，即文学—科学家的批评。因为用单纯的科学家的眼光观察复杂的文学现象，阐述作家的内心生活、创作灵感和思想倾向，是远远不够的。此外，虽然不能将评判奉为批评的目的，但却必须对事物作出评判；虽然不能玷污经典，但却必须唾骂劣作。

埃米尔·左拉说过，今天人们不再欣赏圣伯夫的诗歌和小说，但依然阅读他的评论。情况属实。据我看，人们对梅塘的勇敢战士将采取同样的态度，只不过他们阅读的是他的小说，而忘却的则是他的评论。尽管左拉敏锐而且有足够的观察才能，但评论毕竟不是左拉的本行。

即便如此，我仍向我们的年轻人推荐左拉的评论。尤其是他关于文学道德的批评理论文章，我建议他们至少读上二十遍。

左拉认定目标就勇猛向前。他的重要文学理论是文学的中立性。对左拉而言，小说家和诗人发现、叙述、记录，到此为止；不应该有主观色彩，更不应该说教。凡此种种都是不易之论，他在创作中一味地身体力行了。

在创作中，他的文学理论具有双重意义：一是唾弃荒唐、病态、紊乱和任意的想象；二是摒弃说教和自作多情。然而在理论上，他没有很好地掌握分寸，超越了这些预定的范畴，有些矫枉过正。譬如他说小说家是个观察家。是的。但他又说：

> 观察家分两种，一种像学者那样观察，另一种像医生那样观察。第一种人崇尚真理，他们研究人时注重人的疾病本身。他们从研究中获得经验，以利于分析。分析是他们唯一的乐趣；第二种人恰好与第一种人相反，他们的兴趣是治疗，哪怕遇到严重的道德疾病，他们也即可为它发明一个治疗方法。他们急于求成，满足于第一次诊断，并根据某种疗法开出处方或食谱，忘却了他们的对象是感情疾病患者，任何药物都无济于事。①

这算不得新发明，而且在很大程度上堪称事实，但左拉推许的是学者风度。

的确，小说家应该成为观察家，但观察家并不意味着不要思想、不要观点、不要目的。二者不是水火不相容的。要知道，人是囚犯，他挣脱枷锁，争取解放的斗争武器是科学和文学。假如不能改造人类社会，科学早因为它的严肃性而变成闲人的奢侈品。同样，假如文学仅仅是为了研究而研究，为了观察而观察，为了积累资料而毫无其他目的地积累资料，势必陷入为艺术而艺术的歧途。

学者式的观察家也罢，作家式的观察家也罢，是观察家就必定有哲学、有世界观、有赋予现实和人类以某种色彩的才能，但所有观察家又必须脱离庸俗的经验主义和愚蠢的理想主义。实用主义固然应当是禁忌，为艺术而艺术也是不可取的。这就是文学的秘诀。它介乎一切现实主义和理想主义之间。

> 艺术犹如法律和语言，一旦产生，便具有了独立存在的意义。它

---

① 左拉：《文学资料》，1881 年，第 28 页。——原注

来自自然，可能是对自然的摹拟，也可能是对自然的改造。如果说最佳的小说内容莫过于人的兽性，最美的宫殿建筑莫过于山上的洞穴，那么最高的艺术境界就不再是欧克里德斯·达库尼亚幻想的什么形式，而是飓风在沙漠上留下的印迹；最好的艺术造型也不再是菲狄亚斯的雕像，而是某一块天然似人的石头。

必须说明，我是个自然主义者，我崇尚真实。正因为如此，我认为左拉的上述理论不够尽善尽美。

文学不仅是自然的产物，也不仅仅是为了描摹环境或摄录外在事物。文学是人的产物，是人的进化、人的审美功能的提高以及人类社会历史发展的产物。人的能动作用是自然和文学的媒介。这不禁使我想起了左拉后来给文学下的定义：

一部文学作品就是以某种性情反映的一个自然的片段。它同一个仅限于观察和对人生作合乎逻辑的研究、分析和注释的作家的文学理论无疑是不相吻合的。它体现了左拉主义的发展和完善，是人与自然、文化与物质的关系在他的创作理论中得到平衡的一个很好的肇端。

此后，左拉日益反对浅尝辄止的和经验主义的自然主义。他说：

文学的真实是不易把握的。作家比不得数学家，说一声“2加2等于4”，充满了自信并可因此而高枕无忧。在文学中，疑问才是永恒的。

这里流派更迭，互相揶揄：古典主义者、浪漫主义者、现实主义者无不声称真理、智慧和艺术在自己一方，使人无所适从。所以我们能够依靠和信任的唯有自然，唯有用自然检验一部作品，看它是否忠实、是否逼真。这一方法简单易行，可以作为衡量一切作品的保险的起点。诚然单凭这一点还不够，因为我们总不至于要求文学成为真正的照片或者把美的桂冠献给最真实的作品。要这样就容易得出错误的结论。文学创作必须发挥人的能动作用，注入人的因素，让不同的头脑对现实作出各不相同的判断。

我曾把文学作品比作以某种性情反映的一个自然的片段。虽然文学不像数学那样精确，但我们拥有批评这个武器，它可以帮助我们，使我们不致在幻想中迷失方向。

……每当我们谈到一部作品，首先应该注意的是它包含着什么样的现实片段；其次是性情可能对这个现实片段的扭曲，而不是评判。作品的确切程度无关紧要，要紧的是人同自然的斗争场景是否壮观，作者反映客体的个性是否鲜明，对生活的观察是否深邃、扭曲是否适度。唯有这些才是衡量天才的标准。法兰西大诗人雨果太手下无情，以致自然从他巨大、变形的双手逃遁，他是世界上最虚假然而也是最有趣的作家；名画家德拉克罗瓦只用红、绿、黄三种颜色观察世界，他的作品因而也很虚假，但同时又不乏奇特的光彩。

我想借这些例子说明，使人感兴趣的并非只有现实本身，我给予人的努力，即人根据自己的观点对自然进行的再创造以适当的地位。表现生活的方式的永恒的变幻正是文学的永恒的魅力所在。古往今来，社会不断发展，文学不断更新，作品不断深化。[①]

瞧，左拉是多么的明智，他很快战胜了自己。

从总体看，这位伟大作家的理论体现了他的超群的直觉能力和对当代艺术的深刻认识。然而他的这番言辞几乎忠实地转述了泰纳《美学》中的第一部分第三章第 36 页至第 41 页[②]。

可见，左拉的文艺思想受泰纳的影响，但不仅仅来自泰纳。它高度概括了改良主义和科学的现实主义，这种现实主义与没有头脑、缺乏才能的蹩脚作家的干巴、空洞的经验主义的现实主义有天壤之别。

在巴西，所谓的现实主义者并不比古典主义者和浪漫主义者高明，甚至可以说还不如他们。古典主义者和浪漫主义者至少有一技之长：他们敢于幻想，富于幻想。而今天我们的现实主义者只是些令人可怜的小丑。他们既不能像左拉那样为写实主义增添光彩，也不能全心全意地投身这一文学运动，因为他们知道模仿，而且模仿得那样笨拙、庸俗。

我不妨开诚布公地说，巴西文坛尚未有真正的现实主义者，更没有左拉主义者。不仅如此，文艺界的头面人物恐怕连巴西流行着什么流派、有

① 左拉：《文学资料》，1881 年，第 263 页。——原注

② 见《美学》，巴黎 1872 年版。——原注

哪些代表作都不甚了了。

这太不应该了！

让我们回到自然主义上来：文学的规律和历史的规律是相似的——不断进化，不断发展。作家对宇宙、对人类的态度既不能是经验主义的、纯粹客观的，也不能是理想主义的纯粹主观的，它必须是辩证的、进化的，既有理想、有抽象，也有自然、有经验。

这是时代的科学观念，我们的文学必须跟上它的步伐。诗人没有进行科学实验的任务，但他必须依靠科学、求助于科学，以免写出荒唐的东西而被人取笑；他勿须验证他的作品是否真实，但必须避免无病呻吟、无的放矢；他不是为了说教而进行观察，而是为了像心理学家、生理学家那样认识、描写人和人的情感；他不应该成为不合时宜的道德家，而应该成为观察家并根据自己的观察创造艺术作品；他和雕塑家一样，从自然出发，又赋予自然以文明、理想和进步的悸动。

编后记

本文选自席尔维奥·罗梅洛：《自然主义评价——兼评左拉》，陈众议译，载柳鸣九主编：《自然主义》，中国社会科学出版社，1988 年，第 554—560 页。

埃米尔·左拉(节译,1914)

作者 [美国] 亨利·詹姆斯
译者 王义国

……

三十年前,有一个有非同寻常的头脑、不屈不挠的精神的青年,想在一部最为精深的作品中,对这些天赋作一番衡量,于是便构思并着手写作《卢贡-马卡尔家族》,而不是从事在物理学、数学、政治学或者经济学中的一项同等的任务。由于他既有耐心又有勇气,他的任务实际上就要结束了……这项高尚的工程,这件毕生的工作,几乎在他踏入成人门槛的时候就被设想出来,进行着,有先天的弱点,也有着令人赞叹、几乎是无法想象的力量。这种力量就存在于这个年轻人的自身——存在于他的性格、意志、激情、战斗的气质、咄咄逼人的双唇(当他坐直了的时候)、宽阔的肩膀,以及妄自尊大的自信之中。他的弱点是生活经验的欠缺,他提出,他不会从这种欠缺中蒙受损失,事实上看起来他蒙受的损失出奇地少,而且我猜测他从未怀疑他曾因此蒙受过损失。这令人感兴趣,在他第一次短暂访问伦敦的时候我曾与他见面——那是在他于德雷福斯受审期间待在英格兰的几年以前——当时我获得了对他的一种直接的印象,这个直接印象比此前的任何研究所提供的信息都多。在此之前的几年,我曾在巴黎与他有些来往,当时这个印象是一种可以感知的诺言,而现在我则是要感知时间是怎样使得这个诺言得以履行。简单地说,这个诺言就是——他在相当大的程度上实现了——在他的生活中,发生在他身上的只有一件事情,那就是写作《卢贡-马卡尔家族》……

有关《真理》,我还会有别的话要说。实际上,作为一种道德上的定论和大厦之巅，《真理》是可能出现的最奇怪的表现之一。它以一种机械的、重要的专门技能被创作出来，却又使得我们询问，何以作者因为平淡无味的观察和感觉，而使用了这么多时间和珍贵的材料，而且何以能够一直处理这么多材料，却并未带来某种更大的主观后果。换句话说，我们确实是揉着眼睛看到，像《卢贡-马卡尔家族》这样的一种伟大的智力冒险，在沙漠里深深的沙子中走到了尽头。这本书确实难读，因为它最终表明，他几乎完全成了那种危险的牺牲品，那种危险曾在很长时间里使他愈来愈举步维艰，那是完全自信而又洋洋得意的匠人所处的危险。话虽如此，但对于想深入下去的读者来说，这本书却又充满了趣味……

我这一代读者们，在仔细阅读了《普拉桑的征服》之后，将会清晰地记得这部小说的出版，以及那种难以名状但又不可抗拒的不祥之兆，在那个总标题中传递出来。这个不祥之兆是那个总标题中的一个首要部分，那个总标题就是《第二帝国时期一个家族的自然史和社会史》……它就像是一个洞穴的洞口，上面悬挂着一个广告牌，更恰当地说，就像市场上的一个大货摊，上面飘动的布幔上写着服务项目。一个又一个奇怪的动物迈步向前，进入光天化日之中，每一个动物都以其自己的方式，成了一个显得愤怒而又有污点的怪物，每一个动物都是那个讲述给我们的“自然史”中的一个稀奇之物，当然，直到《小酒店》问世，我们才似乎看到那个真正的怪物……

《卢贡-马卡尔家族》要处理的事情，几乎总是以群众的形式出现，这部作品成了各种阶级、人群、混乱、运动、产业的画面，这是《卢贡-马卡尔家族》的幸运，又在某种意义上是它的不幸——关于这一点，尝试对它作出说明会是很有趣的。个人的生活，如果说不是完全付诸阙如的话，那也是以粗略而又概括的方式一笔带过。由此我们也就恰恰碰到了那种刚刚提及的奇怪之处，也就是当我们在某个地方留神观察，而且往往是眼巴巴地留神观察，以寻找完美的鉴赏力的时候，我们发现那种完美的鉴赏力并不存在于作者的想象所生产的果实之中，而是在一种完全不同的事物之中……我一本本地拿起这个系列中的书时，对于这种狭隘的局限性是没有什么疑问的……它产生了一种牺牲了细微差别的意象群体的效果，产生了性格和激情成堆或者成吨出现的效果。最充实、最具有特色的情节给我们带来的影响，就像声音洪亮的合唱团或者游行队伍一般，那是许多个嗓音在同时歌唱，众多的脚步在同时踏步。他本人就是让群体行动起来的倡导者，在人群中他的形象最为突出，无论带有什么样的奇特的怪癖、累赘和缺陷，是一个与我们类似的人。我再说一遍，我们必须把他看得非常英勇，他对细节所具有的兴趣，就是他在每个地方与他的问题进行斗争的兴趣。

大体说来，对于人群和游行队伍的感觉，在很大程度上就是这种窘境所带来的结果，是他的规划与他的材料之间比例失调所带来的结果——在某种程度上，也是他的特殊的心境所产生出的一种效果。读者在他身上轻而易举地辨认出来的东西就是坚定的决心、豪情和充沛的精力。他在最大程度上依赖他的文件，贪婪地阅读它们，消化它们，使它们为他提供非同寻常的生活面貌；不过他也以他的方式，像司各特和大仲马那样以宏伟的方式进行即兴创作。我们感到他必须为他的道德世界和社会世界进行即兴创作。如果想象力和机缘必须出现的话，它们也必须从容不迫、毫不匆忙地来到这个世界——必须沉得住气，毫无疑问是或多或少受益于蓝皮书、报道和访问记，受益于“实地”调查，但只要是被这种替代物所取代，就总是会给作品造成损害。想象力和机缘存在于个人的感觉和个人的历史之中，而要使小说显得真实，不会有什么捷径。对于左拉而言，捷径就是不断进行的巧妙实验，这样说并不过分，而且我猜测，他的脍炙人口的粗俗特色，在很大程度上即源于此。他的体系使他不得不粗俗，否则他就要忽视一种对于他的表现非常宝贵的帮助，一种显然他觉得就在手头的帮助，并因此造成损失；对于他面对需要所表现出来的勇气和韧性，我不能不表示坦率的敬意。

归根结底，他总的主题就是人的本性，而在处理人的本性的时候，他显然是拿起了那把琴弦最多的竖琴。他的任务，就是让这些琴弦奏出真实的音乐，而且就他的总体系而言，没有一根琴弦他未曾坚持不懈地尝试过。然而结果是许多琴弦拒不发出乐音——大约有一半，而且我注意到都是嵌金包银、最为华丽的琴弦。它们只会发出虚假的声音，因为（既然他是那样热切，他也一定感觉到了），由于缺乏技巧、练习和鉴赏力，他不能指挥它们发出和谐的声音。因而，在他仍然令人赞叹地倾心于创造幻想时，他应该将自己投身于有效果的那些琴弦上，应该如人们所说，将它们的价值充分地展现出来，还有什么比这一点更为自然的呢？他有充分的理由要把握人的本性，而人的本性又是一种非同寻常的混合物，但重要的是应该把人的本性充分展现出来，从而表明它确确实实、显而易见就是普通的人性……

《小酒店》就是人的本性——但并不是人的更美好的、更高尚的、更干净的或者更有教养的本性；它是人的自由的本能的意象，是人的更好的和更差的本能的意象，更好的本能是尽力在挣扎着、喘息着要获得光明和空气，更差的本能则是使自己在黑暗、无知和贫穷中感到舒适自在……

无论如何，我回想起许久以前的两个相关的场合，那是在巴黎的两个星期天的下午，当时我发现意图问题得到了非常奇特的阐明。有几个文人，他们属于这样一群人，其中每一位要么已经出了名，要么很快就会出名，那几个人聚集在他们当中最出名的人的屋檐之下，在那里畅所欲言，评论当前的作品，交流写作计划和雄心壮志，对一个以前从未有幸看到（起码是文学上的）艺术信念和艺术激情表达得如此系统而又清晰的人来说，那种交流的方式充满了兴味。我记得左拉这么说："我正在写一本书，是对民众的习俗所作的研究，为此我正在搜集语言中的一切'粗话'，民众的词汇充满了这些粗话，民众的日常谈话充满了这些粗话。"他作出这个宣告时的口吻给我留下了深刻的印象——没有虚张声势，不带歉意，而是一个有趣念头，而且他是凭着他的良心工作，确实是要获得独特的性格和真理。那是他的工作所依据的一个计划——他疲惫不堪的脸色表明，他是在令人敬畏地工作着，几乎是严酷地工作着。

我又回想起另一天，下列事实引起了人们的兴趣，即那份出于对一部作品的热爱而勇敢地打破常规、予以连载的日报，实际上却又取缔了这部作品，出版就更是谈不上了。作品的一部分已经问世，但也超出了编辑们的勇气和订户们的好奇心——显然它本来是充满信心地要满足那种勇敢的好奇心的。这一引人注目的特征，就是蔑视民众，蔑视他们的怯懦、肤浅、粗鄙以及知识上的平庸；那份遭到非难的报纸拒绝继续连载，而如果我没有搞错的话，这个被中断的连载不得不去寻求别的专栏的热情支持，也没费多少气力便找到了别的专栏。后来我得知，那部对于未来的名声来说非常合格的作品正是《小酒店》……

尽管对左拉的概括性研究无需急于涉及一本又一本的书——对《小酒店》来说，这句话总是有点例外——但是在这个巨大的系列中，仍然存在着一个个的群体和一个个的变体，它们有助于进行鉴别，如果没有这些群体和变体，也就不可能具有衡量这位天才的尺度。粗略地说来，这些划分不外乎有三个——我是说，如果不把十卷本的《评论集》和《剧作》考虑进去的话。这十卷本的《评论集》尤其有这种特色，而且在他最奋发努力的岁月里，也为他的总的成就作出了令人惊叹的补充，但我在这里不得不忍痛割爱。在《卢贡-马卡尔家族》完成后所写出的那两组作品——《三名城》以及未写完的《四福音书》——可分为三种类型，或者更精确地说，三种类型汇聚为一种特色，包罗万象，是作者的主要成果，在我看来它包括了他所有的最佳作品——事实上产生了一种使他的其他作品都相形见绌的效果，而对于他的整个声誉来说幸运的是，那些相形见绌的作品数量较少……

要使他的人物云集，要使人物云集的那个重大的中心事物，“就像生活一样重大”，大得自命不凡，大得英勇，这就是几乎从一开始他就为自己确立下来的任务，这就是他所洋洋得意地掌握的那个秘密。而且，那个重大的中心事物，又总是当时法国的某个具有高度代表性的机构或者产业，是习俗、商业、信念的某个正襟危坐的摩洛神[①]，它让自己通过在自身的滥用和无节制中被刻画出来，通过其偶像似的脸和狼吞虎咽的大口被刻画了出来，而我们则领会到他抨击的主线。在《巴黎之腹》中，他处理巨大的巴黎中央菜市场的生活，处理了那个大市场及其供应，那些个人的力量、状况、激情，它们卷入了这个怪物般的城市的食物供应之中（这是所有主题当中最奇怪的一个主题），这个城市的食物供应是如此地超出了合理的限度。塞饱了肚子的巴黎，崇高而又在对“更多的东西”的自信中麻木不仁的巴黎（这与可怜的奥列佛[②]的“更多的东西”迥然不同），在这里把主题自身塑造了出来，它横卧在这个场景之中，就像某个巨大的反刍动物，在一大群寄生虫当中喘息一般。这本书是一个长篇系列作品当中的第一部，表明作者已是完全游刃有余，尽管这一点在《贪欲的角逐》中已经略见端倪。在中断一段时间之后，这种游刃有余又在大得多的范围内展现出来，在《小酒店》、《妇女乐园》、《萌芽》、《人兽》、《金钱》、《崩溃》中爆发出来，然后又在或多或少是浪费精力的《卢尔德》、《罗马》、《巴黎》、《繁殖》、《劳动》和《真理》中爆发出来，尽管这种游刃有余表现得更为机械，却也失去了许多光彩。

① 摩洛神（Moloch），见于《圣经·旧约》，是古代腓尼基等地所崇奉的神灵，信徒以焚烧儿童向其献祭。喻指引起巨大牺牲的可怖事物。

② 英国作家狄更斯的小说《雾都孤儿》中的主人公。

《妇女乐园》处理的是那个庞大的现代商店，追溯了像“廉价市场”[1]和卢浮宫百货商店这样的机构的发展过程，深入地探测庞大的现代商店的内心生活，让它的人口、各个层次的职员、柜台、部门、分支和次分支各就各位，投身到它的员工的相互关系的迷宫之中，尤其是追溯了做生意的小人物的灾难，描绘了这样一幅画面：这些小人物因庞大的现代商店的巨肺吸光空气而张大着嘴喘息。《萌芽》围绕着法国佛兰德地区的煤矿展开，中心就是矿井的地下世界，而《人兽》的主角是一条巨大的铁路，《金钱》则从人的激情——主要是人的卑鄙的激情方面，呈现出证券交易所的狂怒和赊购方式这个怪物。《崩溃》以非同寻常的广度，描述了普法战争的第一幕——色当的惨败，而六卷本的《三城市》和《四福音书》的书名，已足以把它们自己说清楚了。不过为了能够清楚地表达这一点，我可以提到在这些作品当中，《繁殖》以一种对达到目的的手段的令人惊诧的误解，以一种对补救弊端的令人惊诧的误解，处理了一个人口密度与法国出生率下降相媲美的主题，而《真理》则呈现出德雷福斯案件的一个虚构的对等物，还呈现出了法国的世俗教育与神职教育之争的一幅巨大而又详尽的画面。为了说得清楚一些，我甚至可以进一步提出，随着《卢贡-马卡尔家族》逐步完成，作者的精力当中清新之气逐步减少，在清新和强度，简言之在质量方面降低到了这种程度，使得后来问世的有些作品难以令人满意，这是可悲的……

在他第一次访问英格兰期间，我与他进行了交谈，我碰巧问到，(如果)他不那么勤奋写作的话，他能有什么旅行的机会，尤其是他是否得以访问过意大利，——当时我手头还没有《一个家族的自然史》。“唉，我所做的一切，”他答道，“就是在那一年，在一次短暂的南方之行中，是自费旅行——当时所可能做的一切，是一鼓作气直达热那亚，只不过是几天的事情。”《卢贡-马卡尔家族》的终结篇《帕斯卡医生》当时刚刚问世，我继而问他，既然他还年富力强，那么他未来有什么计划呢？他是这样说的，我永远也忘不了他的回答是那样迅速果断——“哦，我要立即开始写《三名城》。”“是哪些城市呢？”回答更妙——“卢尔德、巴黎、罗马。”

他推心置腹、快人快语，这一点令人满意，但也让我吃惊，而且就批评而言，它后来又给了我一把打开许多秘密的钥匙。在我看来，它几乎把那

① “廉价市场”实际上却是巴黎有钱人最热衷的购物首选地，是世界上数一数二的现代时尚百货商场。

些人的愚昧悲剧性地展现出来，众神把这种邪恶在他们的身上激发出来，使得他们毁灭。他是一个诚实的人——每一个毛孔都透出诚实；然而他有关意大利的知识由在热那亚待过的几天构成，而他却计划描绘出一幅罗马的画面，那你不能不设想艺术上的失败……难道他发现，通过一两个月的访问，凭着"介绍"和旅游指南，就能使描绘它成为轻而易举的事情吗？……

然而，我只不过是提到了他的一个范畴而已。第二个范畴包括这样一些作品，如《卢贡家族的发迹》、《贪欲的角逐》、《卢贡大人》、《娜娜》、《家常事》、《作品》，以及《生之欢乐》。在最狭隘的意义上，这些书可以被看作是社会画面，笼统地说来，是对一种物质化得粗鄙的资产阶级的习俗、道德以及苦难的研究——所研究的主要就是资产阶级的苦难。它们所处理的，是从事自由职业的个人的生活，是政治冒险和社会冒险的生活，并把或多或少超然的个人性格和个人事业，当作关注的中心。《贪欲的角逐》再现了那些奢侈的欲望，再现了感官的狂热，是愤怒而又"浪漫"地予以再现的，据说那些奢侈的欲望和感官的狂热，是由倒霉的第二帝国为了自身的毁灭而促成的。曾几何时，普遍的弊端和不受约束的堕落，是如此自由而又方便地被产生出来。《卢贡大人》以一幅政治肖像的强烈色彩表现了这一见解，这是一幅令人反感的肖像，人们普遍认为这幅肖像刻画的是一位愿为拿破仑三世赴汤蹈火的大臣鲁埃尔先生，我不知道有多少充分的根据……

在这方面，情况要好于那些第三类作品——《穆雷教士的过失》、《爱的一页》、《梦》，以及《帕斯卡医生》——这些第三类作品更直接地、非常热切地诉诸道德的视野；因此就有许多东西恰恰要依赖作者最不精通的那些区别。我刚刚提到的那些书，是他对"理想"表示的称赞，是对优秀的和有魅力的事物的称赞——它们是创造出来的美好果实，之所以创造，是为了尽可能地去掉丑陋事物所带来的苦味，而他的其余作品注定有这种苦味……《卢贡-马卡尔家族》的创造者，面对着本质上的障碍，仍然"尽力"去做到令人满意，做到优雅而又雅致，做到精确而又真实——如人们所说的那样，试图做到令人钦佩。

……《帕斯卡医生》以在浪漫基调上的长篇记述告终，以在被激发起来的美的基调上的长篇记述告终，好像就是要给全部饮料加糖一样——《帕斯卡医生》处理的是一位叔叔和他的侄女之间带有色情的激情，让我们对有关美的概念感到惊讶，对在艳事上的这样一种应用、对有关甜蜜的这样一种估价、对为了杂乱无章的诗意和激情而作出的牺牲感到惊讶。当然，我们明确地提醒自己，整个长篇记述无疑是一种体系，是一种出色安排而又精心制定的错综复杂的体系，据作者所说，是被“科学”，被干巴巴而又清晰的高级“科学”所照亮的，而且由于每一个部分都卷入了所有的其他部分，对于所有的其他部分都变得很有必要，因而这个宏伟建筑的每一块石料、每一个“人生片段”，都被以前生理学上的种种结合所决定了……

这样一来，左拉也就向共性作出了超出合理限度的牺牲，并且往往还带来了好的结果，这又使得他对这个事实不知所措，就是我所说的他付出的代价。《小酒店》、《萌芽》、《崩溃》，这些必定使他名垂后世的作品，他在其中做出的牺牲是必要的，有成果的，因为主题与手法和谐地相辅相成。他描写了感受最深的东西，而当这些东西自然地使他感觉到的时候，他的感受又愈来愈深——如果允许我使用象征的话，完全就像我们从动物学的角度来观察某个庞大的动物，看到一头有着波纹状的兽皮和异常的口鼻的野兽，乐滋滋地浸泡在非洲的一条河边上的淤泥中。在这些情况下，每一件事情都彼此相称，而且可以允许我们相信，“科学”在其中参与甚少。作者的感知是坦诚的，而那个令人快慰的主题又灵敏地把自己完全展现了出来。它不再是一个变幻莫测的火炬所照亮的场景，而是一幅个人想象的图景，那是天才的图景，有内在的根源。《小酒店》就是这种图景的最非同寻常的记录。它与我所称的它的两部姊妹篇一起，包含了左拉的一切优秀之处。这三部小说——或者说，如果我可以这样看待它们的话——就是对他的才华的种种特色进行研究的坚实基础。他的最强烈的特征和标志，在这三部小说中比比皆是；《小酒店》尤其显示了他的天才（他在语言方面的大胆文笔并非最不重要），而且几乎没犯他有过的种种失误，即他对精神生活以及文雅笔调所作的徒然而虚幻的追求。

在他所有的人物之中，那位被人立即“感觉到的”人物伊尔维丝，是一个瘸腿的洗衣女工，她放荡而又贪婪，没有意志力，没有任何道德原则，无论什么风吹草动都能影响她的生活，使她成为每个谣传摆布的目标。她大错接连不断，最终陷入了苦难、酗酒和绝望之中。但小说展现出来的她的生涯，却自始至终具有史诗般的雄浑气魄。她的创造者在描述时的强烈感情，以及围绕着她的悲惨而又污秽的生活，是现代小说所能具有的伟大成就之一。现代小说中没有比这结构更完整，情调更丰富、充实而又持久的了。仅仅就“保持状态”而言，《小酒店》的情调就是不可超越的，它是一片巨大、深邃而又稳定的海潮，海潮上展现着小说里表现出来的每一件事物。它从未缩小，从未变浅，什么也没有跌落、减少或暂时停顿；那个高水位线的印记，或者如我所说，那个显示天才的高水位线的印记，被一直保留了下来……

对边阅读边思考的读者来说，我所谈到的那种神秘之处，就是左拉将知识用于写作时令人惊叹的规模和能力。这种令人惊叹的规模和能力，在我首先谈到的那三部小说中尤其令人印象深刻。他是完全闭门造车的，“讲究科学”，又何以与现实生活如此接近？他是用了什么高深莫测、不可计算和贯彻始终的巧妙安排，才能在小说里如此生动地利用他的文件？如果说，在想象方面，在多少熟悉的印象方面，在气质和心境方面，他是“接近于”《小酒店》的主题的话，那么在个人的经历方面，小说里的个性和思想是如此丰富，更不要说坦率的沉湎肉欲，他毕竟不能“接近于”这个主题吧，但它却仍然保持着它的情调和力量。当这个音调用一千种方式被敲响的时候，我们也就通过倍增和累积的效果而拥有了那部优秀而完美的小说，就像在《萌芽》中通过同样的进程获得了同样的效果一样……

假定——这种概括可能强调了这一点——他的最为丰富、拥挤的画面中的所有人，都是浅薄和单纯的人，而且在一个心理学的时代，他的“心理学”相对而言是粗糙的——假定是这样的话，那么我们就会获得对这个奇迹的另外一种看法。确实，我们在普通的小说家那里看到了足够的肤浅之处，没有像从左拉的最佳作品中那样得到那种随之而来的坚实印象。一般来说——我指的是在普通的小说家那里——我们得到的是低劣的印象。《卢贡-马卡尔家族》的作者，这个诚实的人，从未有一刻不忠实于他本人制定的严格标准，甚至在像持续很久的沙暴那样单调乏味的《真理》之中，他也设法做到了不让我们产生低劣的印象……

巴尔扎克诉诸“科学”，是在“科学”的帮助下进行的；巴尔扎克拥有足够的框架，拥有一个以表格形式排列出来的世界，拥有种种标题、关系和家谱；但尽管如此，我们却感到巴尔扎克个人是被生活所压倒，在相当大的程度上被生活所追逐，在被长期搜寻后终于被生活找到的。他使我们突然意识到，他是在挣扎，几乎被水淹没，在场景之上鼓动双翼，任何具有他那种神态的访问者都不会很快便再次挥动这双翼，而这双翼无论如何都从未将自己附着在左拉浑圆的肩膀上。因而左拉的遗产也就无可估量地更加有趣，然而又有谁会宣告，就其伟大而言，他的冒险是更为成功的呢？如我们所说，左拉是“艰苦地取得了成功”，这是因为在我们看来，他从未发现自己不得不放弃他的宏伟的繁重劳动，那是作了过于简单的分类和纪实性的描述的工作——这个领域我们可以界定为是通过模仿而获得的经验的领域。他的杰出的系统贯穿他的始终，他是看着他的笔记和图表劳作到了最后。

然而，非同寻常之处就在于，在这个独特的场合，当公开的时候——须知他的整个表现就是公开的——生活确实突然袭击了他的时候，这种苦难与人们可能寻找的那种苦难不同，完全是不合情理的。他在德雷福斯事件中所表现出来的勇气，令人钦佩地证明了他具有自我生活、在他的书的秩序之外生活的能力——当他的危机达到高潮，人们发现他犯有“侮辱”现存权力的罪过，要在法院里把他撕成碎片的时候，对一个容易受到攻击的人来说，生活确实似乎根本就不是一个问题。我们的看法是，当话都说完了之后，最为古怪的是，对于他富有创造性的智力来说，那些伟大的时刻似乎被浪费掉了。正如我所暗示的，《真理》这部作品，本来是可以把那些重大时刻反映出来的，但这部作品并没有得到那些重大时刻的更新，而因为那些重大时刻，这部作品，在某种程度上显得更平淡、更苍白了，而不是更丰富和更令人欣慰。我猜想那些重大时刻是来得太晚，白昼将尽；想象力已经疲惫不堪而衰竭，无法被注入生气了……

《真理》中的马克；《卢尔德》和《罗马》中的皮埃尔·弗罗芒；《繁殖》中生殖原则的令人惊叹的代表人物；《作品》中的那位堪称楷模的画家，他由于具有现代性和父亲身份而变得崇高；《崩溃》中的那位有耐性的让·马尔卡，他的耐性就像一块制作精良的表的精确性一样可靠；甚至还有那位极其开明的帕斯卡医生，根据我的回忆，他含情脉脉又任人唯亲，但又极富有美德，富有生活的美——这样的人物让我们看到，合理的、和善的事物，不仅是存在于老乔治·桑的小说及其改善了的道德的白光之中，存在于我们童年幼儿园和教室的白光之中，以及存在于埃奇沃思小姐[①]和托马

① 埃奇沃思（1767—1849），英裔爱尔兰女作家，以写儿童故事和反映爱尔兰生活及风土人情的小说著称。

斯·戴先生[①]的道德故事之中。

然而不能让这些关于左拉创作的局限性的讨论成为我的定论。在重新细读了《崩溃》、《萌芽》和《小酒店》之后，我本来打算不要讲对他不利的话。伊尔维丝和卡德-卡森的旷日持久的婚姻，以及后来在洗衣女工车间里举行的盛大、类似于荷马笔下的生日宴会，每一幕从头到尾的喜剧般的细节都得到了人性化的处理，表现出那种一开始就令我们目瞪口呆的前所未有的广度，非常生动。这些生动的情景在类别和程度上都与众不同，因而在描写习俗方面开辟了一个新的时代。古波夫妇举行婚礼的那一天，每件事情都怪诞不经而又令人怜悯，每个时刻都充满生气。他们排着怪诞的队列，冒雨穿过巴黎的街道，他们又湿又脏地在卢浮宫的大厅里乱闯，就像在克里特岛上的迷宫里迷了路，他们终于厌烦之极，饿得要命地来到了小酒馆里，每人都饱餐了一顿晚饭，各自付账，而我们则和他们一起坐在满是油腻和汗气的酒店里，对于他们的插科打诨、冷嘲热讽和怨天尤人，感到既同情又羞愧，最终被他们征服了。有关左拉的作品中的机械的一面，我所说的已经足够；说实话，从环境来看，这儿也就有了那种生活的感觉。在《萌芽》里描写矿工罢工的历史性篇章里也有同样的效果，它在小说里是那些用来被当作重要段落来加以描绘的插曲之一。为了处理这些情节，我们的作者确立了一种全新的尺度、一种全新的标准，它们具有一种新的生动性和真实性。从那以后，处理这类情节的那一套琐碎贫乏的旧方式，对于具有起码的才华和自尊的小说家就无法接受了。

最后，《崩溃》作为一幅无与伦比的、富于人性的战争画卷，可与托尔斯泰更具有普世性但结构却不那么精练的史诗[②]相提并论。我承认，我是带着某种胆怯的疑虑重读了这部作品，唯恐会损害它问世时给人的深刻印象，我记得它当时确实使我心悦诚服，为之倾倒。那是在初夏，我在意大利的一个古镇上，天气热得让人难以忍受，我尽可能少穿衣服，斜靠在一张大椅子上，埋头于小说之中。我乐于回想起当时的环境和感觉，它们一起融入了我唯恐会破坏的记忆之中。我记得，我在热情洋溢的敬佩之中对左拉有过的保留意见，没有一点是我不想收回的。作者对他的体系和他的最为高超的才能的应用，他用这些能力所进行的创造，他在这部小说里取得的成就，又怎么能够被超越呢？那场漫长、复杂、可怖、悲惨的

① 托马斯·戴（1748—1789），英国小说家。

② 指托尔斯泰的《战争与和平》。

战争，涉及和主宰着一切，它的骑兵中队的每一次交战，它的轰隆声和血液的每一次脉动，都通过对两个最卑微的军事单位的描绘而被我们直接看到和接触到，从而化为深刻的恐怖和怜悯——这本书是一部让我们只能目瞪口呆的小说。毫无疑问，正因为如此，一位宽宏大量的批评家，会怀着这种情感，把砝码放在天平的另一端。我们的作者在对他合适的主题上显然是伟大的作家——这完全可以成为我们的结论。如果说别的主题，涉及到私人生活和内心深处的主题，或多或少不可避免地"出卖了"他的话，那些主题却仍然使他表现出与众不同的重要特性，也就是说，他越是不加区别描写混杂的主题，就越是能够（我再非难一次）阐明我们对健康、热诚和粗俗所怀有的无比容忍，也就越是能够使我们感到他作品的入木三分的真实。那是一种并非唾手可得的特性，而他的名字也不会很快就被人们遗忘。

编后记

亨利·詹姆斯（1843—1916）是美国小说家、文学评论家，他不仅创作了一百卷以上的作品，而且出版了《小说的艺术》（*The Art of Fiction*，1884）等重要的文艺论著。《埃米尔·左拉》最初发表于1914年出版的《有关小说家的短评》，后来收入1848年出版的文集《小说的艺术》。詹姆斯赞赏左拉的《小酒店》、《萌芽》和《崩溃》，认为左拉善于描写群体，社会底层的悲惨生活和重大的战争场面，具有史诗般的雄浑气魄。詹姆斯从33岁起定居伦敦，1915年加入英国国籍，因而也可被视为英国的小说家和评论家，他对左拉的评论在英美的左拉学术史中占有重要的地位。

本文选自亨利·詹姆斯：《埃米尔·左拉》，王义国译，载亨利·詹姆斯：《小说的艺术》，纽约：牛津大学出版社，1948年，第154—180页。

文艺上的自然主义(节译,1907)

作者 [日本]岛村抱月

译者 唐月梅

六

谈自然主义构成论之前,我们有必要先概说一下写实主义和自然主义的关系。一般来说,只有写实主义与其他的科学、社会学问题不同,它是文艺上固有的一种倾向,又是范围广泛的、近似自然主义的东西。

写实主义本来是同理想主义对应的、在美学上应该自成体系的文艺原理。浪漫主义、自然主义等自然而然地同它形成另一体系。两者之间有可能相互交错地存在。我们把它看作是文艺史上的倾向或分类,写实主义所包容的内涵,就比自然主义更加广泛。也可以认为自然主义是写实主义的一部分。从哲理上来说,它们一方面是彼此不同的东西,另一方面,在"摹写呈露在表面上的东西"这一点上又是一致的。

倘使从哲理方面进一步精确地论述自然主义和写实主义的关系的话,大概可以归纳为三种见解。第一,将两者看成是完全同一的东西;第二,认为两者之间存在程度上的差别;第三,将两者看成是完全不同质的东西。然而从美学方面论述这个问题,就不能不采取两种根本论的结合方法,来阐明文艺应如何具体表现和表现什么的问题。过去,美学总是专门从方法论来探讨应如何办,企图从方法论上将两者区别开来。这令人感到写什么这种主题论是不充分的。现在我们先就"写实"这个词来谈谈吧。那位建立了最富有诗意美学的哲学家谢林[1]就把“写实”作为中世纪以后的理想主义来看待，是独具希腊的艺术特色的。哲学家黑格尔也把希腊的艺术归为古典主义。因此，把两者加以对照的话，古典主义和写实主义在希腊艺术方面是合为一体的。这样将得出古典主义即写实主义这种奇异的结论来。在这奇异的结论中存在着真理。就是说，希腊艺术的特色号称是存在于惯例的外形即内容中，仅重视外形就满足，就足够了。只要不毁坏外形，就达到美的目的。当然，即使在希腊，除此以外事实上还存在着其他的倾向。我们觉得古典主义时期的核心概念，就是以外形为中心的。古典主义，也就是外形主义。于是，只要以外形为中心，就没有比自然在现实中创造的东西更高的标准了。再说把重视外形的自然，即现实作为最高典范，艺术就只有摹写它了。自然的摹写、外形的摹写，这是萦绕在希腊人脑海里的美学思想。即使存在一两位学者从摹写外形进一步转为摹写内在的事实，但大体上说，外形摹写论是希腊思想的特色。同时，古代摹写论和近代摹写论的区分也在于此。在以外形摹写、自然摹写为中心这点上，写实主义同古典主义是相通的。黑格尔、谢林也不过是在这个问题上意见一致。认为自然主义同写实主义一致的人，还是立足于这点上。美学家哈特曼[2]在论述夏斯列尔、卡里埃尔[3]的条目中，指责了写实论同理想论相对立的意义不明确，此外，其正文也从假象论的立场出发，指责了文艺上的现实自然的观点。不过，在这种情况下，自然主义和写实主义之间没有明确的区别。柏林大学的德索亚民在其近著《美学及一般艺术学》中说：“自然主义认为文艺即现实，而各种理想主义则认为文艺比现实更重要，形式主义、幻象主义、感觉主义却又认为文艺比现实更不重要。”有时候，他把自然主义和写实主义作为同义来解释。除此以外，类似这种学说还有很多。

七

认为自然主义和现实主义有程度差别的第二种见解，把描写方法归

---

① 谢林（1775—1854），德国哲学家。
② 哈特曼（1842—1906），德国哲学家。
③ 卡里埃尔（1849—1906），法国画家。

结到如何更多客观化这一论点上。这一论说认为，写实主义在完全如实反映自然方面尚有不足，而个人技巧的人为痕迹却很多。自然主义则更进一步把自然客观化，必须像照片的底版那样把事物的影子原原本本地印出来，最后完全去掉技巧加工的痕迹。例如，本杂志以前发表的雕刻论中引用过德国美术史家罗森堡所说的，在描写方法上，写实主义没有放弃画家的图样、布局、色彩、明暗等特权，自然主义则完全无条件地服从自然，不管是偶然的、无形式的或是无秩序的，都要如实地把自然的本来面目反映出来。又如图宾根的教授康拉德·兰格在其《艺术的本体》中所说的，理想主义是探索自然理想化，并把它放在文艺之中；自然主义则是摹写自然，力图达到难以区分真伪的程度，正如站在两个极端之间的第三者，其写实的论说，就是把自然主义看作是摹写最极端的自然，把写实看作是残存着许多技巧痕迹的稳健的样式。也就是说，在理想主义中存在最多的人为成分，随着这种人为成分逐渐递减，就变成写实主义，变成自然主义。

最后，根据自然主义和写实主义存在性质上的差别的见解，写实主义与自然的摹写相反，自然主义仅在所谓的自然之上加上某种条件，用一种单纯摹写的方法来描写。前边引用过的斯坦[①]氏的美学，她说：我以为不予增减地再现从现实中接受到的印象这种尝试，不外是写实主义的新转化；自然主义把自然作为一个整体描写出来，其方法是受到客观刺激的主观倾向，即根据情趣将其自然充实到整体形式之中。正如部分的细致描写，它不是自然主义的本来面目，而只不过是伴随而来的现象罢了。摹写整体的自然、用主观情趣来摹写大体情况而不要精细描写，这就是自然主义和写实主义的不同之处。加上整体，再加上情趣，这不就改变性质了吗？

如上所述，自然主义和写实主义的不同，存在种种解释。第一种意见，把两者看成是完全同一性，这种学说不得不承认至少是目睹了近代文艺的活生生的事实吧。实际上第二、第三种的程度论和性质论，两者都是真理。我相信，其理由在后面研究自然主义成分的部分，将会自然而然地加以说明。

① 斯坦（1742—1821），歌德的朋友。

十

假使承认对自然主义采取积极的态度，那么就势必产生这样的问题，即，其积极思考的尽头又是什么呢？也就是说，产生自然主义的目的论。回想起来，实际上自然主义同写实主义乃至理想主义根本的不同就在这里。可以说写实主义是以摹写现实为目的，理想主义是以摹写理想为目的，而自然主义则是独自摹写“真”的。所谓“真”这个词，是自然主义的生命，是座右铭。从自然主义的角度来说，不论理想还是现实这个词，都是很肤浅的，只能起到第二义的作用。由于过分理想，便把狭隘的个人的选择技巧加进自然之中，从而产生厌恶和轻蔑的情绪。由于过分现实，拘泥于外形，而接触不到自然的深奥的妙处。站在这个基础上，成为第一义目标的就是真，除此以外别无其他。文艺的目的，就在于摹写真。我们以积极的态度憧憬一种东西，这种憧憬的目的就在于真。左拉的《小酒店》的序文中对社会上的攻击进行辩解说：“我的作品应为我辩护。我的书就是‘真’的书。”罗斯金[①]在他的作品《现代画家》中极力诋毁和讥笑摹写主义，他将摹写自然的真当作艺术的目的，纵令“真”这个词的解释各异，但在立意上，同自然主义的根本的必要条件是相一致的。

那样的话，这种第一义的“真”，难道就只是深奥、高超、明显不可能到手的吗？这同其第二义的理想、现实等的关系如何呢？对这些问题的回答，将是属于自然主义的题材论问题。不过，仅仅是自然的真是不够的，是不能满足的。于是就要打破它，把它化作现在就可以用手触摸到第二义的东西，以便提供在创作上的实用。至此，自然主义就产生了种种变态。

① 罗斯金（1819—1900），英国作家、文艺评论家。

编后记

岛村抱月（1871—1918）是日本自然主义主要的理论家，他在《被囚禁的文艺》（1906）、《文艺上的自然主义》（1907）中评析了西欧的自然主义理论，也指出了日本自然主义文学的复杂性。

本文选自岛村抱月：《文艺上的自然主义》，唐月梅译，载柳鸣九主编：《自然主义》，第536—540页。

露骨的描写(1904)

作者 [日本]田山花袋
译者 唐月梅

近日文坛有人谈论技巧。人们叹息:技巧,技巧,为了这个所谓技巧,明治文坛不知付出过何等可贵的牺牲。自己也是叹息者之一。我觉得假使不蹂躏这个所谓技巧,日本文学就无法获得完美的发展。

技巧论者说,近来文坛上红、露、逍、鸥[1]诸大家已经沉默,后进之徒一味徘徊在末流文坛上,其文体之支离破碎,文章之粗制滥造,毕竟是不值得美术家去鉴赏的。也许这种说法确有一定道理。比起红叶先生的时代来,文体之零乱、文章之拙劣,也许达到令人震惊的程度。不过,自己想提出这样的问题:在所谓技巧盛行的时代,果真能在不应压制奔放的时候发现思想吗?

在所谓的技巧时代,可能有文章之美妙、辞句之丰富、思想之华丽,也可能有结构之巧妙、渲染之奇特。然而,在所谓的技巧时代,能创造出天衣无缝、行云流水般的和具备自然情趣的浑厚的作品来吗?

谁都知道虚伪是卑鄙的。有识之士都认为文章和思想不一致的作品是不屑一顾的。然而,现在的技巧论者作的是不与构思相称的文章,在纸上连篇累牍地罗列了非本意的虚伪,就想把它叫作大文章,叫作美文。不言而喻,如今的文章只是为了达意,只要能把自己所想的写出来,这就心满意足。不论拙劣还是高明,只要可以相信这是写出了自己的思想,那么就算完成了做文章的任务。丝毫用不着去罗列难懂的辞句,缀辑绚丽的

① 红、露、逍、鸥,指作家尾崎红叶(1867—1903)、幸田露伴(1867—1947)、文艺理论家坪内逍遥(1859—1935)、作家森鸥外(1862—1922)等四位明治文坛大家。

文字，并为此而烦恼。

尽管如此，我并非排斥作文章的所有手段。我知道要使文章同思想一致，就必须付出心血，而且是足够的心血。然而今天文坛上的技巧论，的确不谈这个问题。如今的技巧论愤慨地争论说：现在的文章过分陷入露骨的描写，嘴里说出不该说的话，笔头写出不该写的事，仿佛要破除所谓美术鉴赏家的小胆量。

按照美术鉴赏家们的说法，说到底文章必须是漂亮的，思想必须是符合审美学的要求的。按照自然面貌，原原本本地写自然，这是极大的谬误，任何事物都要理想化，也就是说都要镀金。这是很早以前就存在的势力，古典主义自不消说，浪漫主义也是据此而行动的。到了 19 世纪后半叶，甚至让人觉得倘使不是镀金文学，几乎就不是文学了。

19 世纪革新以后的西方文学，究竟又如何呢？这种镀金文学被破坏得乱糟糟的，到处风行起大陆文学，扬起一阵呼声：一切必须露骨，一切必须真实，一切必须自然。这种思想以疾风扫落叶之势，完全蹂躏了盛极一时的浪漫主义，不是吗？不是血就是汗，难道这不就是新革新派的大声疾呼吗？

假使不信，请看看易卜生、托尔斯泰，看看左拉、陀思妥耶夫斯基吧，他们的作品充满了多么令人震惊的血和汗啊。尤其是像陀思妥耶夫斯基的《罪与罚》，让技巧论者看了也会失魂落魄的。它那种不隐讳任何事物的大胆而露骨的描写，恐怕是谋求文章绮丽、希望思想镀金的技巧者之辈连做梦也不会梦见的。

就以易卜生来说，也是如此。在他的许多戏剧中，没有一星半点的修饰和造作。首先以荀·加布里埃尔·波尔克曼为例，其文章有哪一处是卖弄技巧、虚构布局的呢？我痛切地感到除了自然这一事实深深影响我们的精神以外，再也找不到其他任何编造和思想。因为我们的血和汗，立即接触到卷中人物的血和汗，让人感到这些血和汗仿佛一齐滴落下来一样。再看看《野鸭》吧，它的性格发展的顺序，它的遗传性罪恶的消长，也让人感到一种新的深切的思想是如何紧逼过来的。

请读意大利的新勇将加百列·邓南遮的作品，或只看看他的文章技巧，也许有人会高兴地说：他真不愧是文章家。可是我之所见，和这种人的观察完全不同。我们读邓南遮的书，痛切感到的东西绝不仅是文章的技巧，而是它的描写始终大胆、始终露骨、始终无所顾忌。就是说，他也是受到了 19 世纪末叶革新派潮流的影响。特别是像他那部《无辜者》，写得露骨又露骨、大胆又大胆，几乎使读者不禁战栗起来。

不，不仅如此，假如是受到 19 世纪末叶革新派思潮的冲击，不论谁都难免蒙受其影响。在德国，维尔登布鲁赫[①]、海泽[②]等作家，同老练的镀金文学相对立，而豪普特曼、苏德尔曼[③]、霍尔茨等诸作家则高举新旗帜，这种状况的确是惊人的。

回过头来看我国文坛的状况，红、露、逍、鸥的时代，至少是老成文学的时代。其根据是：审美议论相当热烈，理想小说、观念小说的形态也常常重复出现，文章的一字一句也精雕细琢。不，文人学士多以文章之美妙而闻名于世，以结构之严谨而为人赞颂。结果我们究竟获得什么样的作品了呢？有许多文章十分妖艳，不然就是充斥卑怯、谨小慎微描写的理想小说，再不然就是有意夸张描写事件的性质、硬要人觉得有意思的镀金小说。

这并不是说现今文坛已经产生了非常优秀的作品。不，这些作品或许反而比老成时代的作品更不完美。然而，我认为现今文坛在崇尚西方革新派的“露骨的描写”方面，是大有所得的。

倘使要问这是指什么样的作家而言的呢？那么，我的回答就是：这间接或直接地在天外、风叶[④]、春叶（我认为镜花[⑤]是明治文学的异彩，远离这种思潮而独立存在）、秋声、柳浪[⑥]、眉山[⑦]、宙外[⑧]，以及其他诸君的作品里充分显示出来。

因此，我认为这种露骨的描写、大胆的描写——也就是说在技巧论者看来是拙劣的、支离破碎的东西，反而是我国文坛的进步，也是文坛的生命，所以我觉得把这看作是坏事的批评家未免太落后于时代了。

也许有人会说，露骨的描写为什么不能相随技巧而来？意思就是说，露骨的描写似乎同技巧是不能相辅相成达到极妙之境界。然而我确信，

① 维尔登布鲁赫（1845—1909），德国作家。

② 海泽（1830—1914），德国作家，1910 年获诺贝尔文学奖。

③ 苏德尔曼（1857—1928），德国小说家、戏剧家。

④ 小栗风叶（1875—1928），日本小说家。

⑤ 泉镜花（1873—1939），日本小说家。

⑥ 广津柳浪（1861—1928），日本小说家。

⑦ 川上眉山（1869—1908），日本小说家。

⑧ 后藤宙外（1866—1938），日本小说家、评论家。

越大胆作露骨描写，所谓文章、所谓技巧就越相互乖离。为什么呢？因为事情越通俗，文章就越通俗；思想越露骨，文章也就越露骨，这是自然的趋势。

我也是觉得明治文坛长期以来受到所谓文章、所谓技巧的支配，没能获得充分的发展，这是甚感遗憾的。反正文人学士都是煞费苦心做文章，为文体而烦恼，其结果陷入篁村[①]调、红叶调、露伴调、鸥外调的一种特别的形式，自己束缚自己的笔，纵会有新思想也不能挥笔自如，白白成为文章的奴隶，这种情况很多，我见过也实验过，实是不胜遗憾。因此，哪怕摆脱掉这种文章的束缚，多少向新的方向前进，描写出奔放的思想来，我也是感到高兴，感到有指望的。可是，现在突然听闻技巧论重新兴起，我无法保持沉默了。

何况技巧论不单是涉及技术问题，的确还涉及当前的思想意识问题。详细地听了诸位的议论之后，我认为这个问题是值得大力研究的。

其次，最近姊崎博士等人亲自热烈地倡导新浪漫主义，瓦格纳的乐剧等也渐渐被介绍到我国文坛上来。不过，这种倾向也同我以前所说的“露骨的描写”有很大的关系，因此，日本新浪漫主义，如今哪怕同自然主义有点联系也是好的嘛。

不过，做得太露骨了，难免又会被技巧论者扣上拙劣、支离破碎的帽子，所以我先谈到这里吧！

编后记

田山花袋（1872—1930）推崇左拉及其自然主义理论，是日本自然主义的主要理论家和作家。

本文选自田山花袋：《露骨的描写》，唐玉梅译，载柳鸣九主编：《自然主义》，中国社会科学出版社，1988 年，第 541—545 页。

---

① 庭篁村（1855—1922），日本小说家、剧评家。

左拉与日本（2002）

作者［日本］小仓孝诚
译者 黄开彦

当明治时代的日本人接触欧洲文化时，左拉正是当时法国最受欢迎的作家之一，因而他很早就被介绍到日本了。众所周知，此后左拉对日本近现代文学的产生发挥了不容忽略的影响。但是在日本引进左拉文学的过程中，不可避免地伴随了误解与偏见。在此，笔者首先介绍左拉在日本的接受概况，再综述日本的左拉研究现状。

从欧外到荷风

埃米尔·左拉的名字最初被介绍到日本，是明治17年（1884年）中江兆民译维隆《维氏美学》。该书第二部《诗学》章的小说部分在谈及巴尔扎克、福楼拜时，亦提到左拉。但是在同时代作家中，兆民仅喜读雨果，不知他是否读过左拉的作品。

左拉的原著和英译本从这时开始传入日本，而明治二三十年代的左拉是法国乃至欧洲作家中被评说最多的作家，其名声达至顶点，这影响亦波及至远东日本。在此需要说明的是，当时人们对其作为自然主义文学理论家的关注度，要高于其作为小说家的关注度。外国作家和思想家被介绍到我国时经常发生这种情况：在其著作被译介前，围绕其著作的评论——有时是以被歪曲的形式先流传开来，不幸左拉亦属此列。

最初将左拉与自然主义结合起来评论的是森鸥外。他在《源于医者学说的小说论》（明治22）中，认为左拉依据克洛德·贝尔纳的《实验医学研究导论》（1865）提炼出自己的小说理论，并将其运用于《卢贡-马卡尔家族》的做法过于轻率。

> 作者并非不需要分析和解剖，但我认为左拉所言可将分析和解剖的结果直接作为小说的做法不妥。实验结果是事实……事实是良好的素材，然而这要成为小说须凭借想象力。

这是说分析能力是作家重要的禀赋，但并非凭此就能创作出优秀的小说，如何将分析结果这一素材应用到文学上需要发挥想象力。这观点现在看来理所当然，无需争论。即使身兼医生、作家二职的鸥外也无法赞成左拉的理论。鸥外的这一观点，在与坪内逍遥之间展开的著名的"没理想论争"中被重申。在鸥外看来，左拉派的自然主义是"没理想"的表现之一，或者毋宁说"没理想"是自然主义派生出的原理。逍遥并未直接引用左拉，但当时的美学、绘画、文学都处于自然主义影响之下，其根基都有左拉的存在，一般认为逍遥亦位于左拉的影响圈内。

> 同样称自然，称造化，但左拉的自然是弱肉强食的自然，而抚象子的造化是蝶舞鸟鸣的造化。逍遥子的自然主义与之相反，其没理想的造化酷似左拉的造化。故逍遥子和左拉都扬客观抑主观，忌叙事中插入评论。（《埃米尔·左拉的没理想》，明治25年1月）

于是鸥外断言："逍遥子不就是蒙面的左拉吗？"鸥外从坪内逍遥的没理想论中看出了自然主义变种，尤其看破了左拉主义，其洞察力令人赞叹。

但鸥外的局限性亦在此，他批判左拉时，几乎未读过左拉的任何作品。未知作品，就将左拉的理论片段作为批判依据。鸥外批判左拉时所引用的资料是当时德国批评家高特夏尔的左拉论，鸥外几乎套用了其观点。事实上，左拉的《实验小说论》发行于1880年，而《卢贡-马卡尔家族》的最初构想要再向前追溯十年以上，用克洛德·贝尔纳的医学思想解说整部《卢贡-马卡尔家族》的理念，显然是误会。考虑到当时日本的文化环境，不能责怪鸥外的误会，但这位当时首屈一指的知识分子对自然主义所下的论断，在此后很长一段时期内都束缚着日本人的左拉观。

英译本弥补了阅读前即被评论、未判定前即被定罪的不幸。那个时代，能用法语完整阅读者寥寥无几，阅读左拉小说不得不靠英译本。左拉作品长篇较多（至少《小酒店》、《萌芽》等代表作均很长），法语若略懂皮毛根本无法解读。席卷明治 20 年代日本文坛的砚友社成员们为获取创作素材积极吸收西方文学养分，他们亦通过英译本阅读左拉。在田山花袋的回忆录《东京三十年》中记录了一段趣闻，尾崎红叶给前来拜访的田山花袋看左拉《穆雷教士的过失》英译本并评价道：

> "听说是位受欢迎的作家，果真很细致，写得确实很细致，这是日本文学里没有的。"红叶说着，拿过身边的扇子，打开给田山花袋展示："你看这逆光与向光的写作手法，很巧妙吧。并且，情节虽十分简单，描写了教士与病后失去姿色的少女出逃的故事，但将主人公逐渐陷入爱河的心理刻画入微。日本文艺须要向此发展啊。"
>
> 今日看来，红叶的写实是从三马到西鹤，然后一跃到了左拉。左拉的著作好像是从不离手的。（田山花袋，《东京三十年》，岩波文库、第 46 页）

"细致"大概指对故事舞台帕拉多庭院的描写，或对穆雷教士精神危机的分析等。红叶从中看到了与同时代日本文学的不同，这源自作家的实际感受。不知红叶对左拉文学本质理解有多深，但其创作确实曾受到左拉《作品》、《穆雷教士的过失》的启发。记录这段趣闻的田山花袋也通过英译本阅读过左拉的《普拉桑的征服》。

进入明治 30 年代，左拉参与德雷福斯案的活动被报道，人们由此开始关注其作为自然主义作家外，尚有文明批评家和社会主义论客的身份。左拉与社会主义的关系是个相当复杂的课题，但如《劳动》所见，他对傅立叶式乌托邦理想的赞同是毋庸置疑的，因此高山樗牛、幸德秋水、堺利彦等人关注其思想层面亦非偶然，只是系统性的左拉论不多，其中永井荷风于明治 36 年发表的《埃米尔·左拉及其小说》是较为突出的成果。

在这篇由六节构成的论文中，荷风介绍了左拉的成长史及其青年期知识结构的形成，涉及了其早期创作，还介绍了《卢贡-马卡尔家族》的构思过程。虽然他几乎未讨论单部作品，但指出左拉的创作重视作品人物的环境，在构思故事结构时要进行实地考察，以细致观察为基础，并赞赏左拉描绘的人生是“鲜活真实的人生”。但是，此时的荷风仅限于强调作品中描写的人类欲望、丑恶和疯狂，未考虑到社会和历史性层面。这一缺憾在其受左拉影响的几部小说中都有体现。

值得关注的是，荷风将讨论范围扩展到了《三名城》和《四福音书》，他在详尽地介绍过作品内容后，指出了其人生观、世界观与《卢贡-马卡尔家族》之间存在的明显的不同。

> 前者《卢贡-马卡尔家族》纯粹是写实小说，肆无忌惮地披露了现今社会的腐朽程度；而后者，确是一部兼具小说体裁和结构的大哲学书。

荷风指出《三名城》和《四福音书》颇直接地揭示了作家的思想，这一点完全正确。

左拉式小说的出现

左拉文学传到日本，被评论阅读，其影响自然会波及到创作领域。影响明治文学者不仅有法国文学，也不仅有左拉，但代表当时欧洲、其地位不可动摇的作家，左拉的影响力无疑是巨大的。实际上明治30年代时，这一现象十分明显。

首先是小杉天外，《新装》(明治33年) 女主人公阿俊的造型及作品情节等参照了《娜娜》的构思，不过阿俊并不具备娜娜身上恶魔式的破坏性。另外，《流行歌》(明治34年) 因其序而出名。

> 自然即是自然，未有善恶美丑之分。只是某一时代、国家或个人取其部分，任意为其加上善恶美丑之名罢了。小说也是空想的自然，其善恶美丑的任何一面不应受到该写不该写的限制。只要能让读者如身临其境般，清晰地想象出作品的世界，就足够了。

自然主义美学舍弃了伦理判断和价值判断，小杉用自己的话将其描述了出来。《流行歌》将女主人公一家身上流淌的淫荡的血脉作为推动故事发展的动力，由此可见小杉作品中的左拉倾向。遗传主题在其后的《拳头》中被再次运用。

明治作家中，最热衷于左拉、模仿最多者当属永井荷风。他原本醉心于砚友社文学，曾拜师广津柳浪门下，二十几岁时发现了法国自然主义文学，是当时最理解左拉文学并试图将其精神移入日本文学土壤中的人物。《野心》（明治 35 年）是一部商业小说，描写不安分于旧式商业模式的男子开办近代百货商店的故事。《地狱之花》（明治 35 年）赤裸裸地刻画了女主人公园子身边的兽性者。《女郎之梦》（明治 36 年）以花街柳巷为舞台，妓女阿浪逐个毁灭渴望其肉体的男性。这些作品让人联想到左拉的《妇女乐园》、《贪欲的角逐》、《娜娜》的主题设定，被称为“左拉主义三部曲”。用荷风自己的话说，即是“人生的黑暗面”、“众多伴随着遗传和环境的罪恶的情欲、暴力、暴行”。荷风从左拉身上学到的不是认识社会的大视野，而是悲观主义人生观。因为是年轻时的作品，较多不成熟之处，但作为二十多岁时的作品是值得肯定的。

此后田山花袋、岛崎藤村等人也成为左拉的爱读者，他们的文学作品中也留下了左拉的痕迹。

改编、翻译史

能读懂英译或法语原著者不成问题，但当时如此读者甚少，所以是否有日译本、何种作品被翻译到何种程度，这对于认知和吸收外国作家至关重要。

明治 20 年代，左拉是人们津津乐道者，但其译著很少，且多是英译本的再译。译著共八种，多是早期短篇，其主要作品的日译本一部也没有。《卢贡-马卡尔家族》及其后作品篇幅都较长，不易翻译。仅《小酒店》由内田鲁庵在明治 22 年以《酒鬼》之名改编，书名取自主人公绮尔维丝和古波二人的酒精中毒。笔者未读过这部作品，不好妄加评论，但虽说是改编之作，在明治 22 年时已用日语介绍给读者，这确实令人惊讶。

进入 30 年代后，翻译量增加了，但仍以短篇为主。第一部长篇完译本似是户川秋骨以《大藏大臣》（明治 35 年）之名所译《卢贡大人》。译名虽缺少韵味，但不可否定它很好地揭示了主人公的职业与作品世界。荷风撰写左拉论文，并在左拉影响下创作小说，他还摘译和改编左拉的作品。《女演员娜娜梗概》(明治36年)是摘译，《恋与刃》(同年)是将《人兽》中的人名、地名日本化后的改编之作。从这些作品的选择上，大致能看出荷风当时的侧重点。欲望与颓废、犯罪心理、情欲的病理这些因素给荷风留下了深刻印象。

评论家堺利彦对荷风未触及的领域产生了兴趣。他于明治35年至39年，分别摘译了《萌芽》、《四福音书》中的《繁殖》和《劳动》。堺利彦翻译了被当时作家敬而远之的作品，这与当时勃兴中的社会主义及劳动运动的影响有关。作品的选择反映了接受国国民的情况和心理。

其后从大正至昭和初年，在外国文学研究的推动下，左拉翻译开始以原典全译本为主。其中《小酒店》、《娜娜》、《萌芽》的翻译远多于其他作品，时至今日依然如此。毋庸置疑，这三部作品较为杰出且是左拉代表作，但在此重复翻译中可见我国左拉理解存在误区。究竟是日本读者特别喜欢这三部作品，还是部分文学者、研究者的单方面选择，一时尚难定夺。至少可以肯定这与法国读者的阅读嗜好不同。

中村光夫的《风俗小说论》

深受左拉影响的自然主义文学自明治30年代起走上了独特发展之路，之后成为日本文学主流，本文对其发展变迁不打算做深入探讨。进入昭和时代，针对自然主义及由此滋生的“私小说”的批判日益高涨，这方面的代表性文章是小林秀雄的《私小说论》(1935)、中村光夫的《风俗小说论》(1950)。两者都认为自然主义和私小说均由模仿西方近代文学开始，但因未能充分理解西方近代文学精神及社会背景而发生了畸变。

小林从彻底的个人主义立场出发，将作家伦理置于中心位置，认为西方文学中的“我”是社会化了的自我，而日本作家笔下的“我”未经历社会化过程，仅仅堕入了主观主义而已。另一方面，中村从历史角度出发探寻日本近代现实主义文学之兴衰，认为私小说和风俗小说是舍弃了西方近代文学的普遍性后诞生的一种脆弱形式。

《风俗小说论》对本文论题颇为重要。中村光夫是法国文学研究者，由福楼拜、莫泊桑的评论文登上文坛，其评论中常见有关19世纪法国文学的言论。其一系列著作中有关法国文学的评论，至少一段时期内对日本产生了一定的冲击和影响，所以有必要探讨中村如何定义左拉文学这一问题。

《风俗小说论》共四章，各章分别以近代现实主义产生、发展、蜕变和解体为题。犹如追溯生物的一生或文明的兴亡一般，作者从日本现实主义文学的诞生到解体，描述了一段轨迹清晰的文化现象，那如同绘制科学思想模型般的展开方式，无疑是左拉式的。法国文学主要在第三章《近代现实主义的蜕变》中被反复涉及。

法国自然主义作家以人类和社会的一般法则为基础，以追求普遍真理的思想家的身份活动。如果说当时科学精神和实证主义对文学产生了影响，其本质即在此。左拉在《实验小说论》中，依据克洛德·贝尔纳的《实验医学研究导论》，轻率地将当时的医学理论用于文学，将作家与医生相提并论，这是盲从科学的表现，但他之所以能建构出一个时代和社会的全景，因其理论不是小说技巧论，而是思想上的立场表明。对左拉和福楼拜而言，“自然”与“真实”是通过个人故事达至一般人性和普遍性的概念。左拉之所以被医学和生物学吸引，也是因为通过它们可以把握整体人类观，而且它丝毫不阻碍对于复杂社会结构的观察，正因此，《卢贡-马卡尔家族》这一宏大叙事诗才得以完成。

《风俗小说论》的作者还说，在欧洲自然主义培育下成长起来的日本自然主义，本打算吸收其原理却误解了其精神。日本自然主义反抗传统道德和陋习、寻求个人与自我的解放，虽然也有揭露人类和社会真实面貌的顽强意志，但他们所谓的“自然”、“自我”毕竟与欧洲不同，缺乏普遍性和社会性，他们倡导的个人解放是现实主义之前的浪漫主义理想，这种凭空嫁接浪漫主义理想与自然主义理念的做法是他们与欧洲自然主义脱离的原因。日本作家认为真实地叙述自己的经验和观察可确保文学的真实性，然而一旦其经验和观察仅限于作家个人的狭小世界时，其文学必然走向缺乏社会广度的主观主义。日本自然主义者标榜自然主义，以“自然”之名摸索新文学，最终除了自身的主观和经验外，未找到任何真实。

以上是《风俗小说论》的主要内容。外国文化的认知过程常常如此，欧洲近代文学的移入过程亦然，同时代的日本文学土壤和知识环境会引发误解。若误解这一词汇不合适，或可谓某种偏向。关于这一问题的探讨，时至今日都是有用的吧。就中村对左拉的判断而言，尽管他指出左拉文学理论之粗糙，但他肯定左拉作品是现实主义文学杰作，且富于“叙事诗”特征，并指出左拉文学具有如此价值不是源自遗传学和医学的直接参考，也非潜藏其后的实证主义和科学精神，而是超越作家意志的叙事诗人的天赋使然。

指出左拉理论与作品间的偏差，这不是新观点，却是正确之见。为了不犯因《实验小说论》而排斥左拉的错误，中村所言也值得我们再次想起，但其左拉论的局限性亦在于此。中村为表明日本近代小说的扭曲而与欧洲文学进行比较，却在近代现实主义文学的普遍性中消灭了左拉的特殊性。《风俗小说论》毕竟不是法国文学论，我们不能对其要求太多，但论述左拉（及法国近代作家们）的普遍性和社会影响力，却不具体展开作品分析，确实令人感到遗憾。

日本的左拉研究现状

本文最后部分将简单总结日本的左拉研究现状。与大作家的声誉相比，左拉一直遭受冷遇，但日本的法国文学研究者和法国文化研究者并非完全忽视左拉。为了正确评价他们的工作，这一点也需要申明。另外，本文不涉及外国著作的日译本，仅归纳日本人自己的著作，主要有以下四项。

首先在法国文学研究者领域，有分析左拉作品的主题、技巧、历史性等的研究。尾崎和郎的《左拉》(1983)是一部按年代介绍左拉生平、文学、思想的入门书。河内清的力作《左拉与法国现实主义》（1975）主要分析青年时期左拉文学的形成，论述了左拉从巴尔扎克、司汤达、福楼拜等他所景仰的作家那里学到的东西。河内的论文集《左拉与日本自然主义文学》（1990）则总结了自然主义文学的一般特征及左拉同时代人的评价。清水正和在《左拉与世纪末》（1992）中，以叙事诗特征、神话、象征等关键词展现了每部小说丰富的作品世界，他不拘于左拉理论，始终通过熟读作品强调主题的多样性和想象力的丰富性。

以上是专题性研究，尚有诸多在更广阔视域中探讨左拉文学的研究成果。坛上文雄的《法国铁路时代的作家们》（1981）是一部围绕铁路和汽车时代文学作品的随笔,《人兽》的作者必然是优先的参照对象。吉田城的《有神经质者的文学》(1996)第三章,从神经质的文学表象出发论述左拉的《帕斯卡医生》,揭示了神经质中隐含了侵蚀个人的根本性病理的隐喻。疾病是包括左拉在内贯穿自然主义文学的重要主题,例如寺田光德《梅毒的文学史》(1999)虽未单独开辟章节论述左拉,但却是考察梅毒这一特定疾病与19世纪法国小说关系的系统性研究。

围绕书籍和出版,精通社会史的宫下志朗在《读书之都巴黎》(1998)及《为了书籍史》(2002)的若干章节里,饶有兴致地论述了在出版业已无法从资本主义结构中独立出来的19世纪后半期,左拉如何在文学市场活动,又如何看待作家职业的问题。另外,小仓孝诚在《历史与表象》(1997)中,解析了作为历史小说的《崩溃》;在《19世纪法国:爱·恐怖·群众》(1997)中,从文化史角度论述了《巴黎》的思想性及《卢尔德》中信仰与理性的纠葛;在《(女性)是如何炼就的?》(1999)中,依据身体论分析了左拉作品中的女性身体表象。

第二是围绕左拉记者身份的一系列研究。尾崎和郎在《年轻的记者埃米尔·左拉》(1982)中,探索了19世纪60年代,即20多岁的左拉如何通过撰写书评、文学评论、政治和社会时评等一系列新闻工作者的活动,培养了鉴别当时社会和文学的眼光,并逐渐形成了自身美学体系的过程。提到左拉与新闻界,就不能不提德雷福斯事件。关于德雷福斯事件,国内外发表了无数论文。在日本,例如渡边一民的《德雷福斯事件》(1972)论及左拉在整个事件中的作用。稻叶三千男则集中论述了该事件与左拉的关系,他在《德雷福斯事件与左拉——抵抗的新闻界》(1979)及续篇《德雷福斯事件与埃米尔·左拉》(1996)中,详细追溯了促使左拉积极参与事件的思想及社会性文脉。虽然这是广为人知的逸闻,但冒着生命危险为伸张信念挺身辩论的左拉,其"投身社会"的姿态令人感动。

第三是关于美术评论家左拉,或关于左拉与美术的研究。左拉很早就拥护印象派,他本人也以画家为主人公创作了小说《作品》。清水正和在《法国近代艺术——绘画与文学的对话》(1999)中涉及了左拉与19世纪绘画的关系。在讨论《作品》的章节中,清水正和探寻小说主人公克洛德画作的构思来源,指出这是一部宝贵的富于自传色彩的小说,它有助于了解左拉的艺术观和创作奥秘。

较之文学研究者，美术史家对此问题更感兴趣。高阶秀尔在《想象力与幻想——西欧19世纪的文学·艺术》(1986)第一章中，将《作品》放入西方艺术家小说系列中考察，指出克洛德的悲剧性死亡是19世纪艺术作品的共同主题，即艺术与社会、美与现实不可避免的纠葛的文学性表象。此外，其死后留下的那幅充满疑团的未完画作，属于莎乐美所代表的世纪末"宿命之女"系谱的女性像。新关公子亦关注《作品》，在《塞尚与左拉——艺术与友情》(2000)中指出左拉与印象派的相互影响后，探讨了克洛德原型之一塞尚与左拉不和的原因。稻贺繁美的《绘画的黄昏》(1997)是一部围绕19世纪后半期绘画的力作，系统地论述了美学与政治、作为制度的评论，书中多处引用左拉的美术评论及其与同时代画家、评论家们的往来书简，富于启发意义。

最后，从比较文学视野探讨日本左拉接受史的研究亦不在少数。这方面的研究不限于左拉，这是一般性论述外国文学如何被引进日本、如何被诠释这一接受史中的一页，与其说这是法国文学课题，不如说更是日本文学课题。

提到自然主义文学及田山花袋、岛崎藤村、永井荷风等作家的作品，不能不涉及与左拉的关系，吉田精一《自然主义研究》(全二册、1956—1959)就是一例。完全站在比较文学视野考察左拉接受史的文章是收录于福田光治等编著《欧美作家与日本近代文学：法国篇》(1974)中的《左拉》。分析个别作家的左拉影响论文有赤濑雅子的《永井荷风——比较文学研究》(1986)，该书前二章涉及了荷风的左拉理解问题。富田仁的《法国小说移入考》(1981)第三章论述了左拉对尾崎红叶的影响，该书后附《明治时期法国文学翻译年表》颇有参考价值。前述河内清《左拉与日本自然主义文学》中亦有论述明治时期作家(坪内逍遥、森鸥外、二叶亭四迷、永井荷风)的左拉主义的章节。

总之，作为小说家、文学评论家、记者、美术批评家，左拉尚有许多值得研究之处，通过此次"左拉·精选"，至今鲜为人知的左拉著作将展现在日本读者面前，期待着我国的左拉研究取得飞跃性发展。

编后记

小仓孝诚（1956—）是东京都立大学人文系副教授，专门研究近代法国文学文化史，是日本当代的左拉研究专家，著有《19世纪法国理想与创造》（1995年），并翻译了巴尔扎克的《驴皮记》。他的《左拉与日本》是他与宫下志朗合作编著的《现在为何研究左拉：左拉入门》（2002）中的最后一章，全面地评述了左拉及其作品在日本的接受和影响。

本文选自小仓孝诚：《左拉与日本》，黄开彦译，载宫下志朗、小仓孝诚编著：《现在为何研究左拉：左拉入门》，东京藤原书店，2002年，第265—282页。

第三辑

中国左拉研究

现代欧洲文艺史谭（1915）

作者 陈独秀

欧洲文艺思想之变迁，由古典主义（Classicalism）一变而为理想主义（Romanticism），此在十八、十九世纪之交，文学者反对模拟希腊、罗马古典文体，所取材者，中世之传奇，以抒其理想耳。此盖影响于十八世纪政治社会之革新，黜古以崇今也。十九世纪之末，科学大兴，宇宙人生之真相，日益暴露，所谓赤裸时代，所谓揭开假面时代，喧传欧土，自古相传之旧道德、旧制度，一切破坏。文学艺术，亦顺此潮流，由理想主义，再变而为写实主义（Realism），更进而为自然主义（Naturalism）。

自然主义，唱于十九世纪法兰西之文坛，而左喇（Émile Zola，法国巴黎人，生于一八四〇年，卒于一九〇二年）为之魁。氏之毕生事业，惟执笔耸立文坛，笃崇所信，以与理想派文学家勇战苦斗，称为自然主义之拿破仑。此派文艺家所信之真理，凡属自然现象，莫不有艺术之价值，梦想理想之人生，不若取夫世事人情，诚实描写之有以发挥真美也。故左氏之所造作，欲发挥宇宙人生之真精神真现象，于世间猥亵之心意，不德之行为，诚实胪列，举凡古来之传说，当世之讥评，一切无所顾忌，诚世界文豪中大胆有为之士也。与氏最称莫逆者，法兰西小说家龚枯尔（Goncourt）、佛罗倍尔（Gustave Flaubert，法国 Rouen 人，生于一八二一年，卒于一八八〇年）及都德（Alphonse Daudet，生于一八四〇年，卒于一八九七年），吾国胡适君所译《柏林之围》（*Le siège de Berlin*，见《甲寅》第四号）及《割地》（原义最后之课 *Dernière Classe*）二篇皆都德所作。俄罗斯小说家屠尔格涅甫（Ivan Turgenev，生于一八一八年，卒于一八八三年），即本志译录之《春潮》作者。当时青年文士及美术家，承风煽焰，遍于欧土。

自然派文学艺术之旗帜，且被于世界。法人裴利西（Georges Pellisier）不满意于自然主义者也，所著《现代文学之运动》（*Le mouvement littéraire contemporain*）中，有言曰："自然主义，果真失败乎？即其毁坏无复存续，而于坚持文学上之观察力，及现实界真诚之研究，其功能亦未可没。其最可称道者，莫如小说，若佛罗倍尔，若龚枯尔兄弟［兄名 Edmond de Goncourt（1822—1879），弟名 Jules de Goncourt（1830—1870）］，若都德，若左喇，若莫泊三（Henri René Albert Guy Maupassant，生于一八五〇年，卒于一八九三年），若法白尔，求之吾国历代文学史中，以小说得名之正，未有能过之者也。"读此可见今日欧洲自然派文学之势力矣！

现代欧洲文艺，无论何派，悉受自然主义之感化，作者之先后辈出，亦远过前代，世所称代表作者，或举俄罗斯之托尔斯泰，法兰西之左喇，那威之易卜生（Henrik Ibesn，1828—1906），为世界三大文豪。或称易卜生及俄国屠尔格涅甫，英国王尔德，比利时之梅特尔林克（Maurice Maeterlinck，生于一八六二年，今尚生存），为近代四大代表作家。

现代欧洲文坛第一推重者，厥唯剧本，诗与小说，退居第二流。以其实现于剧场，感触人生愈切也。至若散文，素不居文学重要地位。作剧名家，若那威之易卜生，俄罗斯人安德雷甫（L.N.Andreyev，今尚生存），英人王尔德、白纳硕（Bernard Shaw）、伽司韦尔第（Galsworthy），德意志之郝卜特曼（Hauptmann），法人布若（Brieud），比利时之梅特尔林克，皆其国之代表作家，以剧称名于世界者也。

裴利西原语如下：Le naturalisme fit—il réellement faillite? S'il ne laissait rien de durable, encore aurait—il bien mérite de la littérature en la ramenant à l'observation, à l'étude sincère de la réalité. Mais, pour ne parler ici que du roman, nous lui devons Flaubert, les Goncourt, Daudet, M. Émile Zola, Guy de Maupassant, Fadinand Faber; et peut-être aucune autre époque de notre histoire littéraire ne fournirait, dans un seul genre, plus de noms justement illustres.

编后记

陈独秀（1879—1942）是“五四”新文化运动的倡导者，中国共产党早期的主要领导人。他虽然只是在《现代欧洲文艺史谭》中论述了西方文艺，但从中可以看出他对西方文艺的真知灼见。

本文选自1915年11月15日《青年杂志》第一卷第三号。

自然主义与中国现代小说(1922)

作者 茅盾

一 中国现代的小说(略)

二 自然主义何以能担当这个重任?

从上面的粗疏的陈述看来,我们可以得个结论:不论新派旧派小说,就描写方法而言,他们缺了客观的态度;就采取题材而言,他们缺了目的。这两句话光景可以包括尽了有弱点的现代小说的弱点。我觉得自然主义恰巧可以补救这两个弱点。请仍就描写方法与采取题材两点分而论之。

自然主义起于何时,代表作者是谁,这些想来大家都知,本刊亦屡已说过,不用我再饶舌。我们都知道自然主义者最大的目标是"真";在他们看来,不真的就不会美,不算善。他们以为文学的作用,一方要表现全体人生的真的普遍性,一方也要表现各个人生的真的特殊性,他们以为宇宙间森罗万象都受一个原则的支配,然而宇宙万物却又莫有二物绝对相同。世上没有绝对相同的两匹蝇,所以若求严格的"真",必须事事实地观察。这事事必先实地观察,便是自然主义者共同信仰的主张。实地观察后以怎样的态度去描写呢?左拉等人主张把所观察到的照实描写出来,龚古尔兄弟等人主张把经过主观再反射出的印象描写出来;前者是纯客观的态度,后者是加入些主观的。我们现在说自然主义是指前者。左拉这种描写法,最大的好处是真实与细致。一个动作,可以分析的描写出来,细腻严密,没有丝毫不合情理之处。这恰巧和上面说过的中国现代小说的描写法正相反对。专记连续的许多动作的“记账式”的作法，和不合情理的描写法，只有用这种严格的客观描写方能慢慢校正。其次，自然主义者事事必先实地观察的精神也是我们所当引为“南针”的。从前旧浪漫派的作者只描写他们自己理想天国中的人物，当然不考究实地观察的功夫，但是浪漫派大家雨果的《哀史》[①]的背景却根据实状描写，很是真切。自然派的先驱巴尔扎克和福楼拜等人，更注意于实地观察，描写的社会至少是亲身经历过的，描写的人物一定是实有其人（有 model）的。这种实地观察的精神，到自然派便达到极点。他们不但对于全书的大背景，一个社会，要实地观察一下，即使是讲到一爿巴黎城里的小咖啡馆，他们也要亲身观察全巴黎城的咖啡馆，比较其房屋的建筑，内部的陈设，及其空气（就是馆内一般的情状），取其最普通的可为代表的，描写入书里。这种功夫，不但自然派讲究，新浪漫派的梅特林克等人也极讲究；可说是现代世界作家人人遵守的原则。然而中国旧派小说家对于此点，简直完全忽视，新派作者中亦有大半不能严格遵守。旧派中竟有生平从未到过北方而做描写关东三省生活的小说，从未见过一个喇嘛，而竟大做其活佛秘史；这种徒凭传说向壁虚造的背景，能有什么“真”的价值？此外如描写“响马”生活，蜑户生活等等特殊的人生，没有一篇是出于实地观察的，大家在几本旧书上乱抄，再加了些“杜撰”，结果自然要千篇一律。试问这种抄自书上的人生能有什么价值？中国做小说的人，和看小说的人，对于这种不实不尽的描写，几乎视为当然，要想想校正他，非经过长期的实地观察的训练不能成功。这又是自然主义确能针对现代小说病根下药的一证。此外还有作者的心理一端，我以为亦有待于自然主义的校正。中国旧派小说家作小说的动机不是发牢骚，就是风流自赏。恋爱是人间何等样的神圣事，然而一到“风流自赏”的文士的笔下，便满纸是轻薄口吻，肉麻态度，成了“诲淫”的东西；言社会言政治又是何等样的正经事，然而一到“发牢骚”的“墨客”的笔下，便成了攻讦隐私，借文字以报私怨的东西。这都因作者对于一桩人生，始终未用纯然客观心理去看，始终不曾为表现人生而描写人生。中国的淫书，大概总自称“苦口婆心意在劝世”，而其实不免于诲淫，就因为“劝世”的话头是挂在嘴上的，而“风流自赏”的心理确实生根在心里的。自然派作者对于一桩人生，完全用客观的冷

① 《哀史》即《悲惨世界》。

静头脑去看，丝毫不掺入主观的心理；他们也描写性欲，但是对于性欲的看法，简直和孝悌义行一样看待，不以为秽亵，亦不涉轻薄，使读者只见一件悲哀的人生，忘了他描写的是性欲。这是自然主义的一个特点，对于专以小说为“发牢骚”，“自解嘲”，“风流自赏”的工具的中国小说家，真是消毒药；对于浸在旧文学观念里而不能自拔的读者，也是绝妙的兴奋剂。

以上是就描写方法上立说，以下再就采取题材上略说一说。

自然主义是经过近代科学的洗礼的；他的描写法，题材，以及思想，都和近代科学有关系。左拉的巨著《卢贡-马卡尔》，就是写卢贡-马卡尔一家的遗传，是以进化论为目的。莫泊桑的《一生》，则于写遗传而外又描写环境支配个人。意大利自然派女小说家塞拉哇（Serao）的《病的心》（*Cuore Infermo*）是解剖意志薄弱的妇人的心理的。进化论，心理学，社会问题，道德问题，男女问题……都是自然派的题材：自然派作家大都研究过进化论和社会问题，霍普德曼在作自然主义戏曲以前，曾经热烈地读过达尔文的著作，马克思和圣西门的著作，就是一个现成的例子。现在国内有志于新文学的人，都努力想作社会小说，想描写青年思想与老年思想的冲突，想描写社会的黑暗方面，然而仍不免于浅薄之讥，我以为都因作者未曾学自然派作者先事研究的缘故。作社会小说的未曾研究社会问题，只凭一点“直觉”，难怪他用意不免浅薄了。想描写社会黑暗方面的人，很执著地只在“社会黑暗”四字上做文章，一定不会做出好文章来的。我们应该学自然派作家，把科学上发见的原理应用到小说里，并该研究社会问题，男女问题，进化论种种学说。否则，恐怕没法免去内容单薄与用意浅显两个毛病。即使是天才的作者，这些预备似乎也是必要的。

三　有没有疑义?

我所见到的中国现代小说界应起一种自然主义运动的理由，不过是这一点而已，都是极浅近的，并没有什么特见；而且有好多地方或许是我的偏见，甚望读者不吝赐教，加以讨论。我还有一点意见也想乘便贡给于自然主义的怀疑者。

就我所听到的怀疑论，约可分为二派：一是对于自然主义本身有不满意的，一是对于中国现在提倡自然主义有疑义的；而这两派里又可再分为就艺术上理论与就思想上立论的二组。所以可说一共有四种怀疑论。

第一是就艺术上立论对于自然主义本身不满意的。他们大都引用新浪漫派攻击自然主义的理论为据,所持理由,约分二点:

(一) 自然主义者所主张的客观描写法是不对的,因为文学上的描写,客观与主观——就是观察与想象——常常相辅为用,犹如车之两轮。太偏于主观,容易流于虚幻,诚如自然派所指摘,但是太偏于客观,便是把人生弄成死板的僵硬的了。文学的作用,一方是社会人生的表现,一方也是个人生命力的表现,若照自然派的主张,那就是取消了后者了。

(二) 自然主义者所主张的客观的观察法实在是蔽于主观的偏见,所以也是不对的。自然主义者主观的偏见先自肯定人生是丑恶的,从而去搜求客观丑恶相,结果只把人生看了一半;须知人生中是有丑有美的,自然派立意去寻丑,却不知道所见的只是一半。自然派虽自称为客观的观察,不涉一毫主见,其实完全是主观的观察,正与浪漫派同陷一失。

这两条理由当然是强有力的;但只是两条理论而已,和我们讨论的实际问题不生关系。我们的实际问题是怎样补救我们的弱点,自然主义能应这要求,就可以提倡自然主义。参茸虽是大补之品,却不是和每个病人都相宜的。新浪漫主义在理论上或许是现在最圆满的,但是给未经自然主义洗礼,也叨不到浪漫主义余光的中国现代文坛,简直是等于向瞽者夸彩色之美。彩色虽然甚美,瞽者却一毫受用不得。

第二是思想上立论对于自然主义本身不满意的。这种怀疑论,大体也是根据了新浪漫主义攻击自然主义的话。所持最大的理由就是说自然派所迷信的机械的物质的命运论不是健全的思想。这理由当然是不错的;不过我们也要明白,物质的机械的命运论仅仅是自然派作品里所含的一种思想,绝不能代表全体,尤不能谓即是自然主义。自然主义是一事,自然派作品内所含的思想又是一事,不能相混。采用自然主义的描写方法并非即是采用物质的机械的命运论。况且定命论的思想也不是自然主义者所能创造的,必社会中先有了发生这定命论的可能,然后文学中乃有这思想。如果社会中有这可能,我们防它也是枉然,它自己总会发生的,否则,无论如何,不会发生。所以这一派的怀疑论亦不足以非难我们。

第三是就艺术上立论对于中国现在提倡自然主义有疑义的。这中间又分甲乙两组。甲组,大抵说中国新文艺正当萌芽时代,极该放宽道路,任凭天才自由创造,若用什么主义束缚,那是自走绝路。这种论调我觉得是浅见的。艺术当然要尊重自由创造的精神，一种有历史的有权威的主义当然不能束缚新艺术的创造，人类过去的艺术发展史早把这消息告诉我们了；但是过去的艺术发展史同时又告诉我们：民族的文艺的新生，常常是靠了一种外来的文艺思潮的提倡，由纷乱如丝的局面暂时的趋向于一条路，然后再各自发展。当纷乱如丝的局面，连什么是文艺都不能人尽知之，连像些文艺品的东西尚很少，大部分作者在盲目乱动，于此而提倡自由创造，实即是自由盲动罢咧！中国现在“青黄未发”，市面上最多的是自由盲动的不研究文学而专以作小说为业的作者，和那些“逐臭”的专以看小说为消遣的读者，当这种时代，我以为惟有先找个药方赶快医治作者读者共有的毛病，领他们共上了一条正路；否则，空呼“自由创造”，结果所得，不是东西。所以我觉得甲组所见颇浅。乙组的见解比较深湛些，他们比较的着眼于实际情形，不徒作空论。他们说中国现代的小说大抵尚屈服于古典主义之下，什么章回体，什么“文以载道”的思想，都是束缚作者的情绪的；中国文学里自来就很少真情流露的作品，热烈的情绪的颤动，中国文学里简直百不遇一。出于真情的文学才是有生气的文学，中国文人一向就缺少真挚的情感；所以此时应该提倡那以情绪为主的浪漫主义。这一说未尝不见到中国现代文学实际情形的一面，可惜忽略了那比较更重要的一面。我以为热烈的情绪在中国文学里不是全然没有的，“发牢骚”的小说，其中何尝没有热烈的情绪？然而反因他主观的忿激的情绪过分了，以致生出意外的不好影响；这岂非也是实在的么？中国现代小说的缺点，最关重要的，是游戏消闲的观念，和不忠实的描写；这两者实非旧浪漫主义所能疗救。虽然西洋各国大都依次演过古典，浪漫，而后自然，并且也有人说在文艺新生的国里，当自然主义发生以前，大概是有个小小的浪漫运动的，然而我终觉得我们的时代已经充满了科学的精神，人人都带点先天的科学迷，对于纯任情感的旧浪漫主义，终竟不能满意；而况事实上中国现代小说的弱点，旧浪漫主义未必是对症药呢。

第四是思想上立论对于中国现在提倡自然主义有疑义的。他们大概说自然主义描写个人受环境压迫而无反抗之余地，迷信物质的机械的命运论等等，都是使人消失奋斗的勇气，使人悲观失望的，给中国现代青年看了，恐有流弊。这当然是极可注意的怀疑论；但我们要晓得，意志薄弱的个人受环境压迫以及定命论等等，本是人生中存在的现象，自然主义者不过取出来描写一下而已，并非人间本无此现象，而自然主义者始创出来的。既然本有这现象，作小说的人见到，旁人也见得到，小说家不描写，旁人也会感到的。所以专怪自然主义者泄漏恶消息，是不对的（请参看《小说月报》第十三卷第五号我与周君赞襄的通信所言）。况且我们要从自然主义者学的，并不是定命论等等，乃是他们的客观描写与实地观察。自然主义者带了这两件法宝——客观描写与实地观察——在西方大都市里找求小说材料，所得的结果是受人诟病的定命论等等的不健全思想。但是如今我们用了这两件工具在中国社会里面找小说材料，恐未必所得定与西方自然主义者找得到的相同罢。万一相同，那只能怪社会不好，和那两件工具毫不相干。忘了该诟骂的实在人生，却专去诅咒那该诟骂的实在人生的写真，并且诅咒及于写真的器具（那就是客观描写与实地观察两法），未免太无聊了。西洋的自然派小说固然是只看见人间的兽性的，固然是迷信定命论的，固然是充满了绝望的悲哀的，但这都因为十九世纪的欧洲的最普遍的人生就是多丑恶的，屈伏于物质的机械的命运下面的；我们的社会里最普遍的人生，如果不是和他们相同，则虽用了客观描写与实地观察去找材料，岂必定是巴黎的“酒店”；如果相同，我们难道还假装痴聋，想自讳么？所以我觉得就思想上立论对于中国现在提倡自然主义怀疑的，也是过虑。

我的话都完了。除希望大家严格批评外，更有二点要申明：（一）本文仓猝写成，因而第一段批评旧派小说本想多举例，也不克如愿，只随手举了一个；（二）凡我所说意见，都以广博的作者界及读者界为对象，并非拿几个已有所成就的新派作者做对象，因为我虽然反对那类乎鼓吹盲动的“自由创造”说，而对于真有天才并研究了文学的作者的真正“自由创造”却是十二分的钦敬和欢迎。

编后记

茅盾（1896—1981）原名沈雁冰，是中国当代著名作家和评论界，新中国成立后任文化部长。他早年推崇左拉自然主义，晚年对自然主义进行批判。

本文选自《茅盾文集》第18卷，人民文学出版社，1989年，第235—243页。

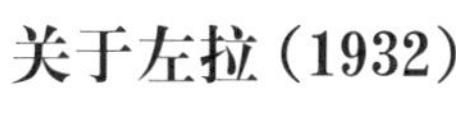

关于左拉（1932）

作者 瞿秋白

左拉自传（略）

这是左拉的自叙传——他写给俄国作家波波雷金的一封信；因为波波雷金准备着一个关于“法国的现实小说”的讲演，他请左拉自己给他一些材料，所以左拉就写了这封信，不过直到现在，这封信一直没有人注意过，最近，才从一八七六年的俄国杂志《祖国杂记》第七期上发见（这是波波雷金所引的“逐字逐句的译文”），法文原稿不知道在什么地方。

左拉和俄国文学界的关系是很值得注意的。一八七五年，经过屠格涅夫的介绍，左拉开始在俄国杂志《欧洲消息》上作文章，他差不多每一个月送一篇文章，或是论文，或是小说，给这个杂志；中间也有间断的时候，可是前后总共有六年，这个杂志一直登载着他的《巴黎来信》，起初是不用真姓名署名的，后来就公开的签上了左拉的名字。这些《巴黎来信》总共有六十三篇，另外还有一篇文章是论巴勒札克和他的书信的。这些文章和“通信”之中，直到现在还有二十四篇没有发表的法文原稿。

十九世纪七十年代的俄国读者非常之欢迎左拉，至少也是很注意他的作品的；他在俄国的“成名”比在法国要早几年，他的最初几部小说大半都是俄国翻译预先从他的原稿译出来就付印的，甚至于有几部比法文的先出版（例如《神甫谟莱的失脚》，《爱仁·鲁共大人》，《太太们的幸福》）。

这是什么原因呢？最初，俄国读者读到左拉最早几部作品——《鲁共·马卡尔——第二帝国时代的一个家族的自然史和社会史》的头几卷的时候，立刻就对于他的“科学的小说论”发生很大的兴味。当时的批评论文差不多都是提起左拉的理论。那时候，俄国的文学界里，一种激进的平民的“有倾向的”小说正经过着长期的危机，同时，资产阶级的所谓社会小说也在这一个时期里形成起来。“自然主义的理论”在当时恰好是最适当的当前问题，因为它对于俄国阶级斗争所引起的资产阶级的文学和平民的文学里的一些问题，指出了一种解决的道路。因此，对于他的《巴黎来信》大家都非常之注意。然而在最初一时期，左拉的观点在俄国是被“误解”的。左拉自己的所谓“科学性”其实是联结着非道德主义，非政治主义的，这是使得“社会”小说不至于转变到社会主义小说的一种靠得住的担保。而俄国七十年的时候，提起科学，甚至于生理学和医学，都会联想到激进的社会问题上的政纲。当时，仅是“自然史和社会史”这么一个小题目，就足以使得《鲁共-马卡尔》的作者在俄国青年之中代表社会问题上的激进主义，认为是“高度发展的道德情感和社会认识”。这是很容易明白的事，是要想一想，中国辛亥革命前后的“维新派”，“科学派”，以及五四时期的“赛因思先生”，也是和革命主义，“德谟克拉西先生”联结着的。然而《巴黎来信》出现之后，俄国的读者一天天的发见左拉的“科学主义”客观上是反动的方法论和理论。左拉的文艺学说，仿佛最近的中国思想界之中的“某一班人”，事实上是籍口“科学”，“客观”，“真实”等等，来否认革命倾向的必要，来讥笑“主观的”改革主义的“急色儿”。当时俄国的革命青年自然就对于左拉表示不满意，他们越是对左拉认识得清切，也就越发觉得左拉不是自己营垒之中的人，左拉的超然旁观的态度，使得俄国革命青年对于他逐渐的冷淡下来。那时的杂志《事业》、《祖国杂记》、《新问》等等上面，发现了一些论文，指出法国大小说家左拉的“社会旁观主义”。“一些人自己没有严肃的一定的道德理想和政治理想，他们不去努力研究出这种理想来，反而说：我们本来就不要这些东西，我们是学者，我们要创造的是关于人的科学。”——这是美哈伊洛夫斯基说的话，可以代表着当时激进派的俄国读者对于左拉的态度。这种攻击的剧激，使得《欧洲消息》杂志的编辑不能够不出来声明他们并不完全赞成左拉的文艺理论。这样，俄国对于左拉的兴趣渐渐的冷淡，而《欧洲消息》上的《巴黎来信》到一八八一年也就停止了。同时，左拉在法国的地位也变更了。当初他利用俄国的《欧洲消息》做他发表文艺理论的讲坛，那时候—— 一八七五年——巴黎的任何一个杂志都不接受他的论文，不给他有开始文艺论战的可能；而到了一八八一年前后，他的《小酒店》和《娜娜》成功了，他大大的出名了，“自然主义的理论”成了法国报界的文艺争论的中心问题。于是对于左拉,俄国杂志上的“通信”工作也就是多余的了。

固然,当时俄国青年对于左拉态度的转变,一部分是由于“左倾的幼稚”,一部分是由于唯心论的革命情绪;然而,左拉理论的实质和他客观上的政治作用,的确包含着反动的成分。俄国革命青年的“直觉”反映着当时的群众阶级斗争的情绪,而抵抗这种反动成分的影响。

左拉最早的作品,不过是青年时期的模仿性的著作,当时他自己的“理论”还没有形成,至多只有点儿胚胎。一八六八——一八七一年是他的转变时期,在这个时期里面他开始计划自己的《鲁共-马卡尔》而写出了头两部小说。一八六七年他写的《特莱若·腊坎》和一八六八年的《马德伦·菲腊》是他的过渡阶段。在这以前,左拉还是浪漫小说的模仿者,而这两部小说就已经受了龚苦尔和泰纳理论的影响。左拉说泰纳是“道德界的自然主义者”。他自己的自然主义也在这个时期开始建立。这是应用到文艺方面来的自然科学的唯物论。左拉在《特莱若·腊坎》和《马德伦·菲腊》里所描写的“人,就只是动物,并不更多些”,这就是他的生理学主义的表现。克洛德·白纳尔在试验主义的医学里所“发明”的遗传论,帮助了左拉形成他的所谓“Le Roman expérimental”(“试验小说”或者“实验小说”)的观点。他曾经有这么一篇论文,题目就叫作“Le Roman expérimental”,首先登在俄国杂志《欧洲消息》上的(一八七九年)。然而他接受了泰纳的所谓“环境”的概念之后,已经增加了新的成分——社会的成分,这在他的《鲁共-马卡尔——第二帝国时代的一个家族的自然史和社会史》的计划之中,就可以看得出来。最近发现的泰纳给左拉的信,很明显的要求左拉扩大他的创作基础,而脱离那种狭隘的生理学主义。固然,一八六六年泰纳答复左拉的信(这信在当时是公布了的),就认为左拉是他的学说的信徒,而劝告左拉还要“深刻的了解那个公式”(泰纳的著名公式:“种族、环境和时机”)。然而一八六八年左拉的《特莱若·腊坎》出版之后,泰纳还有一封信给左拉,这封信就更有意义了。资产阶级的社会学家泰纳也说“一部书应当多多少少的包括到全体,应当是整个社会的反映”;他劝左拉“扩大题材的范围”,他提起巴勒札克,说一个“完成的艺术家之中,永久有一个‘哲学家·百科全书家’包含在内,对于事物的观点是广泛的,包括全部的”。他这封信里说:

……要做一个职业的生理学家和心理学家，才能够读过你写的那样的书而神经上不受损失。书越是有力，越是真实，那么，它所引起的影响也就越发厉害。不能够不读完它，然而要重新再读一遍，那就必须有求得一些知识的坚定的意志。读着《葱美尼·拉塞替育》也是这样的：虽然写得无隙可乘的精确和直接，然而这部书所引起的是一种"不可接近"的感想。宁可去读些真正的医学著作罢……

泰纳劝左拉"还要造出别一种的（作品）——要有更大的对象和更宽泛的眼界"。左拉是否接受了他的这种劝告和影响呢？并不是完全接受的，而他的确扩大了自己的创作基础，但是，他同时反对文艺之中的"哲学化"——发议论，左拉在《鲁共-马卡尔》的计划之中，已经决定要分析"两种要素：一，纯粹的人的——生理学的要素，对于一个家族，被定命的遗传性所支配着的一个家族的科学研究；二，当时时代对于这个家族的影响，时代的寒疟症对于这个家族的精神上肉体上的毁坏，周围环境的社会上物质上的影响"。然而左拉前几年的非政治主义仍旧保存着它的力量："当然，我在这里不关涉到估量政治制度的问题，不说到那一种方法是在政治上宗教上去管理人民的最好的方法。我不愿意赞成或者拥护某种政治或者宗教。我所描写的景象——简简单单的只是现实里面的某一块的分析，所描写的只是这一块'现实'的事实上的情形。我不过记录事实罢了。"左拉避开广大的意识形态上的综合，他表示不同意于泰纳的主张，他说"有人以为没有一个伟大的小说家不包含着哲学家的；是呀，这是巴勒札克之类的无聊的哲学。我宁可只做小说家。"左拉自己和巴勒札克对立，他认识自己的观点是同巴勒札克不同的；他的遗稿之中，有一部分叫做《我和巴勒札克的分别》，这里就有这么一段结论：

我的作品，社会的成分没有科学的成分那么多。巴勒札克用三千个人物要想写出风尚的历史：他把这个历史的基础建筑在宗教和国王政权之上……总之，他的作品是要想做当时社会的镜子……我的作品将要完全是另外一种的作品。它们的范围要小得多。我所要描写的不是现代社会，而是一个家族，而且表现亲属和环境的影响的交错……即使我利用历史的范围，这也不过是为着要有一个影响那些人物的环境；职业和居住的区域也是环境。对于我，最重要的是做一个纯粹的自然主义者，纯粹的生理学家。我没有什么原则（国王政权，天主教），而只有公律（遗传性，天赋性）。我不像巴勒札克似的，要决定那一种制度应当是人类生活的制度，我不要做政治家，哲学家，道德家。我只要做一个学者就满意的了。我将要表现现实，而且寻找现实的内部隐藏的基础。而结论我是没有的。

然而左拉在交给拉克鲁亚（他的出版者）的计划里，却已经修改了一些自己的意见，他说，除开遗传性问题和环境问题之外，他的人物还在于"研究整个的第二帝国，从政变起直到现在为止。把现在的社会，混蛋和英雄，都表现在典型之中。这样，用事实和情绪来描写人类的整个'社会年龄'，描写它的风尚和事变之中的无数的部分"。的确，《鲁共-马卡尔》是拿破仑第三的帝国时代的社会纪事诗，好像巴勒札克的《人的滑稽戏》是七月革命之后的王政时代的纪事诗。左拉，一般说起来，也是一个社会学家的作家。但是，他对于社会问题的概念，是和巴勒札克的不同的。他是民权主义的激进的小资产阶级的意识代表，而实质上还是工业资本的资产阶级思想的俘虏，他的立场其实是和资本主义密切联系着的。这在代表"技术和知识阶层"的小资产阶级意识的思想家，是常常会碰见的事。他的意识的进化，跟着第三共和国时代的小资产阶级和技术的知识阶层的实际行动而发展的。左拉的这种阶级意识，使得他和泰纳的意见越离越远，这是有政治上的原因的。左拉是个共和主义者。而泰纳在他的著作《现代法国的源流》里，表现他自己是个反动派，是民权主义的敌人，甚至于资产阶级的民权主义，他也反对。一八七〇— 一八七一年的事变（普法战争，巴黎公社）暴露了这两个作家的真面目，他们之间的冷淡就是由此而来的。

对于法国的读者，左拉的态度在当时是不十分清楚的，因为左拉对于泰纳的批评和估量只发表了一八八六年的一篇文章（题目是《艺术家的泰纳》）。然而在俄国彼得堡的杂志《欧洲消息》上却登过左拉的两篇论泰纳的论文：一篇是《伊颇里德·泰纳和他的论法国的新书》（一八七六年六月），一篇是《泰纳书里的法国革命》（一八七八年五月）。这两篇文章，在左拉生前就没有收进法文的论文集；直到最近出版的法文左拉集（白努亚尔版），也还没有印进去。然而这两篇文章，对于左拉的政治态度，却是很重要的。

第一篇文章，是论泰纳对于“旧制度”(大革命以前的制度)的分析的，左拉在这里称赞泰纳的科学方法，说他是“自然主义的历史家”，同情他的孔德派的实证主义的哲学；但是表示不满意他的反动的政见。左拉说：

> 我要承认，我读着他的书真有点儿不舒服。……他也许会说，这是我的愚蠢，迷误，最后幻想，也许就是他所说的那个“民权主义的幻想”。让它这样好了！我公开的可以答复，在这一次我宁可保存幻想罢。

左拉批评着泰纳，表明自己对于革命的观念：

> 革命的根源是在于全人类的一般的生长。即使我们不愿意把革命认为世界史的动力，可是，没有疑问的应当承认革命史人类记录里最激烈的危机；革命表现那永久的斗争——这是“有的”和“什么也没有的”人之间的斗争，这是自由的和不自由的人之间的斗争。
>
> 我已经说过，现在再重复说一遍：一八七一年的公社很影响了他，使他对于一七八九年的民权主义运动也这样严厉的判断。这叫人想象着这么样的一个人：他记起了那一次，就在他的窗子底下怒吼起来的叛乱，这样的叛乱不会是有公理的，因为它破坏了他的安静的和平的生活。

虽然泰纳自己说他的历史研究是非常之客观的，但是，左拉就觉得他“暗中同情着特权阶级”。

第二篇论泰纳的文章里，左拉的态度还要来得确定。他说泰纳“表现着守旧派的私心，这种守旧派被公社吓怕了，非常之愤激”，“那种平民的专政引起了他的忿怒和痛恨”，他“拥护贵族和僧侣”。因此，“泰纳的议论之中到处都暗藏着自己的政见”，因此，泰纳“似乎竭力的在那里证明革命不过是一批少数的暴徒的事情，他到处只看见‘外国的鼓动家’的行动”，而非常之称赞所谓“正直的人”——就是不赞成共和的。泰纳把革命 (révolution) 叫作解体 (dissolution)。

这里，左拉反对泰纳把巴黎公社描写得像匪徒的烧杀似的，——左拉自己亲自看见过巴黎公社时期的情形，他说：

“外国人”这种字眼真使我奇怪。这样，泰纳暗示着：法国的革命是外国人干出来的。一八七一的公社时期，也有人说暴动是外国人干的，还说出几个比利时人和波兰人的姓名。然而我们亲眼看见过公社事变的人，看见这样描写历史的手段，只好耸耸肩膀。

关于暴徒之中发现的恶棍，也是这么一回事……作者这样高兴铺陈的所谓恶棍的情景，似乎一些混蛋因为饿的关系就敢于偷面包，这就使得他厌恶和恐怖了，这是什么恶棍的情景呵！我也记得看见过“这些可怕的面孔，这些白天里碰不见的人物”。那其实是些工人，小贩，平常在街道上每天都可以碰得见，不过那时候他们是在牢房里过了一夜，胡子没有剃过，满脸蒙着灰尘……就不过这样罢了。应当永久消灭这些神话，说什么革命的恐怖家，说什么暴动时候从地底下钻出来的匪徒。泰纳这样光明的头脑，这样拥护真理，怎么也会跟着人家来说这一类的废话？难道他也像吓坏了的资产者一样的想法，以为有什么特别的革命人种吗？暴动队伍里的人都是从民众里出来的；这种人，我们白天里时常在街道上碰见，即使他们的脸变成了可怕的，那也是因为热烈的愤怒。似乎这种每一个考察的人都能够看见的事情，不值得指出来，对于自命为自然主义者的人，更加用不着，只要在巴黎公社的时候，到街道上散几回步，就可以挽救他的错误。

左拉着重的指出来，泰纳是在“和现在的共和宣战”。左拉这篇文章的结论，这样评判着泰纳的著作：

这是一篇经济损失的账目。泰纳是个尊重私有财产而知道金钱价值的人，他数着被抢的面包的车数，被烧掉的堡垒，被没收的财产等等。他用来说明革命定义的字眼，可以表示他这个事务家的心计。照他的意见，革命只不过是财产的转移。读着泰纳，也可以这样想，仿佛世界上从没有流过这么许多人血。整个时代被他描写得像在血的云雾里似的，只有一些残酷的刽子手和驯服的牺牲。然而统计并不帮助泰纳。人家说恐怖政策的牺牲有一万一千人，然而大家都知道的，一八七一年单是夺取巴黎那一次就远超过了这个数目。三天之内所枪毙的人，比革命党在几个月之内所判决的死刑就要多出不少。

一八七〇到七一年的事变之后，左拉明白了“政治简直占领着现代人的生活的极大部分，现在是确定自己的政治意见的时候了”。他自己的政治意见是怎么样的呢？他说：“我在这一篇文章里，只要求承认革命是比较人道主义的。”左拉是小资产阶级的民权派的共和主义者，他离得承认革命的行动还很远呢。左拉责备泰纳，说他讲到一七八九年的革命的时候，“那些很快乐的抛弃自己特权的特权阶级的形状，居然没有感动他；他不觉得这种热忱的伟大，这种热忱在国民会议的时候就已经鼓舞着贵族代表，他们那时候就郑重的议决法律之前的平等。”自然，农民暴动之后贵族的逼出来的“快乐”和“热忱”，是法国大革命史里的大家都知道的事实。左拉认为这些“快乐”和“热忱”应当有感动人的力量，这就是他的改良主义的政治见解。

左拉的小说《鲁共们的履历》和《巴黎的腹地》里，有些唯心派的共和主义者的人物，例如西尔佛和弗洛兰。这些人物的描写在政治上是不明显的，像左拉自己的“民权主义的幻想”一样。他的小说里，对于拿破仑派的资产阶级的批评就比较的尖刻，这也是很自然的。在那种反动时期，甚至于温和的资产阶级也不能够不反对贵族和大资产阶级的联合势力，而为着资产阶级式的共和国奋斗，何况他这个小资产阶级的民权主义者呢。

至于左拉在公社时期的具体的政治面目，那么，现在只有他在当时写的几篇报纸上的通信（在最新的法文的左拉集里都没有收进去），其余的材料都还没有整理，没有收集拢来。这几篇通信登在《钟报》（一八七一年二月二十五到三月十二）：是他从国民会议（资产阶级政府）的地点——波尔多——寄出的关于国会纪录的报告。这些通信里，左拉的态度是个温和的资产阶级的共和主义者，他赞成和平和第埃尔——资产阶级的政府的领袖，不免带着些狭隘的爱国主义的气味。国民会议从波尔多搬到凡尔赛之后，左拉还写了几封《凡尔赛通信》——他自己也到了凡尔赛，这几封信是从凡尔赛寄给《钟报》的，这是在巴黎公社成立之后了（一八七一年三月十八之后）。（而从一八七二年一月三日到十一月八日），左拉又写了些关于国民会议的《凡尔赛通信》，可惜，这些通信都没有收进新版的左拉文集)。公社时期,左拉有一次偶然的在凡尔赛被捕,因此,有人传说左拉是公社派。其实,左拉对于公社的态度,至多不过是中立派。

后来,左拉在他的小说《毁灭》里(一八九二年),也曾经写到一些关于公社的事实,那部小说的最后一段就是描写的公社。但是,他只把公社当作普法战争之中的一段插话。他当然并不了解巴黎公社的意义,他并不知道他的改良主义的理想不用公社式的革命手段就只是些空谈,而公社式的革命却是世界上第一次的无产阶级革命的尝试,是要真正的解放劳动,而不是什么"劳资合作"的和谐。他所以只能够一般的指出"这次革命是一个伟大的社会努力",说这里的"公理和自由是另外一种基础",是新的"公理和复仇的理想"。因为资产阶级的恐怖屠杀政策,所以他也对于公社派表示相当的同情。

上面所说的左拉的几篇论文为什么没有收进法文的初版左拉作品集呢?那几篇论泰纳的文章,为什么在法国没有出版呢?原来一八八〇—一八八一年,左拉的政治态度经过了小小的变动。当时他自己编了一本论文集,叫做《征伐》,他在这论文集里表示自己的非政治主义。他对于共和主义的理想虽然赞成,而对于公社之后的"第三共和"的法国政府的实际政策不能够满意,他反对当时的所谓"三十六个共和国"派的政治家。因此,他就失望灰心。他那本论文集是反对共和政府的。他也许以为发表反对泰纳而赞成共和理想的论文,可以被当时的政治家利用。他这种反对当时现实政治的态度,在他的小说《爱仁·鲁共大人》里,就有相当的反映,他是用"第二帝国"的事实来影射"第三共和"的现状。"第二帝国"——拿破仑第三时代的国会制度,在他的小说里代表着资产阶级政治组织的一个典型,这部小说表现了"这种严重的事情是怎样解决的!"总之,他在八十年代的初期对于政治非常失望,他在小说《浮渣》的草稿里写着这么一段话:"享福的资产者不愿意有任何的变更。他的投票是完全出于私心的,只想要巩固自己的地位。民众之中的新的骚动的危险;愿意停止革命而自己来占领统治地位。一觉到危险,大家就都执行着一样的路线,甚至于那些自命为无神论者和共和主义者也是一样的。"左拉提起沃古士脱·孔德的哲学,就说现在需要的是"科学的政治"——"既不是共和主义的,也不是君主主义的,而是人的"政治。从八十年代起,左拉在自己的创作里,一贯的宣传着工业主义,这大概也和他的孔德哲学关联着的,孔德认为工业是社会发展到最后阶段去的基础;这个"最后阶段”，孔德叫它“实证阶段”——而左拉叫它“试验阶段，自然主义的阶段”。

左拉的思想的发展，自然逐渐的反映在他的作品里面。而左拉的许多作品都有他自己写的纲领——在这些纲领里他预先决定了每一部小说的主要意思，这是他自己着重的指出来的“意识方面的问题”（这些“纲领”——“工作计划”都还保存着好些手稿）。他的思想发展和“第三共和”时代的激进的小资产阶级以及技术的知识阶层的实际生活史密切的联系着的，他是这种小资产阶级的意识代表。

他的小说《鲁共们的履历》和《巴黎的腹地》，表现着原始的小资产阶级的民权共和主义；《浮渣》就已经从家庭风俗方面去批评资产阶级；《太太们的幸福》和《金钱》里宣传着资本主义的工业主义；《萌芽》（《煤矿工人》）里，认识了劳资之间的阶级斗争，而《劳动》里面就暴露了他的社会改良主义，所谓“劳动，才能和资本的和平联合”的乌托邦。——这就是左拉思想的发展阶段，也就代表着小资产阶级的某些阶层，这些阶层在大工业和金融资产阶级统治的时代，竭力要想用改良的方法来避免资产阶级和无产阶级之间的革命战斗，事实上这就成了资本主义掌握之中的反对无产阶级革命的一种武器。自然，从无产阶级的正确立场上去读左拉之类的作品，即使只有一些确定的阶级本能，也可以得到这种现实主义文学里的许多益处，例如发现具体的剥削制度，以及它在意识上的影响，地方性的事实，风俗习惯上的反映，统治阶级罪恶的各方面的暴露。这种文学，替将来的伟大时代留下很宝贵的遗产，可以做锻炼新兴阶级的文艺武器的材料。至于说，宁可非政治的“绝对客观的”描写一些摄影机里的事实——（左拉还比这种摄影机高明得十倍呢）——而不必努力去求得“什么阶级意识”，甚至于认为“纯客观”的文学就一定不会变成资产阶级的武器，那就不过是自欺欺人的幻想——幻想着这样就会和革命永久走着同一条道路，而客观上，在一定的条件之下，这种文学家也会走到并非同路的方向那边去的。

左拉是一个很好的例子。他在主观上自然不是反动派，当然并不愿意帮助反动。但是，他曾经做过一个很大的政治错误。他做着所谓生物学问题和遗传学说的俘虏，在他的小说《小酒店》里，描写了工人群众之中的酗酒和堕落；而且这正当巴黎公社失败之后不久的时候，守旧派就利用这部小说来反对共和主义，反对工人运动——说这种运动只会是醉鬼运动。当时激进派的革命界的舆论，非常之反对左拉，这种抗议当然是很有理由的。后来拉法格对于这个问题，也有严正的批评。固然，左拉在《萌芽》里的态度就不同了，他认识了工人群众已经成为政治上经济上的一种力量，这对于他是一个大进步；他从一般的同情于贫苦的群众，进到了承认二十世纪的将来将要有劳资之间的决定胜负的冲突。然而他的根本思想，却始终没有逃出“劳资合作的可能”和社会改良主义的乌托邦。他的“工业主义”，他的反对金融资产阶级的态度，是根据于单是工业技术的“才能”就可以联络“劳动”和“资本”而增加生产，打倒寄生虫的幻想的。

……

这里，我们可以发见左拉在第一套小说《鲁共-马卡尔》之后，他对于生物学主义的偏向比较的减轻了些，而开始发生一些改良主义的乌托邦的社会理想，他的另外两套小说，《三个城市》和《四福音》就表现这种色彩。

左拉承认文学对于现实有积极影响的作用，然而他时常把这种作用当作“资产阶级的道德化”看待，其实就是教训主义的变相，很有点劝告狼不要吃羊子的意味。这正是小资产阶级改良主义的消极性和狭隘性的表现。

编后记

瞿秋白(1899—1935)是中国共产党的主要领导人之一,1931年参加了“左联”的领导工作,向中国读者介绍了马克思、恩格斯、列宁、斯大林及普列汉诺夫关于文学艺术的理论,拉法格的《左拉的〈金钱〉》最早就是在1935年由瞿秋白译成中文的。瞿秋白的《关于左拉》表明了他对左拉的批判态度,但也使我们了解到左拉在俄国的接受、左拉与泰纳的分歧和在巴黎公社时期的表现。

本文选自《瞿秋白文集》第二卷,人民文学出版社,1954年,第1169—1192页。

重新评价自然主义

——《自然主义——西方文艺思潮第二辑》序（1998）

作者 柳鸣九

在我们的文学批评界，“自然主义”是一个颇具贬义的用语。如果人们谈到繁琐的、死板的、令人感到厌烦的描写，经常就用“自然主义”一词去加以概括；如果人们谈到色情的、黄色的描写，更是经常用“自然主义”一词去加以称呼。如果是谈一个写真实的作家，对他作品里一些值得肯定的成就与长处，人们总把它们归功于现实主义，而对他作品里的一些缺点与毛病，如“歪曲了现实”、“歪曲了人的社会性与阶级性”、“没有反映出社会现实的本质”、“以表面的貌似真实的描写掩盖了社会的本质”，等等，则都归罪于自然主义的影响。而如果要谈人类文学思潮发展演变的过程，那么，人们则把自然主义称为现实主义的蜕化，还有更不客气的，干脆称之为一种“堕落”。

这种批评看来是出于一种静止的狭隘的理念，即现实主义至上论的理念、现实主义中心论的理念，掌握了这种批评标准的人肯定是自认为在把现实主义作为文艺创作中的最高理想、最高原则加以维护与捍卫，其主观愿望无疑是好的，但实际上，这却是把现实主义仅仅归结为巴尔扎克型的模式，把它看作是静止不动、一成不变的，而且，也忽视了这样一些常理常情：在百花争奇斗艳的人类文学的园地里，果能有一种方法是至高无上、亘古不变、绝对理想的？这种方法真能压倒一切、君临一切而使体现了其他创作方法的名篇巨制都黯然失色、价值全无？这些显而易见的问题早已对这种理念主义的现实主义至上论、现实主义中心论是否站得住脚提出了质疑，而站在这种至上论、中心论的立场上，把自然主义视为现实主义的反面，则会引起更多的疑问：自然主义文学产生后文学史上一些事实与现象简直就无法解释了，一些文学史研究家、学者的论著中有关的论断更是无法接受了。别的不说，仅仅对一幅举世公认的漫画就无法解释，那就是安德烈·吉尔的作品，画着巴尔扎克与左拉两个巨人相互致礼，把巴尔扎克表现为左拉的“精神上的父亲”。

可见，对自然主义文学的上述偏颇，实与文学批评的主观主义有关，是对文学史发展实际缺乏如实的把握而从绝对理念出发的结果。因此，对自然主义的切实研究，不仅与对自然主义的评价有关，而且也有助于对现实主义的更宽广、更深入的理解。……

那么，究竟自然主义的基本性质与它在文学发展过程中的作用、地位是什么？

尽管在这个问题上有不同的观点与意见，但谁也不能否认，自然主义是以真实的描写为目的，即以对客观外在的现实（包括社会现实生活）的真实描写与对人性、人的机体的真实描写为目的。真实是自然主义的基本出发点与前提。在这一根本点上，自然主义与传统的现实主义是一脉相承的、完全一致的。这个集子里所附的自然主义作家的一些文论，就充分说明了这一点。如果说它与以前的现实主义有什么不同的话，那就是自然主义在文学创作中要求有更大范围与程度更为彻底的真实，它追求无所不包的真实，绝对的真实，严酷的真实，不带任何粉饰的真实。具体说来，现实生活中任何范畴里的事物都应真实地加以描写，即使是卑污的事物、肮脏的事物、尴尬的事物、刺激人们美趣的事物或使人们道德感有所难堪的事物，都有如实进入文学表现领域的权利。在真实地描写现实这个根本的文艺问题上，18 世纪的狄德罗曾经是一个标志，他针对当时封建时代文学的实际，主张扩大真实描写的范围，要求市民、资产阶级凡俗而不高雅的生活进入文学表现的领域，成为文学描写的内容与对象。这在文艺思潮的发展过程中标志着现实主义创作原则的一次重大的开拓，从理论上为日后 19 世纪现实主义文学创作开辟了道路。同样，自然主义也标志着一次重要的突破，它彻底打破了文学表现的禁区，使所有的一切都能进入文学作品，这不能不说是文学写实主义原则的又一次发展。

不要以为，由于自然主义，人类的文学中只多了一些令有德之士唯恐避之不及的场景，如《娜娜》中莫法伯爵撞见自己的老丈人像一堆枯骨瘫痪在娜娜怀里的那一幕；《金钱》中的萨加尔在自己情妇的床上被当场捉奸后与情敌高等检察官像野兽一样对吼的场面。应该看到，由于自然主义，人类的文学才完全超出了沙龙、舞会、林荫道、乡间别墅的天地，而才有了矿井、坑道、小酒店、贫民窟、洗衣坊、工场里的车间、农村里的市集、大城市中的菜市场，以及农民在地头的劳动、工人的操作技术、乡间酿酒的程序、交易所里的各种金融业务……而且，所有这些都不是作为背景被粗略地加以勾画，而是作为文学表现的内容被加以细致详尽地描写，由此，自然主义的巨著《卢贡-马卡尔家族》的确堪称一部几乎无所不包的"第二帝政时代的社会史"，整整一个历史时期的百科全书式的图景，其反映社会现实之广泛与详尽，比巴尔扎克的《人间喜剧》有过之而无不及。在其他国家里，尽管没有出现左拉这样气派宏大、才力过人的作家，但自然主义思潮的影响，也明显地扩大了文学真实描写的范围。……

正因为自然主义在反映现实、表现现实方面作出了不可磨灭的贡献，所以，我们应该说，自然主义就是现实主义在19世纪后期历史条件下的一种特殊形式，是现实主义的演变与发展，它从根本上绝不是现实主义的反面。有鉴于此，有一些批评家与文学史家，往往把自然主义与现实主义等同起来，虽然我们认为这两者之间还是有所不同，存在着差异，但我们往往也难以下结论说，左拉、莫泊桑、德莱塞、班奈特等就是自然主义作家而与现实主义无关，或者，这些作家实际上是现实主义的而并非自然主义的；而只要有人把自然主义与现实主义对立起来，那更会陷入不可解决的矛盾，在对左拉、莫泊桑、龚古尔、德莱塞这些作家进行定性评价的时候，会发生明显的混乱。

人们把自然主义从现实主义的圣殿里驱逐出去，经常持有一些振振有词的理由。理由之一，说自然主义对现实的描写是纯客观的，缺乏倾向性，缺乏主观的思想感情，是没有生命的照相式的描写，而现实主义的描写则是有倾向的、有思想感情的，因而两者有本质的不同。是的，在自然主义的局部具体的描写中，作家经常是力求客观、冷静、无动于衷，不过，这不是为了别的，而恰巧是为了更加如实、更加严格、更加科学。而且，我们更应该看到，自然主义文学作品的总体形象，并不是无倾向的、无思想性的。众所周知，左拉是要求自己的自然主义巨著《卢贡-马卡尔家族》"成为一个充满了疯狂与奇特时代的写照"，因而，这部作品尖锐无情的揭露与鞭挞，并不亚于巴尔扎克的《人间喜剧》，而且，其中的一些主要作品如

《萌芽》、《土地》、《溃败》的结尾，都充满着作者对光明、对社会进步、对民族与人民的理想与激情。同样，德国的自然主义文学也具有明显的、对资本主义社会批判的性质，日本的自然主义文学的兴起则带有反封建主义的色彩，拉美的自然主义文学对落后、腐朽、野蛮的社会现实也起了充分暴露的作用。还应该特别指出，有相当大一部分自然主义作家，比他们现实主义前行者，具有强烈得多的民主主义感情，左拉较之巴尔扎克，政治思想立场就远为激进，他是法国文学史上作家兼斗士的突出范例之一。

把自然主义逐出现实主义圣殿的理由之二是，现实主义是表现现实本质的真实、典型的真实，而自然主义只表现表面的真实、非典型的真实。但是，我们不能否认，本质的真实、典型的真实都是人们对真实的一种抽象与概括，是属于认识范畴的东西，它不可能不与人的理念、人的思想观点、人的标准尺度有关，甚至往往以它们为转移。其实，事实就是事实，真实就是真实，写真实就是写真实，写得真实就是写得真实，这本来是再简单明了不过的。用这种爽快的方法去看待文艺与现实的关系，也许文艺批评的问题要单纯一些。对于一部作品，只要看它是否形象生动、栩栩如生，符合实际而又同时展示了某种意境，足以对人有所启迪也就行了。如果先入为主地树立某种本质的真实、典型的真实的概念与标准并加以绝对化，那么，问题就会复杂得多。比如说，如果一个作家以一部小说写了一个女仆由于客观环境的污浊邪恶与自己主观意志的薄弱而被侮辱以至沦落的经历，掌握这种标准的人一定会不满意地指出：这不是典型的真实，为什么你不写真正的工人？及至作家写了工人，如古波式的工人，批评者根据这种标准又会提出：你为什么不写真正能代表无产阶级的产业工人？及至作家写了产业工人悲惨的生活与反抗的情绪，批评者从这种标准出发，仍然可以继续提出：这不够典型，你应该写产业工人在社会主义思想的指引下的活动与斗争。如果作家也写了这种活动与斗争并按当时的历史条件写出了其悲剧性的失败，批评家仍然可以不满意地说，这也是不够典型的，应该表现出这斗争光明的、必然胜利的前景。过去，我们在一些对《杰米妮·拉塞朵》、《小酒店》、《萌芽》的评论中，就曾见到过这种批评方法。的确，社会主义运动兴起以后，对文学如何写真实必然要提出自己的要求，这种要求是自然的，正常的，不过，也应该看到，这种要求基本上是党派性的要求，政治性的要求，而不是纯文学性的要求。如果有的作家能按照这种标准的要求进行创作，当然是值得欢迎的事，但如果把这种标准加以绝对化，把它作为文艺的一条至高无上的准则，那么，就不仅会对自然主义作家笔下的真实提出不近情理的责难，而且，也会导致文艺创作中只有一种“本质的真实”、“典型的真实”，从而大大堵塞了文艺写真实的广阔道路。

总之，在我们看来，自然主义属于现实主义的范畴，当然，不言而喻，自然主义与传统的现实主义并不能完全等同，两者之间也存在着差异。这种差异就是，自然主义比传统的现实主义更多地在文学创作中引进了自然科学的成分，让自然科学的精神与具体学说对文学创作起更多的指导作用。不过，即使在这一点上，两者的差异也不是南辕北辙、泾渭分明。事实上，现实主义的发展从来就与自然科学密切有关。远的不说，狄德罗一整套现实主义的绘画论，就渗透着自然科学的精神与认识；斯丹达尔从数学中得到熏陶与启发，形成了他严谨精确的现实主义风格；福楼拜把解剖学的方法用来剖析他的人物；被我们视为传统现实主义文学的经典大师巴尔扎克，也曾明确地在《人间喜剧》的前言里，说明了宏伟的《人间喜剧》的整体构思是如何从法国博物学家若夫华·圣伊莱尔的“统一图案”说中得到启迪而产生的。从巴尔扎克之后，到了19世纪下半期，进化论、实证主义、实验科学、医学、生理学、遗传学的发展，形成了一个更为昌盛的科学精神的时代，自然主义只不过是在这样的历史条件下，继续、发展并强化了现实主义原有的与自然科学相结合的势头，把自然科学对文学创作的指导作用提高到一个前所未有的高度。此举究竟是功是过，当然不宜笼统而论，应该加以具体的分析。

自然主义把自然科学引入文学创作，最重要的结果是生理学、遗传学的观点用于对人的认识与描写，也正是在这一点上，自然主义往往受到了一些严厉的责难，它被指责描写了人的动物性，把人降低到了动物的水平；它被指责强调了遗传的因素而否定了人的社会性与阶级性；它被指责从生理的角度描写了人因而带来了一些令人恶心的丑恶场面，等等。这些责备有一定的道理，的确反映了自然主义存在的缺陷，但另一方面，这些责备也不完全有理，因为它缺乏一种具体分析，缺乏一分为二的精神，完全抹杀了自然主义所具有的生理性等成分的一定的积极作用。

首先，我们应该承认，人本来就是一种广义的动物，本来就是一种物质的机体，血肉之躯，因而，在文学的描写中，不应无视与否认人的生理条件的存在及其作用，不应否认人除了有人性、社会性之外还有动物性、生理本能的一面。在自然主义以前，这个方面在文学中是一直未能得到充分认识与必要描写的领域，或者说，是作家们所经常忽略、经常回避的领域。作家们在描写人的时候，往往总是限于表现人的“灵”、善的“灵”、美的“灵”、丑的“灵”、怪的“灵”、正常的“灵”、反常的“灵”，等等。即使在描写人上前进了一大步的巴尔扎克，也并没有根本改变这一状况，他在《人间喜剧》里的确曾十分有意识地、也相当集中地表现了人身上的Passion（情欲），但他至多把人类的各种“情”、各种“欲”与个性联系起来；自然主义则把人的“血”与“肉”都带进了文学，它开拓了一个新的方面，即人的“灵”、人的“情”、人的“欲”与人的生理条件、血肉之躯的关系。在左拉笔下，绮尔维丝开始贪杯，第一步走向堕落，并不仅仅是社会环境影响与个人心境恶劣的结果，而与她身体条件的内因也有关系。莫泊桑笔下的杜洛华固然就是巴尔扎克笔下的拉斯蒂涅的“同胞兄弟”，但我们在拉斯蒂涅身上只看到野心、贪欲、谋略与手段，而在杜洛华身上，则不仅看到他的野心、贪欲、谋略与手段，而且还看到了对所有这些有所影响、有所刺激、有所推动的生理要求与冲动，即饮食男女之类的要求与冲动。当然，在社会人的身上，饮食男女的本能、人作为血肉之躯的物质条件，并不一定就是人性、社会性、阶级性的决定性条件，并不一定构成人的意识活动与心理活动的全部基础，时代历史条件、社会阶级关系的确有更重要的作用，但如果只看到社会阶级关系的作用而完全无视人的血肉之躯、生理物质条件的作用，则无疑又是一种偏颇，是对人认识的不全面，从这个意义上来说，自然主义补充了对人的描写的另一个方面，也可以说，开拓与充实了对人的全面、深入的写实。

至于生理条件中强调了遗传的因素，这不能说是自然主义莫大的过错。时至今日，人类通过科学的发展已经达到了这样的认识，遗传在生物与生理的规律中占有很重要的地位，遗传学是一门真正的严肃的科学，而不是“唯心主义的”、“命定论的”妄谈。既然遗传的因素在人的生理条件中占有重要的地位，那么，在理解人、表现人、描写人的时候，引入遗传学，从遗传学的角度来补充与加深对人的生理机体的认识，并与他的心理意识活动联系起来，又有什么不好？在这方面，自然主义也带有开创性，它做了过去传统现实主义所没有做过的事，较之于前者，它有所增添，有所发展，这就不能不说是它的贡献。如果说它有什么过错的话，那就是它所依据的当时的遗传性理论还处于比较低的水平上，带有一些推论的臆想的成分，因而，左拉据此所构设的卢贡-马卡尔家族世系遗传树状图，就带有一些编造的性质。不过，我们应该看到，自然主义者的科学认识、理论主张与他们的文学创作实践还不完全是一回事。以左拉为例，尽管他非常重视人的生理条件与生理状况，然而，他文学描写的内容中占绝大比重的仍是人的社会生活、社会行为，而不是纯生理的记录，尽管他用来贯穿家族史小说的遗传世系图有非科学的成分，但毕竟只是把二十部长篇小说联成一体的纽带；只是作家把同一个家族的成员分布到各个阶层、各个领域里去以便展示各个阶层、各个领域社会生活的有效手段。正因为自然主义作家的创作实践与他们的理论主张之间存在着一定的差异，所以，对他们的文学创作以及他们的文学创作所带来的文学贡献，就更应该作出实事求是、公正的评价。

自然主义重视、强调实验科学精神的另一个重要的结果，就是加强了文学描写的实录性、资料文献的详尽性，对于这种情况，人们经常讥之为繁琐、笨重的描写。的确，从艺术性来说，自然主义的描写有时显然缺乏灵性、意境与生气，然而，从描写的真实性来说，无疑有不可磨灭的功绩，并开文献小说、实录小说、暴露小说之先河。

自然主义思潮在西欧从发生、发展到消退，已经将近一百年了，它在人类文学的发展中曾刻下了一道深深的印痕。说它消退并不完全确切，确切地说，它是汇入、隐没在现实主义发展的巨流中，它至今并未成为一个独立的流派与思潮，就是因为它本来就基本上属于现实主义的思潮，也正因为如此，它才可能整个地汇入并隐没在现实主义之中，它当时的一些理论主张与创作实践肯定有失之偏颇之处，但它的一些合理成分与贡献却汇入了巨流而成为这巨流中的有机成分。君不见嘉陵江汇入长江的情景？它绿色的水流初看起来与长江颇不协调，而它汇入之后，两者就混合交融，浑然一体了，这时，长江似乎仍然是老样子，但这时的长江水却有了嘉陵江水绿的成分。我们不妨随意举一篇远离了自然主义思潮的时代、远离了自然主义产生的国土的小说，如王蒙的《杂色》，它无疑是以现实主义的方法写成，但它对主人公喝了酸马奶后那种种生理感觉的描写，显然是从巴尔扎克小说里找不到的，如果人类的写实文学不经过自然主义这个阶段，也许今天的文学里就不会出现类似的段落。

1986 年 1 月中旬

编后记

柳鸣九 (1934—),湖南长沙人,1957 年毕业于北京大学西方语言文学系,中国社会科学院外国文学研究所研究员,中国外国文学学会法国文学分会名誉会长。出版专著、评论集、散文集、译文集约 40 种,2006 年起为中国社会科学院荣誉学部委员。

本文选自柳鸣九:《理史集》,河北教育出版社,1998 年,第 234—244 页。